윤이상
상처 입은 용

DER VERWUNDETE DRACHE

Dialog üer Leben und Werk des Komponisten
by Luise Rinser and Isang Yun Originally Copyright ⓒ S.Fisher Verlag GmbH 1977

상처 입은 용

윤이상

루이제 린저

알에이치코리아

일러두기

- 이 책은 2005년 윤이상 서거 10주기를 맞아 출간한『윤이상, 상처 입은 용』을 윤이상 탄생 100주년을 맞아 만듦새를 새로이 하여 출간한 책입니다.
- 이 책의 시제는 윤이상과 루이제 린저가 시대의 질곡을 함께 넘어서던 당시를 더 생생하게 전달하기 위하여 그들이 만나 이야기를 나눈 시점으로 맞춰져 있습니다. 따라서 금세기는 21세기가 아닌 20세기를 의미합니다.
- 외래어표기법에 따라 인명 및 지명은 현지음을 따랐습니다.
- 신문, 잡지, 논문은「 」으로, 책은『 』으로 표기하였으며, 음악이나 공연 작품은〈 〉으로 표기하였습니다.

윤이상 탄생 100주년
기념 출간에 부쳐

Ie-Sang, YUN

2017년은 세계적인 음악가 윤이상 선생 탄생 100주년 기념의 해입니다. 윤이상평화재단이 창립된 2005년 이래로 지난 10여 년간 재단의 내외부 환경은 참으로 부침이 많았습니다. 재단 설립 초기에는 선생의 음악적 위업과 민족사랑 정신을 기리기 위해 다양한 기념사업들을 의욕적으로 펼쳤습니다. 서거 10주기 추모음악회인 '용의 귀환'을 출범 첫해에 개최하였고, 2006년 '금강산윤이상음악회', 2007년 '윤이상페스티벌', '국제윤이상작곡상' 제정 등 다양한 기념 사업들을 펼쳤습니다.

그러나 이명박 정권 이후 10년간 남북 교류가 전면 중단되면서 북한 윤이상음악연구소와 매년 긴밀한 음악교류 협력 사업을 지속해 온 재단의 사업들도 중단되었습니다. 국제윤이상작곡상은 정부 지원이 끊겨 중단되었고, 베를린에 위치한 선생의 창작 산실인 윤이상하우스의 아트센터 사업도 전면 중단되었습니다. 뿐만 아니라 지난 박근혜 정권의 문화예술계 '블랙리스트' 사건으로 인하여 윤이상평화재단은 핍박의 주요한 타깃이 되었습니다. 게다가 선생이 자란 통영 일원에서는 이른바 '윤이상 이름 지우기' 작업이 진행되었습니다.

다행스럽게도 선생의 탄생 100주년을 맞은 올해 '촛불정권'의 출범과 더불어 재단도 새로운 사업 재개를 위해 용트림을 하고 있습니다.

재단은 윤이상 탄생 100주년 기념 사업의 일환으로 1977년 독일에서 최초 출판된 『윤이상, 상처 입은 용Der verwundete Drache』을 2005년 재단 창립기념판에 이어 재출간하고자 합니다.

이 책은 윤이상 선생과 루이제 린저의 대담집으로 윤이상을 규정하는 가장 중요한 텍스트입니다. 단순히 한 음악가와 소설가의 대담집 성격을 넘어 선생의 인생과 정신을 중심으로 집약된 철학, 음악, 문화인류학, 한민족 통일문제 등 종횡무진 경계를 넘나드는 명저입니다. 독자들은 이 책을 통하여 윤이상 선생의 현대음악사적 비중과 동서양 경계를 허무는 담대한 세계사적 비전을 엿볼 수 있습니다.

선생의 생애는 음악적 성과라는 일면만으로 단순하게 조명할 수 없습니다. 선생은 그 자신의 고백처럼 "음악을 통해 세상의 고통받는 이들에게 다가가 위로와 용기를 주고, 분단된 우리 민족에게 민족 화해와 문화

민족으로서의 자긍심을 일깨워주고자" 했던 민족운동가였습니다. 그러나 선생은 이 음악 외적인 활동으로 인하여 역대 보수정권에게 반한反韓 인사로 낙인 찍혀 그의 음악적 위대함은 왜곡되었고, 이른바 조작된 '동백림(동베를린) 사건'으로 인하여 '블랙리스트의 원조'가 되었습니다.

　선생은 자신의 심경을 이렇게 밝혔습니다. "……오늘 세차게 일어나는 통일에의 열풍은 역사적인 필연성이다. 누가 이 사태를 역겨워하고 혼란스럽다고 비판한다면 그것은 잘못이다. 나는 이런 사태가 반드시 폭풍처럼 상당한 시일 동안 거쳐 가야 하고, 그러는 동안 우리 민족은 더 깨닫고, 더 배우고, 더 지혜를 찾게 되리라고 믿는다."

　커다란 조작사건을 거친 선생은, 그러한 모든 질곡들이 우리가 원치 않은 민족 분단에서 비롯된 것이라는 생각을 하게 되었고, 조국의 평화통일운동에 전력을 다했습니다. 그 결과 1990년 분단 45년 만에 남북통일음악제를 주관하는 등 문화예술을 통한 평화운동에 큰 획을 그었으나, 끝끝내 그리운 고향 땅을 밟지 못하고 1995년 11월, 베를린에서 영면하였습니다.

　선생의 탄생 100주년을 맞아 다행히도 선생의 위업을 기리는 다양한 범국민적인 기념 사업들이 펼쳐지고 있습니다. 선생의 음악을 중심으로 한 100주년 기념공연이 서울과 통영, 베를린에서 펼쳐지고 있고, 더불어 연극, 출판, 기념식 등 기념비적인 행사들이 각계의 관심 속에 추진되고 있습니다. 여기서 우리는 쉽게 경계심을 늦추거나 '윤이상 제자리 찾기'라는 소명에서 더 이상 실패를 반복해서는 안 됩니다.

오늘을 기점으로 새로이 시작될 앞으로의 100년은, 윤이상 선생에게 덧씌워졌던 왜곡된 여러 편견들을 씻어내고 선생의 진정한 가치를 재평가하는 시간이 되어야 합니다. 그를 통해 우리의 국제적 민족적 자산으로 키워나가야 할 것입니다.

윤이상평화재단

서문

•

    많은 사람들이 이 책의 서문에서 책이 만들어진 경위를 설명해야 한다고 나에게 말했다. 그 말은 책의 성립 과정 자체가 이미 이 책의 한 장을 구성하기에 충분하기 때문이다. 좋다. 아마도 나에게 쏟아질 거라 생각되는 다음과 같은 질문에 미리 답을 해두자. 왜 독일의 한 여류작가가 한국인 작곡가의 전기를 쓰게 되었는지, 그리고 한국인도 음악가도 음악학자도 아닌 나에게 어떻게 그 일이 가능했는지, 왜 이렇게나 동떨어진 주제를 당신은 선택하는가,라는 질문에 말이다.

    이 주제를 선택한 것은 내가 아니었다. 주제가 나를 선택했다. 윤이상과 나는 친구다. 우리는 베를린 예술 아카데미 회원으로 알게 되었다. 우리의 우정은 다음 네 가지 중요한 공통점 위에서 이루어졌다. 그 네 가지는 도교 철학, 현대음악, 독재하에서의 정치적 압박과 투옥 경험, 한국의 민주주의 회복을 위한 활동이다. 어느 날 윤이상이 나에게 한국중앙정보부KCIA에 의해 독일연방공화국에서 한국으로 납치를 당했던 일을 써두고 싶다는 바람을 전해 왔다. 그것은 순수하게 정치적인 저작이 될 터였다. 게다가 윤이상의 정치적 생활은 청년 시절 이래 줄곧 그의 예술가로서의 삶과 매우 밀접하게 연관되어 있었기 때문에 한쪽을 말하지 않고는 다른 쪽에 대해서도 말할 수 없다.

그 말을 듣자마자 나는 그 글의 형식은 자서전이 될 거라고 생각했다. 그러나 언어의 문제는 별도로 치더라도 ─ 윤이상이 놀랄 정도로 독일어를 잘하기는 하지만 그래도 역시 독일어로 책을 쓴다는 것은 그에게는 힘든 일일 것이다 ─ 그의 생각으로는 자기 이야기를 들어줄 사람이 실제로 눈앞에 있지 않으면 도저히 자신의 일을 이야기할 수 없고, 더구나 그 듣는 사람이 자신과 비슷한 경험을 가지고 있으면서 음악이 흐르다 멈추고 다시 시작되기까지의 간격의 아름다움을 음악으로 이해할 수 있는 능력을 지닌 사람이 아니면 많은 사실을 전할 수 없다고 했다. 그런 이유로 그의 이야기를 들어줄 사람이 바로 내가 된 것이다.

나는 몇 주에 걸쳐 이루어진 우리의 대화를 녹음테이프에 담았다. 나중에 추가하거나 아울러 언급한 다른 일들은 내가 속기했다. 내가 질문을 하고 윤이상이 대답했다. 이렇게 해서 이 책은 아주 자연스럽게 대화하는 형식을 취하게 되었다.

질문을 하려면 사전 지식이 있어야 한다. 제대로 된 질문을 하기 위해 나는 무엇을 알고 있었을까? 나는 극동의 철학이나 종교, 극동의 정치 상황이나 문화에 관해서라면 당장 필요한 정도의 지식은 충분히 가지고 있었다. 게다가 나는 한국을 방문한 적이 있어 한국적인 풍토와 한국인의 정서를 내 마음으로 받아들이고 있었다. 독일에 거주하는 한국인과의 교류, 특히 윤이상과의 교류는 점차 내 마음을 한국 문화를 생각하고 느끼게 하는 방향으로 열어나갔다.

그럼에도 윤이상은 작곡가이고 그것도 현대음악 작곡가이다. 음악에 대해 쓰려고 한다면 그 사람의 음악에 대해서 또 음악 일반에 대해서 어느 정도는 이해할 수 있어야 한다. 음악가가 아닌 사람이 음악에 대해 말한다는 나의 당치않은 시도를 정당화할 수 있는 길은 무엇일까.

나는 변명이라도 찾듯이 생각한다. 윤이상이 이 책의 출판을 인정한 것 자체가 이미 그러한 변명이 불필요하다는 것을 말해 주는 것이라고. 그는 "당신은 이해했다"고 말했다. 그럼에도 나는 다시 몇 가지 덧붙여두고 싶다. 음악과 음악가는 내 운명의 일부라고. 내 아버지는 부업으로 오르간 연주를 했었다. 나는 오랜 세월에 걸쳐 바이올린 레슨을 받았으며 고등학교와 대학 시절 내내 용돈 전부를 오페라와 연주회 관람에 써버렸다. 내 두 남편은 음악가였다. 첫 남편 호르스트 귄터 슈넬Horst Günther Schnell은 파울 힌데미트Paul Hindemith의 제자로 브라운슈바이크와 로스토크에서 오페라 악단의 지휘자를 지냈고, 1943년에 파시즘 반대자로 몰려 징벌 중대로 보내졌다. 그는 나에게 좋은 음악 이론 교사였고, 지휘자가 쓰는 '총보總譜' 보는 법을 그에게 배웠다. 나의 두 번째 남편은 카를 오르프Karl Orff였다. 나는 그의 중요한 몇 작품 특히 〈오이디푸스Oedipus〉 제작에 참가하여 시연이나 레코딩 때 지휘자, 연출가, 무대장치가, 가수들과의 협의에도 들어가 오페라 극작술에 대해서도 많은 것을 배웠다.

제2차 세계대전 이후 몇 년 동안 뮌헨에서 카를 아마데우스 하르트만Karl Amadeus Hartmann의 '무지카 비바Musica Viva(현대의 음악)' 연주회가 있었다. 나는 빠뜨리지 않고 다니며 근·현대음악의 모든 것을 벨라 바르토크Béla Bartók와 이고르 스트라빈스키Igor Stravinsky에서 빈 악파(오스트리아 빈을 중심으로 창작활동을 한 작곡가들을 통틀어 일컫는 말), 전자음악에 이르기까지를 찬찬히 배웠다. 이렇게 나는 성장했고 어려움 없이 현대음악에 입문했다. 나에게 윤이상의 무조음악無調音樂(장조나 단조 등 조에 의하지 않고 작곡되는 음악으로, 조성의 법칙을 적극적으로 부정하고, 조와는 다른 구성 원리를 찾으려고 하는 음악)을 듣는 것은 전혀 어렵지 않은 일이었고, 또한 서구인의 귀에는 친숙하지 않은 극동의 음향도 나에게는 낯설기는커녕 오히려 친근했다. 이렇게 해서 나는 적어도 음악적인 것에 관해서는 몽유병 환자처럼 그의 음악에 대해 써나가기 시작했다.

일을 진행해 나가면서 생긴 어려움은 다른 데 있었다. 윤이상 자신이 이 책을 쓰기 원했으면서도 갑자기 자기 자신에 대해 말하기를 꺼려했던 것이다. 그는 "내 얘기는 중요한 게 아니다"라고 말했다. 그는 그렇게 생각하고 있었다. 그것을 '겸허'라고 부르는 건 오해다. 윤이상은 자기가 어떤 사람인지, 무엇을 할 수 있는지(또 무엇을 하지 못하는지)를 처음부터 알고 있었다. 하지만 그는 자신이 그것을 모른다고 알고 있었다. 이는 극히 도교적인 발상이다. 그의 생활감각은 서구적인 것과는 거리가 멀다. 그는 서양인들처럼 자아의 존재나 개성, 무엇과도 바꿀 수 없는 인격과 그 영속성을 주장하지 않는다. 그는 결코 자기 음악의 영속성을 주장하지 않는다. 자기 자신을 표현하는 것은, 그에게는 커다란 조화에서 벗어남을 의미한다. 말하지 않는 게 말하는 것보다 더 좋은 것이다.

한국 사람들은 분명 대단히 사교적이지만 사적인 면에서는 최대한 거리를 유지한다. 윤이상은 "하지만 나는 내 알몸을 다른 사람에게 내보일 수는 없다"고 말한다. 이 함의는 분명 동양적인 사유방식이고 심미적·윤리적인 동시에 종교적인 것이다. 예술이나 일반 회고록 같은 비예술적 장르에서도 병적일 정도로 자신의 알몸을 드러내는 방식에 익숙한 서구인들에게 청교도주의 또는 억압과는 다른 이런 조심스러움은 약간 이질적인 것이다. 나는 그걸 아름답다고 생각한다. 게다가 한국인들은 자신에 대해서 말함으로써 자신의 감정을 나타내는 것을 부끄러워한다. 그것은 '체면을 잃는 것'을 뜻한다.

따라서 유럽화된 윤이상은 이 전기가 나오길 간절히 바랐지만 그 안에 담긴 동양적 기질은 거기에 강하게 저항했다. 우리가 공동 작업을 하던 몇 주 동안 내가 겪은 어려움은, 그가 침울하고 무관심한 표정으로 말문을 닫아버렸을 때 상냥하지만 단호하게 그에게 계속 이야기하도록 종용하는 것이었다. 동양인과 교류한 경험이 있는 사람이라면 누구나 서구 지성의 밀어붙이는 적극성에 대해 그들이 전통적 사고방식과 수동적인 태도로 조용하지만 완고하게 거부하는 경우 그들을 설득하면서 일을 진행하는 것이 얼마나 힘든지 알 것이다.

그런 윤이상에게 계속 이야기하도록 할 수 있었던 유일한 논리는 정치적·인도적인 것이었다. 즉 우리들의 절박한 목적은 작곡가 윤이상에 대해 쓰는 것이 아니고 독재 체제에 의해 자유를 빼앗긴 한 예술가, 그리고 그런 운명으로 인해 많은 사람들과 운명을 함께한 하나의 모델이자 증인이며 고발자인 한 예술가에 대해 쓰는 것이라는 말이었다.

또 하나의 어려움은 이 전기의 정치적인 부분으로, 우리가 한국과 독일연방공화국의 공직에 있는 사람들에게 누를 끼치게 될지도 모른다는 점이었다. 윤이상은 자신을 손님으로 받아준 나라의 정치 관계자를 비판하는 걸 바라지 않았다. 그리고 그는 한국의 현 정부나 한국중앙정보부(물론 그 대부분은 한국인이지만)와 그가 사랑하고 완전한 일체감을 느끼는 한국 민중을 동일시하는 듯한 인상을 주기 바라지 않았다.

이러한 배려는 종종 그의 솔직하고 엄정한 태도와 내가 가진 자료를 토대로 정확한 보고서를 만들려는 나의 책임과 모순되었다. 우리는 번거로운 사건이나 누를 끼칠 이름을 빼냄으로써 이 문제를 해결해 나갔다.

내가 안타깝게 생각하는 것은 완성된 초고 가운데 윤이상이 그에게는 너무나도 사적이라고 여긴 몇 곳을 삭제하고자 한 점이다. 그 때문에 강인한 그의 아내나 아이들에 대한 인간적이고 감동적인 부분이 몇 군데 빠지게 되었다. 나는 화가 나서 그에게 그러면 예술적 성공에 대해서 쓴 모든 부분도 삭제하라고 요구했다. 그러나 그건 애초부터 불가능한 일이었다.

그 밖에 나 자신이 원인이 된 어려움도 있었다. 윤이상의 판단으로도 나는 동양적 세계관에 가까운 사람이었지만 일을 해나가면서 그것을 깨달으면 깨달을수록 나는 점점 자신이 없어졌다. 설명을 덧붙이려 하면 할수록 많은 중요한 것, 위대한 것, 고유한 것들을 애당초 내 자신이 표현해 낼 능력이 부족해 이야기할 수 없다는 사실이 점점 더 확실해졌다.

노자老子는 도를 일러 "도라 말할 수 있는 도는 언제나 도가 아니다"라고 했는데 윤이상과 관계를 맺음에 있어서 이를 마음으로 이해할 필요가 있었다.

물론 나는 이 책의 형식에서도 애를 먹었다. 상당한 길이에 걸쳐서 특히 정치적인 부분에서 나는 리포터 역할을 하지 않을 수 없었다. 그때 나는 내가 말(言)이라는 사냥감을 잡기 위해서 목줄에서 벗어나지 못하고 바둥대는 사냥개가 된 기분이었다. 그러나 역시 중요한 것은 윤이상의 신상에 일어난 일을 기록하는 것이었다. 그래서 나는 일 그 자체에서 생긴 강제성에 다소라도 복종하기로 했다. 게다가 그 사건 자체는 완전히 나 자신의 문제이기도 했다. 그것은 예술과 인간성에 관계된 문제였기 때문이다.

ISANG YUN

STREICH QUARTETT Nº 3

I. Moderato
II. Adagio mo[l
III. Allegro

차례

한국에서의 유년 시절

윤이상 동양에서는 아이를 가진 여자가 용꿈을 꾸면 태어날 아이가 특별한 운명을 타고난다고 생각했습니다. 어머니가 나를 가졌을 때 용꿈을 꾸셨는데 그게 완벽하게 좋은 꿈은 아니었다고 합니다. 내가 일곱 살인가 여덟 살 때 어머니가 말씀해 주신 이야기에 따르면 꿈에 커다란 용을 보셨답니다. 용은 내가 태어난 산청군 정면에 있는 지리산 상공을 휘돌고 있었답니다. 그 산은 우리에게 신비하고 성스러운 산입니다. 용은 그 산 위의 구름 속으로 들어가더니 날기는 했지만 하늘까지 높이높이 차고 오르지는 못했답니다. 용이 상처를 입고 있었다더군요. 어머니는 그 꿈을 꾸고 놀라셨답니다. 왜냐하면 그 꿈이 나에게 대단히 심각하고 중대한 운명을 예언한다고 믿었기 때문입니다.

루이제 린저   당신 자신은 그 꿈을 어떻게 해석하시나요?

윤이상   제 첼로 협주곡을 알고 계시죠? 그 끝부분의 옥타브 도약을 한번 떠올려보세요. 그 도약은 자유, 순수, 절대에 대한 욕구와 바람을 뜻합니다. 오케스트라에서는 오보에가 G#음에서 A음으로 글리산도glissando로 올라가고, 이 A음은 트럼펫에 의해 이어집니다. 나에게는 트럼펫의 이 높은 음역이 언제나 신적神的이고, 경고의 의미를 지니고 있습니다. 두 개의 트럼펫이 이 A음을 교대로 연주합니다. 첼로는 거기까지 도달하려 하지만 잘 되지 않습니다. 첼로는 글리산도로 G#음보다 4분의 1 정도 높은 곳까지는 올라가지만 그러나 더 이상은 올라가지 못합니다. 첼로는 단념합니다. 이 무한하고 포착하기 어려운 높이 즉, 요컨대 트럼펫의 A음이 마지막까지 남는 것입니다.

루이제 린저   이 약간 높은 G#음까지 오는 것 자체가 이미 아주 힘든 일이라고 생각하는데요. 물론 A음으로 올라가려고 했지만 거기까지 도달하지 못하는 것은 인생의 지속되는 고통이겠지요. 하지만 사람이 어느 높이까지 올라갈 수 있는지 자기 자신이 정확하게 알 수 있을까요. 더욱이 당신을 창조적으로 만드는 것은 이 절대적인 트럼펫이 A음을 향한 긴장이 아닐까요?

윤이상   지금까지 몇 차례나 당신에게 말했지만 정말로 내가 음악가로, 작곡가로 태어난 것인지 나 자신도 모르겠습니다. 어쩌면 나는 뭔가 전혀 다른 일을 해야 했을지도 모르지요.

루이제 린저   정치 같은 거요?

윤이상   모르겠어요.

루이제 린저   당신의 성공을 보면 작곡가가 당신의 운명이라고 느껴지지 않습니까?

윤이상 성공. 성공이란 무엇일까요. 지나가는 그림자입니다. 내 작품 중 단 하나라도 나보다 오래 살아남을 수 있을지 알 수 있습니까? 또 그렇다고 한들 어쩌겠습니까. 나는 열심히 할 수 있는 일을 하고 그리고 어느 날 은퇴해 고향으로 돌아가 그저 조용히 바닷가에 앉아 물고기를 낚고 마음속으로 음악을 들으면서 그것을 써두려고도 하지 않으며, 위대한 고요함 속에 내 몸을 뉘었으면 하고 생각합니다. 또 나는 그 땅에 묻히고 싶습니다. 내 고향 땅의 온기 속에 말입니다.

루이제 린저 당신의 고향과 그 온기에 대해 이야기해 주세요. 당신은 통영 근처에서 태어났지요? 남해안 가까운 마을에서요. 그러니까 당신은 말 그대로 남한 사람이로군요. 38선 남쪽에서 태어났는지 북쪽에서 태어났는지가 오늘날에는 정치적으로 큰 의미가 있는데, 당신이 태어난 1917년 9월 17일 그때에도 정치적인 의미가 있었나요?

윤이상 그 당시 한반도는 분단되지 않았습니다.

루이제 린저 그러나 한반도의 남부와 북부는 있었겠지요. 예를 들면 독일처럼 종족이나 기질의 차이가 있지 않았나요?

윤이상 물론 그런 건 분명히 있습니다. 북쪽 사람들 일부의 선조는 만주에서 왔습니다. 혈기가 왕성하고 호전적이고 강한 민족이라 강인하고 진취적인 기질이 넘치고 무언가 조직하는 재능을 타고났지요. 그에 반해 남쪽 사람들은 부드럽고 서정적이고 태평스럽기도 합니다. 우리는 아름다움을 사랑하고 시와 음악에 특별한 재능이 있습니다. 한국에서는 흔히 남남북녀라고 해서 남쪽은 남자가 잘생기고 북쪽은 여자가 예쁘다는 말이 있지요. 어쨌든 우리 남쪽 사람들은 개인주의적이고 심미적입니다.

루이제 린저 당신 고향은 아름답지요. 나는 부산 주변을 알고 있습니다. 소나무 숲이 있는 언덕, 맑고 푸른 바다가 있는 강어귀, 고기잡이 배, 바위가 많은 해안, 작은 섬들, 온화한 날씨. 나는 당신이 고향을 그리워하는 마음을 알 것 같아요.

윤이상 나는 세 살 때 통영으로 왔습니다. 통영은 그 당시 이미 읍 단위 마을로 한반도 남쪽 끝에 있는 어업으로 유명한 곳이었습니다. 이런 기억이 떠오릅니다. 바다 위에 고기잡이배가 떠 있고 밤에는 맑은 별이 떠 있는 하늘 아래서 어부들의 노랫소리가 배에서 배로 흘러갑니다. 아침에는 마을 어시장이 있는 좁은 길에서 수많은 은빛 물고기들이 바구니 안에서 복작거리고 어떤 물고기는 은빛을 뿌리며 높이 튀어 올라 바구니 밖으로 달아납니다. 아침 일찍 막 짐을 부릴 때쯤에는 물고기가 아무렇게나 땅바닥에 놓이고 사람들은 넘쳐나는 물고기 사이를 비집고 걸어 다닐 수밖에 없었지요. 통영 앞바다에서는 특별한 종류의 대구가 잡혔는데 정말로 맛있었습니다. 그 바다는 물고기가 한없을 정도로 풍부했습니다. 어쨌든 내가 어렸을 적에는 그랬어요.

루이제 린저 아마 지금도 그럴 겁니다. 당신 아버지는 어부는 아니었지요? 그는 요즘 말로 하면 재야 학자였나요?

윤이상 그렇게 말해도 좋을 거예요. 윤씨 집안, 정확히 말하면 내 가족의 선조는 중국에서 왔습니다. 윤은 중국 성입니다. 윤씨 일족은 약 37세대 전에 한반도로 이주해 왔습니다.

루이제 린저 그 사실은 가족 사이에 전해 내려온 겁니까, 아니면 역사적으로 증명할 수 있는 자료에 의한 겁니까?

윤이상 중국과 한국의 가족에게는 대부분 족보라는 게 있습니다. 동양 사람들에게는 자기가 어느 가문에 속해 있고, 어떤 집안 출신인지가 대단히 중요합니다. 2대째나 3대째밖에 되지 않아도 가장은 자신의 가족을 족보에 기록하고 그것을 가족의 제단에 보존하며, 큰 제사가 있을 때 족보를 가족들에게 보여줍니다.

우리 윤씨 집안은 아마도 문화 사절단으로 조선에 왔던 모양입니다. 당시 조선은 중국의 정치적·문화적인 영향하에 있었습니다. 조선이 일본의 지배하에 있었던 것 같은 식민 지배는 아니고 독립해 있었지만 밀접한 관계에 있었습니다. 오늘날 학술 교류 사절이라 불리는 것과 비슷한 게 당시에도 있었거든요. 그것이 아마도 윤씨가 조선으로 온 단초가 아닌가 생각합니다. 윤이라는 말은 중국어로 수령, 지도자, 인솔자를 의미합니다.

루이제 린저 당신 이름도 중국 이름이군요.

윤이상 본래 내 이름은 이상伊桑입니다. 상桑이라는 말은 뽕나무를 뜻하지요. 윤이란 지도자라는 뜻이니까 내 이름은 원래는 거꾸로 불러야 됩니다(유럽에서 윤이상은 이상 윤이라 불린다). 그러니까 윤이상, 뽕나무 위 아니면 아래, 또는 옆의 지도자를 뜻하는 거지요.

루이제 린저 그것은 어떤 뜻이지요?

윤이상 내 아버지는 중국 역사와 문학에 대단히 해박했어요. 그는 이윤伊尹의 이야기를 좋아했습니다. 이윤은 약 3000년 전 은殷나라의 중요한 철학자이면서 정치가였습니다. 당시 중국 일부는 전란과 자연재해로 황폐해져 있었습니다. 국왕, 정확하게 말하면 재상은 그 어려운 상황에서 어떻게 해야 좋을지 몰랐습니다. 그때 그는 어떤 마을에 한 현인이 숨어 산다는 말을 들었습니다. 그 현인은 정치에 관심을 가지고 있었던 철학자였는데, 세상에는 나타나지 않고 정말로 소박하게 지내며 뽕나무 위에서 잤는데 그래서 아무도 그를 찾아내지 못했다고 합니다. 재상은 이윤에게 사람을 보내 그를 궁정으로 데려오게 했습니다. 그러나 이윤은 오지 않았습니다. 그래서 재상이 다시 두 번째 사람을 보냈지만 이번에도 이윤은 뽕나무 아래를 떠나려고 하지 않았습니다. 그래서 재상은 자기가 직접 그에게 가 그와 이야기를 나누고 당신에게 나라를 구할 사명이 있다고 설득했습니다. 이윤은 재상과 함께 국사를 돌보며 높은 지위에 올랐습니다. 그때 그는 훌륭한 생각을 가지고 있었습니다. 아마도 그는 뽕나무 위에서 고치를 잣는 벌레가 살고 있다는 것과 그 고치가 사람들에게 유용한 실이 될 수 있다는 것을 관찰했던 게 틀림없습니다. 그래서 그는 전국에 뽕나무를 심게 했습니다.

루이제 린저 그래서 양잠이 시작된 거로군요.

윤이상 아마도 그럴 겁니다. 확실히는 모르겠지만요. 아버지는 그 인물을 아주 좋아했고 그래서 그의 이름을 내게 붙여주었습니다.

루이제 린저 이건 의미 있는 이야기 같은데, 당신 자신은 그 사실을 깨닫고 있었습니까? 이윤은 본래 자신의 뜻에 반해 정치가가 되었다. 운명은 되풀이된다. 그렇게 본다면 당신도 자신의 의지와 상관없이 젊어서 이미 정치에 말려들어버렸으니까 말입니다.

윤이상 우리 집안에서는 끊이지 않고 고관이나 건축가, 해군 장교가 나왔습니다. 당신은 통영에서 커다란 건물을 봤을 테죠. 난 그 건물 안에 있는 학교에 다녔습니다. 그 건물은 약 400년 전에 세워졌습니다. 건물을 세운 사람 중 하나는 윤씨였고 내 선조 중 한 분입니다. 아버지는 그 건물 안에서 내게 현판 하나를 가리켰는데, 거기에는 건물을 짓는 데 공헌한 사람들 이름이 쓰여 있었어요. 그중에는 윤씨 성을 가진 사람들의 이름이 많이 있었습니다.

또 전 세기, 그러니까 우리 증조부 이야기를 할까요? 그는 해군 장교였어요. 조선은 수백 년 동안 외국에 대해 쇄국정책을 펼쳤는데 그 후 유럽의 배가 최초로 해안에 상륙했습니다. 그 배는 근대적인 배였고 조선엔 있지도 않고, 본 적도 없는 그런 배였습니다.

루이제 린저 하지만 당신들은 이미 16, 17세기에 놀랍도록 정교한 발명을 하지 않았습니까. 대완구大碗口라 불리는 일종의 수류탄과 비격진천뢰飛擊震天雷라 불린 탄환을 발사하는 대포, 또 화차火車라 불리는 일종의 전차와 거북선 같은 잠수함 말입니다. 그것들은 모두 스스로를 방어하기 위한 것이었지 침략을 위한 것은 아니었지요. 당신들은 오랫동안 먼저 침략전쟁을 벌인 적이 없고 몇 번이나 기습을 당했지요. 그러나 당신들의 이러한 앞선 기술은 그 이후 발달을 멈추어버렸고 서구가 당신들을 따라잡아버렸지요.

윤이상 유럽 배가 다가온 것은 1866년이었는데, 그 당시 왕은 외국 배의 출현이 전혀 좋을 게 없는 일이라고 판단했기 때문에 배를 침몰시키라고 명령했습니다. 통영은 해군기지였어요. 그래서 두 명의 고급 장교가 뽑혔는데 그중 한 사람이 제 증조부였고, 두 장교는 수십 명의 수병을 이끌고 배 밑으로 잠입해 들어가 배 바닥에 구멍을 뚫었습니다. 용감한 행동이었지요.

루이제 린저 그러면 당신 할아버지는 무슨 일을 하셨습니까?

윤이상 특별한 일은 하지 않았습니다. 그는 땅을 가지고 있었어요. 그렇게 넓은 땅은 아니었지만 살아가기에는 충분했습니다. 할아버지에게는 남동생이 하나 있었는데 그에게는 자식이 없었어요. 할아버지에게는 딸 하나와 아들 하나가 있었습니다. 그래서 두 가족은 그 아들을 애지중지했어요. 그 사람이 제 아버지였습니다. 아버지는 처음에는 의학 공부에 뜻을 두셨어요. 그 당시 조선에서 의학이란 한방의학이었지요. 그러나 아버지는 의학 공부를 포기해 버리고, 그 뒤로는 책 읽는 일 말고는 아무것도 하지 않았어요. 아버지는 한학을 공부하고 스스로 시를 지으셨습니다. 하지만 그에게는 조그만 땅밖에 없었습니다. 처음에는 좀더 있었겠지만 생계를 위해 조금씩 팔아치울 수밖에 없었기 때문이지요. 아버지는 다시 소규모로 어업을 시작했지만 거기에 마음을 쓰지도 않았고 그러다가 대구가 잡히지 않게 되자 크게 손해를 보고 또다시 땅을 팔지 않으면 안 되었습니다. 그에겐 이미 자기 가족을 부양할 방법이 없었습니다. 조선에서 양반은 상인이 되는 게 용납되지 않았습니다. 상업을 비천한 직업으로 여겼기 때문입니다.

루이제 린저 양반이란 게 뭡니까?

윤이상 학식과 전통이 있는 집안 출신의 지식 계급이지요. 양반은 완전히 몰락해도 여전히 고귀한 신사이고, 대물림됩니다. 내 아버지는 완전히 몰락한 건 아니었지만 역시 무언가 일을 해야 했는데 수공업은 그나마 양반에게 허용되었습니다. 그래서 아버지는 작은 가구 제조업을 시작했습니다. 7, 8명의 직공이 작은 장식 책상을 만들었습니다. 나는 그 일터에 자주 갔습니다. 그런데 아버지는 오히려 당신 서재에서 시를 읽거나 쓰는 걸 좋아했습니다. 아버지는 근처에서는 이름이 알려진 시인이었습니다. 당시 지식인은 모두 시를 지을 수 있었지요. 한시 형식으로, 말하자면 이태백처럼 쓰는 거지요. 물론 한자로 썼고요. 아버지는 어느 선비 모임의 중심인물이었습니다. 어딜 가도 아버지가 중심이었습니다. 당시에는 선비들이 종종 모여, 거기서 시를 낭독하고 비평도 하고, 기생을 불러 술을 마시기도 했습니다. 아시는 것처럼 기생은 그저 창부가 아니라 노래를 부르고 악기를 연주할 줄 알고, 또 스스로 시를 지을 줄도 아는 젊은 여자들입니다. 물론 성적인 서비스도 합니다.

루이제 린저 당신 아버지의 시가 남아 있습니까?

윤이상 아뇨. 아버지는 당신의 시를 남기려고 애쓰지 않았어요. 게다가 그 시절엔 보통 지식인 또는 학자가 자신의 시를 출판하는 일이 없었습니다. 이런 점에서 그들에게는 전혀 욕심이 없었지요. 서로 시를 돌려 읽는 것으로 충분했어요. 나는 아버지 서재에서 그런 시가 쓰인 종이뭉치가 아무렇게나 놓여 있는 것을 자주 보았어요. 어머니가 그 종이뭉치를 불쏘시개로 쓰려고 가지고 나가도 아버지는 전혀 개의치 않으셨습니다. 아버지는 시만 쓰신 게 아니고 글씨를 쓴 현판도 만드셨어요. 아버지가 만든 현판은 당시 많은 절에 걸려 있었지요.

루이제 린저 당신이 장남이었지요?

윤이상 아버지의 두 번째 결혼으로 태어난 장남입니다. 첫 결혼에서는 딸 둘이 태어났고 두 번째 결혼으로 딸 셋과 나와 남동생이 태어났어요. 아버지는 동생을 정말 귀여워하셨지요.

루이제 린저 당신이 아니라요?

윤이상 예, 제가 아니고요. 어머니 얘기로는 아버지와 나는 서로 너무 닮아서 그렇다고 하더군요. 그래도 나는 아버지에 관한 아름다운 추억을 가지고 있습니다. 아버지는 종종 밤낚시를 하러 바다로 나를 데리고 가셨습니다. 그럴 때면 우리는 아무 말 없이 잠자코 배 위에 앉아 물고기가 헤엄치는 소리나 다른 어부들의 노랫소리에 귀를 기울였습니다. 그 노랫소리는 배에서 배로 이어져 갔습니다. 소위 말하는 남도창(전라도와 경상도, 충청도 일부 지방의 민간에서 불리는 민속악을 말한다. 판소리를 중심으로, 단가, 민요, 잡가 중 선소리인 산타령과 일하면서 부르는 노동요 등을 모두 포함한다)이라 불리는 침울한 노래인데, 수면이 그 울림을 멀리까지 전해 주었습니다. 바다는 공명판 같았고 하늘에는 별이 가득했습니다.

나에게는 아버지와 함께하지 않은 또 다른 바다에 대한 체험도 있습니다. 밤에 혼자 낚시를 가는 것은 금지되어 있었습니다. 그래도 나는 갔습니다. 몰래 말이죠. 좋은 곳으로 가려면 5킬로미터나 걸어야 했습니다. 그곳은 깎아지른 듯한 절벽인데 바다에서 15미터나 떨어져 있었습니다. 나는 운동은 잘하지 못했지만 한 손으로 낚싯대를 들고 등에는 어롱을 짊어지고 이 위험한 벼랑을 대담하게 기어 내려갔습니다. 나한테 중요한 것은 물고기를 잡는 게 아니라 거기에 앉아 있는 것이었습니다. 혼자서 별이 가득한 하늘 아래 말입니다. 여름에는 하늘에서 수많은 별똥별이 떨어졌습니다. 아무 소리도 들리지 않는 밤 세계가 나에게는 신비한 매력이었습니다. 벼랑까지 가는 도중이나 기어 내려갈 때에는 무섭고 불안했지만 거기에 앉으면 불안이 사라지고 정말이지 행복한 기분이 들었습니다.

바다는 또 나에게 다른 기쁨도 주었습니다. 예를 들면 갯가재 잡이입니다. 바닷물이 빠져나갈 때 아이들은 바닷가로 뛰어나갑니다. 우리는 모래 위에서 어떤 자국을 찾아냅니다. 그 아래에 갯가재 구멍이 있다는 표시입니다. 모래를 긁어내고 그 구멍 안으로 된장을 조금씩 밀어 넣습니다. 무슨 효과가 있는지는 모르겠습니다만, 갯가재가 그걸 좋아해서 먹었던

윤이상의 아버지 윤기현

건지, 아니면 그 반대로 화가 나서 구멍에서 쫓아 나온 건지, 어쨌든 그렇게 하면 얼마 지나지 않아 갯가재 한 마리가 기어 나옵니다. 그게 수컷이면 우리는 구멍으로 다시 돌려보냅니다. 암컷이면 ─ 암수 구별은 엉덩이 안쪽에 작고 부드러운 수염 같은 게 두 가닥 있어서 그것으로 구별합니다 ─ 갯가재가 구멍으로 기어 들어가기 전에 그 엉덩이 끝에 끈을 묶어두고, 한참 있다가 그 끈을 다시 잡아당깁니다. 그러면 암컷에 이어 반드시 또 한 마리의 갯가재가 붙어 나온다는 것을 알기 때문입니다. 왜 그런지는 모르겠습니다. 그러나 그렇게 해서 우리들은 언제든 한 마리가 아니라 두 마리를 한꺼번에 잡았습니다.

루이제 린저 당신 아버지에 대해서 밤 낚시 말고 다른 추억이 있습니까?

윤이상 네. 아버지가 제사를 지내던 걸 기억합니다. 예를 들면 돌아가신 가까운 친지의 기일이나 조상들에게 지내는 시제 같은 거요. 그런 날에는 아버지가 일찍 일어나 목욕재계를 합니다. 부엌에서는 여자들이 제사 음식을 준비합니다. 저녁이 되면 우리 모두 깨끗하게 차려입고 촛대 아래 밥상에 모여 밥을 먹습니다. 우리란 '물론' 가족 가운데 남자들만을 말하는 것입니다.

루이제 린저 당신은 '물론'이라고 하셨는데요, 여자들은 제사에 참가하지 않고 다른 때도 같이 밥상에 앉지 않는다는 뜻으로 '물론'이라는 말을 쓰신 거지요. 요즘에도 역시 그런가요?

윤이상 우리에겐 오랫동안 지켜오던 관습이 있습니다. 그 하나가 제사 때 제사상을 차리고 가족 모두가 그 앞에서 정해진 예를 갖추는 관습입니다. 그때는 망자들을 받드는 오래된 제문도 읽습니다. 아버지는 그 제문을 아주 아름답게 낭독했습니다. 망자가 죽은 지 2, 3년 정도밖에 안

된 사람인 경우에는 제삿날에 모두 묘까지 갑니다. 그러고 나서 집에서 제사를 지냅니다. 그때는 많은 친척들이 옵니다. 여기에는 오래된 신앙이 있습니다. 놋그릇에 제사음식을 차리는 것입니다. 그리고 오신 분들 모두의 마음이 제사 때 완전하게 하나로 일치하면 놋그릇에서 정말로 희미한 울림소리가 들려온다고 합니다. 그것은 망자의 영혼이 먼저 식사를 하느라 나는 울림이라고 했습니다. 그래서 나는 그 울림을 들으려고 정신을 집중하느라 늘 엄청난 노력을 했습니다. 그리고 나도 그 울림소리를 들었다고 믿고 있었습니다. 이런 제삿날의 엄숙한 분위기 속에서도 아버지가 언제나 중심이었습니다. 나는 그럴 때의 아버지가 좋았습니다.

루이제 린저 그때 당신이 마음속에 품었던 진짜 아버지 상과 이미지가 일치했던 거군요. 그러면 어머니 상은 어떻습니까?

윤이상 내 어머니는 별로 행복하지 않았습니다. 어머니는 아버지의 두 번째 부인이었어요. 어머니는 아버지와 신분이 달랐는데 평범한 농민 집안 출신이었어요. 양반은 계급의식이 아주 강해서 내 어머니는 시댁의 가족들에게 제대로 대우를 받지 못했고, 그걸 힘들어하셨습니다. 가족도 고향도 관습도 모두 어머니에게는 낯설어 언제나 고통스러워했습니다. 그러던 어느 날 어머니는 더 이상 참을 수가 없어서 나를 데리고 집을 나왔습니다. 어머니가 그 이야기를 나에게 해주신 것은 훨씬 뒤의 일입니다. 어머니가 돈 한 푼 없이 몰래 나를 데리고 나왔을 때 나는 돌이 좀 지났을 때라 아직 젖을 먹고 있었습니다. 어머니는 농부의 달구지를 얻어 타기도 하고, 또 걷기도 하면서 부모님이 계신 집으로 돌아가려고 했습니다. 가는 길에 강을 만났는데 홍수 때문에 다리가 떠내려가고 논이 물속에 잠겨 있었습니다. 그때 어머니는 나를 등에 업고 강을 건너려고 했습니다. 그러나 물 한가운데서 어머니는 물에 쓸려갔고 나도 어머니 등에서 떨어져 버렸습니다. 어머니는 살려달라고 소리쳤고 어떤 농부가 어머니와 나를 살려주었다고 합니다.

루이제 린저 조선에서는 남편을 떠난 여자는 자기 가족들도 받아들이지 않는다고 들었어요.

윤이상 맞아요. 대부분의 경우에는 그랬습니다. 하지만 어머니는 결국 어디든 가야 했지요. 그래서 일단 친정으로 갔던 겁니다. 어느 날 아버지가 찾아와서 집으로 돌아가자고 어머니에게 사정했고 어머니는 나를 데리고 돌아왔습니다.

루이제 린저 당신은 어부들의 밤 노래가 가장 아름다운 기억의 하나라고 말했는데요, 그 밖에 다른 소리에 대한 기억은 없습니까?

윤이상 있습니다. 그건 마을에서 떨어져 있는 우리 집 바로 앞에 펼쳐진 논에 대한 기억입니다. 봄이 되어 논에 물을 댈 때면 개구리 천지입니다. 매일 밤 개구리 소리가 정말 시끄러웠는데 그게 나에게는 우는 소리가 아니라 예술적으로 구성된 혼성 합창처럼 들렸습니다. 한 마리가 울기 시작하면 다른 소리가 거기에 맞춰 화답하고 세 마리째 가세하면 갑자기 고음, 중음, 저음의 합창이 일제히 시작되고 또 갑자기 모두 침묵합니다. 간격을 두고는 다시 독창이 시작되고 다른 소리가 거기에 화답하고 그리고 다시 합창이 되지요. 밤이 새도록 말입니다. 낮에는 여자들이 밭에서 노래를 부릅니다. 여자들은 오래된 민요를 부르는데 어머니도 같이 노래를 불렀습니다. 어머니의 목소리는 아름다웠습니다.

루이제 린저 그런데 시인인 당신의 아버지는 악기를 연주할 줄 아셨나요?

윤이상 아닙니다. 아버지는 한 번도 노래를 부르시지 않았어요. 하지만 나는 노래를 불렀습니다. 아름답고 맑고 힘찬 목소리였지요. 어머니 말로는 내가 어렸을 때 많이 울었기 때문이라고 하셨습니다. 나는 울보로 유명했거든요. 아파서가 아니라 그냥 예민했기 때문이었지요.

루이제 린저   '울보'였던 이유에 대해서는 몇 가지 해석이 있을 거라고 생각하지 않으세요? 당신은 강에 빠진 어머니 등에서 떨어져 하마터면 죽을 뻔했지요? 그게 당신에게 충격을 준 거라 생각할 수도 있지 않을까요? 그 정신적인 충격이 무의식중에 남아 있는 거라고 말이죠.

당신의 불안은 훨씬 나이가 든 뒤인 투옥 시절에 시작된 게 아니라 거의 당신 나이와 비슷할 정도로 오래 전부터 시작된 거예요. 게다가 당신 어머니가 양반 집안에서 느낀 슬픔이나 고통이 당신에게 영향을 주었다고 생각하지 않나요? 게다가 아버지에게 사랑받지 못했다는 당신의 감정도 그렇고요. 틀림없이 당신은 지상에 있는 게 싫었을 거예요. 상처 입은 용에게는 그게 고통스러웠을 것입니다.

윤이상   그렇습니다. 용은 살기를 바라지 않았거나 아니면 어쨌든 살기 쉽지는 않았겠지요.

루이제 린저   당신은 음악적인 자극을 가정 밖에서 받았지요? 가무를 공연하던 유랑극단은 어떤 것이었습니까?

윤이상   네. 유랑극단은 아주 재미있었습니다. 유랑극단은 본래 궁중의 오래된 전통에서 유래했습니다. 조선 왕조가 끝날 무렵까지 가수와 음악가들은 궁중에서 대우를 받던 사람들이었습니다. 그러나 그 뒤 그들은 일자리를 잃고 자신의 생계를 꾸려나갈 방법을 생각해야 했습니다. 그래서 그들은 극단을 만들어 이곳저곳을 떠돌아다녔습니다. 그들이 어디를 가든 그곳은 언제나 들썩거렸습니다. 그들은 천막을 치고 아주 소박한 무대를 만들었습니다. 공연은 저녁이나 밤에 했습니다. 등잔불과 관솔불이 밝혀졌습니다. 구경꾼들은 몇 시간이나 열중하며 끈기 있게 서 있거나 앉아 있었습니다. 극단은 보통 오래된 가무 한 막을 공연했습니다.

예를 들면 내가 1972년 뮌헨 올림픽 때 올린 오페라의 소재가 된 〈심청〉같은 거죠. 내가 살던 곳은 큰 읍이었기 때문에 유명한 극단들도 왔습니다. 그들은 모두 가난했어요. 관객은 정해진 요금을 내는 것이 아니라 마음 내키는 대로 알아서 돈을 냈습니다. 운이 없거나 장마철이 되면 공연도 할 수 없어 그들은 싸구려 여관에 머물 수밖에 없습니다. 그들은 밥값과 방값 대신 여배우들을 담보로 남겨두지 않으면 안 될 때도 있습니다. 그들은 이렇게 가난했지만 정말 훌륭한 연기를 했습니다. 어느 날 그들이 통영에 왔는데 아직 어린애였던 나는 어쩌다 그들을 따라나서 다음 마을까지 갔고, 거기서 다시 무대 앞에 쪼그리고 앉아 듣고 있었습니다. 부모님은 많이 걱정했고, 집에서 멀리 떨어진, 극단 사람들이 묵고 있던 곳에서 나를 가까스로 찾아냈습니다.

루이제 린저 그 극단에는 합주단도 있었습니까?

윤이상 내가 진짜 합주단 연주를 처음으로 들은 건 다른 곳, 그러니까 내 어머니의 부유한 친척 집에서였습니다. 그분은 만주에서 왔는데 큰 부자가 되어 가끔 잔치를 벌였습니다. 어머니가 그곳에 나를 데리고 갔습니다. 거기에는 언제나 열 명에서 열두 명 정도의 기생들이 와 있었습니다. 이들은 독창도 하고 합창도 하고, 또 전통적인 옛날 악기, 호금胡琴이라 불리는 몽골의 현악기와 거문고라는 악기도 연주했습니다. 이런 악기는 나에게 정말 매력적이었습니다. 그 울림을 잊을 수가 없습니다. 그중에서도 가장 훌륭했던 건 밤이었습니다. 모두들 잠이 들었고, 나는 깨어 있었는데 어딘가 먼 산속에서 한 남자의 노랫소리가 희미하게 들려왔습니다. 나는 그 노래를 분명히 들었고 그것도 내가 백부 집에 머물던 매일 밤 들었습니다. 누가 부르는지도 아무도 몰랐습니다. 그것은 이 세상의 것이라고 여겨지지 않을 정도로 아름다운 소리였습니다.

루이제 린저 그 소리는 당신의 마음속에 있었던 것일 테지요.

윤이상 아마 그렇겠지요. 그런데 나도 까맣게 잊고 있었는데 통영에는 야외극을 공연하는 곳이 있었고, 오광대(조선 가면극의 일종) 놀이로 유명했습니다. 오광대 놀이는 일종의 음악극인데 극의 내용은 대부분이 계급 대립 그러니까 양반과 하층 계급, 농민, 어민, 상인, 마름, 여기에 순사까지 포함된 대립이었습니다. 연기자들은 모두 아마추어들이었습니다. 그들은 평소에는 다른 직업을 갖고 있습니다. 흔히들 직업적인 배우인 것처럼 말하지만 그렇지 않습니다. 대를 이어 연기를 했기 때문에 자연스럽게 점차 완성도가 높아져서 그런 인상이 강해진 것입니다. 지금은 이런 종류의 전통극은 사멸했습니다.

루이제 린저 아니, 아니, 그렇지 않아요. 내가 한국에서 그런 야외극을 봤으니까요. 서울에 있는 한 대학의 캠퍼스와 북한과의 접경 부근에서요. 우리들은 일부러 거기까지 보러 갔습니다. 거기에 가면극을 공연하는 유명한 극단이 있었기 때문입니다. 역시 사회 비판적인 내용이었어요. 게다가 문교부는 이 전통 연극을 유지하기 위해 돈을 댔고 서울대학은 민속 예능을 위한 특별강좌를 개설하고 있었습니다. 학생들은 물론 이 모임을 정부의 생각대로 끌고 가지 않았습니다. 공연 당시 비밀경찰이 있었지만 학생들은 개의치 않고 박정희 정권을 비판하는 내용이라는 걸 알 수 있는 모든 장면에서 갈채를 보냈습니다.

윤이상 일제 강점기에는 그런 연극이 조선 전통을 답습하는 거라 하여 엄격하게 금지했습니다. 일본은 힘으로 우리들을 일본화하려고 했었지요. 이 일에 대해서는 나중에 이야기하겠습니다. 지금은 아주 강렬한 또 하나의 음악적 인상에 대해서 이야기해야 하거든요. 당신은 내 작품 〈나모南無〉(불교 염불의 시작 부분)를 들었죠. 나는 그 작품을 1971년에 썼습니다. 내가 거기서 음악적으로 표현한 체험은 내 유년 시절의 것입니다. 무당(샤먼)들 — 대부분은 여성들이었습니다 — 은 직업적인 제례 전문가로 사제와 의사, 주술사를 겸한 존재였습니다. 가족 중 하나가 중병에 걸리면 무당을 부릅니다. 그들이 병을 고치고 죽음을 쫓아낼 수 있다고 믿었기 때문입니다. 게다가 사람이 죽은 곳에도 불려갔습니다. 바다에 빠진 뱃사람이나 어부가 떠내려왔을 때도 무당을 부르던 것을 나는 기억하고 있습니다. 무당들은 한 많은 영혼이 구원받도록 도와주어야 했던 것입니다.

굿판이 벌어지는 동기는 슬픈 일이지만 나에게는 문제가 되지 않았습니다. 나는 그 형식에 매료되고 말았습니다. 무당들이 올 때는 젊은 조수들을 데리고 오는데 그중에는 남자도 있습니다. 그러나 주역은 늘 여자였습니다. 무당들은 아주 화려한 의상으로 차려입고 화장을 하고 장신구를 달고 때로는 가면도 씁니다. 그들은 극장 같은 조명이 있고 막을 늘어뜨린 작은 무대를 마당에 만듭니다. 굿판을 벌이는 데는 돈이 많이 들었지만 사람들은 기꺼이 그 돈을 냈습니다. 특히 인기 있는 무당인 경우에는 더욱 그랬습니다.

굿판에는 언제나 구경꾼이 많이 모였습니다. 굿판은 사흘 낮, 사흘 밤 계속되는 경우도 있습니다. 무당이 잠깐 눈을 붙이는 오전에 가끔 쉬기도

했지만 곧 다시 계속됩니다. 무당은 몇 시간이고 계속해서 노래를 불렀습니다. 간단한 춤사위도 있었지만 중요한 것은 노래였는데 자연을 노래하거나 주문, 기도였습니다. 연기는 일반적으로 알려진 기본 형태에 따라 즉흥적으로 이루어집니다. 어린 나는 이 노래를 몇 시간이고 들었습니다. 보는 것으로도 음악으로도 아름다웠습니다. 무당은 자신을 황홀경으로 이끌어 신이 내릴 때까지 시시각각으로 노랫소리를 높여갔습니다.

내 작품 〈나모〉에서 나는 유년 시절의 이 인상을 현대음악의 언어로 바꾸었습니다. 따라서 내 작품 어디서든지 유년 시절의 청각적 인상의 명료한 흔적을 도출해 낼 수 있습니다. 아픈 일도 많았지만 나는 정말로 아름답고 풍요로운 유년 시절을 보냈습니다.

지금 또 다른 기억 하나가 떠올랐습니다. 연날리기입니다. 추운 음력 1월이었습니다. 우리 마을은 남해안의 해양성 기후라서 서울이 영하 10도에서 20도까지 떨어져도 그곳은 춥지 않고 동백이 피어났습니다. 그래서 1월에 연날리기 축제가 있었습니다. 연날리기는 여기 독일처럼 아이들 놀이가 아니라 어른을 위한 놀이였습니다. 연 하나하나는 예술품이고 사람 키만큼 크고 아주 무거워서 혼자서는 들어 옮길 수가 없습니다. 그러므로 연을 날리는 사람은 자연스레 어른들이 된 거지요. 상상해 보세요. 연을 날리는 어른들이 바닷가에 면한 언덕 위에 진을 치고 있습니다. 각 언덕 위에는 각기 한 패거리씩 서 있습니다. 바닷바람이 연을 높이 그리고 멀리 데려갑니다. 연줄의 길이는 종종 1,000미터 이상이나 되고, 연은 1킬로미터 멀리까지 날았습니다.

이때 중요한 건 자기 연을 높이 올리는 게 아니고 자기 연줄로 다른 사람의 연줄을 끊는 것입니다. 물론 공중에서 말이죠. 그러기 위해서 연줄은 미리 유리 가루를 입혀 준비해 둡니다. 그렇게 하면 연줄은 칼날처럼 예리해집니다. 어른들은 각기 자기만의 독특한 비법이 있습니다. 이렇게 만든 연을 바람에 띄워 올린 뒤 자기 연을 다른 사람 연에 조심스럽게 갖다대어 다른 연줄을 끊으려고 합니다. 그러나 거기에는 규칙이 있어 공중에서 끊는 것밖에 허용되지 않습니다. 그래도 3파전, 4파전이 벌어집니다. 이렇게 해서 단 하나의 연이 공중에 남을 때까지 경기가 열흘이나 계속된 적도 있습니다. 이곳 독일의 풋볼 연맹전처럼 연날리기는 마을별로 편성되어 대회가 열립니다. 풋볼을 볼 때는 관중이 대단히 흥분을 하는데 비해 연날리기 대회는 아주 조용하게 치러집니다.

이것 말고 다른 축제도 있었습니다. 예를 들면 진달래꽃 축제가 있지요. 한반도 남쪽에는 봄이 되면 온 산에 진달래가 핍니다. 아이들은 바구니를 들고 다니며 꽃을 땁니다. 여자들은 쌀가루를 반죽해서 지지다가 맨 위에 진달래꽃을 얹은 예쁜 화전을 만듭니다. 음력 3월에 진달래꽃이 만발하면 사람들은 조상의 묘지로 벌초를 하러 갑니다. 이날에는 길 양편에 길게 작은 불판들을 놓고 진달래 화전을 부칩니다.

루이제 린저 석가탄신일에는 수많은 제등 행렬 축제도 하던데, 지금도 그렇겠지요.

윤이상 예, 음력 4월에 있습니다. 어렸을 때 나는 그 행렬을 성스러운 미륵산 기슭의 절에서 보았습니다. 그때는 정말 수천 개나 되는 연등이 절 경내에 걸립니다. 연등은 밤새도록 밝혀져 있습니다. 사람들은 밤을 새워 기도합니다. 법당에는 스님들의 독경 소리가 흘러나오고 경내에는 사람들이 돌면서 불경을 외웁니다. 이것과는 또 다른 제등 행사도 있습니다. 원래는 서당에서 하던 축제였고, 일종의 경기였는데 그러면서도 아주 조

산기슭에서 바라본 통영 바닷가. 그곳은 윤이상의 음악적 영감의 원천이었다

용했습니다. 아이들이 줄을 맞추어 한 사람 한 사람 등을 듭니다. 큰 아이들은 큰 등을 들고, 작은 아이들은 작은 등을 들고 추수가 끝난 논을 밤새도록 걸어다닙니다. 그게 전부입니다. 등이 서서히 꺼지고 마지막에 단 하나가 남을 때까지 계속해서 걷는 겁니다. 빛이 하나 둘 사라져가는 광경은 잊을 수 없을 정도로 아름답습니다.

또 하나 역시 완전한 침묵 속에서 하는 놀이가 있습니다. 보름달이 뜨는 밤에 좁은 다리 위를 걷는 것입니다. 온 동네가 깨어 있지만 한마디도 하지 않고 다리를 백 번 건너야 합니다. 이때 자기가 바라는 소원을 빌면서 잠자코 다리를 백 번 건너고 나면 소원이 이루어진다고 했습니다.

그러나 무엇보다 가장 아름다운 축제는 단오입니다. 우리 마을을 둘러싸고 있는 논밭이나 언덕에는 복숭아나무와 벚나무가 많았습니다. 봄에는 온 동네가 꽃바다를 이루었지요. 지리산 기슭에도 중턱에도 꽃이 흐드러지게 피어 있었습니다. 산 중턱에는 400년 된 절이 있었습니다. 5월 어느 날 온 마을 사람들이 남자고 여자고 아름답게 차려입고 그곳으로 갑니다. 부인이나 소녀들은 머리에 꽃을 달고 많은 사람들이 어깨에 멘 장구를 치면서 갑니다. 이렇게 장구를 치고 노래도 하면서, 흥겹게 사람들은 꽃이 피어 있는 길을 지나 절로 갔습니다. 거기에는 작은 술집이나 포장마차도 있어 술도 마실 수가 있었습니다. 이렇게 점점 분위기가 고조되지요. 술을 많이 마시면 더 그랬고요. 하지만 도를 지나치거나 하는 일은 없었습니다.

이런 축제는 우리들에게는 그저 단지 아름답기만 했던 건 아니고, 일제 강점기에는 하나의 중요한 역할을 했습니다. 우리들은 침묵과 인내를 강요받아왔던 민족입니다. 일본인은 우리들을 완전히 일본화하기 위해서 우리의 독자성을 빼앗으려 했습니다. 이런 축제는 우리들이 민족적인 자각을 잃지 않게 하는 데 중요한 몫을 했습니다. 이런 축제들은 조용하고 강인한 정치적 저항의 상징이고 표현이었습니다.

정말 오랫동안 잊고 있던 기억이 떠오르네요. 원숭이 놀이요. 당시에는 심심치 않게 화려하게 차려입은 중국인들이 원숭이를 데리고 와서 음악에 맞춰 춤을 추게 했습니다. 그 음악은 정말로 '원숭이 음악'이라고 불렸는데 오랜 전통을 지니고 있습니다. 이미 7세기에 중국에서 인정받았고, 그 전통은 일본으로 건너가 고도로 예술적인 '노能' 음악(중세 이래 계승되어 온 시가와 춤, 음악을 동반하는 연극으로, 탈을 쓰고 연기하는 것이 많다)의 전신이 되었습니다. 조선에서 그 전통이 다른 식으로 이어졌는데 원숭이 춤이나 중국식 접시돌리기 같은 서커스의 반주 음악이 되었습니다. 피리와 큰북과 오보에 비슷한 악기로 이루어진 이 음악은 나에게 강한 인상을 주었습니다.

또 다른 추억도 있습니다. 이건 음악극적인 인상이라고 해야겠는데요, 이걸 정말 또렷이 기억하고 있어요. 그건 일종의 즉흥극 같은 공연이었습니다. 어느 날 한 남자가 술집에서 나와 길거리에 서서 오래된 가극의 한 구절을 부르자, 또 다른 남자가 다가와 대구 부분의 노래를 부르는 것이었어요. 종종 이렇게 가극의 즉흥 공연이 이루어졌습니다.

우리 민족의 음악성에 대해 이해를 구하기 위해 내가 살던 지방에서 일어났던 일 하나를 이야기하겠습니다. 어느 날 밤 부유한 쌀 상인이 마을에서 떨어진 바닷가 근처의 여관에 묵고 있었습니다. 그는 잠을 이룰 수가 없었습니다. 왜냐하면 달빛이 창호지를 통해 밝게 들이비치고 있었기 때문입니다. 그때 그는 멀리서 들려오는 노랫소리를 들었습니다. 정말 맑고 멋진 목소리였습니다. 노래는 불교 아함경阿含經에서 딴 '보렴普念'(남도창의 일종)이었습니다. 그 노래는 본래 주고받으며 불러야 하는 노래였습니다. 그러나 부르는 남자는 분명히 한 사람이었습니다. 쌀 상인은 한참 동안 조용히 귀를 기울이고 있다가 더 이상 가만히 앉아 있을 수가 없어서 벌떡 일어나 밖으로 나가 부르지 않았던 대구 부분을 불렀습니다. 멀리 소리가 다시 답하고 쌀 상인이 거기에 다시 답하고, 그는 이렇게 노래를 부르며 모래언덕으로 다가갔습니다. 그는 거기서 노래한 사람을 보았는데 그 사람은 가난한 차림의 청년이었습니다. "이렇게 소리를 잘하는 자네는 대체 누구인가?" 하고 쌀 상인이 물었습니다. 청년 말로는 자신은 전라도 출신으로 거기서 작은 땅을 소작하고 있었는데 소출이 너무 적어서 여름에는 이곳으로 돈을 벌러 올 수밖에 없었다고 했습니다. 상인은 그를 여관으로 데리고 갔습니다. 그리고 그 밤에 주모를 깨워 술을 가져오게 했습니다. 이렇게 해서 같이 노래를 했던 두 사람은 사회적으로 형편이 다른 것도 잊고 형제처럼 지냈답니다. 이 두 사람은 결코 음악가가 아니었다는 것, 그런데도 그런 어렵고 예술적인 노래를 부를 수 있었다는 걸 잘 생각해 보세요. 전라도에서는 아주 뛰어난 가수들이 많이 태어났습니다.

루이제 린저 당신은 물론 어렸을 때 학교에 다녔겠지요. 어떤 종류의 학교였습니까? 거기서 음악 교육도 받았나요?

윤이상 물론 학교에 갔습니다. 다른 아이들보다 조금 이른 나이인 다섯 살 때 입학했습니다. 그 학교는 근대적인 학교는 아니었습니다. 근대적인 학교도 있었습니다. 일본인이 서양식 학교 제도를 도입하여 전혀 새로운 교육정책을 취하고 있었거든요. 그러나 내 아버지는 일본인과 근대적인 모든 것에 반대했습니다. 그래서 아버지는 나를 중국 고전 전통을 가르치는 어떤 사립학교(서당)에 보내셨어요. 그래서 나는 중국 고전을 배워야 했습니다. 그건 말글이 아니고 한자였는데, 물론 몇 천 자 정도에 지나지 않습니다. 나는 기억력이 좋아 일고여덟 살 때『공자孔子』,『장자莊子』 같은 중국의 고전을 읽을 수 있었습니다. 물론 그 철학은 이해하지 못했지만요. 그래도 나는 읽었습니다. 내가 제일 좋아했던 건 한자를 붓으로 쓰는 것이었어요. 나는 거기에 특별한 재능이 있었던 것 같았는데 칭찬을 많이 받았습니다. 고전 시를 깨끗하게 그대로 옮겨 적기도 하고, 내가 직접 시를 지었던 기억도 있습니다. 물론 형식만 딴 전혀 가치 없는 것이었지만요. 나는 서예와 한문학과 철학만 가르치는 이 학교에 3년 동안 다녔습니다.

루이제 린저 음악은 전혀 배우지 않았어요?

윤이상 네, 전혀요. 노래조차 안 배웠어요. 그 다음에 아버지는 서양식 수업을 하는 보통 소학교에 보냈습니다. 아버지 자신은 여전히 상투를 틀고 있었고 나도 서당에서는 머리를 땋고 있었지만, 아버지는 당신 아들은 달라질 미래를 위해서 신식 교육을 받아야 한다고 생각하셨습니다. 새로운 학교에서도 나는 한복을 입고 다녔어요. 그때 나는 여덟 살이었어요. 학교는 우리 조상이 짓는 데 도움을 준 그 조선 양식의 아름답고 오래된 건물 속에 있었습니다. 아버지가 처음 나를 그 학교에 데려갔을 때 아버지가 선생님과 이야기하는 동안 나는 빈 교실에서 기다려야 했습니다. 거기에는 희한한 가구가 하나 있었는데 뭐에 쓰는 건지 나로서는 도저히 알 길이 없었습니다. 그때 한 남자 선생님이 다가와서 그 앞에 앉더니 흰색과 검정색 건반을 누르기 시작했습니다. 그러자 음악이 울렸던 겁니다!

루이제 린저 피아노였군요?

윤이상 아닙니다. 좀 기다려보세요. 그 사람은 그러고는 가버렸습니다. 그래서 나도 살며시 다가가 눌러보려고 했습니다. 그런데 전혀 소리가 나오지 않았습니다.

루이제 린저 오르간이로군요. 발로 눌러서 공기를 보내야만 소리가 난다는 걸 당신은 몰랐던 거군요.

윤이상 맞아요. 나는 흥분한 상태라서 거기까지는 보지 못했던 거지요.

루이제 린저 오르간을 서양의 선교사들이 당신 나라에 소개했지요. 그리

통영의 자랑인 세병관. 그러나 일제 시대엔 소학교로 쓰였다

고 그것이 결국 서양 음악과 당신의 첫 만남이겠네요. 그 소리가 아름답
다고 생각했나요?

윤이상 아름답다고요? 아닙니다. 하지만 그렇게 큰 소리가 이렇게 많이
한번에 쏟아져 나와 울리니 흥분해 버린 거지요. 나는 마음을 홀딱 빼앗
겼습니다. 우리나라 음악은 단음뿐이고 화음이 없어요. 그러면서도 음은
아주 조용하고 하나하나의 음을 따로따로 듣습니다. 그런데 이렇게 여러
음이 동시에 들려온 거지요. 그것은 정말 신기한 느낌이었습니다. 하지만
나는 이미 유럽 음악을 듣고 있었어요. 다만 그게 뭔지 모르고 있었을 뿐
이죠. 우리집 근처에 개신교 교회가 있었는데 거기에서는 서양 노래를

불렀어요. 바람이 밭을 건너 그 가락을 전해 주었고 나는 그걸 재빨리 기억해서 학교에 가기 전에 이미 따라 부를 수 있었거든요.

루이제 린저 가사는 한국어였나요? 아니면 일본어였나요?

윤이상 우리말이었어요. 유럽의 기독교 선교사는 일본인에게 협력하지 않고 오히려 우리들 편에 섰습니다. 일제 강점기 내내 그들은 우리의 저항을 지원했지요.

루이제 린저 당신은 그 뒤 교회에서 같이 노래를 불렀지요? 하지만 기독교 신자는 아니었죠?

윤이상 그건 중요한 게 아닙니다. 어쨌든 나는 어느 때부터 얼마나 다녔는지는 모르겠지만 기독교 교회를 다녔습니다. 그러나 기독교 신자가 될 정도로 오래는 아니었어요.

루이제 린저 그 새 학교에서는 음악 교육을 받았나요?

윤이상 네. 우리는 오르간 반주에 맞춰 짧은 노래를 배웠습니다. 그건 유럽 노래였는데 부르기 쉬워서, 침울하고 대단히 장식적이며 예술적이었던 우리나라 노래하고는 달랐습니다. 나는 유럽 음계가 마음에 들었습니다. 아주 명확했기 때문이지요.

루이제 린저 그 노래는 당신 나라 노래에 비해 훨씬 빈약하다고 생각하지 않았습니까?

윤이상 흥미 있었습니다. 학교에는 사범학교를 나온 선생님이 있었습니다. 나는 언제나 그 시간을 기다렸습니다. 선생님은 교실에 들어오면 새로운 노래를 불러 들려주기 전에 오선지가 그려진 칠판에다 그 노래의 악보를 그리셨습니다. 나는 그것을 정확히 읽어냈습니다. 선생님이 돌아섰을 때는 손을 들어 그 노래를 한 군데도 틀리지 않고 도, 레, 미, 파 하고 한번 보고 불렀습니다. 선생님은 좋아했습니다. 한 반에는 70명 정도의 아이들이 있었는데 악보만 보고 노래를 부를 수 있었던 건 내가 처음이 었습니다.

루이제 린저 그러니까 당신은 금방 유럽풍으로 노래했겠네요. 음을 놓치거나 소리 변화를 배우지 않고도 말이에요.

윤이상 네. 완전히 유럽풍으로요. 마치 내가 다른 노래는 들은 적도 없다는 듯이요. 나의 재능은 학교 전체에 알려졌고 목소리도 고왔기 때문에 학예회 때는 독창을 했습니다.

루이제 린저 악기는 배우지 않았나요?

윤이상 바이올린을 조금 배웠습니다. 열세 살 때 근처에 어떤 젊은 사람이 살았어요. 그 사람은 도쿄에서 공부했고 — 음악을 공부한 게 아니고 음악은 그저 취미에 지나지 않았어요 — 바이올린을 가지고 있었는데 난 그 사람한테 가서 바이올린을 배웠습니다. 그렇게 오래도 아니고 자주 배운 것도 아니지만 얼마 안 있어서 간단한 곡은 켤 수 있을 정도까지 됐지요.

루이제 린저 당신은 바이올린을 가지고 있었나요?

윤이상 아주 싸구려 바이올린을 하나 가지고 있었어요. 아버지는 끼이끼이 하는 소리를 아주 싫어했습니다. 그때 나는 또 다른 사람에게 기타를 배웠습니다. 기타는 바이올린보다 쉽고, 우리나라의 다른 현악기보다도 훨씬 쉬웠습니다. 당시에는 일본을 통해 서양의 유행가가 들어와 있었는데 나는 그걸 배웠습니다.

루이제 린저 그런 유행가 말고 서양의 고전음악은 몰랐었나요?

윤이상 레코드를 통해서 몇 개 정도 알고 있기는 했지만 많지는 않았습니다. 내가 일본으로 음악 공부를 하러 갔을 때 처음으로 서양 음악을 알게 된 거지요.

그런데 열세 살 때 나는 이렇게 생각했어요. 왜 나는 다른 사람이 악보로 그린 것만 불러야 하고, 연구해야 하나. 왜 내가 스스로 음악을 쓰면 안 되는 걸까. 그래서 작곡을 시작했습니다. 처음에는 간단한 노래를, 그리고 몇 개의 악기를 위해 화성적으로 조금 복잡한 음악을 생각나는 대로 작곡했습니다. 그건 말하자면 조금 고상한 경음악 같은 것이었습니다. 그런데 그것이 연주되었던 거예요. 물론 그게 내 작품이라는 것은 아무도 모르지만 말입니다.

우리 마을에는 영화관이 두 개 있었어요. 당시는 무성영화 시대였지요. 영화 사이의 막간에 음악을 연주했습니다. 그 시간엔 서양 음악을 연주하곤 했는데 슈트라우스의 왈츠 같은 곡을 연주했습니다. 손님들은 영화만 보는 게 아니라 이 연주를 듣기 위해서도 왔습니다. 그런데 어느 날 나는 아주 익숙한 음악을 듣게 되었습니다. 나는 내 귀를 의심했지만 역시 그랬어요. 내 곡이었던 거예요! 나는 아주 기뻤지만 뭐가 뭔지 도대체 알 수가 없었어요. 한참 지나서 알게 된 건데 그 바이올린을 가지고 있던 학생이 내 곡을 악사들에게 넘겨줬다고 말하더군요. 지휘자가 그것을 소小 오케스트라용으로 조금 편곡했는데, 누구 작품인지는 아무도 몰랐습니다. 그 곡은 여러 차례 연주되었어요.

루이제 린저 당신은 왜 악사들에게 가서 자기가 그 곡을 쓴 사람이라고 말하지 않았나요?

윤이상 뭐라고 말할까요. 나는 아직 어렸고 그것도 조선인이었고 악사들은 어른들이었습니다. 그런 사람들하고 그렇게 쉽게 이야기하게 되지 않았어요.

루이제 린저 당신은 소심한 아이였나 보군요?

윤이상 아주아주 소심했어요.

루이제 린저 그 이야기를 부모님께 말하지 않았나요?

윤이상 당연하죠. 부모님이 좋아하지 않을 거라는 사실을 알고 있었으니까요. 당신은 아버지가 음악 공부하는 걸 처음부터 반대했다는 걸 알고 있지요? 아버지 자신도 예술가라 할 수 있는 사람이었지만, 내가 음악가, 그것도 직업적인 예술가가 되는 걸 바라지 않으셨습니다. 처음에 아버지는 나의 음악에 대한 관심, 바이올린이나 기타 연주를 진지하게 보시지 않고 내버려뒀어요. 하지만 내가 음악에 대해 깊은 관심을 갖고 있다는 걸 알게 된 거예요. 그래서 어느 날 '너 진짜로 음악 공부를 할 테냐'고 물으셨습니다. 나는 머뭇거리다가 분명하게 말했습니다. '네!'라고요. 아버지는 엄청나게 화를 내셨어요. 결코 아들이 음악가가 되게 내버려두진 않겠다고요. 그게 다였습니다.

루이제 린저 대체 아버지는 왜 그렇게 반대하셨을까요?

윤이상 글쎄요, 이해할 수 있을 것 같기는 해요. 아버지는 음악을 취미로 하는 사람밖에 몰랐습니다. 취미로 한다면야 아버지는 허락하셨을 테지요. 하지만 음악을 직업으로 한다니……. 그때는 음악가를 왠지 천하게 여겼습니다. 그래서 아버지는 나의 장래를 바이올린이나 기타, 트럼펫을 들고 돌아다니며 극장이나 영화관 선전을 하는 식으로 생각하셨던 거지요. 또 아버지는 내가 유랑극단과 함께 비참하게 여기저기로 떠돌아다니게 될 거라고도 생각하셨던 모양입니다.

그런 한심한 미래에서 나를 구해 내기 위해 아버지는 단호한 조치를 취하셨습니다. 나를 어떤 남자한테 데리고 가더니 연주를 해보라고 하신 거예요. 그 사람은 바이올린을 아주 잘 켜는 사람이었습니다. 그건 물론 미리 계획된 일이었습니다. 그 사람은 아버지가 나를 음악가가 되는 걸 허락하지 않는 게 타당한 일이고 음악은 나에게 전혀 전망이 없는 직업 이라고 말했습니다. 이것으로 내 인생이 결정된 것처럼 생각되었습니다. 나는 집으로 돌아가 울며 며칠 동안 한마디도 하지 않았습니다. 그러고 난 그 이후로 바이올린을 연주하지 않았습니다. 그러나 작곡은 했습니다. 그러면서 레코드로 많은 음악을 들었습니다.

루이제 린저   서양 작곡가 중에서 누구를 제일 처음으로 알게 되었는지 기억합니까?

윤이상   그건 잊어버렸습니다. 하지만 오페라를 듣고 아주 매료되었던 건 기억합니다. 나에게 대체로 매력적이었던 건 언제나 노래였습니다. 표도르 샬랴핀Feodor Chaliapin의 목소리를 잘 기억하고 있습니다. 악기 중에 서 내 흥미를 끈 것은 역시 노래다운 선율성을 지닌 악기였어요. 특히 첼로를 좋아했습니다. 그러나 음악, 특히 교향곡을 올바로 이해하기에는 소양을 갖추고 있지 못했습니다. 학교에서는 음악에 대해 아무것도 배운 게 없었습니다. 온 마을을 뒤져도 나에게 음악 이론을 가르쳐줄 만한 사람은 한 사람도 없었습니다. 그러나 당시 내 음악적 흥미 사이에 다른 관심이 비집고 들어왔습니다. 정치적인 관심이었습니다.

루이제 린저   당신은 대체 언제부터 조선의 정치적 상황을 의식하게 되었습니까? 반일反日 정신을 가진 당신 아버지가 그런 것에 대해 이야기했나요?

윤이상   직접적으로 반일적인 언사를 하지는 않았지만, 아버지는 중국과 조선의 역사에 대해서 많이 이야기해 주었습니다. 그것이 나를 반일적으로 키우는 아버지의 교육 방법이었지요. 아버지 자신은 비정치적인 사람이고 세상사에 어두운 선비였습니다. 일을 하는데도 일본인과 일절 관계를 갖지 않으려 했기 때문에 우리들에게 경제적으로 좋지 않은 결과를 가져왔습니다. 당시 조선에는 일본인이 넘쳐났고 일본인은 우리나라의 주요 수입원인 농업과 어업, 말하자면 조선 경제를 장악하고 있었습니다. 일본인은 부지런하고 숫자도 많은 통영의 조선인들을 마을 중심에서 주변으로 몰아내고 또 좋은 직종도 차지했습니다. 그래서 우리들은 점점 가난해지고 힘을 잃었습니다. 아주 어렸을 때부터 우리는 그것을 봐서 알고 있었습니다. 조선 사람들은 일본인에게 협력한 사람들조차도 반일적이었습니다. 특히 경찰도 그리고 나중에는 군대도요.

게다가 조선의 노인들은 거의 모두가 반일적이었습니다. 노인들은 일본의 식민 지배가 시작되었을 때의 일을 경험했고 일본인이 잔혹하게 탄압했던 1919년 독립 봉기를 기억하고 있었기 때문입니다. 그들은 결코 그 일을 잊을 수 없었습니다. 통영 청년들 사이에는 두 그룹이 있었습니다. 한 그룹은 전투적·혁명적으로 일본에 반대하여 새로운 봉기를 바랐습니다. 또 한 그룹은 민족적이고 독자적인 문화를 집요하게 강조함으로써 민족의 자각을 강화하려고 했습니다. 두 그룹 모두 나름대로 열심히 활동했습니다. 통영은 대학촌이 아니었기 때문에 정치적인 활동은 학생들이 아니라 노동자, 시민, 지식인의 아들들이 했습니다. 싸움은 매우 혹독하고 위험했습니다. 젊은 조선인들은 일본인 순사나 동포 경찰들에게 몇 번이나 체포되었습니다.

그리고 대량 사살이 행해졌던 1919년의 위대한 민중 봉기가 일어났습니다. 나는 종종 묘지 앞을 지나다가 일본 경찰의 지시로 비석의 비문을 지우는 것을 본 적이 있습니다. 그 비문에는 죽은 사람이 용감한 자유 투사였고 일본인에 의해 학살당했다고 쓰여 있었습니다. 나는 그 비문이 다시 복원되는 것도 보았습니다. 그러나 1919년의 봉기 이후에 조선인은 조심스러워졌고 정치활동의 중심을 문화적인 부문으로 옮겼습니다. 그래서 나는 이미 어려서부터 일의 의미도 잘 모르는 채 거기에 참가해 왔던 것입니다. 데모를 준비하는 소모임이 끝도 없이 생겨났습니다. 아이들은 여기저기 돌아다니며 정보를 전할 수 있었는데 아무도 아이들을 의심하지는 않았습니다. 아이들은 또한 숨겨진 서고에서 금서를 가지고 나올수도 있었습니다. 그런 책이 우리의 민족의식과 독립 의지를 강화시켰습니다. 물론 그런 책은 개인의 서고에밖에 없었습니다. 예를 들면 우리 마을의 역사와 밀접하게 관련되어 있는 이순신 장군 이야기가 있었습니다. 이순신은 400년 전 사람인데 일본과의 해전에서 큰 승리를 거뒀고, 그 용감한 행동에 대해 유명한 일화가 많이 전해져 옵니다. 그것은 입에서 입으로 전해져 나중에 기록으로 남겨진 것입니다. 이 민족의 영웅은 우리들을 열광시켰습니다. 우리들은 이순신이 살았던 곳에서 사는 걸 자랑스럽게 생각하고 그에 대한 이야기를 많이 했습니다. 그 시절에 나는 내 나라를 열정적으로 사랑하는 걸 배웠던 겁니다.

루이제 린저 하지만 당신의 정치활동은 그때로부터 한참 뒤의 일이지요.

윤이상 몇 년 뒤의 일입니다.

한국과 일본에서의 청춘기

루이제 린저 그럼 열다섯 살 무렵에는 무엇을 하고 지냈습니까?

윤이상 아버지는 내게 음악 공부를 금지시키고 상업학교에 보냈습니다. 난 상업에 대해 아무런 관심도 없었습니다. 열일곱 살 때 서울로 갔습니다.

루이제 린저 잠깐만요. 서울로 갔다고요? 그건 어떤 의미지요?

윤이상 서울로 음악 공부를 하러 간 겁니다.

루이제 린저 하지만 당신 아버지는 그걸 막으셨다면서요?

윤이상 몰래 집을 나와버렸습니다.

루이제 린저 아버지 허락도 없이, 유교적인 집안의 아들인 당신이요?

윤이상 그럴 수밖에 없었습니다.

루이제 린저 돈도 없이요?

윤이상 집안사람 중에 나를 도와주는 사람이 있었습니다.

루이제 린저 그래서 당신은 어느 날 몰래 서울로 갔다? 열일곱 살 때로군요. 당신 아버지는 경찰에 신고하지는 않으셨나요?

윤이상 아뇨. 아버지는 나하고 인연을 끊는다는 편지를 보내셨습니다.

루이제 린저 그래서 당신은 서울에서 어떻게 생활했습니까?

윤이상 나는 바이올리니스트로도 작곡가로도 유명한 한 음악가에 대해서 들었습니다. 그는 서양식 기법으로 그러나 민족적인 요소로 작곡을 하고 있었습니다. 나는 그 사람한테 갔습니다. 그는 나를 제자로 받아주었습니다. 이렇게 나는 그 사람 밑에서 처음으로 화성학 기초를 배웠습니다. 이 선생님은 어느 독일인 선생 제자의 제자였습니다. 그 독일인 선생은 군악대를 지휘한 프로이센의 장교로 프란츠 에케르트Franz Eckert라고 했습니다.

루이제 린저 그 사람이 어떻게 조선에 온 거죠?

윤이상 일본을 경유해서 왔어요. 일본 천황이 그를 고용했던 것입니다. 이 독일인은 일본을 위해 국가도 작곡했습니다. 그는 최초로 서양 음악 시스템을 동양에 도입했습니다. 그가 연금을 받으며 퇴직했을 즈음에 조선의 국왕이 조선에도 군악대를 만들기 위해서 그를 데리고 왔습니다. 이건 금세기 초의 일이었습니다. 에케르트는 1916년에 서울에서 죽었습니다. 그는 악기 교육을 했고 그뿐 아니라 서양의 화성학과 대위법도 가르쳤습니다. 그에게는 제자가 많았는데 그 제자의 제자가 나의 선생님이었습니다. 그 선생님은 이미 군대 음악과는 아무 관계도 없고 방송국에서 일하고 있었습니다. 그는 일본인이 우리나라에 처음으로 세운 방송국에서 작곡을 하고 있었습니다. 이렇게 나는 음악 이론을 배웠습니다. 그러는 한편으로 열심히 총보를 공부하고, 국립도서관에 가서 고전음악과 함께 당시의 현대음악, 리하르트 슈트라우스Richard Strauss나 파울 힌데미트Paul Hindemith를 찾아냈습니다. 나는 2년 동안 서울에 있다가 다시 집으로 돌아갔습니다.

루이제 린저 아버지는 당신을 어떻게 대하셨나요?

윤이상 아주 안 좋았죠. 아버지와 나는 서로 아주 서먹해져 말 한마디 나누지 않았습니다. 나는 집에 오래 있지는 않았습니다. 일본으로 가서 거기서 계속 공부하고 싶었습니다. 아버지는 말했습니다. 좋다. 하지만 일본 상업학교가 아니면 안 보낸다. 여가로 음악 공부를 하는 건 좋다는 말이었죠. 나는 그러기로 했습니다. 아버지가 돈을 주었고 나는 오사카로 갔습니다. 거기서 나는 이론과 작곡을 배웠습니다.

루이제 린저 입학시험을 치러야 했나요?

윤이상 네. 하지만 제겐 아주 쉬웠습니다. 나는 내가 작곡한 곡 몇 개를 보여주었습니다. 정확한 이론의 기초 없이 무조적인 요소를 지닌 현악 사중주였다는 것밖에 기억이 나지 않습니다.

루이제 린저 내가 이상하게 생각하는 걸 알겠지요? 당신은 지금까지 모차르트나 바흐, 베토벤에 대해서는 한 번도 말하지 않았어요. 그들에 대해서는 몰랐나요?

윤이상 잘 몰랐습니다. 나는 정식으로 서양 고전과 만난 적이 없었습니다. 내 지식은 광범위했지만 표면적인 것이었어요. 내가 원하던 것은 뭔가 다른, 그러니까 내 자신의 음악을 쓰고 싶었던 거지요. 당시에 나는 바이올린으로 즉흥적인 작곡을 많이 했습니다. 피아노는 없었습니다. 연습용 피아노 한 대 찾기 힘들 때였습니다.

루이제 린저 당신이 좋아하던 악기 첼로는 어땠나요?

윤이상 오사카에서 연습용이 한 대 필요했습니다. 하지만 돈이 없었기 때문에 싼 것을 살 수밖에 없었습니다. 게다가 필요한 만큼 충분히 연습을 할 수도 없었습니다. 나는 조선인만 모여 사는 가장 가난한 지역에 살았습니다. 거기는 특수 부락이었어요. 조선인들은 지금도 거기서 살고 있습니다.

루이제 린저 왜죠?

윤이상 일본 지배하에서 많은 조선인들은 몰락했습니다. 그들은 일을 찾기 위해서 나라를 버리고 일본으로 갈 수밖에 없었습니다.

루이제 린저 그러면 외국인 이주 노동자 같은 거군요.

윤이상 네. 하지만 권리가 전혀 없었지요. 지독한 저임금에 노동조합도 없었습니다. 대부분의 조선인들은 거의 강제적으로 일본으로 끌려왔고 넝마 줍기나 청소 같은 저급한 일을 하는 것밖에 허용되지 않았습니다. 아이들에게는 출세의 가능성이 전혀 없었습니다. 일본 상급 학교에는 진학할 수 없었고 조선인 학교도 허가가 나지 않았기 때문입니다. 그런 이유로 그들은 언제나 똑같이 가난하고 교육도 받지 못했습니다.

나 스스로 조선인이 어떤 취급을 당하는지 경험한 적이 있습니다. 친구인 최와 함께 도쿄로 공부하러 갔을 때, 우리는 방을 구하러 다녔습니다. 그때 우리는 여러 집 대문에 '방 있음, 조선인 사절'이라고 걸려 있는 걸 보았습니다. 마침내 우리는 조선인이라는 것을 밝히지 말자고 입을 맞추었습니다. 다행히 집 주인은 서툰 우리의 발음을 규슈 지방 사투리라고 생각했습니다. 집 주인은 순사 부장이었습니다. 우리는 가능한 그들과 얼굴 마주치는 걸 피했습니다. 그런데 어느 날 밤, 그가 우리를 식사에 초대했습니다. 우리는 조금 과음을 했는데, 갑자기 내 친구가 규슈 사람으로 통했던 것을 잊어버리고 두세 마디 조선어로 나에게 말을 건넸습니다. 집 주인은 즉시 말했습니다. "너희들 저쪽 사람이었어?" 우리는 다음날 그 집을 나와야 했습니다.

루이제 린저 오늘날 일본에 있는 한국인도 여전히 비슷한 상황이라고 했지요? 하지만 그들은 왜 한국으로 돌아가지 않았습니까?

윤이상 너무 오랜 세월이 지나 한국하고는 소원해져 버려서겠지요. 아마도 한국에서는 일자리를 찾을 수도 없을 것이고, 또 다른 억압으로 바뀌는 것뿐이겠지요. 한국의 정치적 분단은 그 상황을 이중으로 힘들게 했습니다. 그래서 그들은 오랜 세월 살아왔던 곳에 그냥 머물러 있는 것입니다.

루이제 린저 그런데 박정희 대통령은 그 사람들을 도와주지 않았습니까?

윤이상 그렇습니다. 일본 정부도 마찬가지고요. 재일 한국인들은 잊혀져 있었습니다. 그들은 외국으로 여행하는 것조차 허용되지 않은 채 일본인과 결혼하거나 국립대학에 입학하는 것조차 아주 어려웠고, 빈민가에서 좀더 좋은 집으로 옮기는 것도 쉽지가 않았습니다. 내가 그들 사이에서 살았던 당시에도 그랬지만, 그건 지금도 마찬가집니다.

권리도 없고 배우지도 못한 그 사람들의 운명이 내 마음에 사회적 의식을 일깨웠고, 나의 정치적 관심을 높였습니다. 그러나 그때까지도 나에게는 적극적으로 활동할 가능성은 없었습니다. 나는 음악을 공부해야 했고, 또 아버지의 의지에 따라 상업학교에도 가야 했습니다. 아버지는 돈을 보내주셨지만 아주 적은 액수였습니다.

나는 2년을 지내고 다시 통영으로 돌아갔습니다. 그동안 우리 집은 더욱

일제 시대 소학교 교사 시절의 윤이상. 오른쪽에서 세 번째(1939년)

가난해져 있었습니다. 가능한 빨리 돈을 벌어야 한다는 걸 알고 있었습니다. 나는 교사 자리를 찾았습니다. 아직 민족적 정신을 유지하고 있는 사립학교가 있었습니다. 교사들은 민족의식이 강했습니다. 사립학교는 일본인의 손이 아직까지는 미치지 않고 그대로 방임되어 있었습니다. 일본인에게는 위험하게 보이지 않았던 거죠. 물론 그런 학교도 나라에, 그러니까 일본인에게 인가를 받아야 했습니다. 우리들은 일본어로 가르쳐야 했습니다. 그러나 나는 기회가 있을 때마다 아이들에게 민족의식을 높이려고 애쓰며 아이들과 조선어로 이야기하려고 했습니다. 그때까지만 해도 그게 허용되었지만, 그 후 전쟁 중에는 조선어를 쓰면 무거운 벌을 받도록 바뀌었습니다.

루이제 린저 그럼 그 시기에 당신 음악은요?

윤이상 물론 작곡을 계속했습니다. 게다가 그때는 자유롭게 쓸 수 있는 오르간이 있었습니다. 그곳은 오스트레일리아에서 온 개신교 선교사가 사는 곳이었습니다. 그 사람 집에서 나는 친구들과 함께 연주를 했습니다. 나는 오페라 아리아를 불렀습니다. 그때 나는 오페라 문헌을 연구하고 있었거든요. 어느 날 파리에서 유학을 한 일본 작곡가가 귀국하여 대성공을 이루었다는 일본 신문 기사를 읽었습니다. 나는 내 작품을 트렁크에 쑤셔 담고 도쿄로 갔습니다. 그 작곡가는 이케노우치 도모지로池內友沈郞라고 했습니다. 그는 뛰어난 음악 이론가 중 한 사람이었습니다. 그는 내 작품을 훑어보더니 바로 나를 제자로 삼아주었습니다. 그 밑에서 나는 자신을 가졌습니다. 그는 정말로 서양 음악의 기초 지식을 갖고 있었습니다. 그에게 나는 정선율定旋律(음악에서 대위법 작곡의 기초가 되는 가락. 악곡에서 처음부터 주어진 가락을 말한다)을 배우기 시작했습니다.

그러나 그 시절은 나에게도 어느 누구에게도 좋지 않은 시절이었습니다. 나는 무일푼이었고 돈을 벌지 않으면 안 되어서 악보 베끼는 일을 했습니다. 전쟁이 가까워지고 있다는 것을 느낄 수 있었습니다. 일본은 독일과 긴밀해지고 있었고, 유럽에서는 이미 전쟁이 시작되었으며, 일본은 군비를 정비하고 있었습니다. 우리 조선인들은 전쟁을 무서워했지만 한편으로는 전쟁에 기대를 걸었습니다. 전쟁이 우리를 해방시켜줄 수도 있었기 때문입니다. 우리는 일본이 미국과 싸워 질 거라고 예상했습니다. 우리 재일 조선인 유학생들은 지하조직을 결성해 아무도 오지 않을 것 같은 도쿄 교외의 한적한 무사시노武野에 몰래 모였습니다. 거기서 우리들은 정세를 검토하고 전쟁 말기에 어떻게 행동해야 할지 토론했습니다.

당시 나는 마침 첼로 협주곡을 거의 완성한 상태였는데, 그것을 일본 콩쿠르에 응모할 작정이었습니다. 그러나 포기했습니다. 이미 그럴 때가 아니었기 때문입니다. 전쟁 직전, 일본의 하와이 공격(진주만 공습) 때 우리는 모두 한국으로 돌아갔습니다. 분위기는 살벌하게 긴장되고 있었습니다. 일본인이 가는 곳마다 기지를 건설하고 어딜 가든 우리를 감시하는 눈이 있었습니다. 귀국한 친구들은 대부분 투옥되었고 목숨을 잃었습니다. 일본인은 우리 조선인이 자신들을 억압한 일본, 말하자면 적을 위해서 열심히 싸울 거라고 기대하지 않았던 모양입니다. 물론 이미 말한 대로 친일적인 조선인도 있었습니다. 그렇게 돈 때문에 움직이는 무리들은 어느 나라에든 있는 법이니까요. 그러나 우리 귀국 유학생들은 뚜렷한 계획을 가지고 있었습니다. 일본에 대한 전쟁은 해전이 될 것이다. 그때 일본군은 북방으로, 즉 우리 해안으로 몰리게 될 것이다. 그때 우리는 '일본군을 지상에서 공격할 준비를 해두어야 한다'라고 생각했던 겁니다. 미군만이 우리를 해방시켜줄 수 있다는 걸 우리는 분명히 알고 있었습니다. 그러나 우리 역시 스스로의 해방을 위해서 싸운다는 것을 밝히고 싶었습니다. 그렇게 함으로써 전후 교섭 때, 우리나라에 유리한 입장을 만들어두고 싶었던 것입니다.

루이제 린저 그럼 당신들은 어떻게 싸울 생각이었나요? 무기도 없이, 아니면…….

윤이상 우리에겐 무기가 있었습니다. 엽총을 개조한 것이었죠. 군수품이나 작은 폭탄을 만들기 위한 재료도 있었습니다.

루이제 린저 하지만 당신들은 아주 심하게 감시를 받고 있지 않습니까?

윤이상 우리 중 한 명이 통영 가까운 곳에 섬 하나를 가지고 있었습니다.

우리는 그 섬에 작고 원시적인 지하 군수공장을 만들 계획을 세워두었습니다. 일본과 싸울 각오를 한 사람들이 점점 많아져 우리 주변으로 모여들었습니다. 우리는 산속 깊은 곳에서 사격 훈련도 하고 폭파 실험도 준비했습니다. 모든 게 잘 되어갔습니다. 하지만 우리 섬은 완성되지 못했습니다. 1944년에 우리가 체포되었기 때문입니다. 우리 중 하나가 오랫동안 스파이에게 감시당하고 있었습니다. 그는 늘 미국의 단파 방송을 들었는데 부주의하게도 그 정보를 편지에 써 보냈다가 그 우편물이 검열에 걸린 것입니다.

루이제 린저 말씀 도중에 질문 하나 할게요. 그럼 당신은 왜 군대에 가지 않았나요? 조선인 청년들도 병역을 해야 했을 텐데요.

윤이상 모두 그렇지는 않았습니다. 일본인들이 봐서 안전하다고 생각되는 사람들만 그렇지요.

루이제 린저 아, 그래요? 일본인은 군대 내부에 조선인 제5열이 만들어지는 걸 두려워했군요. 하지만 당신같이 젊은 사람은 군역을 해야 했을 텐데요. 뭔가 다른 일을 했나요?

윤이상 예, 그렇습니다. 나는 쌀을 저장하는 군 창고에 배치되었습니다. 당시에 농민들은 강제적으로 쌀을 공출당했습니다. 우리는 농촌 마을로 가서 쌀을 빼앗아 와야 했습니다. 어느 날, 내가 마침 한 농부와 실랑이를 하고 있는데 두 일본인 경관이 와서 나에게 수갑을 채웠습니다. 그들은 체포 영장을 가지고 있다고 했지만 그 이유는 모른다고 나에게 해명했습니다. 어쨌든 그들은 나를 연행해야 했습니다. 경찰 본부까지 끌고 갔죠. 경찰 본부는 섬에 있어서 배가 뜰 때까지 나는 거제도의 작은 포구인 장승포 경찰서에서 꼬박 이틀 밤낮을 기다렸습니다.

감방은 무섭고 더러운 곳이었습니다. 바닥에 새하얀 게 있었는데 깜깜해서 나는 그게 쌀이라고 생각했습니다. 하지만 그건 구더기였고 밟으면 툭툭 터졌습니다. 이틀 뒤 나는 수갑을 찬 채 통영으로 보내졌습니다. 그 감옥은 젊은 사람들로 가득했는데 모두 저항운동을 하던 사람들이었지만 그 조직은 다양했습니다. 한 사람 한 사람은 모두 조금씩 다른 이유로 기소되었습니다. 나는 우리의 비밀 무기 제조가 발각되었나 싶어서 두려웠지만, 고맙게도 그건 아니었습니다. 나는 너무나 어처구니없는 일로 기소되어 있었습니다. 우리 집 가택 수사 때 내가 작곡한 곡이 발견되었던 것입니다.

루이제 린저 정치적인 노래였나요?

윤이상 노골적으로 그런 건 아니었지만, 조선 가곡이었어요. 일본이 조선의 모든 것을 금지하던 때였어요. 민족의 노래를 부르고 게다가 쓰기까지 했으니 민족적이고, 따라서 명백하게 반일이라는 것이었죠.

루이제 린저 도중에 질문 하나 더 드릴게요. 양심상의 문제입니다. 당신은 다른 생명을 존중하는 사람이고 모든 폭력 행위에 반대해 왔습니다. 그러나 당시에는 무력에 호소하려는 결의가 굳건했네요.

윤이상 네, 당시에는 그랬습니다. 절망했었거든요. 전쟁에서는 무기 사용이 허락되었고, 조선이 해방되고, 조선 민족이 자기의 존엄성을 되돌리기 위해서는 그것 말고 다른 방법이 없다고 생각했습니다. 내가 사람을 죽이지 않을 수 있었던 건 나의 양심 때문이 아니라 운명 덕분이었습니다. 나는 실행자가 되지 않고 희생자가 되었습니다. 체포되었기 때문입니다. 나는 심문을 받지 않고 투옥되었습니다. 우리는 나무 바닥에 몇 시간이고 부동자세로 앉아 있었습니다. 발에 감각이 없어졌습니다. 정말 고통스러운 일이었습니다. 더 이상 참을 수 없어졌을 때 나는 스스로를 더욱 호되게 괴롭혔습니다.

루이제 린저 어떤 방법이었는데요?

윤이상 몸이 조금이라도 편해질 수 있는 것은 아무리 작은 몸놀림도 내 스스로 못하게 한 것입니다. 그렇게 함으로써 절대 지지 않겠다는 생각에 정신을 집중시켰습니다. 일주일이 지난 후 밤에 첫 심문에 불려나갔습니다. 내가 지하조직에 속해 있는지 알아내고자 한 것입니다. 나는 부인했습니다. 그러자 그들은 고문을 시작했습니다. 그들은 나를 바닥에 팽개치더니 몽둥이로 장딴지와 정강이를 때렸습니다. 나는 비명은 질렀지만 계속 부인했습니다. 그러자 그들은 다음 고문으로 넘어갔습니다. 고문을 맡은 남자가 통나무 위에 서서 그 통나무로 내 정강이 위를 짓이겼습니다. 나는 바닥에 쓰러졌고 통나무는 몇 번이나 내 몸 위를 짓이겼습니다. 그건 무서운 고통이었습니다. 게다가 사방에서 다른 피고들의 비명소리가 들려왔습니다. 나는 여전히 부인했습니다. 마침내 그들은 나를 다시 감방으로 돌려보냈습니다.

내 친구들은 더 심한 고문을 받았습니다. 친구들은 물고문을 당했습니다. 손발이 도살되는 짐승처럼 묶인 채 기둥에 매달리면 젖은 수건이 얼굴에 덮입니다. 그 위에다 계속해서 물을 부으면 거의 질식해 기절하고 맙니다. 대나무 조각을 손톱 밑으로 밀어 넣는 고문도 있었습니다. 잠을 못 자게 하는 고문은 사흘이고 나흘이고 닷새고 잠들려고 하면 끊임없이 막대기로 찔러서 잠을 깨우는 것입니다. 당시 공습이 시작되었습니다. 밤에는 폭격기와 사이렌 소리를 들었습니다. 우리도 언제 폭격을 당할지 모른다고 생각했습니다.

루이제 린저 내게도 그런 경험이 있습니다. 1944년부터 1945년 사이 겨울에 있었던 일입니다. 우리는 감옥 복도에 갇혀 있었습니다. 간수들은 이미 안전한 장소로 피난했습니다. 만약 폭탄이 떨어진다면 우리는 그대로 당하고 말았을 겁니다. 나는 끊임없이 어린 두 아이들을 생각했습니다. 아이들도 아마 우리 부모님이 계신 곳에서 같은 비행기에 의해 폭격당하고 있겠지라고 말입니다. 문득 그 생각이 나네요. 당신은 그때 그 감옥에 얼마쯤 있었나요?

윤이상 두 달입니다. 9월 17일 내 생일날에 바깥으로 끌려 나왔습니다. 경찰관 옆에 한 일본인이 앉아 있었습니다. 그 사람은 내가 일하던 창고의 관리자였습니다. 그 남자가 내 신원 보증을 서주었습니다. 왜 그랬는지는 모릅니다. 나에 대한 동정이었다고 생각합니다. 그래서 나는 석방되었습니다. 나는 바로 집으로 돌아갔습니다. 아버지는 훨씬 전에 내가 일본에서 돌아왔을 때 이미 돌아가신 상태였습니다. 아버지가 나에게 남긴 것은 빚과 가족을 부양할 의무뿐이었습니다. 가족은 늘 장남이 아버지를 대신해서 부양해야 했습니다. 나에게는 나이가 찬 여동생이 둘 있었습니다.

루이제 린저 그래서요? 동생들은 자기가 신랑감을 찾지 않았나요?

윤이상 조선에서 그것도 보수적인 집안에서 어떻게 하는지 잘 아시잖아요. 동생들은 자기 스스로 상대를 고를 수 없습니다. 그건 아버지나 장남이 해야 합니다. 그런데 아버지는 돌아가셨고 장남인 나는 감옥에 있었던 것입니다. 동생들은 나를 애타게 기다리고 있었습니다. 내가 언제 감옥에서 나올지조차 몰랐기 때문에 동생들은 어떻게든 결혼을 해야 했습니다. 그러나 그 결혼은 불행한 결혼이었습니다. 병에 걸린 배우자를 만난 것입니다. 둘째 동생의 결혼도 행복하지 않아서 나는 정말 가슴이 아팠습니다. 그건 내 탓이었기 때문입니다. 나는 여동생들을 돌봐주어야 했습니다.

루이제 린저 잠깐만요. 하지만 여동생들의 결혼이 당신 책임은 아니잖아요. 당신이 감옥에 있던 사이에 일어난 일이니까요.

윤이상 장남은 결코 그런 위험한 상황에 몸을 던져선 안 되는 것입니다. 제일 먼저 자기 가족을 생각해야 하지요.

루이제 린저 당신은 의외로 가부장적이네요. 하지만 그게 정말 갈등이었을 거라는 건 이해가 갑니다. 한편으로 가족에 대한 의무가 있고 또 한편으로는 조국과 그 정치적인 미래에 대한 의무가 있고. 하지만 그 두 의무 사이에 서는 것이 당신 운명의 기본형처럼 생각되는군요.

1967년 이전에도 그랬어요. 애초 당신은 작곡을 해야 했고 그것 말고 다른 것을 할 필요는 없었는데도 당신은 작곡가로서의 미래 전부를 무로 돌릴 수밖에 없는 정치적 상황에 몸을 던졌습니다. 그리고 당신은 지금도 정치적인 일 때문에 당신 음악이 필요로 하는 이상의 힘을 할애하고 있잖아요.

윤이상 그렇습니다. 내 아버지는 일정한 직업을 갖지 않았습니다. 앉아서 책만 읽었습니다. 그게 아버지의 인생이었죠. 하지만 홍수가 나고 우리 집이 위험에 처했을 때 아버지는 당신 스스로 제방 쌓는 것을 도왔습니다. 나는 석방된 후 다시 같은 기관에 징용되어 다른 마을로 옮겨졌습니다. 거기서 나는 그 기관 건물의 한 방에 살았습니다. 그러니까 나는 실제로 감시당하고 있었고, 또 필요할 때는 감시받기 쉬운 상태에 있었던 겁니다. 내 방은 3층에 있었습니다. 그 방으로 가끔 젊은 사람들이 찾아오곤 했습니다. 내가 또 지하조직을 만들었기 때문입니다.

1945년 초 어느 날 밤 한 남자가 나를 찾아왔습니다. 그는 조선인 헌병
보였는데 나의 옛 제자였습니다. 그는 말했습니다. "선생님, 저는 선생님
의 제자로서 여기 왔습니다. 선생님한테 위험이 다가오고 있습니다. 빨리
도망가야 합니다. 선생님은 내일 체포될 예정입니다." 나는 그에게 진심
으로 고마움을 표시했고 그는 돌아갔습니다. 그러나 나는 어떻게 도망쳐
야 할지 몰랐습니다. 입구는 조선 사람 하나가 지키고 있었습니다. 창문
으로 기어나갈 수 있었지만 그러나 첼로를 놔두고 가고 싶지는 않았습니
다. 어떻게 해야 할까? 나는 곧장 보초에게로 가서 그에게 모든 것을 솔
직하게 털어놓았습니다. 나는 그의 인간적인 마음을 믿고 열심히 부탁했
습니다. 그는 도와주었습니다. 그가 창문 아래 서고 나는 첼로를 끈에 묶
어 창문으로 내려주고 나도 기어 내려갔습니다. 달빛이 밝은 밤이라서
구름이 달을 가릴 때까지 나는 몇 차례나 기다려야 했습니다. 그 남자는
나를 마을에서 떨어져 있는 자기네 집으로 데려갔고 거기서 나는 아침까
지 기다렸습니다. 밖으로 나가는 첫차를 타려 했던 거죠. 그날 밤 나는 그
남자와 밤새 이야기를 나누며 그를 정치적으로 계몽했습니다. 나중에 들
었는데 그는 그 뒤 스스로 지하조직에 가담했다고 합니다.

나는 아침 일찍 60킬로미터 떨어진 곳까지 갔습니다. 그러나 거기서 또
다른 문제가 생겼습니다. 당시에는 일본인들의 명령에 의해 조선인은 모
두 이름표를 달고 다녀야 했습니다. 천조각에 잉크로 자기 이름을 써서
옷 위에 보이도록 꿰매야 합니다. 지금은 말하기도 창피하지만 — 그 당
시 우리는 이름을 일본식으로 다 바꿔야 했습니다. 나는 '이하라'라고 했
습니다. 나는 이 이름으로 경찰에 알려져 있었어요. 나는 이름을 바꿔야

해서 '가나모토'라는 이름을 골랐습니다. 그것은 조선식으로 하면 김가이고, 독일의 슐츠나 뮐러처럼 아주 흔한 이름이었습니다. 역 앞에 감시소가 있었습니다. 몇몇 경관은 낮이 익었습니다. 그들은 내 이름을 보고 깜짝 놀라 했습니다. 나는 조용히 하라고 말하고 절대 나를 봤다고 말하지 말라고 당부하고 그 자리를 떠났습니다. 서울로 가는 열차를 탔습니다. 그러나 몇 번이나 검문이 있었고 나는 그때마다 화장실에 숨어야 했습니다. 이미 추적당하고 있음이 확실했습니다. 나는 마침내 열차에 있는 게 위험하다는 판단이 들어 내렸습니다. 며칠 아는 사람 집에 묵은 뒤 대구로 갔습니다. 거기서 지하조직을 이끌고 있던 친구가 받아주었습니다. 그는 작은 석탄광을 운영하고 있었는데 나를 석탄 속에 숨겨주었습니다. 하지만 난 석탄 가루를 참지 못하고 다시 서울로 갔습니다.

루이제 린저 늘 첼로를 들고 다녔습니까?

윤이상 내가 가지고 있는 유일한 것이었으니까요. 첼로가 없었다면 난 너무 고독했을 겁니다. 첼로는 내 친구이고, 짝이었어요. 그렇게 서울에 도착했습니다. 싸구려 여인숙 하나를 찾았습니다. 문제는 식사였습니다. 당시에는 배급표가 있었는데 나한테는 그게 없었습니다. 도망자였으니까요. 배급표가 없는 사람은 식당에서 줄을 서야 합니다. 식당에는 먹을 게 좀 있었는데, 그건 쌀이 아니라 보통 때라면 사료로나 쓸 콩깻묵이었습니다. 나는 몇 시간이고 줄을 서서 기다렸습니다. 정규 식당이 아니고 전쟁 중에 만들어진 임시 식당이라 식사는 형편없었고 양도 아주 적었습니다. 그러고 나면 또 다른 임시 식당으로 뛰어가 다시 줄을 섰습니다. 그것 말고도 또 다른 문제가 하나 있었습니다. 신분증명서가 없다는 것이었습니다. 여인숙에는 경찰들이 매일 밤 검문을 하러 옵니다. 나는 그

때마다 숨거나 도망가야 했습니다. 배고픔, 줄서기, 공포, 도주, 모든 게 너무 힘들었습니다. 나는 어떻게든 신분증명서가 필요했습니다. 통영 근처 동네의 면사무소에서 일하던 친한 친구한테 편지를 썼습니다. 그는 내가 고른 가나모토라는 이름으로 신분증명서를 만들어주었습니다. 그의 편지에는 가나모토라는 이름의 남자는 일본에서 죽었으나 사망 신고가 되어 있지 않기 때문에 안심하고 그 이름으로 지내도 좋다는 말이 덧붙어 있었습니다. 그는 그 신분증명서를 우편으로 보내주었습니다. 그걸로 어느 정도 안심할 수 있게 되었지만 이번에는 돈이 한 푼도 없었습니다. 그때 나는 신문에서 어느 개인 인쇄소에서 일손을 구한다는 광고를 발견했습니다. 곧바로 그곳에 갔습니다. 주인은 아주 친절한 사람이었고 나에게 일을 주었습니다. 나는 근면하게 일했지만 매일 점심때가 되면 나가서 식당 앞에 줄을 서야 했습니다. 그러던 어느 날 인쇄소 창문 너머로 어릴 적 친구 하나가 나를 보았습니다. 그는 들어와서 가나모토라고 쓴 내 이름을 보더니 깜짝 놀랐습니다. 옆에는 주인이 서 있었습니다. 그래서 나는 결심을 하고 주인에게 모든 걸 털어놓았습니다. 그는 내 이야기를 듣고 나서 빙긋이 웃었습니다. 그리고 "안심하세요. 여긴 안전하니까"라고 말했습니다. 그는 통영 근처의 소학교에서 교사를 지낸 적이 있는데 당시 많은 교사들이 그랬던 것처럼 좌익이었고, 저항운동에 가담하여 체포, 고문을 당하고 3년 동안 투옥된 경험이 있었습니다. 블랙리스트에 올라 있는 사람이었죠. 같은 편을 만난 것은 한편으로는 위험하고 또 한편으로는 다행스럽고 기운 나는 일이었습니다.

그러나 내 건강은 악화되었습니다. 오후가 되면 언제나 열이 났습니다. 영양 부족으로 야위고 쇠약해져 갔습니다. 어느 날 더 이상 견디기 힘들어 병원에 갔습니다. 결핵이라는 게 확인되었습니다. 그 길로 입원했지만 돈이 없었습니다. 나는 그대로 누워 있을 뿐이었습니다. 3주가 지나자 몸이 상당히 가벼워졌습니다. 어느 날 확성기가 붙어 있는 복도로 나갔는데 귀에 익은 목소리가 들렸습니다. 천황, 그러니까 일본 천황이 항복 조서를 읽고 있었던 것입니다. 확성기 앞에는 일본인 의사와 간호사들이 울면서 서 있었습니다. 나는 너무 기뻐 제정신이 아니었습니다. 병원 밖으로 뛰쳐나갔습니다. 신문팔이 소년이 호외를 뿌리고 있었지만, 사람들은 아직 그 소식을 믿지 못하고 있었습니다. 나는 달리고 또 달렸습니다. 내 이름표를 집어 뜯은 뒤 계속 달렸습니다. 사람들은 나를 붙잡고 환호성을 올리고 시내를 달리며 소리를 질렀습니다. 만세, 조선 만세라고.

그것은 저항운동을 하던 사람들에게는 비밀스런 암호였습니다. 이제는 모두가 친구이고 형제입니다. 해방, 36년 만의 해방! 나는 사흘 낮, 사흘 밤을 시내에 있었고 그리고 지쳐서 병원으로 돌아왔습니다. 의사는 놀라서 말했습니다. "이러면 죽을 수도 있어!" 그러나 그런 건 아무래도 좋았습니다. 작품 같은 건 문제가 아니었습니다. 그러나 의사는 빨리 폐를 치료하지 않으면 평생 누워 있게 될 거라고 했습니다. 그러나 그것도 중요한 일이 아니었습니다. 나는 병원을 나왔습니다. 우리 조국을 위해 일하고 싶었고, 재건을 위해 힘을 보태고 싶었습니다.

천직과 자기 발견

윤이상 해방 무렵 이미 임시 정치조직이 있었습니다. 여러 개 정당이 생겨났습니다. 공산주의자가 저항운동에서는 특히 강력한 활동을 했습니다. 물론 그 대부분은 망명지에서 했지요. 이제 그 사람들도 조국으로 돌아왔습니다. 이승만이 미국에서 돌아오고 민족주의자들의 망명정권도 상해에서 돌아와 있었습니다. 모든 것이 유동적이고 모든 것이 건설 중이었습니다. 나는 그 안에 있고 싶었습니다.

해방 직후의 어느 날 나는 공산당 사무실로 갔습니다. 나의 정치적인 입장을 묻기에 대답했습니다. 나는 조선인이고 애국자이고 그리고 음악가라는 것 외에는 아무것도 아니고, 정치적이지는 않지만 우리 조국 재건에 있어 사회주의 쪽에서 무언가 하고 싶다고 말했습니다. 내가 말한 사회주의란 요즘 말로 하면 민족적·민주주의적인 사회주의였다고 할 수 있습니다. 그러나 나는 정당정치의 훈련을 받지 않았고, 공산당에는 그것에 단련된 사람들이 많았습니다. 그래서 공산당은 나를 써먹을 수가 없었고 그저 사무실에 앉혀둘 뿐이었습니다. 나는 매일 신문을 읽었습니다. 다양한 정치적 입장이 서로 첨예하게 대립하기 시작했다는 걸 알 수 있었습니다. 공산당에도 급진적인 노선과 자유로운 노선이 있었고, 그러면서 그 한편에는 극히 민주주의적인 정당이 있었는데 그들은 서로 다투기 시작했습니다. 나라 안에는 반목하는 분위기가 조성되었습니다. 이제 막 해방된 민족이 이제는 자기들끼리 적대시하게 된 것입니다. 나는 대단히 실망하여 완전히 몸을 빼버렸습니다. 나는 통영의 어머니에게 돌아갔습니다. 그 무렵 많은 지식인과 예술가들이 망명지에서, 또 일본에서, 감옥에서 돌아왔고, 우리는 통영문화협회를 설립했습니다.

루이제 린저 당신이 지금 말씀하신 것과 똑같은 상황이 한때 전후 독일에서도 벌어졌습니다. 하나 다른 것은 독일의 지식인과 예술가는 전부가 돌아온 것은 아니고 많은 사람들이 그냥 외국에 머물러 있었어요. 독일의 평화에 불신감을 가지고 있었던 겁니다. 그리고 우리도 역시 문화협회를 설립하고 독일의 재건에 대해서 공동 책임이 있다는 것을 절감했습니다. 여기서 다른 질문 하나 더 할게요. 당신이 사는 지역, 통영은 적어도 중심부의 열에 아홉은 일본인이라고 했잖아요? 그때 많은 사업을 가지고 관리들을 임명해온 일본인과의 사이는 어떻게 되었습니까?

윤이상 처음에는 일본인은 여전히 힘이 있었습니다. 무엇보다 그들이 경찰본부를 장악하고 있었습니다. 가는 곳마다 일본인 경찰이 있었어요. 일본인들은 아직 귀국 명령을 받지 않았고 그걸 기다리며 모여 있는 상태였습니다. 물론 일본인에게 협력해 왔던 조선인들은 벌써 다 달아나버렸지요. 그들은 무서웠던 거예요. 전반적으로 우리 한국인들은 이제는 우리의 행정, 우리의 시장, 우리의 경찰서장을 원했습니다. 그러나 일본인들은 스스로 그만두지는 않았습니다. 우리들은 결국 폭력에 호소할 수밖에 없었습니다. 자위단을 만들어 일본인을 무력으로 몰아냈습니다. 일본인들은 반격했고 그때 조선인 한 명이 살해당했습니다. 그것은 대중봉기의 신호가 되었습니다. 민중들은 경찰본부로 몰려가 점령했습니다. 이제 친일적으로 행동하거나 밀고를 해온 조선인이 체포되었습니다. 물론 정말로 나쁜 사람들만 그랬어요. 그밖에 사람들은 우리들이 보호했습니다. 그렇지 않으면 민중들이 그들을 죽여버리고 말았을 거예요.

우리 한국인은 당신도 알다시피 평화롭고 그리고 조용한 민족이고 수천년 동안 먼저 침략전쟁을 일으킨 적이 없습니다. 그러나 한번 화를 폭발시키면 잔혹해질 수도 있습니다. 우리들 지식인과 예술인은 그때 민중이 평화롭게 행동하고 지나친 행위로 나아가지 않도록 극도로 마음을 썼습니다. 얼마 지나자 다시 정세가 바뀐 것처럼 보였습니다. 일본인의 반격, 즉 통영으로 군사적인 침입을 준비하고 있었습니다. 그러나 그 계획이 발각되었고, 시내의 모든 확성기로 경고한 뒤 우리는 일본인을 무력으로 눌러버렸습니다. 일본인은 발악을 하듯 군중을 쏘았지만 짧은 전투 후에 퇴각할 수밖에 없었습니다.

그 며칠 뒤 미군이 들어왔습니다. 우리는 일단 미군정하에 놓이게 되었습니다. 정세는 여전히 혼돈스러운 채였습니다. 한국인들 대부분은 이제 주인이 없어진 일본인 집이나 사업, 자산을 가지려 했습니다. 그래서 다시 혼란이 일어났습니다. 정치적으로도 공산주의자와 민족주의자가 대립하는 불온한 정세가 되었습니다.

루이제 린저 그래서 당신은 어떻게 했나요?

윤이상 나는 우리 문화협회 이외에는 어떤 정당에도 가입하지 않았습니다. 그러나 문화협회는 전반적인 혼란 속에서 그 의미를 잃었습니다. 이미 '문화'의 시대가 아니었습니다. 중요한 것은 그저 살아남는 것, 현실 정치, 경제였습니다.

그때 나에게 하나의 과제가 생겼습니다. 아이들과 청소년이 매일 일본에서 돌아왔던 겁니다. 대부분은 전쟁 중에 부모를 잃은 아이들이었습니다. 그들은 부산으로 보내졌다가 거기에서 방치되었습니다. 그들은 유랑하고 걸식을 하고 도둑질도 하다가 중죄를 범하기도 했습니다. 그들을 위해서 무언가를 하려고 나서는 사람이 아무도 없었습니다. 그래서 내 친구와 내가 그 일을 맡았습니다. 우리에겐 돈이 없었지만 미국인이 도와주었습니다. 미국인이 트럭을 쓸 수 있게 해주었기 때문에 우리들은 트럭으로 근처의 떠도는 아이들을 모았습니다. 강제적으로 말이죠. 그들에게 먹을 것을 주고 몸을 씻기고 옷을 입혔습니다. 또 우리는 그들이 모르는 우리말을 가르치고 함께 두려고 했습니다. 그러나 그들은 나가버렸습니다. 그래서 우리는 이들을 서해안의 작은 섬으로 데리고 가는 방법을 생각했습니다. 그 섬에는 커다란 빈집이 있었습니다. 우리는 그 아름다운 섬에 어린이의 낙원을 만들려고 했습니다. 하지만 아이들은 그곳에 머무르지 못했습니다.

아이들이 몰래 바다를 헤엄쳐 돌아갔습니다. 아이들은 그렇게 격리된 곳에서 규칙적인 생활을 하기 바라지 않았습니다. 우리는 섬 계획을 포기할 수밖에 없었습니다. 나는 또 다른 계획을 가지고 있었습니다. 부산 근처에 기숙사가 붙어 있는 시립 시설 즉 고아원이 있었습니다. 나는 그곳으로 가서 아이들을 모았습니다. 나는 그 시설의 소장이 되었습니다. 시설 관리부터 교사로서 가르치기도 하고 아이들을 양육하는 것까지 모든 것을 해야 했습니다. 아이들은 일본에서 왔기 때문에 우리말을 전혀 몰랐고 모든 점에서 완전히 제멋대로였습니다. 나이도 여섯 살에서 열다섯 살까지 아주 다양했습니다. 시가 얼마간의 돈을 내고, 미군이 식료품을 원조해 주었습니다. 그러나 미국인이 가져온 것은 언제나 사탕과 설탕, 분유뿐이었습니다. 아이들에게는 생선과 쌀, 단백질이 필요했습니다. 그래서 나는 물물교환으로 아이들에게 부족하나마 영양가 있는 음식을 줄 수 있었습니다. 나는 아이들과 하루 종일 같이 지내고 밤에도 바닥에서 같이 잤습니다. 아이들 대부분이 아팠고 몇몇 아이들은 나병의 징후가 있어서 병원으로 보내야 했습니다.

범죄를 저지르고 도둑질을 하는 아이들도 있었습니다. 난 이들과 늘 조용하게 이성적으로 이야기하려고 애썼습니다. 그건 아주 유익했지요. 가끔 나는 이런저런 일로 특별히 다루기 힘든 아이들과 함께 밭두렁을 걸어다녔습니다. 가을 들판에는 빨간색과 분홍, 흰색 코스모스가 흐드러지게 피어 있어서 아름다웠고, 저녁이 되면 바람이 불어와 주변이 온통 평화로운 공기로 가득 찼습니다. 아이들은 내 말에 귀를 기울여주었습니다. 제일 까다로운 아이조차 마음을 열고 속내를 내보이게 되었습니다. 또 때로는 아이들을 모두 데리고 밖으로 나가 동화를 들려주기도 하고 같이 노래를 부르기도 했습니다. 아이들에게 낮에는 될 수 있는 대로 밭이나 들에서 일을 하게 했고, 밤에는 조금이라도 잃어버린 부모를 대신해 주려고 애썼습니다. 그 시절이 남들에겐 아주 힘들어 보일지 모르지만 내겐 정말 행복했습니다.

루이제 린저 스위스의 페스탈로치를 아시지요? 그도 나폴레옹 전쟁 후에 아이들 그러니까 고아들을 모아 키우고 가르쳤습니다. 그는 이 사회사업을 위해서 자기 본연의 일인 시인으로서의 천직을 희생했지요. 하지만 그는 좌절했어요. 오해를 받았기 때문이죠.

윤이상 알고 있어요. 나도 오해를 받았습니다. 고아원에 한 남자가 있었습니다. 내가 교사라고 불렀던 남자였지요. 그의 큰아버지는 시청에 다녔는데 우리 고아원이 그 사람 관할이었습니다. 그는 조카를 그 시설의 소장을 시키고 날 쫓아낼 생각이었습니다. 어떤 방법이었냐고요? 중상모략을 한 거죠. 내가 미군이 가져온 설탕과 분유를 팔아서 내 이익만 채우고 다닌다고 떠들고 다녔던 거예요. 나는 단 한 개도 판 적이 없었고 그저 바꾸었을 뿐입니다. 그것도 내 이익을 위해서가 아니라 아이들에게 좋은 것을 먹이려고 한 것에 지나지 않는다고 밝혔습니다. 그는 할 말이 없어졌지만 하지만 나의 행복은 되찾을 수 없었습니다. 포기해야 할까, 아니면 그냥 머물러 있어야 할까. 어느 쪽도 내게는 좋지 않았습니다. 어느 날 나는 창고 문을 열었습니다. 나는 혼자였습니다. 그날 구호품으로 정말로 사복을 채울 수 있을지도 모르겠다는 생각이 내 머리를 스쳤습니다. 나는 그 생각에 아연해졌습니다. 만약 내가 여기 머물러 있는다면 어쩌면 정말로 그렇게 할지도 모르겠다는 생각이 들었습니다. 나는 문을 닫고 사직서를 쓰고 그곳을 나왔습니다. 그 뒤로 들은 이야기에 따르면 내 후임으로 임명된 다른 남자 그러니까 그 조카가 모두 자기 소유물로 만들어버렸다고 했습니다. 나는 집으로 돌아갔습니다(그 뒤 소식은 그분이 모든 것을 개인 소유로 만들기는 했으나 양심적으로 운영하고 있다고 들었다).

루이제 린저 그 시기 동안 당신 음악은 어떻게 되었나요?

윤이상 아-음악……. 내 건강 상태는 좋지 않았고 그러면서도 늘 차가운 바닥에서 잤기 때문에 결핵에다 좌골신경통의 통증도 더해졌습니다. 게다가 돈을 벌어야 했고 일을 찾아야 했습니다. 1948년에 나는 통영여자고등학교에 음악 교사로 채용되었습니다. 서른 살이었습니다. 그리고 얼마 지나지 않아 부산의 사범학교에서 다시 날 불러주었습니다. 거기서 나는 본업인 음악 교사로 돌아갔습니다. 합창단과 작은 오케스트라에 들어가 하이든, 모차르트, 슈베르트, 베토벤의 사중주를 연주하고 음악회도 열었습니다. 그때 우리 오케스트라는 하이든과 베토벤의 가벼운 교향곡을 연주할 수 있었습니다. 모든 게 초보적이었고 모든 게 과정이었지만, 마침내 내게 다시 음악의 시대가 온 것입니다. 그러던 어느 날 난 각혈을 했습니다. 엄청나게 많은 피가 나왔고 죽을 정도로 쇠약해졌습니다. 나는 병원으로 옮겨졌습니다. 그 뒤 들은 이야기로는 내가 빈사 상태였고 상태가 심각했기 때문에 의사가 받기를 꺼렸다고 했습니다. 나는 반쯤 정신을 놓았고, 깨어난 순간에는 평생 처음으로 기도를 했습니다. "하느님, 살려주세요. 당신은 나를 고칠 수 있습니다. 그러면 나는 다른 사람에게 선을 베풀기 위해 내 모든 힘을 다하겠습니다."

루이제 린저 들어주셨나요, 당신은 어떤 신에게 기도를 했나요?

윤이상 기독교의 하느님입니다.

루이제 린저 그래서 당신은 나았습니까?

윤이상 결핵에 듣는 아주 새로운 약이 있었습니다. 스트렙토마이신이죠. 난 그걸 얻었습니다. 병원에서 2주를 지낸 뒤 퇴원을 허락받았습니다. 3개월 동안 완전하게는 아니지만 상당히 회복되었습니다. 나는 어떻게

윤이상·이수자 부부의 결혼식
(1950년)

든 빨리 건강해져야 했습니다. 그때는 건강보험도 실업보험도 없었습니다. 어느 정도 회복되자 부산의 학교로 돌아갔습니다. 거기서 내 인생의 새로운 시기가 시작되었습니다. 나는 미래의 아내인 수자와 만났습니다. 그녀는 같은 학교 여교사였는데 스물두 살에 막 대학을 졸업했고, 아버지가 은행가인 좋은 가정에서 태어난 여자였습니다. 우리는 곧바로 결혼하고 싶다는 생각을 했습니다. 그러나 수자의 가족이 심하게 반대했습니다. 내 경제 상황이 불안정해 보였기 때문입니다. 게다가 나는 결핵을 앓은 남자였습니다. 그러나 수자는 우리들이 결혼하게 되기까지 끝까지 고집을 꺾지 않았습니다. 결혼식 날은 1950년 1월 30일이었습니다.

루이제 린저 한국전쟁이 시작된 해네요!

윤이상 그러고 몇 달 뒤에 전쟁이 날 거라고 누가 생각이나 했겠습니까? 우리는 상상도 못했습니다. 우리는 영원히 평화가 계속될 것처럼 결혼했습니다. 수자 가족은 부산의 일류 호텔에서 결혼피로연을 하기 바랐습니다. 하객이 400명! 그리고 당신이 웃을지 모르겠지만 우리는 서양식 결혼예복을 입었습니다. 수자는 베일이 달린 하얀 신부 옷을, 그리고 나는 스모킹 재킷을 입었지요. 실제로 제2차 세계대전 후 우리는 급속히 유럽화 혹은 미국화되었습니다. 어쨌든 멋진 피로연이었습니다. 친구들은 내가 작곡한 노래를 불렀습니다. 결혼생활이 시작되었고, 얼마 지나지 않아 수자가 아이를 가졌습니다. 그리고 6월 25일 그 무서운 전쟁이 일어났습니다. 동포끼리의 전쟁이었지요.

속보가 전해졌을 때 나는 학교 회의에 참석 중이었습니다. 북한 군대가 서울에 진입했다는 소식이었습니다. 우리는 선전포고 없이는 불가능한 일이라면서 그 말을 믿지 않았습니다. 이미 그 전부터 몇 번인가 국경에서 작은 분쟁이 있었다는 소식이 들려오곤 했습니다. 하지만 전쟁이라니? 이승만은 기회 있을 때마다 언젠가 군대를 북한으로 진군시키겠다고 했습니다. 우리는 그가 그런 짓을 할 거라고 믿지는 않았습니다. 단순한 위협이라고 받아들였지요. 하지만 북쪽 군대가 먼저 공격하여 북쪽 땅이 아닌 남쪽에서 전쟁이 일어난 것입니다. 군대는 재빨리 남쪽을 향해 진격했습니다. 새로운 피난민이 계속해서 부산에 도착했습니다.

루이제 린저 그럼 당신들은 아무런 저항도 하지 않았습니까? 그러니까 군비를 보유하고 있지 않았냐는 말이에요?

윤이상 남쪽의 우리들은 전쟁에 대한 준비가 없었습니다. 북한군은 아주 단기간에 대구까지 진격했습니다. 그때서야 겨우 유엔군이 우리들을 도우러 왔습니다.

루이제 린저 그 사이 서울과 다른 도시들은 다 파괴된 거군요. 그래도 당신들은 싸울 수밖에 없었겠지만요.

윤이상 예, 절망적으로요. 그러나 조직이란 건 무서운 것이었습니다. 북한군의 남하를 늦추기 위해 전차 앞에 수류탄을 들고 뛰어드는 젊은이들이 있었습니다. 그렇지만 모든 게 소용이 없었어요. 항구도시인 부산만이 아직 점령당하지 않았습니다. 부산은 거기까지 퇴각한 국군들이 지키고 있었습니다. 그때 미군이 지원에 나섰습니다. 그때서야 남한에서도 동원령이 내려졌고 나는 군대에 나가게 될까 두려워했습니다.

루이제 린저 두려웠다고요? 당신이 두려워했다고요?

윤이상 일본 침략자에 대한 전쟁이라면 언제라도 참가했을 겁니다. 하지만 동포와 싸우는 데 끼어들 수는 없었습니다. 나는 분쟁이 평화적으로 해결될 거라고 믿었거든요. 나는 내 민족끼리 벌이는 무서운 살육을 이해할 수 없었습니다. 그래서 싸우고 싶지 않았던 겁니다. 헌병이 청년들을 징병하러 오면 나는 몸을 숨겼습니다. 생활은 견디기 힘들 정도로 곤궁해졌습니다. 학교는 문을 닫고, 돈은 떨어지고, 수자의 첫 출산은 다가왔습니다. 나는 어쩔 수 없이 군악대장을 하고 있던 친구에게 갔습니다. 그는 가곡을 작곡하고, 나는 브라스밴드와 군의 합창단에 협력하는 일을 도왔습니다. 우리는 이리저리로 점령되지 않은 지역을 돌아다니며 공연을 했습니다. 그 보수로 우리는 식료품을 받았습니다. 그러나 전쟁은 끝날 기미가 보이지 않았고, 얼마 안 있어 브라스밴드도 없어지고 식료품도 바닥났습니다. 부자들은 일찌감치 몸과 돈을 안전한 곳으로 피난시켰습니다. 그들은 배를 사서 일본으로 달아났습니다. 돈만 있으면 안 되는 게 없었습니다. 부패의 천국이었지요. 그러나 나는 무일푼이었습니다. 바다를 건너 일본으로 간다면 방법이야 있었겠지만, 나는 참고 견디며 기다렸습니다. 그리고 1950년 11월 수자가 진통을 시작했는데 우리에게는 남은 게 아무것도 없었습니다. 말 그대로 먹을 것도, 약도, 석유도, 초도, 따뜻한 물이나 불을 땔 땔감도 아무것도 없었습니다. 병원은 부상당한 군인들로 넘쳤고 산파도 근처에는 없었습니다.

루이제 린저   그러면 당신네 그 부자 친척들도 일본으로 가버리고 없었나요?

윤이상   아닙니다. 그들은 국내에 있었지만 아시다시피 그들은 우리 결혼에 호의적이지 않았고, 우리도 자존심이 있어서 그들에게 우리의 비참한 상태를 보이고 싶지 않았습니다. 11월 29일 밤, 나는 먹을 것과 땔감을 얻으러 한 친구를 찾아갔습니다. 그러나 그는 없었습니다. 우리에게 등불하나 없다고 생각하자 한심스러웠습니다. 그러면 내 아이가 그 어둠 속에서 태어날 수밖에 없단 말인가. 다시 한 번 가보았지만 친구는 아직 돌아오지 않았습니다. 그때는 밤에 통행이 금지되어 있었습니다. 이제 어떡하면 좋단 말인가. 나는 다시 집으로 돌아가 수자를 꼭 껴안았습니다. 그런 상황에서도 우리는 깊은 행복감에 빠질 수 있었습니다.

루이제 린저   그래서 그 아이는 그 밤 언제 태어났습니까? 당신은 무엇을 했고요?

윤이상   나는 탯줄을 끊기 위해서 가위를 준비했습니다. 그게 내가 할 수 있는 전부였습니다. 그러나 아침이 되어도 아이는 나오지 않았고 그때 수자의 이모가 우리 이야기를 들으셨습니다. 이모는 바로 수자의 친정으로 가서 수자의 어머니와 산파를 데리고 왔습니다. 그리고 쌀도 가지고 왔어요. 그래서 우리 딸은 어쨌든 밝은 등불 아래서 이 세상에 나왔습니다. 친척들에게 둘러싸여 잔칫집 같은 밝은 분위기 속에서 말입니다.

루이제 린저 당신들은 그 아이에게 '청'이라는 이름을 붙이셨지요. 아마도 당신이 그 후 오페라에 썼던 그 청이겠지요?

윤이상 아닙니다. 정汀입니다. 정은 조용하고 맑은 물가라는 뜻입니다. 한자인데 고전에 자주 나오지요.

루이제 린저 그리고 3년 동안 전쟁이 계속된 거로군요. 그 전쟁 동안 당신은 어떻게 살았습니까?

윤이상 생활은 서서히 어느 정도 정상화되었습니다. 학교는 다시 문을 열었고 나는 사범학교 음악 교사로 복직해서 유럽 음악사를 강의하게 되었습니다.

루이제 린저 난 여기서 정치적인 이야기는 하고 싶지 않지만 그러나 하나 꼭 묻고 넘어갔으면 하는 게 있습니다. 당신 생각을 묻고 싶은 거예요. 나는 어떤 책에서 미군의 원조가 있었다면 북한군을 일거에 몰아내고 북한을 점령하여 조선을 다시 통일하고 민주화시키는 게 가능했을 거라는 이야기를 읽은 적이 있습니다. 중국과 소련은 개입하지 않겠다고 약속을 했고요. 그런데 이미 북한에 들어가 있던 한국군을 중국이 기습하며 전격적으로 개입한 거라고 하던데요.

윤이상 당시 최고 사령관인 맥아더는 만주까지 진격하길 바랐습니다. 그러나 트루먼과 1952년 11월에 미국 대통령이 된 아이젠하워는 전쟁 확대를 우려했고, 소련의 개입도 두려워했습니다. 그래서 한국이 분단되고, 국경선으로 휴전선이 남게 된 것입니다.

가족 사진. 아내인 수자와 딸 정, 아들 우경(1950년 부산)

루이제 린저 그리고 당신의 사생활, 직장생활은 그 후 어떻게 되었나요? 우리는 1953년 이야기를 하고 있었습니다. 1956년에 당신은 유럽으로 갔습니다. 그 사이에 어떤 일이 일어났습니까? 그걸 좀더 얘기해 주세요.

윤이상 나는 서울로 갔습니다. 심하게 파괴되어 있었지만 그래도 역시 수도였습니다. 몇 대학에서 강사를 하면서 내 작품을 공연했고, 돈을 벌기 위해 한국 영화를 위한 음악도 작곡했습니다. 잠깐 동안이지만 또 한국작곡가연맹의 사무국장도 지냈습니다. 연맹은 1950년 부산에서 설립되었는데 거의 모든 작곡가가 회원으로 참가하고 있었습니다. 당시 연맹은 정치적인 색채를 띠고 있었습니다. 반공색이 강하고 정치적인 노래를 만들었습니다. 한국전쟁 후에 우리들은 모두 서울로 돌아가 순수하게 예술적인 활동을 전개하기 시작했습니다.

루이제 린저 그 사이에 당신은 한 번도 정치적인 활동에는 가담하지 않았나요?

윤이상 예, 한 번도요. 나는 많은 일을 해야 했습니다. 그 무렵 둘째 아이가 태어났습니다. 아들 우경입니다. 만만한 시절이 아니었습니다. 그리고 1956년에 나는 서울시문화상을 받았습니다. 그것은 한국 최고의 문화상이었습니다. 작곡가에서 주어진 건 처음이었지요. 나는 기뻤지만 내 곡이 기술적으로 결함이 많다는 것을 알고 있었습니다. 유럽으로 가야 한다는 걸 나는 잘 알고 있었습니다. 유럽에서만 내가 배우고 싶은 걸 배울 수 있었기 때문입니다.

유학, 그리고 첫 성공

루이제 린저   당신은 왜 곧장 파리로 갔습니까?

윤이상   나는 애초에 독일로 가고 싶었지만 독일에는 아는 사람이 없었습니다. 출국 허가를 받기 위해서는 외국 기관에서 보내준 초대장이 필요했습니다. 파리에는 한국인 바이올리니스트 친구가 있어서 나는 그 친구에게 내 곡을 보내두었습니다. 그때까지는 별로 작품이 많지 않아서 첼로 소나타, 현악 사중주, 피아노 삼중주와 합창곡 몇 곡이었지요. 기악곡은 통일성이 없었고 바르토크를 넘어설 만한 신선함도 전혀 없었습니다. 친구는 그 몇 곡을 파리 국립고등음악원에 보여주고 초청장을 받아 나한테 보내주었던 것입니다. 나는 이미 마흔에 가까웠고, 서양 음악 이론과 현대음악, 무조음악, 12음 음악을 빨리 배우고 싶었습니다. 나는 쇤베르크Schönberg, 베베른Webern, 베르크Berg, 즉 소위 말하는 빈 악파를 알고 싶었습니다. 나는 빨리 배울 수 있을 거라고 생각했습니다. 나는 3년 동안 유학을 할 작정이었습니다. 3년 후에는 다시 한국으로 돌아올 거라고 굳게 믿고 있었습니다.

루이제 린저 그런데 11년 후에 한국중앙정보부에 체포되어 한국에 돌아가게 된 거군요.

윤이상 그래요. 모든 게 생각했던 것하고는 달랐습니다. 파리에서 나는 즐겁지가 않았습니다. 분명 미술관, 극장, 연주회 등 많은 것이 흥미를 끌었습니다. 또 메시앙Messiaen, 졸리베Jolivet, 뒤튀외Dutilleux, 리비에Rivier, 탕스만Tansmann, 소제Sauguet, 미하일로비치Mihailovici 등 관심을 기울이고 있던 현대 작곡가들의 음악을 들었습니다. 그들의 음악은 나에게는 이질적으로 느껴졌습니다. 내 길을 찾지 못했고, 아직 작곡가로서 방향을 정하지도 못했습니다. 파리국립음악원에 입학 수속을 하긴 했지만 이미 마흔이라서 일반 학생 자격으로는 들어갈 수 없었습니다. 한마디로 나는 좀더 많은 학비를 지불해야 했고 그것이 내게는 쉬운 일이 아니었습니다. 그래서 나는 배우고 싶은 것을 모두 가능한 집중적으로 빨리 배우고 바로 한국으로 돌아가려고 노력했습니다.

나는 토니 오뱅Tony Aubin 밑에서 작곡을 배웠습니다. 그의 강의 자체는 재미있었지만, 나는 현대 작곡 기법을 배우고 싶었는데 그는 베토벤과 바그너를 분석했습니다. 이론은 피에르 르벨Pierre Revel에게 배웠습니다. 그는 폴 뒤카Paul Dukas의 제자인데 뒤카는 또 뱅상 댕디Vincent D'Indy의 제자였습니다. 르벨은 아주 견실한 작곡가로 오랜 세월에 걸쳐 이론 교수를 했고, 그의 강의는 매우 밀도가 높고 철저했으며 인간적으로도 친

파리 유학 시기의 사진.
윤이상은 사진에다 편지를 써서 부인에게 보냈다

밀감이 가는 사람이었습니다. 그 밑에서 나는 폴 포셰Paul Fauchet, 앙리 샬랑Henri Challan, 장 갈롱Jean Gallon의 고도의 이론을 배웠습니다. 당시에 나는 이제 파리음악원의 기본은 체득했다고 생각했습니다.

그러던 어느 날, 나는 르벨에게 이론 과제의 답을 보여주었습니다. 르벨은 그것을 피아노로 쳐보더니 바늘에 찔리기라도 한 듯이 의자에서 벌떡 일어나 나에게 "당신이 쓴 것은 나무랄 데는 없으나 무난하지가 않네요!"라고 소리쳤습니다. 아마도 그는 세련되지 않았다고 말하고 싶었을 겁니다. 맞습니다. 그의 말대로였습니다. 전혀 다른 음악 세계에서 왔고, 다성음악의 전통을 전혀 갖고 있지 않은 동양 사람이 대위법과 화음으로 작곡하는 건 힘든 일이었습니다. 그래도 나는 계속 배웠습니다. 그러면서 한국으로 돌아가 대학에서 음악 이론을 가르치는 교수가 될 거라고 끊임없이 생각했습니다. 1년이 지나자 나는 더 이상 파리에서 지내는 게 견디기 힘들었습니다. 파리는 추운 도시이고 또한 나는 다른 스승이 필요했습니다.

베를린으로 가서 거기에 있던 가장 좋은 스승인 보리스 블라허Boris Blacher를 찾아갔습니다. 나는 이전부터 그의 음악을 알고 있었습니다. 그는 음악대학 교수인 동시에 그 학교 학장이었습니다. 나는 그에게 아직 한국에 있었을 때 썼던 기악곡을 보여주었습니다. 파리에서 나는 정작 중요한 작곡은 하지 못한 채 선생들이 지정한 과제를 작곡했을 뿐이었습니다. 블라허는 내 작품을 훑어보고 그 자리에서 자신에게 배우기 시작해도 좋다고 말했습니다. 그는 여덟아홉 명으로 이루어진 마스터클래스를 두고 있었습니다. 그 학생들은 모두 이미 어엿한 작곡가로서 외국에서 온 학생들도 있었고 블라허의 문하에서 자신을 조금 더 완성시키고 싫어하는 학생들이었습니다. 블라허는 급진적인 현대음악가가 아니어서 순전히 음렬로 이루어진 음악을 작곡한 적은 거의 없으나 무척 훌륭한 스승이었습니다. 강의는 아주 짧고 작품을 아주 빠르고 그러면서도 정확하게 보았고, 말수가 적어서 오류를 발견했을 때 외엔 말을 거의 하지 않았습니다. 그는 결코 평가를 하지 않았습니다. 내게는 "너무 복잡하지 않게 좀더 명료하게 써야 해요. 연주가들 생각도 해야죠. 그러니까 그렇게 어렵게 쓰면 안 돼요"라고 말했습니다. 그는 또 나의 동양적인 음의 이미지를 좀더 분명하게 표현해야 한다고도 말했습니다. 당시 나는 바이올린 협주곡과 두 번째 현악 사중주 곡과 몇 개의 소품, 그리고 〈일곱 악기를 위한 음악〉을 쓰고 있었습니다. 이 곡은 그 뒤 다름슈타트에서 초연되어 성공을 거두었습니다.

나는 블라허와 인간적으로도 깊이 사귀고 싶은 마음이 간절했습니다. 그는 아시아, 중국에서 자랐기 때문에 나를 이해할 수 있었습니다. 그러나 그에게는 시간이 없었습니다. 나는 그와 가까이할 수 없는 것이 서운하게 생각되었습니다. 물론 나는 그에게 시간이 없다는 걸 잘 알았습니다. 그는 학교 관리라는 일의 부담이 컸고, 건강도 좋지 않았고 게다가 자기 곡도 써야 했습니다. 어느 날 내가 〈일곱 악기를 위한 음악〉을 보여주었을 때 그는 아주 짧게 "좋군요"라고 했습니다. 그는 좀처럼 칭찬을 하지 않는 사람이었습니다. 내가 학교를 졸업할 때 앞으로도 같이 일할 수 있게 되길 바란다고 했지만 그렇게 되지는 못했습니다. 그 후 언젠가 그는 나의 관현악곡 〈바라〉(원래는 한국 불교 춤에서 사용되는 금속성 타악기의 일종에서 딴 이름)를 라디오에서 듣고 나와 만났을 때 "좀더 간결하게 써야 했어요"라고 했을 뿐입니다. 나는 마음 깊이 그 말을 새겼습니다.

루이제 린저 당신은 요제프 루퍼Josef Rufer와 라인하르트 슈바르츠-쉴 링Reinhard Schwarz-Schilling 밑에서도 배웠지요!

윤이상 슈바르츠-쉴링 밑에서는 대위법과 카논, 푸가를 배웠어요. 그는 아주 기분 좋은 사람이지요. 따뜻하고 남을 잘 보살피는 사람이었습니다. 지금까지도 계속 만나고 있어요.

루이제 린저 나도 그 사람을 알아요. 내 첫 남편의 친구인데 둘 다 하인리 히 카민스키Heinrich Kaminski의 제자였지요.

윤이상 루퍼 밑에서 난 빈 악파의 기법을 철저하게 배웠습니다. 당시 루 퍼는 빈 악파에 가장 정통한 사람 중의 하나였습니다. 그는 쇤베르크의 조수였거든요. 그는 매우 엄격하게 작품을 분석했습니다. 블라허의 클래 스와 루퍼의 클래스는 아주 자연스런 방법으로 서로 협력하고 있었습니 다. 블라허는 작곡 교수이고 루퍼는 이론가였기 때문입니다. 그런데 나는 루퍼의 저서 『12음에 의한 작곡』을 이미 한국에서 공부하고 왔습니다. 물론 내 초기 작품인 〈피아노를 위한 다섯 개의 소품〉이나 〈일곱 악기를 위한 음악〉은 쇤베르크적인 기법으로 쓴 것입니다.

그러나 나의 길을 결정한 것은 12음 음악이 아니었습니다. 나는 이제 슬 슬 한국으로 돌아가야겠다고 생각하고 있었는데 그 전에 졸업시험을 치 르고 졸업장을 받고 싶었습니다. 한국에서 다시 교직을 잡으려면 그것이 필요했기 때문입니다. 이 시험을 위해서 나는 일곱 과목을 준비해야 했 습니다. 그 시기에 나는 정말 열심히 공부했습니다. 그것도 엄청나게 힘 든 상황에서요. 당시에는 아주 많은 학생이 독일 안팎에서 베를린으로 몰려들었기 때문에 괜찮은 방을 구하기가 힘들었습니다. 내 방은 악몽 같았습니다. 집 주인은 동독에서 온 남작 부인이었는데 귀가 어둡고 지저분한데다 고양이를 여러 마리 길렀습니다. 집안의 방이란 방은 모조리 세를 주어 복도에서도 부엌에서도 식당에서도 누군가 누워 자고 있었습니다. 부인은 밤에도 잠을 자지 않고 라디오를 크게 틀어놓았기 때문에 그 고충은 말로 할 수 없었습니다. 그러면 그때부터 방을 빌려 쓰는 사람들이 한밤중에 장난감 실로폰을 두드리기 시작하고 나는 모든 소음을 잠재우기 위해서 첼로를 켰습니다. 정말 끔찍했습니다.

루이제 린저 아, 드디어 다시 첼로가 등장했군요. 그 첼로는 한국에서 도망다닐 때 가져갔던 그 첼로였나요?

윤이상 아닙니다. 새것이었어요. 그것도 빌린 것이었지요. 1958년에 나는 한국으로 돌아갈 준비를 했습니다. 그러나 그 전에 한번쯤 다름슈타트에서 '현대음악 강습회'에 참가하고 싶었습니다. 이것은 당시 유럽 현대음악의 중심이었습니다. 그 모임을 시작한 것은 볼프강 슈타이네케Wolfgang Steinecke 박사였습니다. 이 사람은 중요한 인물인데 전세계 현대음악의 발전에 큰 공을 세웠습니다. 그래서 나는 1958년에 다름슈타트로 갔습니다. 거기서 나는 아주 흥미로운 작곡가들, 슈토크하우젠Stockhausen, 노노Nono, 불레즈Boulez, 마데르나Maderna, 존 케이지John Cage 등 말하자면 현대 급진파 작곡가들과 만나게 되었습니다. 나는 거기서 케이지의 작품을 들었는데 그것은 이미 음악이 아니고 소음이었습니다. 그들의 실험은 매혹적이었습니다. 새로운 가능성을 포함한 확대된 스펙트럼 같았습니다.

그러나 매우 혼돈스럽기도 했습니다. 나는 내 자신에게 물었습니다 — 나는 대체 어디에 있고, 어디로 가면 좋은가, 나는 이 사람들처럼 급진적인 작곡을 해서 전위파 안에 기반을 굳혀야 하는가, 아니면 우리 동양적인 음악 전통과 연결된 독자적 길을 걸어야 하는가. 이것은 중대한 결단이었습니다. 나는 슈타이네케 박사와 이야기를 나누었습니다. 그러자 그는 내 작품을 한번 들어보지도 않고 "내년에 다름슈타트에서 당신 작품을 하나 연주해 봅시다"라고 말했습니다. 나는 그에게 〈일곱 악기를 위한 음악〉을 보냈습니다. 채택될 거라 확신하지는 않았습니다.

동시에 나는 빌트호벤의 가우데아무스 재단이 주최한 네덜란드 콩쿠르에 〈피아노를 위한 다섯 개의 소품〉을 보냈습니다. 그리고 트렁크에 짐을 꾸렸습니다. 이 두 작품이 성공하리라고는, 그것도 공개 연주를 감당할 만한 좋은 작품이라고는 생각도 해보지 않았기 때문입니다. 이 작품들은 12음 기법으로 쓴 것인데 현대적이기는 하지만, 다른 전위음악가들의 작품만큼 현대적인 것은 아니었습니다. 예를 들어 〈일곱 악기를 위한 음악〉의 제1악장은 확실히 쇤베르크가 말하는 의미에서 엄밀하게 12음 음악적이었지만, 그러나 느릿하고 명상적인 제2악장은 우리 조선의 오래된 궁중음악의 음향을 불러일으키려는 시도였습니다. 나는 악기 연주 기법으로 조선의 오래된 악기에서 사용된 기법, 즉 엄밀하게 규정된 비브라토와 다양한 종류의 글리산도를 지정해 두었습니다. 조선 악기의 연주 기법에는 그런 것이 약 30종류나 있습니다. 따라서 나의 음악이 대단히 전위적인 청중들 앞에서 받아들여지리라고는 생각지도 않았습니다. 그러나 다름슈타트와 네덜란드에서 동시에 1959년도의 작품으로 입선되었다는 통지가 도착했습니다. 나는 이미 짐을 다 꾸려둔 상태였기 때문에 공연만 마치면 바로 뜰 작정이었습니다.

아무런 기대도 하지 않고 다름슈타트로 갔습니다. 나는 오히려 다른 사람들의 새로운 작품에 흥미가 끌렸습니다. 연주 전에 나는 음악가들과

다름슈타트 음악제에서 프랑코 에반젤리스트,
실바노 부조티, 아키야마와 함께(1959년)

이야기도 나누고 그 당시 인기가 있었던 동료에 대한 그들의 평가에 놀
라 점점 불안해졌습니다. 연주를 시작하기 전에 내 작품을 철회할까도
생각했습니다. 지휘자는 프란시스 트라비스Francis Travis였는데 그는 그
뒤로 내 친구가 되었고 내 작품을 출판한 하랄트 쿤츠Harald Kunz와 함께
한국의 감옥에서 나를 석방시키기 위해 엄청난 노력을 해준 사람입니다.
첼리스트인 지크프리트 팔름Siegfried Palm도 내 작품 연주에 참여하였는
데 그 뒤 나와는 아주 친한 친구가 되었습니다. 최근 나는 나의 새 첼로
협주곡을 그에게 바쳤습니다. 어쨌든 다름슈타트에서 첫 번째 시연이 있
었습니다. 연주회장에는 관심 있는 몇몇 사람이 와 있었습니다. 나는 내
작품을 처음 들었고 뭐가 뭔지 모를 정도로 흥분해 있었습니다. 시연이

다름슈타트 현대음악제에서 만난 백남준과 윤이상(1959년).
한국이 낳은 두 거장의 역사적인 조우

진행됨에 따라 연주회장의 사람들이 점차 주의를 집중해 가는 것을 느낄
수 있었습니다. 시연이 끝났을 때 한 사람이 나에게 고개를 끄덕여 보였
습니다. 그 행동이 나를 위로하긴 했지만 동시에 나는 마지막 순간까지
작품을 철회하는 게 낫지 않을까 하고 이런저런 생각을 거듭하고 있었
습니다. 그러나 결국엔 이렇게 생각했습니다. '뭐 어떤 결과가 되든 상관
없지 않나, 바로 한국으로 돌아갈 텐데……'

그리고 연주회가 시작되었습니다. 맨 처음은 밀코 켈레멘Milko Kelemen의
작품이고 다음이 자크 빌트베르거Jacques Wildberger의 작품, 그 다음이
나였습니다. 그런데 박수가 일더니 점차 우렁찬 박수 소리로 바뀌었고
이어 브라보를 외치는 소리가 터져 나왔습니다. 나는 정신을 차릴 수 없

었습니다. 그 뒤 많은 음악가들이 내 자리로 와서 축하해 주었습니다. 그 때 나는 '아, 모두들 이러는 건 내가 외국인이고 그래서 정중하게 대해 주는구나'라고 생각했습니다. 그러나 뒤에 나는 비평을 읽었습니다.

루이제 린저 그건 나도 읽었습니다. 비평은 분명 긍정적이었지만 그러나 나는 비평가들이 당신의 음악에 대해 판단하기 힘들어한다는 인상을 받았습니다. 「프랑크푸르터 알게마이네 차이퉁Frankfurt Allgemeine Zeitung」은 "절제된 음악이고 한국적인 민족음악"이라고 썼습니다.

「다름슈타터 타크블라트Darmstädter Tagblatt」에는 이렇게 씌어 있었습니다. "이 작곡가는 그 음조에서 조선의 궁중음악과 블라허와 루퍼 밑에서 배운 현대 서양의 작곡법을 조화시키려고 노력하고 있다. 이 작품은 섬세한 색채로 우아하게 만들어져 있으며 음향도 형식도 명료하다. 관악기의 마구 휘젓는 듯한 음형과 현악기의 억제된 듯한 터치에 의해 우러나오는 독자적이고 장식적인 효과가 이 작품을 돋보이게 한다. 호감 가는 작품이다."

「디 벨트Die Welt」는 이렇게 쓰고 있습니다. 하인츠 요아힘Heinz Joachim이 쓴 기사인데요. "음렬주의 기법도 풍부함을 가져올 수 있다는 것을 간과해서는 안 된다. 한국인 윤이상처럼, 그 기법이 자기 목적이 되는 게 아니라 자연의 음악적인 직감과 확실한 기법적인 능력으로 결부시킬 경우에는 음렬주의 기법도 반드시 풍부해질 수 있다. 만약 이 단적인 인식이 다름슈타트 여름 강습회의 실기 강의실에서도 받아들여진다면 현대음악은 한층 더 나아질 것이다." 여하튼 이건 대단한 성공이었고 당신은 적어도 작곡을 계속할 수 있게 된 것이지요.

윤이상 그리고 나는 또 〈피아노를 위한 다섯 개의 소품〉 연주를 위해 네덜란드로 갔고 그 작품도 호평을 받았습니다.

루이제 린저　그랬습니다. 하지만 당신이 한국으로 돌아가야 할 시기가 다가오고 있었군요.

윤이상　맞아요. 그런데 그때 이런 생각이 들었어요. 내가 유럽에서 어디까지 할 수 있을지 한번 해보자 하는 생각이었지요. 1년 더 머무르냐 마느냐는 별로 큰 차이가 없었습니다. 그래서 다시 짐을 풀었습니다. 물론 좀더 좋은 집으로 옮겼고요. 거기서 나는 세 번째 현악 사중주곡을 작곡했습니다.

루이제 린저　세 번째인가요? 그럼 처음 두 곡은 어떤 거였습니까?

윤이상　찢어버렸습니다. 전부. 새롭게 사중주곡을 써서 그것을 국제현대음악협회와 쾰른에서 열릴 세계음악제를 위해 보냈습니다. 그게 입선했습니다.

루이제 린저　여기에 그 스크랩이 있군요. 어느 신문인지는 모르겠어요. 이렇게 씌어 있습니다. "이 한국 작곡가는 다름슈타트에서 〈일곱 악기를 위한 음악〉의 초연에 대성공한 이래 점차 주목받고 있다." 또 「프랑크푸르터 알게마이네 차이퉁」은 "윤이상의 음악, 독창적인 음향 환상으로 이루어진 대담한 현악 사중주곡 제3번은 이제껏 보지 못한 강렬한 것이다. 윤이상은 표현주의 이후의 파열화된 음향 양식이 현재 음악적인 세계 언어가 되었다는 것을 새삼 증명하고 있다." 또 다른 데서 어떤 비평가는 당신이 '음악의 에스페란토어'를 창조했다고 쓰고 있었습니다.

윤이상　어이쿠, 그야말로 내가 절대로 원하지 않는 겁니다. 에스페란토어는 인공적인 언어입니다. 하지만 나의 음악은 우리나라 한국의 고향 땅에서 아주 자연스럽게 성장한 것이고, 내가 서양의 현대적인 작곡 기법을 사용했다고는 해도 우리 전통에서 멀어지거나 그것을 버리려 한 것도, 인공적인 것도 아닙니다. 그저 그것을 받아들인 것에 지나지 않습니다. 그 뒤 비평가들이 그 점을 적극적으로 평가하게 되었습니다.

루이제 린저 그래요. 그 다음에는 그랬지요. 비평가들은 일제히 동양 음의 이미지와 서양 작곡 기법의 훌륭한 융합을 높이 샀습니다. 실제로 서양의 많은 비평가들의 귀에는 당신의 음악을 처음 듣기가 쉽지 않았을 겁니다. 어떤 이는 당신이 너무나 동양적이라고, 또 어떤 이는 너무나 서양적, 지나치게 유럽화되어 있다고 여겼지요.

윤이상 나는 내 입장을 좀 다르게 보고, 비평가들은 나름대로 또 다른 식으로 보고 그래서 좋은 거지요. 사람마다 각양각색으로 듣는 거니까요. 그러나 나를 유럽화된 동양인으로 보는 것은 물론 옳지 않습니다. 나는 그 양쪽의 요소를, 동양과 서양을 똑같이 놓고 받아들여 왔습니다. 아시겠지만, 언젠가 누가 나에게 대체 어떤 음악을 쓰는 거냐고, 동양적인지, 서양적인지, 아니면 또 무엇인지 물었을 때 나는 이렇게 대답했습니다. "나는 나의 음악을 쓰고 있는 거다"라고요. 나는 이런 질문은 아주 하찮다고 생각합니다. 나는 내 음악에서 정신적으로는 동양의 원천에 서 있고 한국 음의 이미지를 서양 현대 작곡 기법의 도움을 빌어 음악화하고 있는 겁니다. 그뿐이고 그 이상 말할 게 없습니다.

루이제 린저 나는 당신이 동양 출신이라는 것을 더욱 분명하게 나타냄으로써 해가 감에 따라 점점 더 독자성을 발휘했다고 생각합니다. 당신은 나에게 이렇게 말한 적이 있었지요. 유럽 음악은 '조립'되고, 동양 음악은 '흐른다'고요. 흐르는 것이 당신 음악에서는 점차 강해지고 있다고 나는 생각해요.

윤이상 그런데 몇몇 사람이 나와 관련이 있다고 지적해온 그 표현주의 이후 혹은 후기 표현주의라는 말로 다시 돌아갑시다. 그건 잘못된 생각입니다. 표현주의 음악은 모든 것을, 모든 감정을, 모든 표현 가능성을 극한까지 다 끌어올립니다. 그러나 도교 철학과 연관된 내 음악은 끝까지 가지는 않습니다. 그렇게 하면 이미 음과 양의 조화가 무너져버릴 테니까요.

루이제 린저 그래요. 도교에 대해 아무것도 모르는 사람은 당신 음악을 제대로 이해할 수 없다고 나는 늘상 말해왔습니다. 이제 다시 당신 인생을 연대순으로 따라가던 데로 돌아가봅시다. 우리는 1960년을 이야기하던 중이었습니다. 당신은 성공을 거두고 나서 유럽에 1년 더 머물 결심을 했습니다.

윤이상 마침내 이번에는 아내를 유럽으로 불러야겠다고 생각했습니다. 물론 우리들이 어떻게 생활해야 좋을지 몰랐습니다. 왜냐하면 많지 않은 연주로 버는 수입이란 게 정말 하찮은 정도였기 때문입니다. 그래도 나는 평생 늘 그래왔던 것처럼 그 일을 감행했습니다. 나는 물에 몸을 던지고 물이 나를 어딘가로 데려다줄 것이라 기대했습니다. 그런데 바로 그때, 수자가 출국 비자를 신청했을 때 문제가 생겼습니다. 이승만 정권의 붕괴와 1년 뒤에 일어난 반격, 즉 박정희의 군사 쿠데타가 일어난 것입니다. 그 기간 동안 누구에게도 출국 비자를 내주지 않아서 수자는 올 수가 없었습니다. 나는 크게 실망했지만 그래도 일을 계속했습니다. 1960년부터 1년에 걸쳐 오케스트라를 위한 작품 세 개 썼습니다. 〈바라〉, 〈콜로이드 소노르〉, 〈교향악적 정경〉입니다. 〈바라〉는 베를린 자유방송의 의뢰로, 〈콜로이드 소노르〉는 함부르크 방송국의 의뢰로, 〈교향악적 정경〉은

정아. 우리정아.
너가 쓴 편지 아버지가
읽고 이 그림 사보낸다.
더 이쁘게 없어서 이것을
보낸다 이쁘게 나면 곧
사서 보내 주께.
오새도 어머니 말 잘 듣고
공부 잘 하고 착한 학생
이 라고 누가 와서 전해
주더라. 누구냐 하면 아침마다
아버지 창문앞에 와서 지저귀는
새 한마리. 이새는 늘
한국에 갔다 왔다 한다-

보고 싶은 정아야. 그래도
아버지는 하든 일을 다 마쳐야
간다 그럼 다음또 그림
보낼때 까지 잘 있어라 응?

윤 정

대한민국 부산시 초량동

불란서 파리 에서

아버지가

우경아-
이 아이는 원숭이 인데
어느집 머슴 살이를 하다가
하도 말을 잘 들어서 사람
을 만든다 주었다. 그래서
꽃에 물을 주는 일을 하는데
너무 부즈런히 일을 해서
옷이 이렇게 떨어졌다
인제 주인은 좋은 양복을
줄것이나 우경이 말을
내가 했더니 한번 만나
보자고 하더라 본에서

윤우경 준

한국 부산

독일 본 에서
아버지가
(1957年 7月 26日)

유학 시절 딸 정과 아들 우경에게 보낸 엽서

다름슈타트를 위해 썼는데 모두 연주가 예정되어 있었습니다.

루이제 린저 '콜로이드colloid'라는 건 대체 뭘 뜻하는 거죠? 예전부터 당신에게 물어보고 싶었습니다.

윤이상 원어는 화학적인 개념입니다.

루이제 린저 그렇다면?

윤이상 정확하게 설명하기는 힘들지만 음악적인 면에서 말해 보죠.

루이제 린저 잠깐만요. 사전을 좀 찾아보고요. 여기 있네요. 콜로이드는 '결정結晶을 이루지 않고 무겁게 분산되는 물질'이라고 씌어 있네요. 분산이란 침투한다는 뜻이지요. 그러니까 대충 의미를 따져보면 결정을 맺지도, 상호 결합하는 성질도 갖고 있지 않은 화학적 물질이 존재한다는 말이 되겠네요. 이것을 음악에 응용하면 이렇게 말해도 될지 모르겠네요. 음, — 잠깐 생각 좀 해보고요 — 그러니까 개개의 요소는 각각의 독립된 것으로 이루어진 어떤 음악적인 구성이 있고, 아마도 그것은 상호 자유롭게 움직이는 개개의 음이 모여 이미 있는 전체를 구성하고 있기는 하지만 그 연결은 영속적인 것이 아니고 지극히 일시적인 것, 요컨대 다발 속의 낱개와 같은 것이면서도 물론 법칙성이 있고 이렇게 점차 끊임없이 새로운 구성으로 나아가는 것입니다. 원한다면 무한으로요.

윤이상 참 복잡한 말이군요. 나에게 지난 몇 년 동안 문제가 되었던 것은 순수한 음향이었습니다. 이해하시겠어요? 1950년대에는 우리 모두 안톤 베베른Anton Webern과 씨름하며 음렬주의풍으로 작곡했습니다. 그것은 아주 지적인 작곡 방법이었습니다. 그러다 돌연 반동이 나타나 다시 '음향 체험'을 추구하게 되었습니다. 그 당시 리게티Ligeti나 펜데레츠키Penderecki도 〈애트모스피어Atmosphèes〉나 〈폴리모르피아polymorphia〉

같은 곡명의 작품을 썼습니다. 이들 작품에서는 음향적인 면이 지배적이었습니다. 그 시대에 우리는 그런 점에서 모두 공통점이 있었습니다.

하지만 나는 음향의 미세 구조를 좀 다르게 다루었습니다. 악기 연주에 대한 나의 요구는 훨씬 더 엄격해서 아주 세세한 곳까지 지정했습니다. 당시 아주 의식적으로 음향적인 것을 실험했습니다. 〈콜로이드 소노르〉의 경우가 그것인데, 아주 작은 음향의 여러 요소가 다양하게 결집하여 하나의 완전한 전체가 될 때까지 스스로 유기적으로 발전합니다. 그러면 이 전체가 다시 개개의 요소로 분해되는 순간이 오고, 개개의 요소는 여기저기로 흩어져 또 다른 작은 요소와 만나는 지점까지 다시 새로운 전체 상을 구성합니다. 이 결합은 끊임없이 분해를 되풀이합니다.

루이제 린저   그렇다면 〈콜로이드 소노르〉는 변화하는 음향 결합이라고 번역할 필요가 있겠군요.

윤이상   이러한 새로운 음향 구조를 나는 이미 이전부터 발견했었고 〈일곱 악기를 위한 음악〉에 응용하여 현악 사중주곡으로 다시 발전시킨 것입니다. 〈바라〉와 〈교향악적 정경〉에서도 그렇지만요.

루이제 린저   그것은 당신이 북한의 고분 벽화에서 영감을 얻어 만든 작품이고 그래서 당신은 그 후 북한으로 여행을 한 것이군요.

윤이상   예, 이 고분 벽화입니다. 나는 그때까지 복제한 그림밖에 본 적이 없었지만, 그래도 대단히 강한 인상을 받은 상태였습니다. 원화는 북한의 왕릉 속에 있었고 그 능은 6세기 것이었기 때문에 1400년이나 폐쇄된 채 있었지요. 당신은 그런 고분을 알고 있지요?

루이제 린저   밖에서만 봤지요. 내부를 볼 수 있는지 물어볼 생각조차 못 했으니까요. 하지만 밖에서만 본 것으로도 이미 강렬한 인상을 받았습니다. 특히 세종대왕의 묘(영릉)가 그랬는데, 그것은 제를 올리는 날 외에는 그 고고함을 그대로 지키고 있었습니다. 제일(祭日)에는 아이들이 견학을 와서 설명을 들었습니다. 500년 전에 24개의 단순한 한글 자모를 만듦으로써 그 뒤로 1만 자가 넘는 한자를 배울 필요가 없어져 아이들의 부담을 줄여준 왕이 여기에 잠들어 있다고요. 평소에 묘는 기분 나쁠 정도로 고요한 분위기 속에 있습니다. 주변에는 소나무가 둘러 있고 입구에는 우리 키만한 석상 네 개가 지키고 서 있습니다. 거대한 반원형의 능까지는 긴 참배로가 이어지는데, 능 주변에는 얼굴을 바깥으로 향한 석조 동물상이 나란히 서 있고 능 외벽에는 십이지신상이 있습니다. 대단히 장엄하고 엄숙한 하나의 독립 세계입니다. 존귀한 존재가 여기 있다는 느낌이 저절로 들었습니다. 그곳은 예배의 장소 같았습니다.

윤이상 그렇습니다. 내가 북한에서 들어가보았던 묘도 그랬습니다. 내부에는 서너 개의 방이 있는데 그중에 왕의 방이었던 곳에서 나는 오랫동안 동경해 왔던 벽화를 보았습니다. 처음에는 물론 아무것도 보이지 않았습니다. 내부가 어두웠거든요. 그러나 그러는 사이 점차 그 어둠 사이로 보이기 시작했습니다. 색채가 빛을 발하고 있었습니다. 적, 백, 청, 황의 색채가 마치 지금 막 칠한 것처럼 생생했습니다. 1500년이나 습기찬 땅속 깊이 보존되어 왔던 색채는 아주 강렬하고 정말 훌륭했습니다. 그것은 광물로 만들어진 안료였습니다. 묘 안에 처음으로 발을 들여놓았던 것은 일본인이었습니다. 그들은 그 벽화의 가치를 알아보았고 잘 보존했습니다. 그 뒤 한국전쟁이 한창일 때 미국인이 왔습니다. 아마도 전문가였겠지요. 그들은 안료의 극히 일부를 아주 조심스럽게 긁어내 가지고 갔는데, 아마도 그들은 이 빛나는 안료의 비밀을 조사했던 모양입니다.

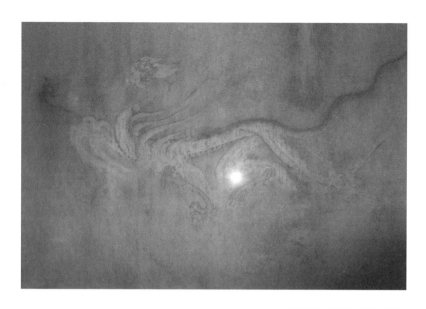

루이제 린저　당신은 1960년에 〈교향악적 정경〉을 벽화의 복제화를 보고 영감을 얻어 작곡했습니다. 막상 원화 앞에 서보니 어땠습니까?

윤이상　말할 것도 없습니다. 원화가 물론 훨씬 아름답고 강렬했습니다. 어둠 속에서 빛을 뿜어내는 그 색채, 지하 묘실 전체가 주는 인상은 압도적이었습니다. 특히 나를 사로잡은 것은 선의 유려한 우아함이었습니다.

루이제 린저　그렇다면 당신에게 영감을 준 것은 벽화에 그려져 있던 동물, 불사조(주작), 거북(현무), 용(청룡), 호랑이(백호) 같은 상징이 아니라 형식과 전체 인상이었던 모양이군요.

윤이상　그것을 좀더 정확히 설명하죠. 묘실의 한쪽 벽에 이 네 마리 동물이 하나가 되어 그려져 있습니다.

루이제 린저 어떤 식으로 상상하면 좋을까요?

윤이상 글쎄요. 당신이 칠흑 같은 묘지로 들어갑니다. 먼저 한 마리의 동물이 보입니다. 처음에 호랑이를 볼 수도 있겠지만 용 아니면 불사조, 또 어쩌면 거북을 보게 될 수도 있습니다. 요컨대 당신이 처음에 무엇을 볼지는 당신 마음에 달렸습니다. 당신은 서서히 다른 동물도 알아보게 되고, 마침내 이 네 마리 동물이 한 덩어리가 되어 하나의 동물을 이루고 있다는 것을 알게 됩니다. 이 한 마리의 동물 안에 네 마리 모두가 들어 있습니다. 네 마리가 한 마리이고 한 마리가 네 마리이지요. 그리고 당신이 좀더 오랫동안 그림 앞에 서 있다면 색채가 선명하게 떠오릅니다. 이 운동은 완전한 조화 속에서 일어나는데 이 조화는 긴장으로 충만한, 균형 잡힌 긴장으로 충만한 것입니다.

루이제 린저 비로소 알겠네요. 당신은 그 뒤 1960년에 〈교향악적 정경〉을 썼을 뿐 아니라 1969년에 옥중에서 〈이마주〉라는 작품을 썼습니다. 그 작품에서 당신은 마치 벽화에서 한 마리 짐승이 하나의 색을 갖고 있는 것과 마찬가지로, 네 마리 짐승 각각에게 하나씩 악기를 배치했습니다. 악기는 플루트, 오보에, 바이올린, 첼로였죠. 하지만 첼로가 호랑이를, 플루트가 거북이를, 오보에가 용을, 바이올린이 주작이라는 식으로 한 악기가 각각 동물의 성격을 표현하는 것은 아니고 오히려 어떤 한 형식적인 원칙이 관통하고 있습니다.

그 원칙은 철학적인 것이고, 아니 지극히 철학적이어서 벽화에 그려진 각각의 짐승이 개별적인 동시에 전체의 일부를 이루어 상호 개별성과 통일성을 표현하고 있는 것처럼 악기도 같은 작용을 하는 것입니다. 마치 벽화가 어느 때는 이 짐승, 어느 때는 저 짐승이 떠올라 보이는 것과 같이 이 곡에서는 각각의 악기가 부상합니다. 그렇지만 이러한 현상, 즉 신비적인 현상을 말로 표현할 수 없다는 걸 나는 잘 알고 있습니다. 그림을 보고 음악을 듣지 않으면 안 됩니다.

윤이상 나도 이 현상을 비로소 온전히 이해한 것은 1963년에 북한으로 여행을 가서 이 신비로 가득한 벽화 앞에 섰을 때였습니다.

루이제 린저 그런데 이야기가 좀 앞서가고 있네요. 우리는 1961년을 얘기하던 중이었으니까요. 당신은 수자를 부르려고 했지만 그녀는 올 수 없었습니다. 박정희가 그때 군사 쿠데타를 일으켰기 때문에 비자가 나오지 않아서죠. 그 당시 당신은 이 혁명을 어떻게 보고 있었나요?

윤이상 나는 이승만이 대통령이었을 때 유럽으로 왔습니다. 나는 그에 대해 비판적이었지만, 그러면서도 존경의 마음도 갖고 있었습니다. 그는 망명하여 그곳에서 일본 지배에 대항해 싸우고, 우리의 해방에 큰 기여를 했습니다. 그러나 이후 그가 위대한 애국자임에는 틀림없지만 무능한 정치가라는 것을 알게 되었습니다. 그는 단기간에 나라를 엄청난 경제적 곤궁으로 몰아넣었습니다. 한국전쟁이 그의 책임이라고 말할 생각은 없지만 그러나 그는 분명한 정치적 구상을 전혀 갖고 있지 않았고, 북한군이 한국으로 침공하기 전에 한국군이 언젠가 북한으로 진군할 것이라고, 늘 그것도 아주 도발적으로 떠들어대기만 할 뿐이었습니다. 오랜 시간에 걸쳐 이루어진 그러한 선동적인 선전은 언젠가 적을 도발시키게 마련입니다. 그래서 한국군이 북한으로 진군하는 것이 아니라 북한군이 한국으로 쳐들어오는 사태가 일어난 것입니다.

루이제 린저 당신은 1956년에 유럽에 왔는데요, 1953년 정전 이후 유럽에 오기 전까지 정치에 전혀 참여하지 않았나요?

윤이상   전혀요. 공부와 작곡 외에는 아무것도 하려고 하지 않았습니다. 유럽에서도 나는 처음에는 전혀 정치적이지 않았습니다. 박정희의 군사 쿠데타 전까지는요. 그 쿠데타는 나에게 엄청난 충격이었습니다. 그때 갑자기 다시 나의 정치적인 의식이 눈을 떴습니다.

루이제 린저   당신은 그 당시 한국에서 이렇게 멀리 떨어져 있으면서도 한국에 이러한 재앙이 오리라는 걸 어떻게 예견할 수 있었습니까? 왜냐하면 박정희는 정말 잘도 정권을 차지했잖아요.

윤이상   그는 군인입니다. 한국군 중에는 이미 이승만 시대부터 많은 부패가 있었습니다. 고급 군인은 점차 부자가 되고 민중은 점점 가난해졌습니다. 그러니까 박정희가 몇 안 되는 동료들과 함께 쿠데타로 권력을 잡았을 때 나는 자문해 보았습니다. 미국이 한국군을 감독하고 있을 터인데 몇 안 되는 군인이 어떻게 그런 쿠데타를 일으킬 수 있었을까, 미군에게 들키지 않고 박정희가 행동할 수 있는 전략기지가 전국 어디에 있을까?

루이제 린저   이제 와서 그것을 이상하게 생각할 필요는 없겠지요. 박정희는 미군의 묵인하에 쿠데타를 일으킬 수 있었던 거지요.

윤이상   그건 좀더 복잡합니다. 쿠데타가 일어났을 때 한국에 있던 유엔군 총사령관은 당시 한국 대통령이었던 윤보선에게 가서 이 움직임에 반대하도록 종용했습니다.

루이제 린저   그는 케네디 대통령에게도 갔습니다. 그러나 대통령과 보좌관은 사태가 어떻게 진행되는지 좀더 두고 보자고 했습니다. 그건 큰 실수였습니다. 그래서 사태는 점점 진행되었던 거지요. 사태가 이미 호전될 수 없었습니다.

윤이상 박정희의 측근인 군인들 중에는 어리석은 사람들이 많았습니다. 그뿐 아니지요. 그 무리들은 박정희와 똑같이 일제 시대에 일본인 편에 서서 자기 민족과 싸웠던 자들이었습니다. 이제 그 일에 대해서는 말하고 싶지 않아요.

루이제 린저 우리는 1961년 이야기를 하고 있었어요. 그래서 수자는 어떻게 되었습니까?

윤이상 그녀는 왔습니다. 하지만 아이들은 데려오지 못했어요. 우리는 5년 동안 만나지 못했습니다. 나는 서양에서 살면서 많이 달라져서 서양의 생활방식을 몸에 익히고 부분적으로는 서양의 사고방식을 따르고 있었습니다. 수자 눈으로 보면 거의 유럽 사람이 되어 있었던 거죠. 하지만 수자는 완전한 한국 여자였습니다. 그녀에게는 모든 것이 낯설었고 그녀의 마음은 한국에 남아 있었습니다. 그래서 우리는 처음에는 서로 이방인 같았고, 재회는 우리에게 고통이었습니다. 우리는 서로 많이 힘들어했습니다. 무엇보다 먼저 하루하루 살아갈 걱정을 해야 했습니다. 친구인 귄터 프로이덴베르크가 프라이부르크에 작은 집을 구해 주었습니다. 우리는 어떻게 살아가야 할지 몰랐습니다. 실제로 나에게는 정해진 직업이 없었고, 연주를 한다고 해도 늘 큰 수입을 거두는 건 아니었습니다. 그 당시 우리는 숟가락 두 개, 접시 두 개, 의자 두 개가 있을 뿐이었는데 그 모든 건 중고품점에서 샀습니다. 그럼에도 우리는 절망하지 않았습니다. 만약 잘 안 되면 한국으로 돌아가면 그만이고, 그러면 교수 자리가 보장되어 있다고 생각했습니다. 물론 박정희 정권 아래서지만 말이죠. 나는 열심히 일을 했고, 가능한 무엇이든 썼습니다. 〈가사歌詞〉와 〈가락歌樂〉을 쓰고 〈유동流動〉을 쓰기 시작했는데, 그것은 도중에 중단했습니다. 왜냐하면…….

루이제 린저 잠깐만요, 〈가사〉와 〈가락〉에 대해서 자세히 말해 주세요. 지금 넘어가면 나중에 잊어버릴 테니까요.

윤이상 둘 다 짧은 작품인데 10분짜리 작품입니다. 〈가사〉는 바이올린과 피아노를 위한 작품이고, 〈가락〉은 플루트와 피아노를 위한 곡입니다. 그런데 시간적으로 이들 작품보다 앞선 〈콜로이드 소노르〉보다도 더 먼저 작품인 〈바라〉에 대해서 아직 이야기를 안 했군요. 〈바라〉는 내가 유럽에서 쓴 첫 대작 중에 하나인데, '바라'는 서양 타악기 심벌즈와 비슷한 승무에서 쓰는 타악기에서 이름을 딴 곡입니다. 나는 이 작품이 라디오 베른에서 연주되었을 때 간단한 분석을 해보았습니다. 그것을 소개해 볼게요.

"여러분은 정규적인 무용 음악을 기대하지 말고 불교 사원의 신비롭고 명상적인 분위기를 떠올려보세요. 그 절에서는 승려와 비구니들이 악을 쫓는 춤과 기도의 춤을 추면서 극도로 정신을 집중시켜 긴장한 채 지극히 완만한 동작으로 서서히 법열로 빠져들어갑니다. 명상적인 편안함과 법열의 긴장이라는 이 두 가지를, 여러분들은 이미 나의 오케스트라를 위한 작품 〈바라〉의 첫 소절에서 만나게 됩니다……. 여러분은 두루마리에 그려진 동양의 붓글씨에 나타나는 폭넓은 붓의 필치를 알고 계실 겁니다. 솔로 바이올린의 특징적인 움직임, 관악기 화음의 다이내믹하게 고조되었다가 사라져가는 모습은 먹물을 듬뿍 머금은 붓으로 쓴 글씨의 힘찬 필치와도 같은 효과를 갖고 있지 않습니까. 이 작품에서 또 하나의 다른 예를 들어보겠습니다. 가느다란 붓으로 그린 선들의 움직임이 모여 하나의 전체를 이루듯이 하나하나의 음향이 모여 교향적 전체를 만듭니다. 폭풍에 파도를 일으키는 물처럼 물결은 높아져 거품이 되었다 부서집니다. 음의 낙숫물 같은 시끄러움이 혼돈스러움과 경계를 이루고 있습니다……."

지금 생각하면 1960년대 나의 음악은 상당히 감상적pathetic이었다고 생각합니다. 그때 나는 자신을 제어할 줄 몰랐고, 작곡상 분출하는 힘을 억제하는 법을 아직 배우지 못했습니다. 그러나 이 초기 작품에는 그 뒤의 전 작품에서 이용한 나의 양식을 전형적으로 나타내는 모든 싹이 포함되어 있었습니다.

루이제 린저 〈바라〉는 1960년 당시 호평을 받았습니다. 베를린에서 열린 초연 때에도 서독 방송국에서 방송될 때도 그 후 1965년 함부르크에서도요. 여기에 1962년의 비평이 있습니다. "한국인 윤이상은 현대음악의 얽매이지 않은 제재를 모험으로서 경험하고 그로부터 독특한, 동양고유의 원색적인 효과를 거둬냈다. 소용돌이치는 듯한 바이올린의 트레몰로, 플루트의 장식음, 회오리치는 북소리는 단지 음색이라기보다 음악적 영상을 만들어낸다. 이 점이 〈바라〉를 현대음악의 기념비로 삼게 하는 것이다." '동양 고유의 원색적인'이라는 말은 기묘한 표현입니다. 예술적인 원색성은 분명 한국적 시각에서 말하는 것이 아닙니다. 오히려 극도의 세련이라고 해야겠지요.

또 하나의 비평은 좀더 낫습니다. "이 곡목은 불교의 춤을 가리키는데 그 춤이 또 그 뒤로 광범위하게 리듬의 구조를 결정하고 있다. 그러나 이 작품은 모든 자연주의적인 모방이나 민속적 여운과는 거리가 멀다. 특히 작곡가에게는 엄격한 제례의식을 생생한 느낌으로 옮겨 표현에 적합한 것으로 바꾸는 것이 주요 관심사이다. 극동의 색채가 울려 퍼지면 다이

내막은 서구적 시각으로부터 벗어나 전환되어 열정적인 생기를 얻는다. 여기에 현대적 음렬주의 기법과 태고의 신비주의가 특이하게, 흥미진진하게 그러면서도 묘한 설득력을 가지고 뒤얽혀 있는 매력적 삼중혼합형태가 생겨났다.

함부르크의 상연에 대해 1965년 한 비평가는 이렇게 썼습니다. "현대음악을 불교와 연관시키는 것은 매우 수준 높은 정역학靜力學과 같다. 길어진 음가가 다시 한번 주도권을 잡은 지 오래다. 날카로운 불협화음들이 동시에 울려대는 넓은 음역은 용광로와도 같은 바탕이 되어 그 속에서 엄청난 밀도로 솟아오르고 날아다니는 소리들의 조직이 짜여진다. 이 작품은 회화에서의 타키즘과 진정한 쌍벽을 이루는 것이다."

타키즘은 점묘가 이어지는 회화의 한 수법인데 얼핏 보기에는 자의적이지만, 실제로는 엄밀한 법칙을 따르고 있습니다. 그리고 음악은 회화와 병행하여 발전해 왔습니다. 비평가는 그것을 당신 작품에서 보았던 거죠. 다른 비평가들은 "신비한 음향 세계", "어렵고 거의 파악하기 힘든 어떤 엑스터시!", "영속적으로 흥분을 불러일으키는 비브라토" 등과 같은 표현을 하고 있네요.

윤이상　상당히 다양한 말들을 했군요.

루이제 린저　당신의 음악을 이해하기 위해서 비평가들이 실제로 많이 노력해 왔다는 것을 인정하지 않으면 안 됩니다.

윤이상　네, 그건 그렇지요. 〈바라〉 다음에 나는 처음에는 〈유동〉을 쓸 생각이었습니다. 그런데 그때 어떤 콩쿠르 소식을 들었습니다. 초콜릿 회사인 슈프렝겔이 그 콩쿠르를 후원한다고 했습니다. 나는 그 상을 받아야겠다고 생각했습니다. 돈이 전혀 없었기 때문에 그 상이 필요했습니다.

그래서 한 작품을 썼습니다. 그때 내가 생각한 것은 상을 받을 만한 작품이어야 한다는 것이었습니다.

루이제 린저 그렇다면 어떻게 했다는 거지요?

윤이상 심사위원들은 대개 보수적인 사람들입니다. 나는 네 개의 목관과 두 개의 현악기 솔로, 네 개의 타악기와 하프를 위한 실내악을 아주 가볍게 썼습니다. 나는 거기다 〈낙양〉이라는 이름을 붙였습니다.

루이제 린저 낙양은 고대 중국 도시 아닌가요?

윤이상 문화의 중심지이고 왕도였지요. 이 작품은 정서적으로는 고대 중국 황실의 궁중음악과 이어져 있습니다. 나는 당시에 돈을 벌기 위해서 고대 동양 음악에 대해 라디오 방송을 몇 개 하면서 집중적으로 고대 중국의 음악과 씨름하고 있었습니다. 나는 옛 작품을 분석하고 형식을 연구했습니다. 그때 나는 약 900년 전 낙양에서 조선으로 전해진 작품을 다루었습니다. 원곡은 이미 찾을 수 없었는데, 그보다 훨씬 더 옛날 즉 음악이 음양으로 이루어진 것이라는 도교에 기초를 둔 우주관에 따라서 만들어진 중국 문화의 전설 시대의 원본에서 복원한 것일지도 모릅니다. 이러한 철학 원리에 순수하게 대응하는 음악이 고전으로 여겨지고, 황제 자신도 공인한 것이라고 생각했습니다. 이 같은 고전 모델의 하나를 내 작품 〈낙양〉에 응용했습니다. 그때는 유럽의 악기를 고대 동양 악기와 비슷한 소리를 내게 했습니다. 그러니까 동양의 악기를 쓰지 않고 유럽의 악기에 특별한 연주법을 지정한 것입니다. 예를 들면 플루트의 상하 운동으로 강한 비브라토를 만들어낸다든지, 아니면 관악기로 단2도 음정까지 글리산도해서 동양의 오보에인 피리 연주 같은 효과를 낸다든지, 아니면 작은북을 아주 재빠르게 연속적으로, 또는 대단히 느린 리듬으로 연주해 장구 연주와 닮게 한다든지 하는 방법이었습니다.

물론 나는 이런 중국이나 조선 민요를 단순히 서양 기법으로 만든 것은 아닙니다. 나는 양쪽을 정신적으로 도입한 것입니다. 나는 서양 기법에 따라 일을 했지만 배후에는 늘 동양 소리의 관념이 있었습니다. 작품 〈낙양〉은 나에게는 효과가 풍부한 작품이라고 생각되었습니다. 그래서 그것을 콩쿠르에 보냈습니다. 그러나 편지에는 예선에는 들었지만 입상은 하지 못했다고 씌어 있었습니다. 그래서 이번에는 그 작품을 런던 국제현대음악협회의 음악제에 보냈습니다. 그러나 거기서도 반송되어 왔습니다. 세 번째로 베를린 예술제에 보냈습니다. 거기서도 안 됐습니다. 나는 대단히 낙심했습니다.

루이제 린저 그런데 그 작품은 그 뒤 자주 공연되었고 그것도 대성공을 거두었잖습니까. 왜 그랬을까요?

윤이상 나는 당시 하노버에서 쥬네스 뮤지컬 오케스트라를 지휘하고 '새로운 음악의 나날'을 주최하고 있던 악단 지휘자인 크라우스 베른바흐를 만났습니다. 그는 그 작품을 보고 곧바로 1964년 1월 23일 초연을 맡아주었습니다. 그것은 성공이었습니다.

루이제 린저 여기에 그 비평이 있습니다. 그 하나는 「디 벨트」의 하인츠 요아힘이 쓴 것입니다. "오늘 밤의 가장 강력한 작품은 〈낙양〉이었다. 이 작품은 감정이입 능력과 창조적인 판타지와 기법적인 정성이 모두 어우러짐으로써 고대 중국의 궁정음악에 기초한 전통을 현대 기법과 양식적으로 유사한 정신에서 새롭게 되살리려는 시도이다……. 이 작품의 예술적인 매력은 밝고 광대하게 선회하는 선율법이 다양한 음색의 타악기가 빚어내는 어둡고 딱딱한 리듬으로 장식한 악센트와 대응하고, 3악장의

베를린에서 이고르 스트라빈스키를 중심에 두고 음악가들과 함께.
칼 하스, 윤이상, 야니스 크세나키스

조성에 의해 한층 강하고 내적인 강약법으로 상승되어 가는 순수하게 정역학적인 원리를 따르는 데 있다."

「하노버 룬트샤우Hannover Rundschau」에서는 볼프람 슈빙거Wolfram Sch-winger가 이렇게 썼습니다. "이것은 음렬주의 악곡법 자체를 위해 작곡된 음악이 아니고 그 자신의 내부에 강렬한 표현 욕구가 있다는 걸 보여주는 음악이다. 모든 음향적인 대담성 하나하나에서, 엄격한 형식적인 규율 속에서, 고대 한국의 궁중음악에 의거함으로써 생긴 음악적 전통과 만나는 것을 들을 수 있다. 그뿐 아니라 숨가쁜 제1악장부터 장식성이 풍부한

제2악장을 거쳐 극적으로 고조된 마지막 악장으로의 고조는 아주 매력적이다. 표현력과 예술적 형식이 절묘하게 일치를 보여주고 있다."

다른 비평은 예를 들면 이렇게 쓰고 있어요. "신경의 예민함과 근원성의 결속에 의해 윤이상은 서양의 다른 작곡가들보다 어떤 본질적인 점에서 뛰어나다." 또는 "점묘의 원리가 여기서는 여유를 가지고 극복되었다." 또, "이 곡은 정말 마음에 다가오는 이해하기 쉬운 음악인데, 세 가지 형식의 다른 악장이 뭔가를 전하지 않고는 못 배긴다."

재미있는 것은 〈낙양〉을 훨씬 뒤에 연주했을 때 어떤 사람이 이렇게 쓴 것입니다. "이 곡으로 인해 우리 음악 감각의 근저를 어떤 무언가가 뒤흔드는 듯한 느낌을 받았다."

기묘하지 않습니까? 당신은 이 작품을 가볍게 써서 보수적인 심사위원들의 기호에 맞춘 것이라고 생각했잖아요. 그런데 진짜로 가볍게 씀으로써 대단히 중요한 작품이 탄생된 것이니까요. 우린 다시 1961년 이야기로 돌아갑시다.

윤이상 네. 그때 또 콩쿠르가 있었습니다. 이번에는 제네바에서요. 나는 또 가볍게 이해하기 쉬운 작품을 써야겠다고 생각해서 첼로 협주곡에 착수했습니다. 하지만 점점 흥미가 없어져 그 작품을 그대로 접었습니다.

루이제 린저 중간에 질문을 좀 하겠습니다. 당신은 언젠가 나한테 당신 작품이 공연될 때 가끔 소동이 일어났다는 이야기를 해주셨지요.

윤이상 진짜 대소동은 〈콜로이드 소노르〉 연주 때 일어났습니다. 그 장소는 말하고 싶지 않아요. 그 작품은 연주하기 힘든 작품입니다. 나는 세 부분 각각에 고대 한국의 악기 하나의 음향을 지향했습니다. 나는 아주 정확한 음향 관념을 갖고 있었습니다. 그러나 이 음향 관념은 대단히 복잡한 것입니다. 나는 각 악기별로 악보에 새로운 음형과 음정을 넣었습니다. 이것을 연주하는 것은 오케스트라의 단원들에게는 틀림없이 부담스러운 일입니다. 프로그램에는 리게티의 〈애트모스피어〉, 카스틸리오니Niccolò Castiglioni의 〈론델〉, 보 닐슨Bo Nilsson의 작품, 그리고 내 것 이렇게 네 개의 대단히 만만치 않은 작품이 들어 있었습니다. 단원들은 이 프로그램의 연주를 바라지 않았고, 특히 내 작품을 바라지 않았습니다. 리허설 때에는 늘 험악한 공기가 감지되었습니다. 끊임없이 현대음악을 위해 힘써온 지휘자는 이 전위음악 연주를 함으로써 유럽의 음악계에 중요한 공헌을 하는 게 되고, 나아가 그것을 도와야 한다고 인내를 가지고 단원들에게 이해를 구했습니다. 그러나 단원들은 아주 반항적이었습니다. 내가 내 작품의 리허설에 갔을 때 오케스트라 단원은 한 명도 오지 않았습니다. 나는 관객석에 앉아서 기다렸습니다. 겨우 단원들이 왔지만 그들은 내 쪽을 보지 않고 작품 험담을 특히 내 작품 험담을 했습니다. 나는 "윤이상의 작품은 휴지통으로 가야 되는 진짜 쓰레기다"라고 말하는 것을 들었습니다. 더 심한 말도 있었습니다. 나는 맥이 풀려서 모습을 드러낼 엄두가 나지 않았습니다. 그러나 리허설이 시작되었을 때 나는 나가지 않을 수 없었습니다. 그때 어떤 첼로 주자가 말했습니다. "이 피치카토의 글리산도는 도저히 연주할 수 없어요. 기술적으로 절대 불가능합니다." 그래서 나는 일어나 "그게 충분히 가능하다는 걸 당신에게 보여주지요"라고 말했습니다. 나는 연주단에 올라가서 한 첼로 주자에게 악기를 빌려달라고 부탁했습니다. 그는 비싼 악기라서 내 손에 건네줄 수 없다고 했습니다. 그 옆 사람이 악기를 빌려주어서 나는 거기에 앉아 연주했고, 이 피치카토의 글리산도가 충분히 연주 가능하다는 것을 보여주었습니다. 단원들은 내가 실제로 연주 기술을 이해하고 있다는 것에 감명을 받아 그 이후 노력하게 되었습니다.

하지만 그래도 여전히 그들은 그 연주회 전체를 연주하고 싶어하지 않았습니다. 그들은 주최자인 방송국의 음악부장에게 집단적으로 의사의 진단서를 제출했습니다. 거기에는 단원들이 이런 음악 때문에 정신적으로 상당히 혼돈스럽고 만약 더 이상 연주를 강요당하면 병이 날 거라고 씌어 있었습니다. 그래도 부장은 꿈쩍도 하지 않고 그 진단서를 받아들이지 않았기 때문에, 그들은 연주를 할 수밖에 없었습니다.

내 작품이 프로그램의 맨 처음이었는데, 그것이 끝났을 때 곧바로 소리가 터져 나왔습니다. ―"우~우, 쓰레기다, 우~우, 이어서 브라보, 그리고 또 우~우, 그리고 브라보." 과연 대소동이었습니다. 하지만 나는 신경 쓰지 않았습니다. 새로운 음향을 시도하고 싶다는 나의 바람은 충족되었기 때문입니다. 그래도 그때 단원들의 저항은 이후 내가 너무 어렵게 쓰지 않도록 최대한 애쓴다는 점에서 나에게 영향을 미쳤습니다. 〈콜로이드 소노르〉 때에는 아직 유럽에서 작곡을 시작한 지 얼마 되지 않아서 나의 음향 관념에 너무나도 취해 있었기 때문에 연주 기법도 배려해야 한다는 것을 몰랐던 것입니다. 당시 나는 상당히 급진적이었습니다. 분명, 가장 급진적인 그룹에 속하지는 않았다 해도 그래도 상당히 급진적이어서 내 작품이 다소 소동을 일으킨 게 이상할 것도 없었습니다. 그래도 거절당한 적은 한 번도 없었습니다. 내 작품은 언제나 격한 논쟁을 불러일으켰습니다. 가장 부정적인 평가를 받은 것은 1961년 다름슈타트에서 열린 〈교향악적 정경〉의 연주였습니다. 그때는 이미 곡이 끝나기도 전부터 휘파람을 불었습니다. 그 후 물론 박수가 일었지만 그러나 결국 성공이라고는 할 수 없었습니다. 그때 메시앙이 그 자리에 참석했었습니다. 그의 작품은 〈이국적인 새〉가 연주되었습니다. 메시앙은 내 작품을 칭찬했고, 나에게도 직접 그 말을 해주었습니다. 하지만 다른 작곡가들은 나에 대해 심하게 험담을 했습니다. 그 당시에 지나치게 강하게 썼다는 사실을 지금은 스스로도 잘 알고 있습니다. 하지만 그 뒤 나는 공부를 거듭했습니다.

루이제 린저　1961년으로 돌아갑시다. 당신은 첼로 협주곡을 쓰고 제네바 콩쿠르에 내려고 생각했지만 그게 마음에 안 들어서 그만두어 버렸다고 했지요.

윤이상　그래요. 그래서 나는 상을 하나도 받지 못했고 경제 상황은 점점 더 나빠졌습니다. 프라이부르크에 계속 머물 수 없다는 걸 나는 알았습니다. 그곳은 아름답고 조용하고 일을 하기에는 좋은 곳이었습니다. 나는 대도시와 도와줄 사람이 필요했습니다. 그 당시 나는 쾰른의 서독 방송국에서 몇 가지 의뢰를 받은 상태였습니다. 그것은 작곡 의뢰가 아니라 한국 음악에 대한 방송 의뢰였는데, 나는 쾰른에 아는 사람도 있고 해서 쾰른으로 갔습니다. 앞으로 어떻게 생활해야 할지도 알 수 없는 상황이었지만, 언제나 그랬듯이 하늘로 날았습니다. 그것은 언제나 모험이었지만 그래도 내가 선선히 감행한 것이 중요한 결단이었다는 것을 나중에 알았습니다. 나는 그런 모험에 성공했던 것입니다. 하지만 이번에는 잘 될 것 같아 보이지 않았습니다. 나는 이미 프라이부르크에서 방송극 음악과 TV극 음악 의뢰를 받고자 노력했습니다. 많은 편지를 쓰고 대단히 친절한 답장도 받았지만 모두 거절하는 내용이었습니다. 어디든 전임 작곡가가 고용되어 있었습니다. 그 당시에는 다름슈타트에서 성공하긴 했지만 내가 아직 유명한 작곡가가 아니라는 것은 나 스스로도 분명히 알고 있었습니다. 현실은 지극히 냉엄했고 우리는 가난 그 자체였습니다. 우리는 쾰른 제폐린 문 근처의 저소득층이 사는 지구에 살고 있었는데 앞으로 어떻게 살아야 할지 대책이 없었습니다. 그때 나는 어느 신문에서 포드재단Ford Foundation이 베를린 시를 지원해, 유럽의 문화 중심지로 만들 계획하에 재능 있는 젊은 예술가에게 장학금을 지급한다는 기사를 읽었습니다. 나는 바로 편지를 썼고 내 작품을 보내라는 답장을 받았습니다. 나는 작품 총보와 녹음 테이프와 비평을 보냈습니다. 그러자 정식 초대장이 왔습니다. 1964년 1월의 일입니다. 우리는 짐을 꾸렸습니다. 짐이 아주 조금밖에 없었기 때문에 나의 중고 폭스바겐에 전부 들어갔습니다. 우리는 베를린의 달렘에 작은 집을 찾았습니다. 장학금은 상당한 액수여서 우리는 마침내 전보다 나은 생활을 할 수 있게 되었습니다. 그때 베를린의 신문에 포드재단의 장학생(즉 나)에 관한 내용이 실렸는데 그 내용은 신문 지상에 광고를 해준 격이었습니다. 덕분에 내 작품이 점차 연주되기 시작했고, 또 보테 운트 보크 출판사Bote und Bock Verlag와의 관계가 한층 긴밀해졌습니다.

루이제 린저 어떻게 또 보테 운트 보크 출판사였지요?

윤이상 내가 베를린에서 공부할 때 대학으로 가는 길에 보테 운트 보크 출판사의 쇼윈도 앞을 지나갔습니다. 어떤 새로운 작품이 진열되어 있는가를 보기 위하여 종종 그 앞에 멈춰 섰습니다. 그리고 자연스럽게 언젠가 내 작품도 거기에 진열될 것이라고 생각하게 되었습니다. 어느 날 나는 〈일곱 악기를 위한 음악〉을 한 부 블라허에게 가지고 갔습니다. 내 생각에 이 작품은 그의 마음에 들었습니다. 그래서 그것을 보테 운트 보크 출판사에 추천해 달라고 그에게 부탁하려 했습니다. 그는 그 출판사의 현존하는 가장 유명한 작곡가였습니다. 그는 내 작품을 보테 운트 보크에 가지고 가겠다고 약속했습니다. 그러나 내가 그를 찾아가면 언제나 내 총보는 아직도 책상 위에 그대로 놓여 있었습니다. 내 작품이 마음에 들지 않아서 추천하고 싶지 않은 거라고 생각했습니다. 그래서 나는 기대도 하지 않고 쇼트Schott(악보 출판사)로 한 부 보냈습니다. 몇 주 뒤에 내 작품은 반송되어 왔습니다. 어떤 사람은 그 작품을 좋아했지만 또 어떤 사람은 마음에 들어하지 않아서 쇼트는 출판하겠다는 결정에 이르지 못했다는 내용이었습니다. 그 사이에 작품이 다름슈타트에서 초연되었고 그와 동시에 보테 운트 보크 사도 채택했습니다. 나를 위해 힘을 써준 사람은 편집부장인 쿠르트 라데케였는데 그가 죽은 뒤에는 하랄트 쿤츠가 대신해서 그와 마찬가지로 나를 위해 힘을 써주었습니다. 그래서 나는 이 출판사와 계속 신의를 지키고 있습니다.

루이제 린저 그래서 그 뒤로는 만사가 순조롭게 진행되었나요, 아니면 여전했나요?

윤이상 아이들이 아직 한국에 있었습니다. 친척 집에서 잘 돌봐주고 있기는 했지만 부모 특히 엄마가 없는 걸 쓸쓸해했고, 아내도 아이들이 보고 싶어 늘 슬퍼하면서 울기만 했습니다. 나한테는 아이들이 없는 것이 그 정도는 아니었습니다. 아이들 없이 지내는 데 이미 익숙해져 있었습니다. 수자는 여차하면 나를 두고 부산으로 돌아갈 참이었습니다. 하지만 난 그녀가 없으면 안 될 것 같았습니다. 1964년까지는 많은 성공에도 불구하고 여전히 서울로 돌아갈 생각을 갖고 있었습니다. 그러나 장학금을 받고 연주 횟수가 늘어나고 다른 여러 나라에서도 연주하게 되자, 일종의 안도감이 생겨 이렇게 빨리 한국으로 돌아갈 수는 없다고 생각하게 되었습니다. 그래서 우리는 아이들을 부르기로 했습니다. 1964년 7월의 일이었습니다.

루이제 린저 그때 정은 벌써 열 셋인가 열 넷이었겠네요. 그리고 우경은 열 살. 정은 아버지와 8년이나 떨어져 있었던데다, 전혀 낯선 환경으로 오게 되었고, 독일어도 하지 못하면서 독일 학교에 가야 했겠네요. 이런 일은 틀림없이 아이들에게 충격이었을 것입니다. 아이들 인생에서의 단절, 그것도 사춘기 직전의 중요하고도 어려운 나이에 말이에요.

윤이상 그렇습니다. 힘든 일이었습니다. 학교에서도 가정에서도 가는 곳마다 어려운 일이 있었습니다. 우리는 모두 중심을 잃었습니다. 하지만 딸이 아들보다 훨씬 잘 적응했습니다. 그래도 그러는 사이 서서히 모든 것이 어느 정도 안정되어 갔습니다. 그런데 그때 아이들에게 또 다른 충격적인 일이 일어났습니다. 부모의 납치와 긴 이별입니다.

루이제 린저 우리는 아직 1964년 이야기를 하고 있어요. 그때 당신은 어떤 곡을 썼습니까?

윤이상 두 개의 짧은 작품 〈가사〉와 〈가락〉 뒤에 이어 〈유동〉을 썼어요.

루이제 린저 당신은 왜 〈가사〉와 〈가락〉에 대해서는 아무 말도 하지 않으시죠? 그 작품들은 중요하지 않습니까?

윤이상 이미 앞에서 말하지 않았나요?

루이제 린저 그랬던가요.

윤이상 이들 작품은 중요하지 않냐고 당신은 물으셨지만, 난 잘 모르겠습니다. 무엇이 중요한 걸까요? 아시다시피 분명 나는 모든 일을 중요하게 생각하고 잘하려고 노력하고 있다고 말하고 싶습니다. 하지만 그렇게

마침내 독일에서 가족이 모두 모여
첫 소풍을 나갔을 때 찍은 행복한 모습 (1964년)

완성한 작품이 중요한지 않은지 누가 알겠습니까. 어쩌면 내가 죽은 다음에는 내 작품이 단 하나도 남지 않을 수도 있죠. 하지만 그게 뭐 어떻다는 거죠? 나는 일을 해야 하기 때문에 하는 겁니다. 〈가사〉와 〈가락〉을 썼을 때 대체 이건 무슨 작곡 기법이냐고 물어왔습니다. 12음적으로 보이기도 하고 그렇지 않기도 하다고 말이죠. 말 그대로입니다. 그 당시 나는 쇤베르크의 가르침대로 하나하나의 작품에 대해 음렬표를 만들었습니다. 이 표에는 음계 12음이 다양한 변용으로 배열되었습니다. 그러나 나에게 그런 작업은 언제나 하나의 거점에 불과했습니다. 나는 그것을 아주 가끔씩 이용한 데 지나지 않습니다. 나의 음향 판타지가 충분히 강하고 유려할 때는 자유롭게 흐르는 대로 맡겼습니다. 자유롭게, 그러면서도 물론 엄격하게 그러나 독자적인 법칙에 따르지요.

예를 들면 〈가사〉에서는 바이올린이 첫 네 음절에서는 12음렬로 시작하고 그 후 그 음렬이 종종 다양한 형태로 다시 나타나는 것에 주의해 주세요. 〈가락〉도 역시 마찬가지인데, 기초 음렬이 6음마다 피아노와 플루트에 주어져 있습니다. 그러나 12음인지 어떤지를 가려내는 것은 아주 하찮은 일이라고 생각합니다. 예를 들면 〈가사〉처럼 주요음이 존재하는 것, 그리고 내가 특히 하나하나의 음 자체로 작품을 만들고 있다는 것을 청중이 인식하는 편이 훨씬 중요하다고 생각합니다.

루이제 린저 당신은 지금 '주요음'에 대해서 말했습니다. 당신의 음악에 대해 말하는 사람은 모두 이 개념을 사용합니다. 이 개념은 당신의 음악에 동양적인 음색을 부여한 어떤 특징적인 표현 방법을 나타내고 있나요?

윤이상 그것에 대해선 뒤에서 좀더 자세히 이야기합시다. 아마 크리스티안 마르틴 슈미트Christian Martin Schmidt가 1977년 1월에 잡지 「멜로스」에 쓴 나의 플루트 연습곡을 논한 논문을 읽어보는 편이 좋을 것 같습니다.

루이제 린저 하지만 그는 주요음이라 부르지 않았고, 음의 연대에 대해서 말하고 있어요. 그가 말하는 바, 음의 연대라는 개념은 분명 번잡하기는 하지만 반드시 필요한 것이라고 했습니다. 그게 번잡하다고 하는 이유는 본질적으로 동양의 음악관에 속하는 것이지 유럽의 언어로는 딱히 뭐라 적절하고 간단하게 부르기 힘든 내용을 표현하고 있기 때문입니다. 이미 '음(톤)'이라는 말과는 어울리지 않습니다. 그러니까 음은 그 정의로 말한다면 어떤 특정한 음 높이에 한정되어 있기 때문입니다. 그러나 동아시아의 음악에서는 바로 고정되지 않은 것, 그러니까 음높이의 유동 자체가 결정적 요소입니다. 슈미트는 당신의 말을 인용하고 있습니다. "모든 소리가(동양의 음악에서는) 울리기 시작해서 사라질 때까지 다양한 변화를 한다. 즉 장식음, 앞꾸밈음, 떨림, 글리산도, 강약의 변화 등으로 치장되며 특히 각 소리의 자연스런 진동이 표현 방법으로서 의식적으로 활용된다."

윤이상　내 총보를 보면 음의 단위, 즉 주요음을 분명하게 알 수 있습니다. 〈가사〉에서는 바이올린이 주요음을 맡고 있어서 처음 40소절에서는 음의 C#과 D#이 중심입니다. 피아노가 그것을 받고, 바이올린이 또 그 주요음을 받고, 그것이 반복됩니다. 모든, 또는 거의 모든 음은 아무리 작은 시가인 경우라도 그 자신의 음량을 드러냅니다. 많은 피규레이션 figuration(음형)과 장식음이 있고, 더욱이 다섯 종류의 비브라토가 있습니다. 나는 그 연주에 대해서 기법적으로 아주 세세한 부분까지 지정하고, 그리고 아주 많은 연주 기호를 만들었습니다. 〈가사〉에서는 피아노가 장식화하고 율동화하는 역할을 맡고 있을 뿐인데, 나의 다른 오케스트라 작품에서는 타악기가 하는 역할을 여기서는 피아노가 맡아 작품에 구두점을 찍고 있습니다. 〈가락〉에 대해서도 비슷하게 말할 수 있을 겁니다. 거기서는 바이올린 대신에 플루트가 그 역할을 하고 있습니다.

루이제 린저　가사와 가락은 원래 무슨 뜻입니까?

윤이상　둘 다 어떤 특정한 표현 양식을 지닌 멜로디의 명칭입니다. 가사는 여기서는 아마도 빠르고 또 늦어지는 템포가 있는 아주 일정한 변화를 가진 아리오조(노래와 낭송의 중간 형태)의 독창입니다. 이들 곡목의 일부는 중국의 비의례적인 궁정음악에서, 또 일부는 종교의식인 사원음악에

베를린 자크로우에 있는 윤이상의 자택. 그에게는
이 집이 최후의 보금자리였다

서 영감을 받아 만든 음악이라는 것을 시사하고 있습니다. 둘 다 장중하
고 엄격해서 화려하기까지 한 음악입니다. 그런 인상은 길고 많은 지속
음이 있기 때문에 생기는 것입니다. 절에서 찬불가를 부르는 걸 연상시
키죠. 예불을 드릴 때의 상징적인 의미를 지닌 말이 하나하나 길게 이어
지고 또 반복됩니다.

루이제 린저 당신의 초기 작품 대부분은 곡목에 신비적인 울림이 있네요.
〈율律〉, 〈피리〉, 〈바라〉, 〈노래〉, 〈소양음小陽陰〉, 〈가곡歌曲〉, 〈나모〉, 〈예
악禮樂〉. 이 중 몇 개는 저도 알겠어요. 피리는 조선의 오보에, 율은 법칙
이 있는 리듬을 뜻하고, 바라는 승무에 쓰이는 악기의 이름입니다. 이런
제목들은 무엇을 의도한 것이지요?

윤이상 각 작품의 성격과 특징을 규정한 것입니다. 연주자의 음향 판타

자택 옆의 호수. 윤이상은 이 호수를 바라보며
통영을 향한 그리움을 달랬다

지가 어떤 특정한 방향으로 향할 수 있도록 총보에다 그 성격을 설명해
두었습니다.

루이제 린저   그런 건 서양 음악에서도 흔히 있습니다. 장송행진곡이나 가
보트, 지그의 무곡 명칭이 그렇습니다. 하지만 그것과는 좀 다른 의미가
있는 당신의 곡명 때문에, 당신이 표제음악을 쓴 것처럼 오해받을 수도
있잖아요?

윤이상   아시다시피 한국의 음악은 전체적으로 어떤 효과를 노리든가 아
니면 어떤 음악 외적인 것을 표현하는 작품밖에 없습니다.

루이제 린저   나는 최근에 첼로 협주곡에 대해 생각했습니다. 그 작품에
대해서 좀더 자세히 설명해 주시겠어요? 요컨대, '절대' 음악이라 불리는
것에 대한 생각을, 즉 구조에만 관심을 가지고 작품을 만들려고 하는 다

른 서양의 현대 작곡가들과 당신의 본질적인 차이가 여기에 있기 때문입니다. 물론 당신 작품 속에도 구조의 법칙에 대해서만 관심을 나타내는 것도 있습니다. 당신이 〈콜로이드 소노르〉와 〈일곱 악기를 위한 음악〉을 썼을 당시가 그랬지요.

윤이상   그렇습니다. 당시 나는 일을 하면서 서양의 작곡 기법과 싸우지 않으면 안 되었어요. 마치 내가 동양인이라는 것을 잊은 것처럼 보였을 겁니다. 하지만 내가 유럽의 새로운 기법을 내 것으로 만들었을 때, 바로 나는 그 기법으로 내 동양적인 관념을 표현하기 시작했습니다. 그러나 본디 나는 나의 전통을 단 한 번도 잊은 적은 없습니다. 1960년에 쓴 〈바라〉를 생각해 보세요. 거기서 나는 제례에 쓰이는 승무의 이미지를 이용했습니다. 동양인인 우리는 서양과는 다른 형식 개념을 갖고 있다는 것을 이해하는 것이 중요합니다. 서양 음악에서는 하나하나의 음이 멜로디 속에서는 수평으로, 하모니 속에서는 수직으로, 무리를 이룸으로써 그 의미를 갖습니다. 서양 음악에서 개개의 단음은 비교적 추상적인 존재로 꼭 단음으로 들릴 필요는 없습니다. 서로 조합됨으로써 비로소 음악적인 현상이 일어납니다. 하지만 동양에서는 개개의 단음이 음악적 현상입니다. 음 하나하나가 그만의 고유한 생명력을 가지고 있습니다.

루이제 린저   현대적인 말로 하면 미세한 하부구조로군요. 도교적으로 말하면 전체가 부분 속에 있고 부분이 전체가 되는 거고요. 개개의 단음은 그 자체로 독립된 음향 세계이고, 음향의 여러 인자로 충만한 것이지요. 비브라토, 글리산도, 피치카토는 다양한 음량에 의한 진동 등을 이용해 그 음과 더불어 뛰어놉니다. 당신은 종종 개개의 단음을 동양 서도書道의 운필運筆에 비유할 수 있다고 했지요. 그건 정말 좋은 비유입니다. 서도의 운필은 연필처럼 가늘고 경직된 선이 아니고 내적인 생명과 중심점을 지닌 하나의 확장이죠. 마치 강의 흐름이 가장 센 곳에서는 소용돌이치는 중심이 생기는 것과 유사합니다. 이렇게 어설프게 설명해서 미안합니다. 그렇지만 초보자는 초보자대로 사전지식이 너무 많은 전문가보다 때로는 더 명쾌하게 설명할 수도 있는 법이지요.

내가 밋밋한 단음을 가지고 어떻게 만들어내는지 보실래요? 첼로줄 하나면 되는데 누르는 세기를 달리하거나 손가락을 살짝 밀거나 아니면 비브라토를 구사함으로써 음정을 바꾸지 않고도 음을 변화시킬 수 있죠. 음향의 성격을 바꾸어 4분의 1음 또는 8분의 1음이 들리도록 하려면 비브라토나 아니면 글리산도를 암시하기만 하면 충분합니다. 나는 첼로가 아니라 기타를 갖고 있습니다. 그렇게 해서 듣고 구분해 보기에는 저음현인 E음과 A음이 가장 쉽습니다. 나는 줄을 튕기거나 누르면서 운지를 다양한 방법으로 바꾸어 현 위와, 음을 결정하는 금속편 위를 움직입니다. 이렇게 하면 개개의 단음이 그 풍부함을 표현합니다. 또 나는 한 음이 제멋대로 사라져가는 대로 놔둡니다. 그 소리는 다양한 길이의 진동에 의해 스스로 변화해 갑니다. 이렇게 오래 지속하는 단음은 음향학상의 명상 만다라(불교나 요가에서의 기도문, 축사)입니다. 이렇게 하나하나의 음 속에 음의 전체가 존재하므로 그 음을 완전하게 하기 위해서는 멜로디도 하모니도 필요치 않습니다.

윤이상 당신은 단음 이야기를 하시는군요. 난 그걸 좀더 보완해서 다시한번 주요음에 대해서 이야기해야 할 것 같습니다. 주요음은 단음으로 이루어진 작은 묶음입니다. 〈예악〉의 악보에 나타나는 것을 떠올려보세요. 거기에는 세 개의 플루트가 있고, 그중 두 개는 피콜로이고 하나는 큰 플루트입니다. 플루트 각각은 중심을 가지고 있습니다. 피콜로 1은 B음, 피콜로 2는 G#음, 큰 플루트는 C#장음이지요. 이 세 가지 단음이 서로 합쳐져 주요음을 만들고 있습니다.

루이제 린저 내가 그것을 의식하며 들은 것은 〈나모〉 때가 처음이었습니다. 세 여성의 목소리는 본래는 하나의 소리에 지나지 않는데 그것이 셋으로 나뉘어 있었습니다. 이걸 또 어설프게 표현하도록 허락해 주신다면 하나처럼 보이지만 세 가닥으로 꼬여 있는 털실 같다고 나는 생각했습니다. 그래서 그것을 풀 수도, 다시 꼴 수도 있습니다.

윤이상 그래요. 당신이 지금 말씀하신 걸 나는 이렇게 정식화해 보고 싶습니다. 모든 단음은 음향군 전체에서 주요음으로서, 유효한 표현 원칙에 따른다. 당신은 그것을 〈예악〉에서도 들으실 수 있을 겁니다.

루이제 린저 당신은 이전에 〈율〉에 대해서 이야기해준 적이 있는데, 그때 나에게 인상 깊었던 말이 있습니다. 높은 A음에 대한 것이었는데 당신 말에 따르면 그 높은 A음은 청중의 귀에 세 번 파고 들어가고 그 뒤 많은 트릴(진동음)과 그 밖에 작은 음형을 동반하여 반복되고, 그 다음에는 그대로 변화하지 않은 채 계속 남아 있다면서 "클라리넷은 반복해서 A음으로 돌아온다. 포르테 포르티시시모^{fff}(아주 세게)로 오랜 시간 연주되다가 포르테^f(세게)로 떨어져, 이 A음은 공간에 계속 남는다"고 당신이 말했습니다. 당신 말대로입니다.

이 완고하게 계속 남아 있는 A음이 너무나도 강해서 나는 어떤 불쾌한 인상을 받았습니다. 그 인상은 결국 작품의 마지막 음으로, 피아노가 본위가 된 A음이 아니고 하나 높은 B음을 치고, 클라리넷의 A음이 변화를 거부하고 공간에 응고되어 버리거나 한 것처럼 고음부에 한 사람이 계속 남아 있는 그런 단계가 되어 한층 더 강해집니다.

그러나 어머니가 꾸신 그 용꿈의 의미로 해석해 보면 그건 또 다른 의미를 가질 수도 있겠지요. 즉 그 A음은 절대 도달할 수 없는 것입니다. 그러나 또 그것은 영원 절대의 요구니까……. 그래요, 〈마술피리〉에서 차라스트로가 "멈춰라, 낯선 자여!"라고 한 것처럼 너무 무서워서 우뚝 서 있는 그런 의미로도 파악할 수 있습니다. 또 그것은 '정중동靜中動'이라는 당신의 원칙에 따르면 부동 그 자체라고 할 수도 있겠지요.

윤이상　하랄트 쿤츠가 내 작품의 형식 원칙에 대해서 쓴 글 중에서 이 '정중동'에 대해 다음과 같이 쓴 글이 있습니다.

"잘 관찰해 보면 주요음 그 자체가 윤이상 작업의 동양적인 요소이다. 그것은 유럽적인 발전 사고와는 반대되는 것이며 그 이어짐은 논리적으로는 파악하기 힘들다. 따라서 그가 그의 생각을 빠르게 끄집어냄으로써 통상 불분명한 멜로디와 하모니와 리듬이라고 여겨지는 것들을 만들어 내는 것이라기보다는 오히려 아주 재빠르고 명확하게 인지할 만한 감성적 내용을 작품에 부여할 수 있는 것이다. 듣는 이는 비록 다시 반복해서 들을 때에야 세부적인 것을 인지하게 된다 하더라도 주요음들의 윤곽만은 바로 알아챌 수 있다. 뿐만 아니라 윤의 음악이 처음에 낯설게 느껴지고 불안하거나 충격적이라 하더라도 듣는 이는 그 직접적인 효과로부터 벗어날 수가 없다."

우리는 지금 1966년에 쓴 작품에 대해서 말했는데 그 전에 나는 〈유동〉을 썼습니다. 이 작품은 1965년 베를린에서 '현대의 음악' 시리즈 중 하나로 연주되었습니다.

루이제 린저　그 곡목을 말 그대로 받아들여도 되나요? '흐르는 것' 또는

'유동하는 것'이라고 말이에요. 그것은 그리스의 "만물은 유전한다"라는 말이나 도교의 "만물은 스스로 움직인다. 만물은 스스로 변화한다. 일체의 운동은 부동 속에서 움직인다"에서 말하는 것과 통하는 것이라고 생각합니다. 내가 이 작품을 처음 들었을 때 어떤 영원한 흐름 속에, 현세의 위든 아래든 속이든 평온하게 흘러가는 어떤 흐름 속에 놓인 듯한 인상을 받았습니다. 그러나 이 작품은 이른바 흐름의 근원에서 시작되지 않고 어딘가 도중에서 시작됩니다. 그것은 흘러가는 인생의 한 단편입니다. 먼저 흐름에 주의 깊게 귀를 기울여야 하는 것과 마찬가지로 피아노 피아니시모PP(매우 여리게)에서 시작되고 점차 약해져 피아니시시시모PPPP(피아니시시모보다 여리게)로 지정되어 있습니다. 거기서 음은 점점 커지고 강하게 울려 완만한 크레센도로 중앙부, 즉 음향이 폭발하는 클라이맥스까지 갑니다. 목관악기의 흐느낌, 그리고 현악기의 최고 포지션의 떨림과 글리산도의 진동, 여기에 금관악기와 많은 타악기의 울림이 더해져 흐름은 멈출 수 없어 소용돌이를, 격류를, 분출을 이룹니다.

윤이상 그것은 14음부의 총보입니다. 목관악기와 현악기는 16분음표의 5연음(잇단음)입니다. 14음의 어느 하나 다른 것과 같은 게 없고 때때로 각자의 음형을 되풀이하고, 그러다 느닷없이 모든 음이 금관악기의 느릿하고 폭넓은 화음으로 합류해 들어갑니다.

루이제 린저 포르테 포르티시모로군요. 이 총보를 한번 보세요. 그리고 제190 소절에서 맹렬한 소음이 끝납니다. 처음에는 포르테포르티시모로 파곳, 트럼펫, 호른, 트럼본이 남아 있는데 그리고 당신이 주요음이라 부르는 것을 현악기가 이어받습니다. 그 뒤로도 여전히 아주 작은 음형을 지닌 음의 진동이 있고, 그리고 세 소절 사이에 포르티시모에서 피아니시모로 바뀌어 작품은 끝납니다. 내가 끝난다고 하는 말은 정말로 한번 멈추기 때문이지, 본래 의미로 끝은 아닙니다. 즉 그것은 어디에서든 시작되는 것과 마찬가지로 어디에서든 끝나기 때문에 영원 속의 시간, 무한 속의 공간, 대지의 부동성 속의 운동입니다.

하지만 잠깐 지금 총보를 보고 깨달은 것인데요, 당신도 다른 서양 작곡가처럼 마디 선을 긋고 있군요. 당신의 음악을 듣고 있을 때는 그걸 전혀 깨닫지 못했습니다. 원래 마디 선은 서양의 연주 관습에 대한 고려에 지나지 않는 것이지요? 나는 최근에 진짜 한국의 전통 음악 녹음 테이프를 들었는데, 거기에는 분명히 알아들을 수 있는 친근한 리듬이 하나도 없었습니다. 만물은 유전한다. 바로 그 유동이에요!

윤이상 한국 민요는 대부분 세 박자의 정음표(음표의 오른쪽에 찍어서 그 본디 길이의 반만큼의 길이를 더하라는 표시의 검은 점) 리듬을 지니고 있습니다. 그러나 옛날 궁중음악은 엄격한 리듬의 '악절'이라는 틀 안에서 즉흥으로 연주됩니다. 긴장을 높이거나 늦춘다는 의미에서 아첼레란도accelerando(점점 빠르게)와 리타르단도ritardando(점점 느리게)로 템포를 정하는 것은 타악기입니다.

루이제 린저 〈유동〉의 다음 작품이 〈예악〉이었지요?

윤이상 네, 그렇습니다. 그것은 도나우에싱겐 음악제를 위해 의뢰받고 쓴 작품이었습니다. 남부독일 방송국의 음악부장인 하인리히 슈트뢰벨 박사가 나에게 의뢰한 것인데 그는 전위적인 음악을 위해 무척 애쓰는 사람이었습니다. 위촉을 받고 기뻤지만 나는 일을 할 수가 없었습니다. 몸 상태가 나빠졌고, 다시 폐가 상한 건 아닌가 싶어서 두려웠습니다. 슈바르츠발트로 가서 거기서 회복한 뒤 겨우 작품에 착수할 수 있었습니다. 마감이 1966년 10월로 정해져 있었습니다.

루이제 린저 작품 목록대로 오케스트라 편성을 살펴보지요. 이건 정말 강력한 편성이네요. 이번에도 역시 비서양적인 악기로군요. 보통 현악기나 관악기 말고 특이한 것이 있군요. 탐탐과 톰톰, 이건 중간 크기의 북들입니다. 그리고 타이 악기인 동라, 이것도 상상이 가네요. 그리고 박이라 불리는 다편음 타악기와 목어. 전 목어가 무언지 알고 있어요. 한국에 머물던 어느 저녁, 불국사 예불 시간에 들었던 목어의 울림이 지금도 귓가에 남아 있습니다. 이것은 호박 모양에 안을 파낸 나무를 목편으로 두드릴 때 나는 딱딱하면서도 희미하고, 암시적인, 장엄한 나무의 울림입니다. 그런데 박이란 어떤 악기인가요?

윤이상 한국의 전형적인 타악기입니다. 여섯 장(유럽에서 만든 것은 7~8장)의 작은 나무 조각 끝에 구멍을 뚫고, 그 구멍에 끈을 넣어 목편을 나란히 묶은 것입니다. 그리고 그 박을 세게 접으면 목편이 부딪히면서 채찍질 같은 짧고 딱딱한 울림소리가 납니다.

루이제 린저 그 작품 자체는 무언가 새로운 것을 내세우고 있나요?

윤이상 새로운 것은 아니지만 발전이지요. 소위 주요음향기법을 향한 발전입니다.

루이제 린저 당신은 지금 예전에 내가 '음악의 융단'이라고 부른 것에 대해 말하고 있군요. 그것은 전문용어는 아니지만 우리 아마추어에게는 도움이 되는 이미지입니다. 당신 음악은 내겐 마치 음향의 직물과 같이, 아니 좀더 정확히 말하면 다양한 음색과 음 조직 속에 크고 작은 단편이 '걸려 있는' 소리라는 직물의 반복 진행과 같이 생각됩니다.

윤이상 나는 그것을 이렇게 말하고 싶어요. 내 작품은 어느 것이든 모두 내 음악세계 전체를 포함하지 않으면 안 된다고요. 즉 아무리 작은 음형도 모두 작품 전체의 기본 이미지를 포함하고 있어야 한다는 뜻이지요. 내 작업에는 다양한 종류의 기본 이미지가 있습니다. 예를 들면 〈협주적 음형들Konzertante Figuren〉 콘체르탄테 피구렌에서는 그 이미지가 양파의 이미지입니다. 우선 몇 소절로 이루어진 부분을 듣고 나서 껍질을 벗기면 제1부분에 대응하는 제2부분이 보입니다. 그리고 다시 껍질을 벗기는 식으로요. 각각의 주요 음향에서 새로운 주요 음향이 탄생합니다. 모든 음향이 전체의 모든 요소를, 악마적인 것에서 고고한 천상의 것에 이르는 관념 세계의 모든 색조, 모든 요소를 포함하고 있습니다.

나의 오케스트라 음악을 가장 적절하게 특징지어 설명한 것은 요제프 호이슬러입니다. 그는 저서 『20세기의 음악』 안에서 나의 작곡 기법을 '폴리포니polyphonie 속의 헤테로포니heterophony'라고 했습니다.

"대단히 중요한 점에서 윤이상은 고국의 전통을 뛰어넘고 있다. 동양의 음악은 유럽적인 의미에서 진정한 다성부 음악을 전혀 모르기 때문이다. 극동의 음악은 원칙적으로는 단성부이다. 유럽 민요의 경우에도 백파이프의 저음처럼 장식적인 선율이 오래 지속되는 페달 음에 의해 유지되는 경우에는 변칙이 일어날 수 있다. 종종 동양의 음악 연주에서는 여러 악기가 하나의 소리를 연주할 때 우연적 다성부 음악, 즉 헤테로포니의 순간이 발생하곤 하는데 이는 결코 의도하거나 조직된 다성음악적 성격을 띠는 것이 아니다. 윤이상은 헤테로포니를 폴리포니로 확대했는데, 그러나 그것은 틀림없이 서양적인 전통의 주제 모방이라는 의미에서가 아니라 오히려 폴리리듬적인 요소를 의식적으로 조합하여 제어한 다성부이다."

루이제 린저 작품 목록을 보면 당신은 1964년에 합창곡을 쓰셨군요. 그 곡에 대해서 조금 이야기해 주세요. 곡목은 〈옴마니반메훔〉(본래는 산스크리트어로 관음을 뜻하는 말. 현재는 티베트에서 주로 사용되는 염불. '오, 연꽃 속의 진주여'라는 뜻이다), 즉 불교 경전과 산스크리트어를 다루고 있군요.

윤이상 그 가사는 카를 오이겐 노이만의 범어대장경 해석을 기초로 볼프 D. 로고스키가 자유롭게 작사한 거예요.

루이제 린저 그게 그 유명한 〈오, 연꽃 속의 진주여!〉로군요. 작품 목록을 보면 당신은 이 곡을 위해 대단히 많은 악기를 동원하도록 했군요. 트라이앵글, 큰북, 작은북, 간단한 공, 자바의 고부 동라, 심벌즈, 목어, 탐탐, 톰톰, 비브라폰, 핸드벨, 편, 명자, 편종, 종통, 마라카스, 구르케……

윤이상 끝의 두 가지는 남미 악기입니다. 구르케는 구이로(말린 표주박 껍질에 톱니 모양을 새겨 이것을 와이어브러시로 문질러 소리를 내는 남미의 악기)라는 이름으로 잘 알려져 있는 일종의 줄(문지르는 연장)입니다. 그리고 마라카스는 목제 딸랑이고요.

루이제 린저 악기 편성으로 보면 거칠고 움직임이 많은 소란스러운 작품 같은 인상을 받을 수밖에 없네요. 하지만 가사하고는 완전히 대치되는군요.

윤이상 이것은 소프라노, 바리톤, 혼성 합창, 오케스트라를 위한 27분짜리 작품입니다. 5악장으로 이루어져 있는데, 제1악장은 오케스트라만 나오는 〈연꽃〉이고, 제2악장은 소프라노 독창과 오케스트라가 연주하는 〈고타마에게 묻노니〉, 제3악장은 오케스트라만으로 〈목마름〉, 제4악장은 바리톤 독창과 오케스트라의 〈해탈〉, 제5악장은 소프라노 독창, 합창, 오케스트라가 함께하는 〈열반〉입니다. 이 곡 전체적으로는 소프라노가

<오, 연꽃 속의 진주여!>를 작곡할
당시 서베를린 자택에서(1964년)

제자의 묻는 소리, 바리톤이 스승의 답하는 소리, 합창이 찬동하고 기도
하는 '살아 있는 모든 것'의 소리입니다. 이 음악은 그 가사에 따르면 열
반할 때 인간의 완전한 해탈로 일어나는 최고의 청정을 표현한 것입니
다. 이 작품을 쓰는 동안 나는 정말 행복했습니다. 이 작품을 쓰면서 나는
나와 아주 친근한 세계에서 살고 있었던 것입니다.

루이제 린저　그렇지만 당신은 과거에도, 지금도 불교도는 아니잖아요?

윤이상　네, 그건 그렇지요. 하지만 극동에서 태어난 사람은 불교를 공기
처럼 받아들이고 있게 마련입니다.

루이제 린저　우리 서양인들이 기독교도든 기독교도가 아니든 기독교를

받아들이고 있는 것과 마찬가지로군요.

윤이상 그렇습니다. 이곳엔 가는 곳마다 기독교 교회가 있는 것처럼 한국에도 수백 개의 절이 있습니다. 불교도가 아닌 사람도 거길 찾아가 스님의 독경 소리를 듣고, 목어와 종의 울림을 듣고, 향을 피웁니다. 어떤 종교를 믿건 부처의 가르침 중 주요한 내용은 알고 있지요. 모든 동양 사람들의 영혼 속에는 어디엔가 반드시 불교가 존재하고 있습니다.

루이제 린저 당신은 불교도는 아니라고 했는데, 하지만 감옥에서는…….이것을 말해도 될까요? 당신은 부처님께 기도를 드렸지요. 당신은 나에게 그렇게 말했습니다. 부처님께 기도했지만 빛은 오지 않았다고……. 그래서 그리스도께 기도했더니 빛이 왔다고요.

윤이상 나는 기독교도는 아닌데 그리스도에게 기도할 수 있었습니다. 하지만 이렇게 말하면 내가 오해를 받을 수도 있다고 생각하지 않습니까?

루이제 린저 여러 종교의 요소들을 뒤섞어서 애매하게, 멋대로, 무책임하고 엉망으로 뒤범벅된 종교를 만들어낸 거라고 다른 사람들이 생각하는 건 아닐까 하고 걱정하는 거겠지요. 물론 그것은 당신 태도에 대한 아주 큰 오해지요.

당신이 어떤 종류의 종교적인 연관 속에서 살고 있는지를 나는 설명해보고 싶습니다. 그러려면 먼저 극동에서는 다양한 종교를 엄밀하게 구분하는 것이 대단히 어렵다는 사실을 알아야 합니다. 인도에서 태어난 불교는 중국, 한국, 일본에서 각기 독자적인 형태로 발전되었습니다. 중국에서는 도교에 도입되었고, 일본에서는 선종禪宗이 되었습니다. 그 선종은(선종을 이해하기는 정말 어렵습니다) 도교와 많은 점에서 또 본질적인 점에서 공통점이 있습니다.

선종의 문답에는 도에 대해 말하고 있는 것이 아주 많습니다. 어느 승려가 선사에게 물었습니다. 제자: 도는 무엇입니까? 선사: 얼마나 아름다운 산인가! 제자: 저는 도에 대해서 묻고 있는데, 당신은 산에 대해서 말씀하십니다. 선사: 네가 이 산에 대해 조금이라도 의식하는 한 네가 도를 터득할 가능성은 전혀 없다. 또 다른 선문답에는 도는 어디 있는가 하는 물음에 대해 이렇게 말합니다. 스승: 네 안에 있다. 제자: 그렇다면 왜 제게는 그게 보이지 않습니까? 스승: 그건 네 집착(아집과 같은 의미) 때문이다. 제자: 만약 그것이 집착 때문이라면 당신에게는 도가 보이십니까? 스승: 나와 네가 존재하는 한 도를 볼 수 없다. 제자: 그렇다면 나도 너도 존재하지 않으면 도가 보이는 겁니까? 스승: 만약 나도 너도 존재하지 않으면 대체 누가 도를 본단 말이냐.

극동에서는 많은 종교가 이렇게 서로 겹쳐 있고 상호 침투되어 있습니다. 예를 들면 예수회의 라살이 보여주고 있듯이 기독교도 또한 선종과 많은 관계를 맺었습니다. 당신은 개개 종교의 어디에도 분명하게 속해 있지는 않지만 그러나 모든 종교와 연관되어 있습니다. 당신에게 모든 종교는 도로서 포괄되어 있기 때문입니다. 우리들이 보편적인 것, 궁극적인 것, 파악하기 힘든 것을 도라고 부르든, 세계정신이라 부르든, 열반이라 부르든 아니면 신이라 부르든 우리들이 살고 있는 공간적인 장소와 정신적인 장소에 의한 것입니다. 당신은 그것을 도라고 부르죠.

나는 북한의 그 왕릉 묘실 안의 훌륭한 상징 그림 식으로 표현해 볼까요? 즉 거기에 그려진 네 마리의 일체화. 한 마리 짐승이 네 마리 짐승을 포함하고, 이 네 마리 짐승이 한 마리 짐승이라는 것. 한 마리가 네 마리의 모습을 이루어 나타나는 것입니다. 방문객이 어두운 묘실 안으로 들어가면 처음에는 딱 한 마리 짐승밖에 보이지 않습니다. 어떤 짐승을 보는지는 그 사람에게 달려 있습니다. 그 사람이 짐승은 단 한 마리라고 생각해서 호랑이로도, 주작으로도, 용으로도, 또 거북으로도 나타날 수 있는 전체가 존재한다는 것을 깨닫지 못할 수도 있습니다. 좀더 가까이 다가가 오랜 시간 그곳에 멈춰서 있다면 한 마리 용밖에 보지 못했다손 치더라도 자기 잘못은 아니라는 것을 알 수 있겠지요. 그러나 그 사람은 그 용을 모든 것을 포함하는 전체의 일면으로서 이해해야 한다는 것을 깨달을 겁니다. 오래 관찰하고 있으면 그 전체가 움직이고 있다는 것을 알 수 있겠지요. 한 마리 한 마리 짐승은 결코 고정되어 있지 않고, 각각이 잠시 동안 부각되어 보인다고 생각하는 순간, 또 다음 짐승에게 그 자리를 내주고 물러납니다. 게다가 그 전체는 늘 같은 한 마리이고, 그 한 마리가 그저 모습을 바꾼 데 지나지 않습니다. 이 비밀을 서양에서도 플로티노스부터 블레이크에 이르는 신비주의자들은 알고 있었습니다. 아마도 이 상징 그림을 마음에 떠올려보면 당신의 종교적인 입장이 어떤 것인지 이해할 수 있겠지요.

::: 류퉁의 꿈

윤이상은 1965년에 몇 개 월 동안 미국에서 강연을 하고 자기 작품 연주에 참가한 뒤 베를린 독일 오페라의 극장장인 구스타프 루돌프 젤너Gustav Rudolf Sellner로부터 1966년의 베를린 예술제를 위해 오페라를 집필해 달라는 의뢰를 받았다. 젤너는 동양적인 소재를 사용하기를 바랐다. 분명 그는 동양 작곡가에게 동양의 소재를 정통으로 그리게 하려고 했다. 윤이상은 이 의뢰를 승낙했다. 그는 고대 중국에서 하나의 소재를 골랐다. 작자는 14세기에 활동한 마치원馬致遠이라는 시인이고, 시 제목은 「류퉁의 꿈」이었다. 번역은 한스 루델스베르거Hans Rudelsberger, 각색은 초연 연출가 빈프리트 바우에른파인트Winfriet Bauernfeind. 윤이상은 이미 소년 시절부터 오페라라는 장르에 매력을 느끼고 있었기 때문에 이제 자신이 직접 오페라를 집필하게 되자 아주 기뻤다. 그러나 그는 유럽 오페라의 전통을 이으려 하지 않았고 한국에서 알고 있던 오래된 가무 형식을 잇고자 했다. 그런 까닭에 그에게는 중국의 소재가 아주 적당하다고 생각했다.

이 소재는 얼른 보기에는 아주 단순한 도교의 교훈극이다.

천상의 여러 신은 인간 세상에서 류퉁이라는 한 젊은이를 '도道의 순수한 가르침'의 제자로서 그리고 마침내 스승으로 고르기로 결정했다. 하늘의 사자, 친양이 은자隱者로서 지상에 모습을 나타낸다. 어떤 찻집에서 그는 우연히 젊은 류퉁을 만난다. 류퉁은 찻집 주인에게 죽을 주문하고 죽이 끓기를 기다리고 있었다. 은자는 젊은이에게 어디에서 와서 어디로 가는지 물었고 젊은이가 궁으로 가는 길이라는 것을 알았다. 젊은이는 '명예와 권력과 부를 손에 넣기' 위해서 궁에서 여는 젊은 학자와 예술가들의 경연대회에 참가하러 간다고 했기 때문이다. 은자는 젊은이의 소망은 변하는 것을 좇는 것이므로 어리석은 일이라고 설명했다. "세상을 버리고 불멸의 귀중한 도의 기쁨을 찾으라"고 조언했다.

젊은이는 그 말을 어리석은 것이라 비웃었다. 이 궁극적이고 성스러운 권유를 젊은이가 받아들이지 않았기 때문에 은자는 다른 방법으로, 즉 자는 동안 꿈속에 다시 나타났다. 솥에서 죽이 끓는 사이 젊은이는 자신의 전 생애를 꿈으로 보게 된 것이다. 꿈속에서는 찻집에 있던 상인의 젊은 아내가 그의 아내였고, 은자는 그의 장인이었다. 꿈속에서 류퉁은 이미 18년 전에 결혼해서 아들과 딸이 있고, 황제 군대의 장군이 되어 행복하게 살고 있었다. 그는 지금 막 출정을 떠나려던 참이었다. 그는 가족을 장인에게 맡겼다. 장인은 이별을 고하는 사위에게 술을 끊겠다는 약속을 하라고 했다. 그가 출정한 동안 아내는 다른 남자와 사랑에 빠진다. 마침내 잠깐 귀환한 류퉁은 다른 남자의 품에 안겨 있는 아내를 보고 그녀를 죽이려고 한다. 하인 유안이 되어 다시 나타난 은자는 복수를 포기하라고 그를 설득했다. 류퉁은 그 말에 따랐고 다시 전쟁터로 나갔다. 그러나

〈류퉁의 꿈〉 공연 장면
(1969년 뉘른베르크)

그는 전쟁터에서 유혹에 져 황제를 배반하게 되었고, 그 때문에 참수를 선고받는다. 그러나 은자는 재판장으로 나타나 류통의 사형을 방해하고 그를 달아나게 해주었다. 도망 중에 그는 한 나무꾼을 만난다. 나무꾼은 묵을 수 있는 작은 오두막집 하나를 가르쳐준다. 그러나 그가 거기서 만난 건 죽음이었다. 그는 거기서 살해당한다. 그 순간에 류통은 잠에서 깨어났다. 아주 잠깐 잠들었고 잠에서 깨어났을 때 죽은 아직도 끓지 않았다. 류통은 이제 인생이란 일장춘몽이고, 헛된 영화를 좇는 것은 의미가 없다는 것을 이해했다. 그는 마음을 돌려 "존경하는 어르신, 나를 도의 세계로 이끌어주십시오"라고 하늘의 사자인 은자에게 말한다.

단순 명쾌한 내용이지만 은유적이고 범상치 않으며 작곡가에게 소재를 제공한다. 이 소재는 『장자』의 「나비의 꿈」에서 나온 이야기인데 '내편 제2 제물론편'에서 장자는 그것을 다음과 같이 말하고 있다.

"옛날 장주는 꿈에 나비가 된다. 훨훨 나는 나비다. 스스로 즐겁고 아무 걱정 없이 장자 자신의 형태를 알지 못하게 된다. 그러다 갑자기 눈을 뜨니 곧 다시 장자가 된다. 알 수 없도다. 장자가 꿈에 나비가 되는가, 아니면 나비가 장자의 꿈을 꾸고 있는 건가? 昔者莊周夢爲胡蝶 栩栩然胡蝶也. 自喻 過志與 不知周也. 俄然覺 則遽遽然周也. 不知周之夢爲胡蝶與 胡蝶之夢爲周與"

장자는 이야기에 다시 다음과 같이 덧붙였다.

"장주莊周와 호접胡蝶 사이에는 분명 구별이 있으나 바로 그것이 만물이 유전하는 바와 같다."(『장자』 내편 제2 제물론편 27)

윤이상은 이 이야기를 아주 좋아한다. 그 참뜻이 그에게 아주 명확하다. 이 이야기의 뜻은 진실 그 자체, 즉 도道이다.

『장자』 내편 제2편의 다른 곳에는 다음과 같은 구절이 있다.

"꿈에 곡을 하며 울던 당신, 아침이 되니 사냥을 나가 즐기네. 한창 꿈을 꿀 때에는 그것이 꿈인 줄 알지 못하고 꿈속에서 그 꿈을 점치다가 깬 뒤에야 그것이 꿈임을 알게 되네. 그러나 어리석은 자는 스스로 깨달았다고 여겨 잘 아는 체하며, 임금이니 종이니 하고 있도다. 딱하도다. 당신도 모두 꿈을 꾸고 있네. 자네더러 꿈을 꾼다고 하는 나도 꿈을 꾸고 있네. 夢哭泣者旦而田獵. 方其夢也 不知其夢也 夢之中又占夢焉. 覺而後知其夢也. 且有大覺 而後知此其大夢也. 而愚者自以爲覺 竊竊然知之 君乎牧乎固哉丘也 與女皆夢也 予謂女夢亦夢也"

이런 구절도 있다.

"성인聖人은 속된 일에 종사하지 않고 이利를 추구하지 않고 해를 피하지 않고 구해짐을 기뻐하지 않고 도를 따르려 하지 않는다. 말하지 않고도 말함이 있고 말을 해도 말함이 멀리 속세 밖에 거한다……. 이것이 미묘한 도의 나타남이다. 聖人不從事於務 不就利 不違害 不喜求 不緣道 無謂有謂 有謂無謂 而遊乎塵垢之外. …… 而我以爲妙道之行"(『장자』 내편 제2 제물론편 22)

내가 여기서 이런 말을 인용한 것은 이들 구절이 윤이상의 개성을 이해하는 열쇠가 되기 때문이다.

겉으로 보기에 윤이상은 보통 유럽인들과 아주 똑같은 생활을 하고 있다. 그는 단란한 가족과 교수라는 직업을 갖고 있고 사회적으로도 지위를 차지하고 있다. 친구가 있고, 정치적인 적이 있다. 자가용도 가지고 있다. 그는 성공을 거두어 돈을 벌고 정치적인 활동을 하고 있다. 이것들은 스스로 상호 연관된 현상의 어떤 화합을 낳는다. 그는 이것들을 모두 받아들인다. 그는 이들 현실이 그에게 부여하는 모든 책임을 받아들인다. 그러나 이 현실은 그에게는 비현실이다. 그것은 현실과 꿈 양쪽이다. 그러나 『장자』에 따른다면 무엇이 '꿈'이고 무엇이 '현실'인지를 누가 알 수 있겠는가. 윤이상은 현실 속에 살지만 현실 속에 살지 않는다. 그러나 이는 그가 어떤 기간은 현실 속에 살고 그리고 다시 현실에서 몸을 뺀다는 말은 아니다. 또한 그가 그저 그림자 속에서만, 그의 음향 관념의 세계에서만 살고 있어서 '현실'은 그에게 저속한 것이라는 의미도 아니다. 또 인격의 일부로 '현실'에 살고, 한편 그 고유의 자아는 음향의 꿈속에서 비로소 눈뜬다는 의미도 아니다. 결국 겉으로만 그런 척하는 것도 아니고, 정신분열증도 아니고, 자기분열도 아니고, 현실에의 묵종도 아니고, 도피주의도 아니고, 나아가 두 가지 존재양식의 병존을 의미하는 것은 더욱 아니다.

그것은 동시를 의미한다. 그것은 무엇이 꿈이고 무엇이 생시인지 사람은 알 수 없다는 것, 혹은 나아가 알 필요도 없다는 걸 안다는 것을 의미한다. 그것은 외면으로나 내면으로나, 위대한 존재에게나 비열한 존재에게나, 자각하든 꿈속에 있든, 삶에도 죽음에도 존재하는 위대한 통일에 대한 자각의 발전을 의미한다. 일체가 도인 것이다.

이 동양적인 태도를 서양의 언어로 표현하기는 어렵다. 서양 기독교 신비주의자들이나 중세 연금술사들에 의해 이미 과거에 알려져 있었다고 해도 말이다. 중국적인 전통을 이어받은 동양인 윤이상은 아주 자명하게 도의 자각과 더불어 살고 있다. 그래서 서양 사람들에게는 종종 기묘하고 무감정적이고, 수동적이고 무관심하게 보일 수도 있는 그런 그의 냉정한 자제의 태도가 생겨난다. 이런 인간에게는 가끔 몸을 잡아 흔들며 "그래도 소리도 치고 울고 화도 내고 해보세요!"라고 말하고 싶어질 것이다. 그러나 이에 대해 아마도 그는 그저 싱겁게 웃으면서 이렇게 말할 것이다. "왜요? 뭣 때문에요?" 여기에 신문 사진 하나가 있다. 윤이상이 제1심에서 '무기형'을 받고 재판소에서 나왔을 때의 모습을 찍은 것이다. 그는 웃고 있다. 하지만 그건 결코 포즈가 아니다. 분명 법정 변론에서 변론인이 그의 음악과 그 세계적인 평가에 대해서 말했을 때 그도 한번 운 적이 있다. 그가 운 것은 아직 태어나지 못한 얼마나 많은 음악이 그와 함께 사라질까 생각했기 때문이다.

『장자』는 이런 종류의 인간에 대해서 다음과 같이 말한다.

"성인은 어리석은 양 만년을 꿰뚫으면서 한결같이 순수한 도를 지켜나간다. 그리고 만물을 다 그대로 옳게 여겨 그런 대로 모두 감싸준다.成人 愚芚 參萬歲而一成純 萬物盡然 而以是相蘊 (『장자』 내편 제2 제물론편 22)

이러한 태도로 윤이상은 나중에 감옥에서 병으로 고생하면서도 희극 오페라를 쓸 수 있었다. 그가 그 오페라를 처음 쓰기 시작했을 때는 자유로운 몸이었다. 3분의 1까지 썼을 때 그는 납치되었다. 사형이 구형되었을 때도 그는 계속 쓰고 있었다.

윤이상 오페라 〈류퉁의 꿈〉은 1966년 베를린 예술제에서 상연되었습니다. 그러나 젤너의 대형 홀이 아니라 예술아카데미에서였지요.

그것은 울리히 베더Ulrich Weder가 지휘하는 도이치 오페라 오케스트라와 바우에른파인트의 연출과 일류 가수들 ── 윌리엄 둘리William Dooley, 베리 맥다니엘Barry McDaniel, 캐서린 게이어Catherine Gayer, 로렌 드리스콜Loren Driscoll이 참여한 멋진 공연이었습니다.

루이제 린저 그러나 오케스트라와 도이치 오페라의 앙상블이 같이했는데 왜 오페라하우스에서 하지 않았나요?

윤이상 나는 아주 작은 오케스트라 편성을 지정했고 무대 장치도 대규모가 아닌 이동 장치가 된 벽과 조명 효과를 요구했습니다. 아주 소박한 공연이었지요.

루이제 린저 당신은 한국의 그 유랑극단을 회상했던 건 아닙니까? 게다가 〈류퉁의 꿈〉도 애초에는 실내 오페라라고 생각되는데요.

윤이상 맞아요. 실내 오페라입니다. 그럼에도 불구하고 이 작품은 세련된 연출과 대편성의 오케스트라에 의해 큰 홀에서 상연할 수도 있습니다. 이 작품은 1965년에 뉘른베르크에서 또 하나의 단막 작품, 즉 두 번째 장자의 꿈 오페라인 〈나비의 미망인〉과 같이 상연되었습니다.

루이제 린저 당신이 감옥에 있었을 때의 일이로군요……. 당신의 첫 번째 오페라 기법에 대해서 뭐든 얘기 좀 해주세요. 당신이 특별히 중요하게 여긴 건 무엇인가요?

윤이상 성악부를 어떻게 다루느냐 하는 것이었습니다. 〈류퉁의 꿈〉은 중국의 전통적인 내용인데 그것은 끊임없이 이야기에서 노래로, 노래에서 이야기로 이행합니다. 이 동양적인 말과 노래를 어떻게 독일어 가사, 그러니까 독일 말로 결부시킬까, 그래서 말 단락을 과감하게 자르는 식으로 진행했습니다. 성악부는 다양하게 응용했습니다. 예를 들면 보통 말하는 소리, 그리고 반은 대사, 반은 노래, 그리고 일정한 음 높이로 부르는 서창敍唱(오페라나 오라토리오 등에서 가사를 마치 이야기하듯이 노래하는 부분, 흔히 주인공의 처지나 사건을 서술하는 부분), 그리고 다양한 음 높이로 부르는 서창, 그리고 순수한 노래로 말이지요. 이것은 가사에 따라 달라집니다. 가사가 대단히 중요한 곳은 서창이 되고, 한편 가사가 그다지 중요하지 않고 음악을 잇는 곳은 반쯤 노래를 부르며 낭독하는 식입니다. 각 인물, 각 소리는 그 성격에 따라서 어떤 특별한 음악적 분위기가 있습니다. 요컨대 다양한 노래 형태가 있습니다. 〈류퉁의 꿈〉에서 은자는 낮은 금속 악기와 타악기에 의해 제례의 색조를 띤 음향 속에 놓여 있습니다. 여성 주인공은 플루트, 하프, 오보에에 의해 서정적인 음향으로 표현됩니다. 나는 이 원리를 〈류퉁의 꿈〉에서 처음 적용해 보았습니다. 그 뒤에 쓴 오페라에서 이 원리는 점차 명료해졌습니다.

::: 나비의 미망인

두 번째 오페라 〈나비의 미망인〉 역시 꿈 이야기로 한 막짜리다. 청년 류퉁의 도교적인 진지한 교훈극과는 대조적으로 이 두 번째 오페라는 희극, 오페라 부파Opera Buffa이다. 장자의 깊고 철학적인 나비의 꿈 이야기는 여기서는 그로테스크한 것, 아니 기분 나쁜 것으로 바뀌어 우리에게 배를 잡고 웃게 한다. 그러나 이 웃음 중에 갑자기 웃음기가 싹 가신다. 이는 때때로 우리를 스치고 가는 것이 나비의 날개가 아니라 검은 박쥐와 올빼미 날개이기 때문이다. 이 두 오페라 〈류퉁의 꿈〉과 〈나비의 미망인〉이 함께 상연된다 — 그것은 그래야 마땅하다. 때로 〈나비의 미망인〉은 그리스 비극을 따른 풍자극의 역할을 하기도 한다.

각본은 하랄트 쿤츠가 작자 불명의 아주 오래된 소재를 근거로 썼고, 코러스 가사는 〈류퉁의 꿈〉의 작자인 중국인 마치원이 썼다. 그것은 "백년의 세월은 나비의 꿈……."으로 시작되는 다음과 같은 장시長詩이다.

백년 세월은 한 마리 나비의 꿈같도다.

과거사를 돌아보니 모두가 덧없는 것을.

오늘 봄이 오면 내일 꽃이 지나니

벗이여, 어서 술잔을 드세. 저 등불이 꺼지기 전에.

百歲光陰一夢蝶 重回首往事堪嗟

今日春來 明朝花謝 急罰盞夜闌燈滅

이 노래, 즉 중국어 합창으로 이 작품의 막이 열린다. 본에서 초연되기로 했던 이 오페라는(작곡가가 옥중에 있었기 때문에 오페라를 다 완성되지 못해서) 합창만 〈류퉁의 꿈〉과 함께 불렸다.

이 오페라에는 두 요소가 융합되어 있다. 『장자』의 「나비의 꿈」 이야기와 음울한 무녀의 이야기이다.

오페라는 도입부의 장엄한 합창 뒤에 바로 희극적으로 진행된다. 우리가 알고 있는 노자와 장자라는 중국의 두 위대한 현인이 대단히 불경스러운 모습으로 만나게 된다. 분명 이 두 사람은 현실에서 만난 적은 없었다. 노자는 기원전 6세기 때의 사람이고 장자는 기원전 4세기에 살았기 때문이다. 극본 속에서 두 사람을 만나게 하려면 하나의 문학적 장치가 있어야 한다. 그래서 장자는 그의 이야기, 특히 유교와 공자를 비판한 이야기에 노자와의 대화라는 형식을 부여하고 있다. 리하르트 빌헬름Richard Wilhelm의 『장자』 서문에 따르면 그 대화는 아주 신랄할 뿐 아니라 대단히 밝게 진행되었다. 그러므로 각본 속에서 두 사람이 익살스럽고 싸우기 좋아하는 노인으로 나오는 것이 옳았다. 이 만남은 구식이지만 그 구식을 풍자하는 예절 의식으로 시작된다. 그리고 장자가 노자에게 자신의 고민을 털어놓는다. "나는 멋진 꿈을 자주 꾸는데 그 꿈속에서는 나비가 되어 가볍고 자유롭게 날아다녀서 아주 행복한데 그럴 때면 언제나 아내가 나를 깨워버립니다"라고. 노자는 장자에게 이 꿈의 뜻을 해석해 주겠다고 말한다. 그 꿈 자체를 풀이한다기보다는 두 사람이 이를 계기로 어떤 철학적인 대화를 즐기게 된다. 그들은 오랜 시간에 걸쳐 서로 이야기를 나누고 마지막에는 도에 대해서, 대립의 통일에 대해서, 위대한 가르침을 희화하여 음과 양이 하나일 뿐 아니라 인간과 나비도 일체라는 것을 논리적으로 인정하지 않을 수 없게 된다.

노자는 이렇게 설명한다. 장자가 나비의 꿈을 꾼 것은 아주 옛날 일이고, 실제로 장자가 나비였던 적이 있기 때문이다. 하지만 선녀의 정원에서 금단의 꽃을 빨아 마셨기 때문에 정원지기에게 잡혀 죽었다. 나비는 죽어서 말라 가루가 되었고 그리고 나비의 혼은 자유로워졌다. 혼은 다른 살 곳을 찾아 장자 안으로 들어갔다. 그래서 장자는 날지 않으면 안 되고 또 날 수 있도록 허락받은 거라고. 이런 내용이 해학적으로 농담처럼 이야기된다. 그러나 그 순간 노자는 대화를 진지하게 철학적으로 바꾸어서 장자를 향해 나비가 되는 것을 방해하는 것, 집, 직업, 가족에게서 벗어나라고 권한다. 장자는 무척이나 그러기 바라지만 어떻게 아내로부터 벗어나면 좋을까 묻자 때가 되면 좋은 지혜도 떠오를 거라고 말한다. 먼저 그는 집과 일을 버리고 방랑의 길을 떠난다. 물론 그의 뒤에서 아내는 울고불고 매달리며 따라온다. 둘은 어느 날 묘지를 지나간다. 그 묘지에는 어떤 젊은 미망인이 무덤 옆에서 슬픔에 잠겨 있었다, 아니 그렇게 보였다. 그러나 실제로 그녀는 무덤의 흙이 빨리 말라 다른 남자를 받아들이는 게 허락되기를 기다릴 뿐이었다. 철학자일 뿐 아니라 도사이기도 했던 장자는 무덤의 흙이 바로 마르도록 따뜻한 바람을 불러일으켜주었다. 그래서 미망인은 자유롭게 사랑을 할 수 있게 되었다. "만물은 모두 이와 같다"고 장자는 생각하면서 말한다. 아니, 만물이 모두 그런 건 아니라고 그의 아내가 말한다. 그녀 자신은 정절을 지킨다는 뜻이다. 그러나 그 뒤 장자가 옳았다는 것이 밝혀진다. 먼저 젊은 미망인이 장자에게 감사의 선물로 준 부채가 무덤 옆에서 심한 질투를 불러일으킨다. 이는 결혼에 질려 있던 장자의 마음속에 마지막 한 방울의 정나미까지 떨어뜨린다. 그는 '죽을 것'을 결심한다. 그가 정말로 죽은 척했기 때문에 그의 아내는 그것을 믿어버린다. 아내는 처음에는 순수하게 절망한다. 마침내 장례식이 치러지고 장자는 여행지에서 관에 담겨진다. 조문객들이 왔다. 그중에 왕자 '후'와 시종이 있었다. 「에페소스의 미망인」(그리스 작가 크세노폰이 쓴 사랑 이야기)을 본딴 듯한 왕자와 젊은 미망인의 사랑 이야기가 빠른 속도로 전개된다. 그저 방해가 되는 것은 '거기에 놓여 있는 것' 즉 관뿐이다. 관은 없어져야 했다. 왕자와 시종은 관을 들어내려고 한다. 그러나 장자의 관은 너무나 무거웠다. 간질병을 가지고 태어난 왕자는 관을 들어올리려다 발작을 일으킨다. 그 병을 고치는 약은 죽은 지 얼마 안 되는 사람의 골이었다. 미망인은 옆에 있는 장자의 골을 쓰자고 한다. 시종이 도끼로 쳐서 관을 열자 관에서 공포로 파랗게 질린 살아 있는 장자가 몸을 일으킨다. 누구든 동시에 다른 사람이 될 수 있다고 한 것처럼 왕자 후가 동시에 장자라는 것이 이 작품의 미술이다. 모두 크게 놀란다. 미망인은 유죄가 인정되었다 — '만물은 모두 이와 같다.' 이제 장자는 이 여자, 유죄가 인정된 여자를 버릴 합법적인 권리를 손에 얻는다. 장자는 자유로워진다.

윤이상의 오페라는 몽환적인 장면에서 끝난다. 요컨대 장자의 그림자

〈나비의 미망인〉의 한 장면(1969년 뉘른베르크)

가 투명한 커튼 위에 나타나고, 그 커튼 위에 투영된 색감 풍부한 나비 사이에서 춤추고 한편에서는 나비의 꿈을 합창한다. 오페라는 지금까지의 모든 희극과는 달리 이 작품의 정수를 보여주는 신인神人에게 이끌려가는 오케스트라의 크레센도에서 끝난다. 이럼으로써 각본보다도 더 음울한 고대 무녀의 이야기가 시대를 초월하여 우리 모두와 연결된다. 요컨대 인간의 정신적인 면과 어울리는 무위의 태도, 즉 도의 자생자화自生自化로써 인간의 행동에 족쇄가 되는 지상의 조건이나 함정에서 인간을 해방하려는 이야기이다.

이 오페라는 윤이상이 옥중에서 석방될 가망도 없는 더없는 부자유 속에서 썼다는 점에서 특별한 의미가 있다. 그러나 여기에 하나 덧붙여 정말 놀랄 만한 비밀이 있다. 오페라에서 왕자의 시종이 장자의 두개골을 열기 위해서 도끼로 관을 여는데, 윤이상은 1967년 7월에 옥중에서 쇠약과 절망의 순간에 자살을 시도했다는 것이다. 고문실에서 그곳에 놓여 있는 유일한 금속 물질이었던 무거운 재떨이로 자신의 두개골을 부서져라 내리쳤다. 그는 의식을 잃고 피를 흘린 채 발견되었고 교도소 병원으로 옮겨졌다.

납치

루이제 린저 우리는 이제 슬슬 당신의 납치에 대해서 이야기를 해야 할 때가 되었습니다. 당신은 유럽에 머물던 1956년부터 1967년 사이에 처음부터 정치적인 입장을 밝혔습니까?

윤이상 박정희의 군사 쿠데타 전까지는 아닙니다. 나는 군사 쿠데타에 놀라서 다시 자각했습니다.

루이제 린저 당신은 애초부터 직접적이든 아니면 본의 대사관을 통해서든 당신 조국과 관계를 갖고 있었나요?

윤이상 당시의 대사, 최덕신을 나는 아주 잘 알고 있었어요. 그는 내 연주에도 와주었습니다. 그도 투옥된 사람 중 한 명이었지만 그 일에 대해서는 나중에 이야기하지요. 표면적으로는 한국 정부가 나를 주시하고 있는 것은 아니었습니다. 그러나 한국의 신문은 나에 대해서도 내 작품에 대해서도 자주 다루었어요. 물론 나는 정치적인 행동을 하지 않았을 때에도 언제나 우리 민족의 운명을 걱정하고 있었습니다.

그러나 박정희가 정권을 잡았을 때, 나는 친구들과 함께 독일에서 한국인 협회를 설립했습니다. 당시 그곳에는 많은 한국인이 있었습니다. 특히 학생들이 많았고요. 우리들은 1년에 두 번 세미나를 열어 한국의 민주주의 회복의 필요성과 가능성에 대해 토론했습니다. 나는 정기적으로 한국 신문을 보고 있었습니다. 실제로 일어나는 정보가 다른 경로를 통해 우리 손에 들어왔고 한국에서 박정희와 그 군사정권에 의한 탄압이 증대하고 있다는 정보도 들었습니다. 우리들은 또 몇몇 외교관을 우리 모임에 초대하여 그 사람들과 상황에 대해서 자유롭게 이야기하기도 했습니다. 나는 박정희 정권에 대한 가장 비판적인 사람 중 하나였습니다.

루이제 린저 당신들이 첩보기관에 의해 감시받고 있었던 거로군요.

윤이상 우리들은 전혀 그것을 눈치채지 못했거나, 아니면 신경 쓰지 않았습니다.

루이제 린저 당신은 이미 그 전에 북한과의 관계에 대해 이야기해 주었잖아요. 그걸 좀 자세하게 말해 주세요.

윤이상 1958년 여름, 내가 처음으로 다름슈타트의 국제음악 하기 강습회에 참가했을 때 우리는 교육대학의 학생 식당에서 식사를 했습니다. 거기서 급사를 하던 소녀는 동독에서 온 독일인이었습니다. 그녀는 나에게 "어디서 오셨습니까?" 하고 물었습니다. 나는 "코리아에서요"라고 말했지요. "남쪽에서요, 아니면 북쪽에서요?"라고 그녀가 물었습니다. 그녀는 동독에서 왔는데 그곳에 많은 북한 사람들이 공부를 하고 있다고 했습니다. 한국전쟁 이후에 북한 정부는 수천 명의 전쟁고아를 동구권 여러 나라로 보내 거기서 특별한 기술을 배우게 했습니다. 그 소녀 말로는 동독에 북한에서 온 친구들이 있다는 것이었습니다. 그녀의 말을 들었을 때 나는 청년 시절의 친구인 최(최상한)에 대한 추억을 떠올렸습니다. 함께 학교에 다녔고 그 뒤 이중창을 불렀고 그리고 같이 일본에서 음악 공부를 했던 사람입니다. 그는 그 당시부터 이미 열렬한 공산주의자였고, 그 때문에 우리는 자주 논쟁을 벌였습니다. 그는 한국전쟁 중에 북한으로 가 국립 오케스트라에서 콘트라베이스를 켰고 지휘도 했습니다. 그러나 내가 이 모든 것을 안 것은 훨씬 나중의 일입니다. 우리는 그의 소식을 그 뒤 전혀 듣지 못했습니다. 그는 한국에 아내와 세 아이를 남겨놓고 갔습니다. 가족들조차 그의 생사 여부도 몰랐습니다. 그러나 그의 아내는 굳게 정절을 지키고 있었습니다. 우리 친구들은 그 가족을 위해서 돈을 모으고 아이들 교육을 돌봐주었습니다. 나는 동독에서 온 소녀를 만났을 때 그녀를 통해 북한의 친구를 알아봐달라고 부탁해야겠다고 결심했습니다.

그 뒤 만 1년 동안 나는 아무런 연락도 받지 못했습니다. 내가 베를린에서 공부하고 있었을 때 동베를린 주재의 북한 사람한테 편지 한 통을 받았습니다. 편지에는 행방불명된 친구로부터 서울의 가족에게 보내는 편지 한 통을 맡고 있으니 받으러 오라고 씌어 있었습니다. 그것은 결코 무리한 부탁은 아니었습니다. 왜냐하면 그때 북한과 남한 사이에는 아무런 접촉도 없었기 때문이지요. 1953년 이래 국경은 정말로 완전히 닫혀 있었습니다. 한쪽에서 다른 쪽으로 소식을 전하려면 외국을 경유하여 돌아갈 수밖에 없었습니다. 물론 나는 편지를 가지러 동베를린으로 갔습니다.

나는 그 편지를 가능한 빨리 오랫동안 소식을 기다리고 있는 한국의 부인에게 보내주고 싶었기 때문입니다. 당시에는 누구든 간단히 동베를린으로 갈 수 있었습니다. 그렇게 하지 못할 이유가 나에게는 전혀 없었거든요.

나는 북한 사람을 만난다는 것이 정치적인 일이라고는 생각지도 않았습니다. 나는 남과 북이 갈린 걸 인정하지 않았습니다. 나에게는 북한 사람도 동포입니다. 그래서 나는 그 사람한테 가서 내 친구가 그의 아내에게 보내는 편지를 받고 그리고 동시에 그 친구 앞으로 동베를린에서 직접 북한으로 편지를 쓰기도 했습니다. 6개월 뒤 나는 다시 북한 친구로부터 답장이 왔다는 소식을 들었습니다. 나는 다시 동베를린으로 갔습니다. 실제로 그 외에는 방법이 없었습니다. 내가 두 번째 동베를린으로 갔을 때는 서베를린에서 정치학을 공부하고 있던 김이라는 친구를 데리고 갔습니다.

루이제 린저 당신과 함께 납치되었던 그 김입니까?

윤이상 예, 그렇습니다. 만 15년이나 지나 겨우 북한에 대한 진짜 정보를 받았고, 북한 사람들이 통일에 대해 어떻게 생각하고 있는지를 아는 것이 우리들에게는 매우 흥미로운 일이었습니다. 나는 공산주의자였던 적은 없지만, 사회주의에 대해서는 늘 마음을 열어놓고 있었습니다. 실제로 유럽에서는 아주 자연스럽게 공산주의자나 급진적인 사회주의자들이 함께 살고 있으니까요. 나는 민주주의적 사회주의라는 의미에서 사회주의자였습니다. 나는 동베를린에 세 번 갔습니다.

루이제 린저 당신은 북한에도 한 번 갔습니다. 그 일이 KCIA에게는 의심스럽게 생각되었을 게 틀림없습니다. 물론 당신은 훨씬 전부터 감시당하고 있었습니다. 법정에서 진술하셨듯이 당신이 북한에서 돈을 받았다는 것도 알려져 있었지요.

윤이상 예. 하지만 나를 위해서가 아니라 그것도 정부에게 받은 것이 아니라 최가 자기 아들을 위해 서울에서 올 경비를 준 것입니다. 그 돈은 정치와는 상관없는 것이었습니다.

루이제 린저 기소장에는 간첩 활동으로 중죄에 해당한다고 되어 있었습니다.

윤이상 그렇지만 간첩 활동에 대한 기소는 2심에서 취하되었습니다. 우리가 지금 너무 앞서 이야기하는 것 같습니다. 한국 역사에 대해서 조금 이야기해 두지 않으면 안 됩니다. 1961년에 박정희가 권력을 잡았을 때, 그는 가능한 빨리 군사정권에서 보통의, 요컨대 민주적으로 선택된 문민 정부로 이관시키겠다고 했습니다. 그러나 그는 그렇게 하지 않았습니다. 그래서 학생들의 궐기가 계속해서 일어났습니다.

1964년과 특히 1965년에 학생들은 박정희 개인이나 체제에 대해서라기보다 한일 조약에 대해 항의를 했습니다. 일찍이 적대적 관계에 있었던 두 나라 사이의 조약 — 그것은 평화를 위해서라고 칭했습니다. 그러나 일본은 한국에 대해 아무런 호의도 갖고 있지 않았습니다. 통상 관계를 위해서, 투자를 위해서, 일본 산업의 재건을 위해서 한국이 필요해진 것이고, 그것은 지금도 마찬가지입니다. 한국에서 기업 활동을 하더라도 세금은 아주 조금만 낸다든가, 아니면 전혀 낼 필요가 없었고, 일본처럼 노동조합이 조직되어 있지도 않았기 때문에 대단히 싼 노동력을 쓸 수 있었습니다. 한국 민중은 36년에 걸쳐 일본인들에 의해 얼마나 압박을 받아왔는지를 분명히 기억하고 있습니다. 많은 조선인이 싼 노동력으로 일본에 강제로 끌려갔고 또한 만주에서는 조국을 해방시키려고 했던 빨치산들이 박해받았던 것을 기억하고 있습니다. 한국 민중은 특히 박정희가 일제 강점기에 일본 천황의 추종자이고, 오카모토 미노루岡本實라는 이름의 장교로서 일본군에 들어가 우리 민족과 싸웠다는 것을 기억하고 있습니다. 박정희 같은 일본화된 사람이 일본과 조약을 맺는다면 그것은 일본에 반대하기는커녕 일본의 이익을 위한 것이고 한민족에게는 불이익이 될 것이 분명합니다. 그리고 이 조약은 실제 그 후에 정말로 그러한 효과를 발휘했습니다. 일본 기업이 한국에 진출해서 저임금에 파업권도 없고, 아무런 보호도 받지 못하는 한국 노동자를 쓰게 된 것입니다. 역시 박정희가 체결한 미국과의 조약도 같은 결과를 초래했습니다. 한국에서는 이민족이 우리 민족을 희생시켜 부를 쌓고, 우리들은 식민지로 계속 머물러 있었던 것입니다. 당시 데모를 한 사람들은 옳았지만 그 데모는 유혈 탄압을 받았습니다. 감옥은 학생과 지식인들로 가득 찼습니다. 그리고 1967년에 두 번째 대통령 선거와 동시에 국회의원 선거가 이루어졌습니다. 이 선거가 부정 선거였다는 것은 누구나 알고 있었습니다.

루이제 린저　내가 아는 바로는 그 선거 전에 박정희파 사람들이 많은 표를 매수했고, 그러나 부주의하게도 지나치게 많은 표를 매수하여 집계때에 박정희에게 던진 표가 전체 표수보다 많아져버리는 결과가 발생했습니다. 야당은 물론 야당의 표가 얼마나 되고, 박정희가 3분의 2라는 다수를 차지한 것은 합법적인 방법에 의한 것이 아니라는 걸 알고 있었습니다. 야당은 항의했습니다. 그리고 여당 국회의원조차 선거가 합법적으로 이루어지지 않았다는 것을 인정했습니다. 미국은 처음에는 이 명료한 결과를 좋아하는 것처럼 보였습니다. 왜냐하면 박정희라면 미국으로서는 일이 쉬웠기 때문입니다. 박정희는 워싱턴이 바라는 것, 또는 시키는 일을 했습니다. 선거가 속임수였다는 것을 알았을 때 분개했지만 이 비합법적인 결과를 그냥 못 본 척했습니다.

윤이상 한국의 대통령 후보로는 한 사람이 더 있었습니다. 김대중이었는데, 이길 가능성이 있었고 나중에 박정희를 무너뜨릴지도 모른다고 여겨졌습니다. 그래서 박정희는 자기 정책이 바르다는 것을, 즉 반역자에게는 본때를 보여준다는 것을 증명해야 했습니다. 아시겠지만, 이미 1965년에 대규모 일제 검거가 이루어졌습니다. 당시에 박정희는 비합법 정당인 '인민혁명당'이라는 공산주의자 지하운동을 적발했다고 떠들었습니다. 그런 건 애초에 존재하지도 않았지만 박정희는 개의치 않았습니다. 박정희는 이 일을 구실 삼아 정부에 충성하지 않은 사람들을 모두 체포했습니다.

1967년에 사태를 긴장시키는 사건이 일어났습니다. 하이델베르크에서 유학하던 한국 신문의 한 저널리스트가 체코와 한국의 농구 시합 보도 기자로 프라하에 갔습니다. 그는 비자 없이 갔어요. 체코는 비자가 필요 없다고 생각했거나 아니면 신임을 받는 저널리스트라서 비자가 필요 없을 거라고 생각했을 테지요. 하지만 그는 비행장에서 체포되었고 모습을 감추었습니다. 한국 신문은 그가 공산주의자들에 의해 납치되었다고 전했습니다. 한국 정부는 그에 대해 조사해서 과거 그와 접촉이 있었던 독일 주재 한국인을 모두 심문했습니다. 나도 심문을 당한 사람 중의 하나입니다. 우리는 한국인 세미나에서 함께 일을 했습니다. 그는 공산주의자는 아니었습니다. 하지만 그런 것을 누가 정확하게 알겠습니까. 당시 임석진이라는 한국인이 있었습니다. 그는 아도르노^Adorno 아래서 학위를 받은 사람인데, 동포를 찾아내는 일을 맡고 있었습니다. 이건 제 생각이지만, 그는 KCIA를 위해 일했고 그러면서 동시에 북한의 간첩이기도 했던 것 같습니다. 이런 의심은 그가 자주 북한으로 갔고 또 얼마 있다가는 한국 대사관에서 근무했기 때문입니다. 나는 그것을 전혀 몰랐습니다. 하지만 그는 나에 대해서 어느 정도 알고 있었습니다. 나는 그 사실을 나중에 들었습니다. 그는 1967년 초 서울로 돌아갔고 그리곤 체포되었다고 들었는데, 얼마 지나지 않아 곧 석방되었습니다.

루이제 린저 정말로 그가 이중간첩이라서 체포되었고, 자신의 석방을 위해 무언가를, 예를 들면 독일에서 박정희에게 적대적이었던 모든 한국인의 이름을 넘겨주고 석방되었거나, 아니면 체포는 그의 동포에 대한 배신의 혐의를 벗기기 위해 일부러 그런 것이고, 그는 훨씬 전부터 KCIA에 속하여 당신들의 납치 준비를 위해 일하고 있었던지 중 하나일 테지요. 그 임씨는 어딘가에서 지금도 살고 있겠지요?

윤이상 한국에 있습니다. 그뿐 아니라 동생들과 처 모두 북한을 왕래했는데, 가족 전원이 북한을 위해 일했든지, 아니면 한국을 위해서든지, 그것도 아니면 전원이 이중간첩 활동을 했든지 그중 하나일 겁니다. 임석진은 재판에서 선서를 하고 나에게 불리한 증언을 했습니다. 위증을 한 것이지요. 그는 또 다른 옛 친구들도 배신했습니다.

루이제 린저 그럼 이제 당신의 납치에 대해서 이야기해 주실 시간입니다. 그 일은 1967년 6월 17일에 일어났지요.

윤이상 나는 베를린의 슈판다우의 한 공영 아파트에서 살고 있었습니다. 슈타이거발트 가 13번지 11층입니다. 아침 7시에 전화벨이 울려 받았더니 한 남자가 한국말로 이렇게 말했습니다. "난 박 대통령의 개인 비서입니다. 대통령께서 당신 앞으로 친서를 보내셨습니다. 개인적인 것이니까 어떻게든 가능한 빨리 사보이 호텔로 와주십시오. 기다리고 있겠습니다." 나는 말했습니다. "그런데 저는 막 여행을 떠나려고 합니다. 여러 도시에서 연주회가 있습니다." 그러나 그는 나에게 집요하게 편지를 직접 받으러 오라고 사정했습니다.

루이제 린저 그때 당신은 뭔가 이상하다고 생각지 않으셨나요?

윤이상 아니, 전혀요. 좀 별스럽다고 생각은 했지만 호기심이 생겼습니다. 그래서 나는 사보이 호텔로 갔습니다. 그 남자 방에는 보기에도 건장한 두 사람이 더 있었습니다. 나는 친서를 달라고 했습니다. 그는 이렇게 말했습니다. "친서는 본의 대사가 가지고 있습니다. 그러니까 우리와 함께 본으로 가셔야 합니다. 여기에 최덕신 대사의 편지가 있습니다." 그 편지에는 그가 독일연방공화국을 떠나기 전에 나에게 꼭 해둘 말이 있다. 이미 짐을 꾸려놓았으니 빨리 와달라고 씌어 있었습니다. 대사는 나의 친한 친구였습니다.

루이제 린저 하지만 그는 대사였으니 박정희의 신뢰를 얻고 있었을 테고, 그렇다면 정치적으로는 당신 편에 설 사람은 아니었겠군요.

윤이상 그는 대단한 반공주의자였습니다.

루이제 린저 네, 흔히 있는 일이지만, 좌익의 독재정치를 무서워한 나머지 우익으로 돌아선 것이지요.

윤이상 게다가 그는 군인도 아니었습니다.

루이제 린저 질문 하나 하겠습니다. 그 편지는 대사의 필체였습니까?

윤이상 예, 틀림없이 그랬습니다.

루이제 린저 당신은 그 편지가 대사가 자유의지로 쓴 것인지 아니면 강제로 쓴 것인지 물어본 적이 있었습니까?

윤이상 아마 강제였겠지요.

루이제 린저 그래서 당신은 그 길로 바로 본으로 동행하게 되었습니까?

윤이상 나는 먼저 여권을 가지러 집으로 돌아갔으면 했습니다. 베를린을 벗어나려면 신분증명서가 필요했기 때문입니다. 게다가 나는 그날로 바로 떠날 생각은 없었습니다. 왜냐하면 나는 키일로 가서 오페라 일에 대해 회의를 하기로 되어 있었고, 암스테르담과 쾰른으로 가서 내 곡의 레코드 취입을 하기로 되어 있었기 때문입니다. 그러나 그 남자는 여권은 필요 없다고 했습니다. 그래서 나는 동행은 하겠지만 잠깐 집에 들르고 싶다고 했습니다. 물론 그는 그러라고 했습니다. 나는 아내에게 전화를 걸어서 오후에는 돌아갈 거라고 했습니다. 그리고 우리는 그러니까 건장한 두 남자와 비서와 나는 호텔 앞으로 나왔습니다. 거기에는 나의 작은 폭스바겐과 나란히 큰 차가 세워져 있었습니다. 그 큰 차 옆에 역시 건장해 보이는 한 한국인이 서 있었습니다. 그 사람은 내가 알고 있는 남자였습니다. 그는 루르 지방의 광부였는데, 지금은 그 큰 차의 운전사였습니다. 나는 조금 이상한 생각이 들었습니다. 이 남자들은 모두 나에게 대단히 친절했습니다. 두 남자는 베를린은 처음이라고 했기 때문에 나는 그들에게 시내 안내를 해주겠다고 나의 폭스바겐으로 시내를 한 바퀴 돌았습니다.

루이제 린저 이런, 이런, 희생자가 자신의 사형 집행자를 즐겁게 해주기 위해서 차로 안내를 했다니!

윤이상 네, 코미디지요. 나는 내 차를 비행장에 주차했습니다.

루이제 린저 그 차는 거기에 2년 동안 그대로 세워져 있게 되었군요?

윤이상 아니, 석 달입니다. 베를린 경찰이 그 차를 발견했습니다. 나는 그 남자들과 함께 홀을 빠져나가 여권 검사소로 갔습니다. 나는 여권을 갖고 있지 않았습니다. 그들은 뭔가 증명서 같은 것을 보여주었고 우리들은 통과했습니다. 그리고 쾰른을 거쳐 본으로 갔습니다. 거기에는 커다란 검은 대사관 차, 메르세데스가 기다리고 있었습니다. 차 안에는 다른 남자들이 앉아 있었고 나를 데리고 온 남자들은 사라져버렸습니다. 본의 대사관에 도착했을 때 "그런데 대사는 어디에 있습니까?"라고 물었습니다. 그들은 "금방 오십니다"라고 말했습니다. 그리고 지붕까지 계단을 올라가 나를 어떤 방에 밀어 넣고 감금했습니다. 거기에는 건장한 남자가 두 명 있었습니다. 그들도 광부였는데 "대체 이게 어떻게 된 일입니까?"라고 내가 묻자 "조용히 기다리세요. 대사는 금방 오니까"라고 했습니다.

루이제 린저 이야기 중에 광산 사람들 이야기가 자주 나오는데 무슨 이유라도 있습니까?

윤이상 물론 있습니다. 당시 많은 KCIA의 첩보원이 광부로 위장해서 서 베를린으로 와 있었습니다. 그들은 모두 덩치가 좋고 태권도로 단련되어 있었습니다.

루이제 린저 당신은 그때서야 겨우 의심을 품기 시작했군요?

윤이상 나는 의심이 생겼습니다. 내 신상에 대체 무슨 일이 일어난 걸까? 나는 내가 죄를 지었다는 의식은 전혀 없었습니다. 물론 감금되었고 창가에는 언제나 한 남자가 서 있었는데, 내가 그쪽으로 다가서지 못하게 했습니다. 그들은 라디오를 아주 크게 틀어놓고 그 소리를 점차 키웠습니다. 나는 라디오를 꺼달라고 부탁했지만 들어주지 않았습니다. 그것이 고문의 제1단계, 즉 소음고문이라는 것을 알게 되었습니다. 그리고 나에게 뭔가 먹을 것을 가져다주었습니다. 나는 먹었습니다. 잠은 오지 않았습니다. 그 뒤 밤이 되어 한 층 아래로 끌려갔는데 거기에 한 남자가 테이블에 앉아 있었습니다. 나는 "대체 뭘 어쩔 작정이요? 나에게 편지를 준 최 대사는 어디에 있는 거요?"라고 물었습니다. 그러자 그 남자는 "대사는 이미 여기에 없다"라고 했습니다. 그 순간 나는 내가 KCIA의 덫에 걸렸다는 것을 알아챘습니다. 그리고 심문이 시작되었습니다. "당신은 한국 국가에 적대하는 행위를 했습니까?" "아니오." "당신은 공산주의자와 연락을 취하지 않았습니까?" 나는 말했습니다. "네, 동베를린에서 만난 몇 사람하고요." "그 외에는?" "그 외에는 없습니다. 하지만 나는 1963년에 북한에 갔었습니다." 그 말이 그를 아주 놀라게 했다는 걸 알 수 있었습니다. 그리고 그는 나에게 종이 한 장을 주었습니다. 나는 거기에 내가 말한 것을 써야 했습니다.

루이제 린저 당신은 그때 의식이 또렷했습니까, 아니면 이미 약물을 먹은 상태였습니까?

윤이상 정확하게는 모르겠어요. 기분이 나쁘고 아주 나약한 마음이 들었습니다. 그래서 나는 뭐든지 다 써버렸습니다. 그리고 그 남자는 최 대사에 대해 내가 알고 있는 것을 물었습니다. 나는 "그가 훌륭한 대사이고 반공주의자로 충실한 국가 공무원이며 정직하고 양심적인 인물이다"라고 말했습니다. 그러자 그 남자는 "우리는 좀 다르게 본다"고 했습니다. 그리고 그는 나를 다시 지붕 밑 다락방으로 돌려보냈습니다. 그리고 또 그 살인적인 라디오 음악이 시작되고 그것이 다음날 아침까지 이어져 만 하루 동안 계속해서 울려댔습니다. 다시 한밤중에 나는 심문에 불려갔습니다. 그 남자는 "우리는 당신에게 아무런 의심도 품고 있지 않다. 우리는 그저 최 대사에게 강한 의혹을 두고 있을 뿐이다. 물론 우리는 당신이 재독한 국인협회 회장이라는 것을 알고 있다"고 했습니다. "맞습니다"라고 나는 말했습니다. "좋아요. 그렇다면 들어주십시오. 서울 KCIA 부장이 당신과 개인적으로 이야기를 나누고 싶답니다. 그래서 서울로 가게 됩니다. 하루 뿐입니다. 그런 뒤 당신은 다시 돌아오게 됩니다"라고 그는 말했습니다. 나는 거절했습니다. 그러자 나는 다시 다락방으로 보내졌고 다시 그 무서운 라디오 음악, 그리고 삼엄한 감시가 이어졌습니다. 나는 얼굴을 씻을 수도 없고 머리를 빗지도 못하고 이미 식사도 할 수 없었습니다. 그리고 3일째 되는 아침에 나는 대사관 건물에서 밖으로 끌려나왔습니다. 그러나 그 전에 나는 한 남자의 방, 대사관 참사관인 양梁의 방으로 갔습니다. 그는 KCIA 부원이었고, 현재도 그렇습니다. 그는 "서울의 KCIA 부장이 망명 한국인의 정치활동에 대해서 당신에게 정보를 좀 듣고 싶어하는 것뿐이에요"라고 말했습니다. 나는 "아내에게 전화를 하고 싶다"고 했습니다. 그는 "예, 하십시오. 하지만 우리가 같이 듣고 있겠습니다. 당신 아내에게는 중대한 용건으로 스위스로 간다고 하세요"라고 말했습니다. 그래서 나는 그대로 했습니다.

루이제 린저 당신은 진실을 밝힐 수가 없었습니까?

윤이상 모르겠어요. 나는 이미 내가 아니었습니다. 그들은 분명 나에게 약물을 먹였어요. 나는 의지를 잃었습니다. 수자가 나중에 말해 줬는데 내 목소리가 아주 약해서 마치 병자 같았답니다. 그리고 그들은 나를 대사관 건물 마당으로 데리고 갔습니다. 거기에는 역시 건장한 남자들과 함께 커다란 차 한 대가 서 있었습니다. 앞좌석에는 운전사와 두 사람이 앉았고 내 좌우에도 한 사람씩 앉아 논스톱으로 함부르크로 갔습니다.

가는 내내 어떻게 하면 내릴 수 있을까 생각했습니다. 그래서 "연주회 건으로 나를 기다리고 있는 사람들에게 엽서를 써야 합니다"라고 말했습니다. 그들은 "아시겠지만 달아나려 해도 소용없소. 우리는 독일 첩보기관과 협정을 맺고 있으니까"라고 했습니다.

루이제 린저 그들은 그렇게 공공연하게 그런 말을 했습니까?

윤이상 아주 내놓고 했어요. 그들은 내가 그걸 떠들고 다닐 수 없을 거라고 믿는 것 같았습니다. 왜냐하면 나는 실제로 죽을 거였으니까요. 여기에 당시 한국 KCIA의 부장이었던 김형욱이 쓴 책이 있습니다. 『대륙에의 가교』라는 책인데, 그 안에 이렇게 씌어 있습니다.

"유럽에서 살다가 귀국한 한국인에 관한 KCIA의 조사는 순조롭게 진행되었다. 매일 들어오는 보고에 의해 의심스러운 인물의 범위가 급속하게 확대되었다는 것이 확인되었다. 놀랍게도 이 인물들의 다수는 교수, 예술가, 의사, 공무원이라는 국내에서 큰소리를 내는 사람들이었다. (……) 나는 박대통령에게 보고하기로 결심했다. 대통령은 분명하게 나의 체포 계획을 승인했다. (……) 체포는 용의자들이 국가 축전에 참가하기 위해 서울로 초대되는 형태로 진행하기로 했다. (……) 알래스카 공항과 도쿄의 공항에서는 미국 및 일본의 관계당국의 협력을 얻기로 했다. 나는 체포날을 1967년 6월 17일로 정했다."

이 책을 쓰고 그리고 무고한 한국인을 납치, 고문, 학살한 죄를 범한 이 남자는 지금은 미국에서 국가의 돈으로 호화로운 생활을 하고 있습니다. (현재는 행방불명, 한국에서의 살해설도 있다.)

루이제 린저 이 책에서는 독일 첩보기관의 협력에 대해서는 언급하지 않았군요. 놀랄 일이군요. KCIA의 무리가 함부르크에서 독일 당국에 의해 검사도 없이 당신을 비행기 속으로 끌고 들어갔다니. 그런 일은 만약 사전에 협의가 없었다면 불가능한 일이죠.

윤이상 함부르크 공항에는 일본항공의 지점장과 한국 총영사가 서 있었는데, 마치 내가 국빈이라도 되는 듯이 정중하게 인사를 했습니다.

루이제 린저 그 사람들과 이야기를 나눌 수 있었습니까?

윤이상 무슨 말인가 하고 싶었지만 이미 난 아무것도 할 수가 없었습니다. 나는 정신을 집중할 수가 없는 상태였습니다. 물론 약물의 영향이었지요. 그들은 틀림없이 약물을 식사에 섞어 나에게 먹인 것입니다. 그래서 나는 의지도 없이 일본항공 기내에 올라탔습니다. 기내의 앞자리는 전체가 비어 있었습니다. 내 뒤로 몇 사람이 탔는데 그때 갑자기 내 눈에 김이 보였습니다. 동베를린에 같이 갔던 그 정치과의 학생 말입니다. 그도 KCIA 부원에게 감시당하고 있었습니다. 우리가 서로 이야기를 나누는 건 허용되지 않았지만, 그도 역시 서울 KCIA로 가는 것이라는 건 알 수 있었습니다. 나는 일본의 첩보기관이 이 사건에 관여되어 있다고 확신했습니다. 왜냐하면 도쿄에 도착했을 때에도 여권이 필요 없었기 때문입니다. 우리를 도쿄에서 서울로 데려다준 비행기는 한국 비행기였습니다. 그리고 우리는 서울에 도착했습니다. 나는 1956년에 서울을 떠나 11년 만에 비로소 내가 그렇게 사랑하던 조국으로 돌아온 것입니다. 외국에서 지낸 11년은 긴 기간입니다. 그러나 마음속으로 나는 한 번도 한국에서 멀어진 적이 없었습니다. 나는 만약 내가 성공을 거둔다면 한국의 명예를 위해서이기도 한 거라고 생각해 왔습니다. 어느 날 내가 귀국해서 동포들에게 진심으로 환영받는 꿈을 종종 꾸기도 했습니다……. 누구 하나, 기내의 스튜어디스들조차 나를 알아보는 사람은 없었습니다. 서울에서 우리, 김과 나는 옆 출구로 끌려나와 낡은 지프로 옮겨졌습니다. 검을 찬 군인들의 감시하에서 말입니다. KCIA 사람들은 좋은 차를 타고 갔습니다.

이렇게 우리들은 KCIA 본부로 연행되었습니다. 거기서 나는 세계의 여러 지역에서 나처럼 막 도착한 수십 명의 한국인을 보았습니다. 그러나 감각이 없어졌기 때문에 아무런 감정도 일지 않았습니다. 나는 몸이 아주 쇠약해져 있었기 때문에 바닥에 누웠습니다. 한 KCIA 부원이 나를 찌르며 "일어나!" 하고 말했습니다. 나는 그대로 누워 있었습니다. 또 한 남자가 "놔둬. 저 녀석은 완전히 갔어. 심장병이거든" 하고 말했습니다. 그 뒤 한참 있다가 나는 다른 건물로 끌려갔습니다. 단층짜리 건물로 본부동에서 떨어져 있었습니다. 그곳은 고문실이 모여 있는 건물이었습니다. 나는 여러 고문실 중에 한 방에 넣어졌습니다. 거기에는 두 남자가 앉아 있었는데 아주 피곤해 보였습니다. 그들은 이미 아주 많은 사람을 고문한 뒤였습니다. 그들은 나를 힐끗 보았을 뿐 아무 말도 하지 않았습니다. 나는 의자에 앉았습니다. 그러자 한 사람이 "의자에서 내려와! 바닥에 앉아"라고 했습니다. "나는 환자입니다"라고 나는 말했습니다. 그는 "바닥이야"라고 말했습니다. 나는 계속 앉아 있었습니다. 그러자 그는 나를 의자에서 밀어 떨어뜨렸습니다. 나는 다시 일어나 의자에 앉았습니다. "당신들은 왜 나에게 이런 대우를 하는 거요? 나는 이런 취급을 당할 아무런 이유가 없소. 나는 인간이니 인간으로 대우해 주시오"라고 나는 말했습니다. "입 닥쳐! 의자에서 내려와"라고 한 남자가 말했습니다. 내가 바로 그 말에 따르지 않았더니 그들은 나를 발로 차서 끌어내렸습니다. 나는 이미 버틸 힘이 없었습니다. 그래서 나는 바닥에 앉은 채로 말했습니다.

"내가 노인 앞에 꿇어앉은 젊은이 꼴이군. 나는 당신보다 연장자요!" 그들은 내가 정말로 꿇어앉을 때까지 나를 밟아 뭉갰습니다. 둘이 이야기를 주고받았습니다. "난 아주 지쳤어. 오늘은 대체 얼마나 더 오래 해야 하는 거지?"라고 한 사람이 말했습니다. "마누라가 날 기다리고 있어. 집에는 쌀이 떨어졌는데 난 여길 나가지도 못하고……"라고 또 한 남자가 말했습니다.

정말 그랬습니다. 이 사람들도 각각 고민을 안고 살아가는 인간인 것입니다. 그러나 나에게 그들은 기계와 같았습니다. 그 뒤 한참 지나서 다른 고문이 시작되었습니다. 그들은 종이 한 장을 내 앞에 내밀고 내가 범해 온 일, 내가 이미 본에서 썼던 것을 모두 쓰라고 명령했습니다. 나는 그대로 했습니다. 내가 그것을 다 쓰자 그들은 그 종이를 가지고 가고 새로운 종이를 가지고 와서 말했습니다. "당신이 저지른 일을 쓰시오." 나는 또 똑같은 것을 썼습니다. 그러면 그들은 또 그 종이를 가져가고 새로운 종이를 가져와서 "당신이 저지른 범죄에 대해 쓰시오"라고 했습니다. 나는 또 썼습니다. "이건 사실이 아니야!"라고 그들은 말했습니다. 이렇게 만 하루가 지났습니다. 오후가 되자 그들은 나를 발로 차기 시작했는데 그때 그들은 "넌 북조선의 거물 간첩이야. 공산주의자라고. 당원이지. 넌 독일에서 간첩 조직을 만들어서 한국 정부를 무너뜨리려고 한 거야. 넌 그 조직의 두목이야"라고 했습니다. 나는 "전부 거짓말이다"라고 말했습니다. 그러자 두꺼운 각목을 든 제3의 남자가 다가와 그 각목으로 내 대퇴부를 후려쳤고 나는 쓰러졌습니다. 나는 며칠 동안 아무것도 먹지 못하고, 잠도 못 자고 게다가 이런 고문은 밤까지 계속되었습니다. 6월이었고 아주 더워서 그들은 한밤중이 되어서야 슬슬 본격적인 고문에 착수했습니다. 그들은 내 손발을 묶어 통나무에 매달았습니다. 땅에서 1미터 반 정도 높이입니다. 그리고 그들은 내 얼굴 위에 흠뻑 젖은 천을 놓고 그 위에 물뿌리개로 물을 뿌립니다. 그러면 천이 입과 코 위에 딱 달라붙어 질식할 것 같습니다. 내가 정신을 잃으면 그들은 묶은 것을 풀고 의사를 불러왔습니다. 의사는 나에게 주사를 놓고 내가 숨을 돌리면 또 물고문을 계속했습니다. 그들은 언제나 주사를 놓으면서 고문을 했습니다. 죄수가 바로 죽어서는 안 되고 죄를 자백시켜야 했기 때문입니다. 다시 통나무에 매달리자 어린 시절에 본, 송아지나 돼지를 잡을 때 이렇게 매달았던 장면이 기억이 났습니다.

고문은 계속되었습니다. 나는 견뎌내야겠다고 생각했습니다. 이제 너의 범행을 자백하겠느냐고 물어볼 때마다 "아니야. 난 아무런 범행도 저지르지 않았어"라고 말했습니다. 이렇게 밤새도록 계속되었습니다. 얼굴 위에 물, 주사, 심문, 물, 주사…… 여섯 번인가 그 이상 주사를 맞았을 때 나는 죽음을 예감했습니다. 그때 그들은 몇 시간 나를 쉬게 했습니다. 내 옷은 물에 다 젖어 있었습니다. 나는 옷을 벗고 알몸으로 누워 있어야 했습니다. 몇 시간 뒤에는 또 모든 것이 처음부터 되풀이되었습니다. 쓰는 일, 구타, 쓰는 일. 식사를 가지고 왔지만 내 위는 아무것도 받아들이지 못했습니다. 그리고 또 고문이 시작되었습니다.

이틀째 밤 나는 갑자기 익숙한 소리를 들었습니다. 본에서 온 최 대사의 목소리였습니다. 그도 조금 떨어진 감방에서 고문을 받고 있었던 것입니다. 우리는 고문관에게 늘 큰 소리로 이야기하지 않으면 안 되었습니다. 최와 나는 서로의 목소리를 들을 수 있었습니다. 우리는 이야기를 나눌 수는 없었지만 다른 사람이 고문을 받고 심문을 받을 때 외치는 비명소리를 들을 수 있었습니다. 이것은 이중고문으로 KCIA는 두 사람 중 하나가 고문으로 약해져서 공산주의자이고 간첩이라는 것을 인정하면 그것이 다른 사람한테도 영향을 미칠 것이라고 기대했습니다. 이렇게 심야에 고문을 받고 있는 다른 사람의 목소리를 듣는 것은 소름끼치는 일이었습니다. 최도 나도 자백을 하지 않았습니다.

그러나 결국 나는 힘이 다했습니다. 그러자 그들은 그 유명한 종잇조각을 가지고 왔습니다. 지금까지 KCIA의 구술 명령에 의해 많은 한국인이 써왔던 그 종잇조각입니다. 그리고 나는 "나는 북한에 봉사하는 공산주의자다"라고 썼습니다. 그리고 또 최가 정부 타도를 계획하고 있었다고 덧붙여 쓰라고 요구받았지만 거기에는 끝까지 반대했습니다. 나중에 비로소 알게 되었지만, 그들은 나를 최에 대한 증인으로 세우려고 했었답니다. 진짜 혐의는 최에게 걸려 있었던 것이지요. KCIA는 마침내 나의 '자백'을 손에 넣었습니다. 이렇게 나는 진짜 합법적인 죄인이 된 것입니다.

루이제 린저　당신은 1974년에 김지하가 했던 것처럼 자백 무효 선언을 옥 바깥으로 몰래 전할 수는 없었습니까?

윤이상　아니요, 할 수 없었어요. 하지만 그 뒤 진실은 다른 형태로 밝혀졌습니다. 그것에 대해서는 나중에 이야기하지요. 이제 나는 처음으로 독방에 넣어졌습니다. 사방 2미터 넓이의 방에서는 읽을 수도, 쓸 수도, 면회도, 편지 수신도 허락되지 않았습니다. 법에 의하면 죄인은 모두 매일 15분간 감방 밖으로 나가 운동하는 게 허락되어야 했지만, 우리들에게는 5분밖에 주어지지 않았고 그것도 복도를 걸어가는 시간까지 포함해서였기 때문에 마당에서 있을 수 있는 시간은 고작 1분밖에 되지 않았습니다.

그러나 그 순간은 정말 멋졌습니다. 한국의 하늘은 더없이 맑고 푸르렀고, 그 풍경은 신기하게도 나를 위로해 주었습니다. 정말로 그리워하던 하늘이었습니다. 그 짧은 사이에 우리 정치범들은 말을 주고받았고 위로와 정보를 주려고 애썼습니다. 정보를 주는 쪽은 아주 최근에 투옥된 사람들로 주로 형사범이었습니다. 그 남자들을 통해 나는 처음으로 나 이외에 150명의 한국인이 여러 나라에서 납치되어 왔고, 그중에는 파리의 유명한 화가도 포함되어 있다는 것, 그리고 이들 전원이 자유의지로 왔다고 신문에 보도되었다는 것을 알았습니다.

루이제 린저 독일의 몇 신문에도 처음에는 그렇게 씌어 있었습니다. 얼마 지나지 않아서 점점 사정이 알려졌지요. 하지만 완전한 사실은 지금까지도 여전히 밝혀지지 않았습니다.

::: 동베를린 사건

　나는 당시의 엄청난 신문을 분류하고, 다른 기록들도 찾아보았다. 윤이상은 이미 자신이 납치되었던 상황에 대해서 이야기했다. 다른 사람들의 경우에도 모두 마찬가지다. 납치된 사람들은 대부분이 지식인이고 학생, 대학교수, 의사, 그리고 간호사 한 명과 광부 몇 명이다. 오펜바흐 시립병원에서 일하고 있던 간호사 배추자는 6월 26일에 낯선 동포에게 전화를 받고 어떤 회합에 출석하도록 요청받았다. 그녀는 그 모임에 나간 후 돌아오지 않았다. 그러나 그녀는 알래스카 앵커리지에 중간 착륙했을 때 동료 간호사에게 한 통의 엽서를 쓰는 데 성공했다. 그 엽서에는 "아주 슬프고, 오펜바흐의 동료들과 함께 지내고 싶다, 빨리 돌아가겠다"고 씌어 있었다.

　7월 초에 다음과 같은 편지가 독일의 여러 관공서와 신문 편집국에 도착했다. "나는 한국에서 온 노동자입니다. 나는 몇 년 전부터 한국에서 온 다른 노동자와 함께 일하고 있습니다. 6월 20일에 느닷없이 동료인 박성옥이 일을 하다가 많은 한국 비밀경찰에 의해 체포되어 한국으로 연행되었습니다."

물리학자 정규명에게는 잘 모르는 동포 하나가 찾아왔다. 몇 분 뒤에 두 사람은 물리학자인 아내와 어린아이들을 데리고 집을 나갔다. 돈과 여권도 갖지 않은 채. 그 뒤 아무도 그들을 집에서 찾아볼 수 없었다. 정규명은 파리에서 동료 앞으로 너무 급해서 여행을 떠나지 않을 수 없게 되었다는 편지를 보냈다. 그는 돌아오지 않았다.

그 다음날 뮌헨에서 정치학과 학생인 김석환이 자취를 감추었다. 그역시 아무것도 가지고 가지 않았다. 모든 것이 그가 집을 나간 상태 그대로 남아 있었다. 몇 주 후에 서울의 그로부터 뮌헨 대학 앞으로 짧은 소식이 도착했다. 눈앞으로 다가온 학위 수여를 위한 구술시험을 연기할 수밖에 없다는 내용이었다.

학생 김종대는 하숙집 여주인 앞으로 이렇게 써서 보내왔다. "나는 카프카의 『심판』 속 요제프 K의 상태에 있습니다. 나를 더 이상 찾지 마세요." 그 편지는 검열을 당했지만 검열관이 호의적이었는지 아니면 대사관이 전혀 손을 쓰지 않은 건지 둘 중 하나였다.

납치된 또 한 사람은 며칠 뒤에 돌아왔다. 그의 이야기로는 친구들과 함께 밥을 먹고 있는데 한국인들이 다가와서 어디 가서 맥주 한 잔 하자고 했다고 한다. 집 앞에는 자동차가 몇 대 서 있었다. 그는 그들을 믿었기 때문에 차에 탔다. 그런데 그 남자들은 그를 레스토랑으로 데려가지 않고 하이델베르크 공항으로 가서 거기서 본 대사관으로 갔다. 그는 대사관에서 심문을 받은 뒤 다시 석방되었다. 그는 이 사건에 대해서는 더이상은 말하려고 하지 않았고 정말로 자발적으로 동행했느냐는 질문에 다음과 같은 대답을 할 뿐이었다. "자발적이지도 않았고 강제적이지도 않았어요." 수수께끼 같은 답이다. 그러나 이 대답은 사태를 정확하게 말해 준다. 즉 납치된 사람은 모두 다음과 같은 말을 들었던 것이다. "당신은 어떤 간첩 조직과 연관되었다는 강한 혐의를 받고 있다. 그에 대해 해명을 해야 하는데 그것도 서울에서 하는 것이 당신에게 유리하다. 어쨌든 누구라도 이 간첩 사건 해결을 최우선시해야 하기 때문이다"라고.

물론 모든 사람이 서울로 '자발적'으로 가는 것을 우선시하도록 했다. 그럼에도 여기선 당연히 이런 의문이 일어난다 — "한국이 처음부터 자발적으로라는 설명에 집착한다면 그 자발적인 여행을 대체 왜 누구 하나 여권도 없이 돈 한 푼 없이 갈 정도로 서둘러야 했는가?"

또 이런 의문도 생긴다 — "대체 왜 한국인들 그것도 지식인들이 이러한 미지의 인물들과 쉽게 동행했는가. 왜 그들은 의심을 품지 않았는가?" 사실 한국인들은 천성적으로 사람이 좋고, 사람을 잘 믿는다. 게다가 그들 누구도 자기가 어떤 죄를 지었다고는 조금도 생각지 않았고, 따라서 무서워할 것도 없었다. 게다가 그런 전례가 하나도 없었다. 그러므로 그들은 자기에게 일어난 일을 전체적으로 파악하지 못했다. 나는 윤이상에게 당신과 같은 정치적인 사고력이 있는 사람이 어떻게 아무런 의심도 하지 않았냐고 물었다. 그도 지금 내가 말한 것과 똑같은 답밖에 하지 못했다.

한국인들이 '자발적'으로 동행했다는 것은 그들 중에 몇 명은 서울에 출두할 의지가 있었다는 점에 한해서, 또 윤이상에게 가해진 소음 고문과 약물, 감시를 제외하면 처음에는 어떤 폭력도 가해지지 않았다는 점에서는 옳다. 윤이상의 경우 최와 함께 좀더 강한 혐의를 받은 사람이라는 점이 특별했다.

이 '자발성'은 당초 특히 두 사람의 피랍자, 바트 고데스베르크의 정치학자인 박성조 박사와 마인츠의 소아과 의사 이수길이 빨리 돌아왔기 때문에 독일연방공화국의 신문은 그렇게 믿었다. 두 사람의 보고는 당시 신문을 통해 전해졌고 사람들은 그 사실을 받아들였다. 사건 전체가 이렇게 해명된 것처럼 보였다.

이수길은 서울에서 심문을 받고 해명을 하자 석방되었고 돌아오기 전에는 어떤 연회에까지 초대되었다고 보고했다. 박성조의 보고는 좀더 적극적이었다. 그는 6월 28일에 바트 고데스베르크의 자택으로 두 남자의 방문을 받았고 그들은 한국 대사관으로 동행을 요구받았다. 그는 바로 동행하여 자신이 한국의 국가보안법 위반과 관련된 사건에 말려들어 있다는 사실을 전해 들었다. 바로 한국으로 동행한다면 최선의 해결을 볼 수 있을 거라고 했다. 그는 일단 귀가했고 그 다음날 출발했다. 함부르크까지는 아내와 전화로 연락할 수가 있었다. 서울에서 그는 1960년에 베를린에 유학했을 때, 한 번 동베를린의 북한 대사관에 갔던 적이 있었지만 그게 다였다고 진술했다. 그는 이 북한 대사관 방문에 대해서 더 자세히 심문을 받았다. 그리고 석방되었다. 그는 관광여행과 연회에 초대되고, 친척들을 방문할 수도 있었다. 그는 이수길 박사 이외에 독일에서 간 다른 동포들과는 만나지 않았다.

독일 첩보기관이 이 사건과 관련되어 있다고 생각하느냐는 인터뷰 질문에 대해 그는 아주 화를 내며 그건 도발이라고 답했다. 그는 서울의 분위기는 아주 좋았고, 이 악질적인 간첩 사건이 적발되어서 모두 좋아하고 있다, 자기는 다음해 서울로 돌아갈 작정이다, 서울에서는 연구 과제가 자기를 기다리고 있기 때문이라고 말했다.

한국인 강 교수의 부인인 독일인 하이드룬 강에 대한 보도는 센세이션을 일으켰다. 그녀는 학술 교류의 일원으로 서울에 와서 뤼브케 대통령의 한국 방문 때 뤼브케 부인의 통역을 맡은 적이 있는데 이제는 간첩 혐의를 받은 것이다. 그녀는 자백했다. 자기는 공산주의자의 덫에 걸려서 "죄를 범했다." 그렇지만 자신의 '과오'가 한국과 독일연방공화국 사이의 우호 관계(뤼브케와 박정희가 1966년에 체결한 것)를 손상시키지 않기 바란다고 말했다. 하이드룬 강은 중형을 받을 것으로 보였지만 이 자백으로 석방되었다. 그러나 그녀의 남편은 구류되었다. 한국이나 독일에서는 한때 박정희 정권에 반대하려는 음모가 독일에서 있었고 북한과 공산주의를 위한 간첩 조직이 실제로 존재했다고 믿고 있었다.

1967년 여름의 신문기사를 읽으면서 어쩌면 사람들이 이렇게도 순진했을까, 아니면 그런 척했을까 하는 생각이 들었고 다른 한편에서는 이 사건이 얼마나 정치적으로 이용되었는지 알 수 있었다. 불쾌하고 가슴 아픈 일이다.

어떤 우익적 경향의 신문이 말하길 독일 땅에서 납치가 일어난 것은 틀림없이 슬퍼해야 할 일이지만 "독일 정부와 한국에서 장학금을 받고 있는 한국인이 분단국가의 시민임에도 불구하고 한국과 독일의 통일 및 자유의 적과 공모했다. 이로 인해 국민의 저항의지를 없애는 데 도움될 정신적 수단을 만들어낸 데에 우리들이 나서서 손을 빌려주고 있다." 특히 만약 독일에서 이 일을 사전에 알아차리지 못했다면 그것 역시 슬퍼해야 할 일이라고 주장했다. 이들 납치된 한국인들이 공산주의에 봉사하고 있었을 거라는 말은 "우리 독일의 좌편향적인 학생 소동꾼들이 그들 학우들의 연행에 항의했다"고 쓴 것을 보아도 분명해진다. 피랍된 학생

동베를린 사건으로
재판받을 때의 윤이상.
경찰을 사이에 두고
부인 이수자 여사도
같이 불려와 있다

들 대부분이 정치학 전공자라는 것도 그 명백한 증거일 것이다. 이 신문
은 또한 "독일에서 볼 수 있는 한국 사람의 민족, 조국, 국민감정이라는
가치가 많이 저하되었다는 것을 우리는 알 수 있다. 김은 이미 독일에서
20학기나 공부했다. 이 기간에 그는 무엇을 했을까. 그가 적어도 한 번
베를린의 북한 대사관을 방문한 것이 밝혀졌다"고 썼다. 이에 대해 김의
독일 학우 한 명은 이렇게 말했다. "만약 그게 금지되어 있었다면 우리 전
부가 체포되어야 합니다."

이 신문 「도이체 보헨차이퉁 deutsche wochen zeitungen 」(하노버)은 1967년
7월 21일에 독일 정권을 비난하며 정부는 좀더 이전에 "그 젊은이들을
한꺼번에 본국으로 돌려보냈어야 했다"고 썼다.

보수적·우익적인 「도이체 타게스포스트 Deutsche Tages post 」(베르츠부
르크)는 피랍된 자들에 대한 판결이 발표된 후인 1967년 12월 16일에 다

음과 같이 썼다.

"그 이해할 수 없는 행위(납치를 가리킴)가 한국의 국민적 이익이 되었다는 것을 확인해 두지 않으면 안 된다. 왜냐하면 밝혀진 바에 의하면 그 그룹의 멤버는 훈련과 지시를 받기 위해서 북한의 수도인 평양에 열아홉 차례나 방문했고, 동베를린에 142회나 갔기 때문이다. 또 이 그룹은 1958년부터 1967년 사이에 총 77회, ○○○달러 이상의 돈을 북한에서 받았다. 한국에 대한 파괴 활동은 상당한 것이고, 게다가 북한은 남한을 붕괴시키기 위해서 여전히 외국에 몇 개의 거점을 구축하려고 시도하고 있다. (……) 납치라는 범죄 사실에 대해서는 그 증거가 부족하다."

이 신문은 어떤 정황 증거에 기초하여 이러한 주장을 한 것일까. 그것은 한국 첩보기관의 말에 근거하고 있다. 그렇다면 KCIA는 무엇을 근거로 그런 말을 했을까. 피고들의 자백에 기초해서이다. 그렇다면 그 자백은 어떻게 이루어진 것인가. 윤이상의 경우가 그 예이다. 자백은 혹독한 고문에 의해 만들어졌다. 윤이상도 베를린에 갔다. 그도 역시 북한 대사관을 방문했다. 그렇다고 그가 간첩 활동을 위한 돈을 대사관에서 받았을까? 사전에 계획되어 있었을까? 그가 공산주의 동조자였을까? 모두 아니다. 그의 1963년 북한 여행도 전혀 정치적인 의미는 없었다. 그렇다면 왜 다른 한국인들은 동베를린으로 갔던 걸까. 장벽으로 나뉜 나라의 시민인 독일인이라면 그것에 대해 이해할 수 있을 것이다. 우리의 벽은 그래도 끊임없이 얼마간의 인적 접촉이 가능했고, 그 접촉은 해마다 조금씩 개선되었다. 북한과 한국 사이에는 어떤 가능성도 없었고 지금도 없다. 가족이 북한에 있는 한국인이 수없이 많다. 동베를린의 대사관을 통해 소식을 전할 가능성을 찾는다고 해도 전혀 이상할 것이 없지 않은가. 더욱이 한국인이 북한에서 통일에 대해 어떻게 생각하는지에 대해서 알고 싶어하는 심정은 이해할 수 있지 않은가.

「타게스 포스트」는 '이 그룹'이라고 썼다. 이 말은 박정희의 조작어를 연상시킨다. 박정희는 개인적으로 저항하는 사람들 모두를 '인민혁명당'이라는 자신이 생각해낸, 실제로는 존재하지도 않는 유일한 항아리 속에다 집어넣어버렸다. 이렇게 해서 개개의 저항자들은 그룹이라 칭해졌고, 국가보안법에 근거하여 체포해야 하는 강력한 음모자 집단이라는 성격이 부여되었다.

「쥐트도이체 차이퉁Süddeutsche Zeitung」(남독일신문)은 친절하게도 윤은 스스로 '범죄적(!!) 과오'를 인정하고, 동베를린의 북한 대사관에서 북한 간첩 조직과 연락을 취했다고 썼다. 요컨대 「쥐트도이체 차이퉁」은 이 자백이 고문에 의해 조작될 수 있었다는 사정을 전혀 생각하지도 않았다. 그러나 이런 수법은 좌든 우든 모든 독재 정권이 이용할 수 있다는 것을 알아야 했다.

「프랑크푸르터 알게마이네 차이퉁」은 1968년 1월 11일에, '연방 검찰청은 행방불명자에 대한 조사 수속'이라는 제목하에 한국인 개개인의 출국 상황을 조사해 보고 그 출국이 합법적으로 이루어진 것이었다는 사실을 확인했다고 보도했다. 그들은 보통 여행자로서 타고 떠난 비행기 — 그 거의 모두가 함부르크의 홀스비테르에서였다 — 도 조사했다. 이 모든 일은 출입국 관리관의 눈앞에서 자행되었다. 출국자들에게는 어떠한 흥분의 기운도 발견되지 않았다. 출입국 관리에 대해 무언가 이상한 점이 있다고 알려준 사람은 단 하나도 없었다. 만약 강제적인 납치의 예후가 분명하게 인정된다면 출입국 관리들이 직접 개입되어 있었을 것이라는 말이 된다.

이상의 보도에 대해서는 다음과 같이 말해야 할 것이다. 윤이상은 애초 무언가 신호를 보낼 출입국 관리를 한 명도 보지 못했고, 게다가 그는 이미 감각을 마비시키는 약물의 영향을 받고 있었다. 그렇지 않아도 소란스러움은 동양적인 것이 아니다. 진짜 한국인, 유교도들은 자신에게 주어진 일에 대해 일단 한번은 인내심을 가지고 기다린다. 이는 유럽인으로서는 이해하기 어려운 일이지만, 그러나 많은 사실을 설명해 주고 있다.

「프랑크푸르터 알게마이네 차이퉁」은 그 바로 뒤에 출국의 합법성에 대한 의문을 표명했다. 왜냐하면 그 후 확인된 바에 의하면 출국한 사람 그 누구도 여권을 소지하지 않았고 여권과 그 밖의 서류가 모두 피랍자의 자택에서 발견되었기 때문이다. 그들은 본의 한국 대사관이나 함부르크의 한국 총영사관이 발행한 '가증명서'를 가지고 있었다. 이들 증명서는 독일 관계 당국의 비자를 전혀 받지 않았다.

여기서 의문이 생긴다. 누가 이 증명서를 보았던 것일까, 거기에 비자가 없다는 것을 누가 알아차렸고, 왜 그렇게 명백하게 알고 있으면서도 이 이례적인 출국을 바로 보고하지 않았을까.

이 기묘한 사건에 관심을 가지고 본에 이의를 제기한 독일인이 몇 명 있었다.

내 앞에는 한 통의 두툼한 서류가 있다. 당시 독일 외무장관인 빌리 브란트의 회답인데 그것은 행정부장관, 내무장관, 법무장관, 경제협력담당장관이 함께 작성한 것이다. 씌어진 날짜는 1968년 3월 21일. 납치는

1967년 6월과 7월에 행해졌다. 그 사이, 만 9개월 동안 독일 정부는 무엇을 한 것일까.

이 문제에 대해서 쓰기 전에 왜 내가 한 음악가의 전기 속에서 독일 현대사의 한 부분에 이렇게 많은 페이지를 할당하는지 설명해 두지 않으면 안 된다. 나는 지금, 원래 이 책의 출간 계획을 세운 것이 윤이상임에도 불구하고 자기 삶의 이야기는 책 한 권에 견줄 정도로 중요한 것은 아니라며 주저했던 일이 떠오른다. 게다가 이 책에는 한국 민중에게 무거운 그림자를 던지는 일들을 쓸 수밖에 없었다. 나는 그에게 다음과 같이 말함으로써 이 보고의 필요성을 납득시킬 수 있었다. "당신과 같은 운명에 괴로워하는 사람이 몇 백 명, 몇 천 명이나 있다는 건 사실이고, 그렇기 때문에 당신의 운명을 쓸 필요가 있는 거예요. 왜냐하면 당신의 운명은 하나의 모델이니까요"라고…….

오늘날 독재와 그에 대한 저항의 역사에 드러난 많은 사례가, 정말로 다양하고, 동시에 유사성을 가지고 있다면 세부까지 알리고, 증언하고, 기록한 하나의 사례를 만들어낼 필요가 있다. 이것은 많은 사례를 명백하게 하기 위한 하나의 본보기다. 그렇다면 이 책은 더욱 그 광범위한 정치적 배경 속에서 이해되어야 할 것이다. 그 무렵 독일연방공화국에서 납치된 것은 한국인뿐만이 아니라 일련의 유사한 사건이 있었다. 따라서 한국의 사건은 연쇄의 한 고리에 지나지 않고 그런 까닭에 더욱 모델 사례로서 의미가 있다.

그 무렵에 소련 첩보기관이 저지른 우크라이나인 반데라Bandera와 레베트Rabet의 살해 사건이 뮌헨에서 일어났다. 프랑스의 OAS(비밀군사조직)의 지도자 아르구Argoud가 뮌헨에서 활극처럼 납치된 사건도 있었고,

독일인 린저와 프리케가 서독에서 동독으로 연행되는 사건이 있었고, 그리고 1965년부터 66년에 걸쳐 이른바 '페르시아인 환영' 사건이 있었다. 페르시아의 국왕(1979년의 혁명으로 실각한 이란의 팔레비 국왕)이 독일연방공화국을 방문했을 때, 그가 들렀던 모든 도시에서 국왕 반대 데모가 있었다. 국왕은 첩보기관을 통해 재외 이란인 동포의 동향을 감시해 오고 있었다. 이 첩보기관원 집단이 국왕의 독일 방문 때 국왕을 지키고 데모 참가자 모두에 대해 폭력으로 임하라는 특명을 받은 상태였다. 사건이 발생한 것은 1967년 6월 2일, 베를린의 쉐네베르크 지역에 있는 시청사 앞이었다. 데모 참가자에 대한 습격은 사전에 치밀하게 계획되어 있었다.

의문 — 독일의 어떤 관청이 이런 허가를 내주었을까. 누가 이란의 첩보기관에 협력한 것일까. 의문은 아직 풀리지 않은 채 남아 있다. 그리고 이런 의문은 한국의 사건을 떠오르게 한다.

윤이상과 다른 한국인들이 결코 자발적으로 서울로 간 게 아니라는 것을 독일의 여론이 알고 난 뒤, 독일연방공화국 안에 분노의 폭풍이 일었다. 그것은 1967년 여름의 일이었다. 그 뒤 피랍자들에 대한 재판에서 과도한 중형 선고가 전해진 12월까지 여론은 침묵하고 있었다.

이 침묵을 반성해볼 필요가 있다. 확증에 기초한 솔직한 공식 견해 표명은 전혀 볼 수 없었다. 당시 본은 자세한 정보를 거부하고 그 후 연방 검찰도 정확한 정보 제공을 거부했다. 그러나 그 사이 실제로는 무슨 일이 일어나고 있었던 것일까.

피랍 사건은 6월 중순과 7월 초순에 일어났다. 신문에 처음 보도된 건 7월 4일과 5일이다. 본의 각서(비밀외교문서)에 의하면 독일 정부는 바로 한국 대사관에 해명을 요구했다. 7월 5일에 한국 대사관은 독일 외무성에 자취를 감춘 한국인의 명단을 건네주고 이들 인물이 모두 자발적으로 한국으로 갔다고 지적했다.

7월 6일에 독일 외무차관은 한국 대사관에 이른바 각서를 전달했고 독일 외무성은 한국인이 출국했을 때의 정황(여권도 갖지 않고 모든 소지품을 남겨둔 채)을 고려하면 이 설명에는 만족할 수 없다는 것을 강조하며 완전한 해명을 더 요구했다.

7월 10일에 한국 대사관은 해당자들은 한국에 귀국하여 대규모 간첩 조직을 적발한 조사위원회에 출두하도록 한 한국 감독관청의 설명에 응한 것이라고 설명했다. 더욱이 한국 대사관은 1967년 초여름에 21명에서 25명의 한국 첩보부원이 한국 정부 기관의 지시에 따라 독일연방공화국에 입국했다는 것을 인정했다. 독일 정부는 같은 시기에 서울의 독일 대사관으로부터 KCIA의 담당관이 보낸 이 대량 출국을 알리는 내용의 보고를 받았다. 마찬가지로 본도 이 시기에 본의 한국 대사관 인원이 갑자기 증원되어 있었다는 것을 알았다.

다음의 정보는 정부의 공식 각서가 아니라 다양한 보도로 전해진 것인데 서울에 근무하는 루프트한자의 한 독일인 직원은 한국 대사관이 인정한 것보다 훨씬 많은 수의 한국 공무원을 위한 독일행 비행기표가 예약된 사실을 알고 곧바로 서울의 독일 대사관에다 무슨 일인가가 진행 중이라는 내용을 보고했다. 당시 독일 대사인 페링Ferring은 그런 일에 관여해서는 안 된다고 그 직원에게 말했다. 대사의 이 대답이 경솔했거나 부주의 때문이었는지 아니면 KCIA와의 양해에 의한 것인지는 분명치 않다.

7월 10일에 본의 독일 외무성은 1967년 6월 18일부터 29일 사이에 독일 정부의 허락 없이 행동한 21명에서 25명의 KCIA 부원의 독일 영내 퇴거를 요구했다(한국 대사관이 KCIA 부원의 정확한 수를 몰랐다는 것은 기묘한 일이다. 그들은 당연히 대사관에 등록되어 있을 터이다). 그 사이에 한국인들이 이른바 자발적으로 출국했다고 했지만 한국 대사관의 세 명의 고급 관원이 관여되어 있다는 것도 밝혀졌다. 7월 13일에 독일 정부는 "한국에 의한 독일 영토주권의 국제법상의 침범에 대해 아주 강력한 항의"를 했고 "이런 사건이 두 번 다시 되풀이되지 않기 바란다"고 전했다. 또한 독일 정부는 피랍 사건에 관련된 세 명 — 대사관 참사관 양두원, 대사관원 이석효와 최호철의 국외 퇴거를 요청했다. 대사 자신은 '자발적으로' 물러났다. 이 퇴거는 결코 간단히 이루어진 것은 아니다. 상호 다툼과 한국측의 공식적인 부인이 있었지만, 결국 퇴거에 이르게 되었다. 지금 납치 사건에 관여한 사람 중 하나가 다시 본의 한국 대사관에 근무하고 있다(KCIA 파견 공사 이상구_윤이상). 그리고 아무도 재임명과 체류에 대해서 항의하지 않았다. 독일 정부는 또한 한국 정부가 독일연방공화국에서 출국당한 모든 사람들에 대해 독일 영내에 돌아올 가능성을 열어주도록 요구했다.

7월 24일에 한국 대사관은 '사건에 대해 심심한 유감의 뜻'을 표명했다. 한국 대사관은 "앞으로 이런 일은 두 번 다시 되풀이하지 않겠다"는 것을 보증했고, 사건에 관여한 세 명의 외교관은 소환되었다고 설명했다. 또한 한국 정부는 한국인을 독일연방공화국 내로 돌려보내달라는 독일 정부의 요청에 따르기 위해 모든 조처를 취하겠다고 보증하고 해당자 5명은 독일로 돌려보내려고 한다고 했다.

사실 1967년 9월까지 체포된 사람 중에 여섯 명이 돌아왔고 자발적으로 한국에 간 것이었다고 확인되었다. 독일 정부와 여론은 이 설명으로 만족했다. 히틀러 치하 강제수용소에서 석방된 사람들이 자기가 겪은 일을 한마디도 말하지 않겠다고 약속하지 않으면 안 되었던 일이 생각났다. 그러므로 당시 독일인의 대부분은 수용소의 존재나 상태에 대해서 전혀 몰랐던가 아니면 막연하게밖에 몰랐던 것이다. 따라서 이번에도 사람들은 돌아온 사람들의 강요받은 보고를 진심으로 받아들였다.

한국 내에서는 사건 보도가 완전히 금지되어 있었다.

정부 당국자는 서울의 독일 대사관에게도 모든 정보 제공을 거부했다. 얼마 지나지 않아 공식 발표가 이루어졌고 한국 국민은 동베를린에서 있었던 간첩 조직의 적발에 관한 설명을 들을 것이라고 기대했다. 이미 1967년 초에도 그러한 간첩 조직이 한국 내에서 적발되었고, 그때에도 외국에서 그 조직에 속해 있던 한국인의 이름과 체재지가 밝혀진 적이 있었다. KCIA는 그제서야 서독, 프랑스, 영국, 오스트레일리아, 미국에서 모두 70여 명을 체포했다는 것을 인정했다. 관계된 사람들은 학생과 학자라고 했다. 실제로 피랍된 수는 300명이 넘었다. 해임된 최 대사의 신분은 한 종교의 종파 지도자로 발표되었다. 이 일로 우리가 떠올린 것은 미국에서 시작되어 1967년에 대거 독일에 나타나 기독교 민주동맹인가, 기독교 사회동맹에만 선거 지원을 펼쳤던 문선명의 통일 교회였다. 나도 선거 투쟁의 시기에 바이에른에서 많은 젊은이들을 보았다. 그들은 격렬한 반공 팸플릿을 배포하고 있었는데 그 팸플릿은 '세계적인 통일교회를 위해'라는 표제가 붙은 종교적인 입장에서 공산주의를 비난한 내용이었다. 독일 시민들이 바로 지적했음에도 불구하고, 독일 당국은 이 문선명 일파와 같은 비독일인이 독일 영내에서 정치활동을 하는 것에 대해 아무런 조치도 취하려 하지 않았다. 정치활동에는 허가가 필요했다. 그리고 이들 젊은이들이 허가 없이 길거리에서 공공연하게 활동하는 것이 가능했으리라고 생각지 않는다. 누가 허가를 해주었을까? 그 허가는 누구에게 주어진 것이었을까. 누구와 함께 누가 협력한 것일까.

다시 1967년으로 되돌아가자. 본이 피랍 사건에 대해서 표명했던 강력한 항의를 실제로 그 뒤에도 단호하게 계속 강조했느냐 하면 그렇지 않다. 오랫동안 구상서口上書 교환에 그쳤다.

이미 7월 20일에 독일자유민주당의 국회의원 도른Dorn은 연방정부에게 한국 당국자가 더 이상 미루도록 허락해서는 안 된다, 왜냐하면 한국 정부가 독일연방공화국에서 지식인들을 납치해 자국의 정치적 반대자를 일소하려고 한다는 의심을 떨칠 수 없기 때문이라고 몰아세웠다. 도른은 연방정부에 대해 피랍자들이 바로 돌아오지 못할 경우에는 한국과의 외교관계를 단절해야 한다고 요구했다. 독일연방공화국은 아르구 대위의 납치 사건 이후 독일 영내에서 벌어지는 '사적 사법私的司法'의 또 다른 사건을 용납해서는 안 된다고 그는 말했다.

이 시기에 독일 첩보기관이 납치 사실을 이미 알고 있었음에 틀림없다는 의심을 표명하는 소리가 점차 높아져 갔다. 물리학자 정규명이나 작곡가 윤이상 같은 저명인을 포함한 17명의 인물이 납치되었고, 그것을 독일 첩보기관이 전혀 몰랐다든가, 눈치채지 못했다는 것은 도저히 있을 수 없는 일이다. 실제로 납치 준비와 이상한 동향에 대해 전혀 낌새조차 느끼지 못했다면 그런 첩보기관을 어떻게 생각해야 할까. 국가는 도대체 무엇을 위해 첩보기관을 가지고 있는 걸까. 당시 (『프랑크푸르터 알게마이네 차이퉁』의 1967년 7월 7일자 보도에 의하면) KCIA에 의심스러운 인물의 이름을 처음 알린 것은 독일 첩보기관이다라고 씌어 있었다.

독일 첩보기관의 협력이 있어서 비로소 용의자를 그렇게 신속하고도 확실하게 찾아낼 수 있었던 것이다. 당시 50명의 건장한 남자들로 이루어진 납치 부대가 도착하기 전에 이미 5~7인의 인물이 준비를 하고 있었던 것으로 추정되었고, 그리고 그러한 추정을 확신하게 하는 모든 근거가 있었다. 7월 13일에 「프랑크푸르터 알게마이네 차이퉁」은 본에서의 '신뢰할 만한 소식통'의 정보로서 "미국 대사관은 대립이 더 이상 대립이 깊어지는 걸 피하려고 관심을 표명한 것으로 보인다. 이 관심 표명은 독일연방공화국의 영토 내에서 북한에 대한 미국과 한국 첩보기관의 협력이 이루어지고 있다는 가정에서 시작된 것이다"라고 쓰고 있다. 한국 첩보기관은 미국 CIA의 보호하에서 활동해온 것이 틀림없다.

7월 18일에 「라이니셰 메르쿠르Rheinischer Merkur」는 "한국 대사 최는 재외 CIA가 독일연방공화국 내에서 어떤 일을 하는지 이미 충분히 알고 있는 사람으로서, 자국의 첩보원에게 급습당했음이 확실해 보인다"고 썼다. 또한 바젤의 「바젤 나치오날 차이퉁」은 7월 13일에 "북한 첩보기관에 대한 방어를 위해 어쩔 수 없는 협력"이라는 의미에서 미국 CIA는 KCIA와 협력하고 있다는 의심을 표명했다.

「프랑크푸르터 알게마이네 차이퉁」은 7월 14일에 최고 검찰청의 신문 담당관 베르하르트가 "왜 조사 진전 상황에 대해서 침묵을 지키는가" 하는 질문에 답해 "그것을 공표하는 것은 시기상조라고 말했다"고 썼다.

본의 「게네랄 안차이거General-Anzeige」는 7월 19일에 칼스루에Karlsruhe 연방 최고검찰청의 검사총장이 다음과 같이 말했다고 전했다. "연방 최고검찰청의 조사에서는 독일 기관이 한국 첩보기관의 행동을 준비하거나 또는 지원한 사실을 보여주는 어떠한 단서도 발견되지 않았다."

「쥐트도이체 차이퉁」은 7월 20일에 연방 내무장관 뤼케가 연방 법무장관 하이네만에게 하이네만 자신이 '시대착오'라고 말한 형법에 근거하여 외국 특무기관을 처벌하고, 소속국으로 퇴거시킬 수 있는 조항을 하나 덧붙이도록 요구했다고 전했다.

독일의 신문은 당시 첩보기관의 문제를 깊게 다루었다. 다음의 인용은 1967년 7월 28일자 「쥐트도이체 차이퉁」에 게재된 어느 법률학자(에른스트 뮐러 = 마이닝겐 2세)의 논문에서 인용한 것이다.

　　외국의 특무기관은 독일 형법의 일반적인 규정에 따른다. 즉 그들은 감금, 유괴, 협박, 공갈, 상해, 권력남용 등을 범했을 경우에 한해 처벌된다. 그 이상에 대해서는 본질적으로는 형법 100조(특무기관의 활동)와 형법 100조 e항(반항적 활동관계)에 의거, 외국의 특무기관이 벌을 받을 가능성은 국가 반역죄 말고는 존재하지 않는다. 그러나 특무기관이 가지는 성질상 그러한 범인의 범위는 지극히 한정되어 있다. 독일 형법의 대부분은 생각할 수 있는 모든 국적의 외국 첩보기관원 다수에게는 적용되지 않는다. 그들은 독일에서 치안을 어지럽히고 연방공화국을 간첩 활동의 낙원으로 생각한다. 독일이 지리적으로 중앙에 위치하고 게다가 분단되어 있다는 점, 그것이 연방공화국이 많은 특무기관 관원들에 의해 한심스러운 상태에 놓이게 된 주요한 이유 중 하나다.

그러나 어떻게 하면 연방공화국은 그런 일에서 자신을 지킬 수 있을까. 미국은 모든 특무기관에 대한 등록 의무제를 도입했다. 스위스는 특무기관의 활동을 정부의 재량에 따라 벌주기도 하고 허락하기도 하고 묵인하기도 하는 이른바 편의주의를 택했다. 왜 독일연방공화국은 한국인 납치와 같은 사건을 불가능하게 하는 법률을 정할 수 없을까. 그 이유는 연방공화국이 연합국에 대해서 어떤 특정한 유보 권리를 의무로 가지고 있기 때문이다. 솔직히 말하면, 예를 들어 독일연방공화국은 미국에 대해 독일 영토에서 첩보활동을 허락하지 않으면 안 된다. 그러니 한국에게도 미국의 안전에 도움이 되는 일은 모두 인정해야 하는 것이다. 이렇게 독일 정부는 손이 묶여 있다. 따라서 독일 정부가 한국인 납치 때 단호하게 바로 개입하기가 쉽지 않았던 것이다. 거기에는 어떤 외교적인 곤란함이 있다. 그러므로 해결이 대단히 오래 걸린 것이다. (그 때문만은 아니지만 일단 그렇다고 해두자.)

7월 24일부터 11월 7일 사이의 독일 정부 각서에는 "대리 대사 장 및 신임대사 부임 후에는 바로 신임대사 김영주와 수시 회담", "한국의 회담 상대는 한국인의 석방과 원상회복을 요구하는 독일 정부의 요망이 확고하고 진지한 것임을 이해했다고 표명"이라고만 되어 있었다. 한국 정부는 독일 정부가 "한국 정부에 대해 협정 체결까지 이르지는 않았지만, 분명히 약속한 두 가지의 발전 원조 프로젝트 중지"를 고려하고 있다는 것을 이해하기에 이르렀다.

독일 정부가 한국 정부에 대해 1960년대에 지원하고 있던 발전 원조와 차관은 이미 약 5억 독일 마르크에 이르고 있었다. (본은 과도한 중형 판결이 내려진 재판 후에도 원조금 지불을 계속했다. 그런데 그 사이에 '다른 서구 3국'이 그 두 가지의 프로젝트를 웃도는 발전소 건설을 인수해 버렸기 때문에 독일의 경제적 압박은 효과를 거두지 못한 것으로 판명되었다.)

독일 외무성의 각서에는 출국의 합법성도 조사하여 다음 사실을 확인했다고 되어 있다.

- '피송환자'는 전원 유효한 여권을 소지하고 있었다.
- 전원 출국을 거부하는 것도 가능했다.
- 전원 도망하는 것도 가능했다. (한 사람은 도망쳤다.)
- 전원 공항에서 도움을 구해 소리치는 것도 가능했다.
- 전원 보통 여권 검사소를 통과했다.
- 첩보 기관원은 통상 여권으로 출입국했다.
- 미국 첩보기관은 한국 첩보기관의 '행동 계획'에 대해서 전혀 몰랐다.
- 한국 첩보기관이 미국 첩보기관의 지원을 받았던 적도 미군의 군사시설(예를 들면 비행기)을 이용한 일도 없었다.

한국 정부는 분명 독일 국가주권을 침해했지만 그러나 '한국 정부의 유감의 뜻 표명과 사건을 두 번 다시 되풀이하지 않겠다는 보증과 이 행동에 참가한 대사관원을 소환' 함으로써 충분한 보상을 했다고 판단했다.

독일 정부의 조치는 국제법과 국제 관행에 따른 일반적이고 가능한 범위였다. 독일 정부는 그 사건에 관해서는 다른 어떤 나라 경우보다도 훨씬 많은 조치를 취했다.

독일 정부가 "야단스러운 조치를 취하지 않은 것은 분명 관계자의 운명에 영향을 줄 것이라 생각되었기 때문이다."

"독일연방공화국은 처음부터 줄곧 한국인의 원상회복을 주장하지만, 어떠한 폭력도 이용하지 않고 한국 정부와 대화를 계속할 작정이다."

윤이상의 경우는 상세히 알려져 있으므로 이상의 여러 가지 중 몇 가지에 대해서는 간단히 반증을 들 수 있다.

- 윤이상은 여권을 갖고 있지 않았다. 여권이 베를린의 그의 주거지에 있었다는 것이 증명되었다.
- 본에서는 도움을 요청하여 소리칠 어떤 여지도 없었다.
- 함부르크에서는 통상 여권 검사소를 통과하지 않고 연행되었다.
- 그의 서울행은 자유의지가 아니었다.
- 그는 본의 한국대사관에서 폭력에 의해 감금되었고 소음 고문을 받았다.
- 그는 비행기 내에서 김과 이야기하는 것이 허용되지 않았다.
- 그는 아내와의 통화에서 여행을 위한 이유를 전하라고 강요받았다.
- 그는 도쿄 공항에서 통상 여권 검사소를 지나갔지만, 누구에게도 여권 검사를 받지 않았다.
- 그는 KCIA 부원에게 도망쳐도 독일의 첩보기관에 의해 체포되기 때문에 도망쳐봤자 소용없다고 조소적인 경고를 받았다.
- 그는 서울의 감옥에서 아주 가혹한 고문을 받았다.

따라서 독일 외무성의 각서는 한국과 독일연방공화국의 우호 관계를 유지하는 것일 뿐 진실의 발견에는 전혀 도움이 되지 않는 것이었다.

아직도 몇 가지 의문이 남는다.

왜 당시 서울에 있던 독일 대사는 1월이 되어서야 겨우 본으로 소환되서 순수한 독일 여성인 하이드룬 강을 포함한 한국에서의 체포자들을 알고 있었는지 여부, 그렇게 많은 KCIA 직원의, 그것도 눈에 띄는 집단 출국을 정말 몰랐는지의 여부를 조사받게 된 것일까. 게다가 이 집단 출국에 대해서 그는 루프트한자의 독일 직원으로부터 보고를 받지 않았던가.

의문은 또 있다. 왜 납치 행동에 참가하고 독일에 체류해 있던 두 명의 한국인이 일단 체포되었는데 그리고 그들의 불법 행위가 독일 형법 제100조에 해당됨에도 불구하고 왜 곧바로 석방되었는가. 왜 본은 서울에서 열린 재판의 가혹한 판결에 그 정도로 '당황하고 분개' 했을까. 그들은 대체 무엇을 기대하고 있었던 것일까.

그 사이 윤이상을 포함해 납치된 사람들은 서울의 감옥에 투옥되어 재판을 기다리고 있었다. 판결 언도는 1967년 12월 13일에 있었다.

독일의 신문은 "연방정부 분개 — 한국에서 사형 판결", "본, 서울의 판결에 당혹, 의회는 만장일치로 부인", "연방정부, 형 집행 정지를 요구" 같은 머리기사를 실었다.

이러한 판결을 이해하기 위해서는, 당시의 한국에서는(그리고 오늘날에도 역시 마찬가지지만) 무엇이 죄이고, 피고들이 어떤 법률에(명목적으로 또는 실제로) 저촉된 것인지를 알 필요가 있다. 그리고 나아가 한국의 정치적 상황도 이해해야 한다.

한국은 1950년에 공산 정권인 북한의 침입으로 큰 후유증을 남긴 충격을 경험했다. 그 뒤 초대 대통령인 이승만 정부처럼 반공적인 정부가 대대적인 선동으로 국민을 광신적인 반공주의 신봉자로 만드는 일은 손쉬운 일이었다. 또한 반공주의에 선동된 그 국민이 얼마 지나지 않아 반독재를 외치며 자국의 군사독재를 거부하게 되었다. 당시에도 그 후에도 학생들 사이에서는 끊임없이 궐기가 있었고, 지식인의 대부분이 반정부적이었다. 그러나 재판에서 보여주듯이 정부를 전복시킬 계획은 단 한 번도 나타난 적이 없었다. 현재는 ― 1976년과 1977년 ― 한국 내에서도, 망명 한국인 사이에서도 자유민주주의의 완전 회복을 요구하고 있는데, 사람들은 그것을 혁명 없이, 폭력 없이 요구한다. 만약 박정희가 국민에게 민주적 자유를 줄 용의가 있다면 계속 대통령으로 머물러 있을 수도 있었을 것이다. 이런 상태를 이해하기 위해서는 한국인의 심성을 이해해둘 필요가 있다. 뿌리 깊이 유교의 영향을 받아온 민중은 썩은 나무는 스스로 쓰러지고, 나쁜 정부는 어느 날엔가 스스로 무너지는 법이고, 마지막에는 가볍게 일격을 가하기만 하면 된다, 그때까지는 끈기 있게 참고 기다리기만 하면 된다는 운명적 변증법을 믿고 있다. 물론 기다림의 목소리는 점점 더 절실해지고 있었다. 한국의 젊은 시인 김지하는 그런 가장 격렬한 외침이었고, 그런 까닭으로 그도 몇 년 동안 투옥되었다. 1967년 12월에는 그때까지의 무기형에 더해 7년의 금고형이 내려졌다. 김지하는 심한 결핵을 앓고 있었다. 박정희 정권은 그가 가까운 시기에 '자연사' 할 것을 기다리고 있었다.

하지만 이승만은 이미 국민을 신뢰하지 않았다. 그러므로 그는 1958년에 '친국가보안법' 제정을 시도했다. 거기에는 '국가의 변란을 목적으로 집단을 구성하는 것, 살인, 태업, 방화, 정치 군사적 비밀 누설, 치안 방해, 유괴의 범죄가 반정부 집단의 지령 또는 이익을 위해 행해지는 경우'에는 사형이 예정되었다. 이 법률은 박정희에 의해 수정, 강화되어 그 위에 새롭게 '반공법'이 제정되었는데, 그 목적은 '국가재건과업의 제 1목표인 반공체제를 강화하는 것'이었다.

이 법률에 위반으로 간주되는 것은 다음과 같은 사항이었다.

- 북한과 접촉하는 것, 또는 중개하는 것

- 북한의 문서류(신문, 서책, 팸플릿) 소유, 전달, 복제

- 북한으로의 도망

- 북한으로부터의 선전문서 및 금전의 수령

위 사항의 위반은 5년에서 10년의 징역에 처해진다. 1967년 재판에
서 피고들에게 죄를 물은 것은 다음과 같은 점이었다. 동베를린으로 여
행, 동베를린에서 북한 사람 및 북한 대사관과 접촉, 북한 대사관에서 북
한 영화를 본 것, 북한의 공산주의적인 문서를 읽은 것, 북한에서 온 금전
수령, 북한 여행(기소장에 의하면 "국가가 아니라 반국가 집단이 비합법적으로 인간
을 지배하고 있는 한 지역") 게다가 그들은 북한의 상태를 칭송하는 듯한 표
현을 함으로써 북한을 위한 선전에 협력했다고 비난받았고, 더욱이 '북
과 남의 사회주의적 제도하에서 재통일'을 위해 일했다고 기소되었던 것
이다.

이들 기소는 모두 증거에 의해 증명되었다고 주장했다. 한국 첩보기관
은 이전부터 용의자가 부재중에 그 책상과 우편물을 조사하고 있었다.
그러나 이들 '증거서류' 중에도 간첩 범죄 구성 사실을 입증할 만한 것은
아무것도 없었다. 그러나 피고는 전원 이미 공산주의자라는 것을 '자백'
했다…… 이 '자백'이 어떻게 행해졌는지는 누구나 아는 것처럼 고문에
의해서이다. 나중에 '자백' 철회는 인정되지 않았다.

재판을 방청한 독일인 교수 그륀발트 Gerald Grünwald 의 보고에 의하면
변호인들은 놀랄 정도로 용감하게 잘 변호했다. 변호인들은 한국 정부를
공격하고(오늘날에는 불가능할 것이다), 본의 한국 대사관이 서독에서 이미

장기간 생활하고 있던 한국인들에 대해서 '한국의 정치적 분위기'에 대해서 잘 알려주지 않았다는 것을 비난했다. 그 때문에 서독 주재 한국인들은 동베를린으로 가서 북한인들과 이야기하는 것이 위법 행위가 된다는 사실을 알지 못했다고 변호했던 것이다. 한국은 법률에 의해 '위반 행위가 범죄 사실을 구성하기 위해서는 자기 행동이 반국가 조직에게 이익이 되게 하겠다는 범인의 의사가 필요'했던 것이다.

판결이 언도된 아침, 한국 정부의 공적 기관지 「코리아 헤럴드Korea Herald」는 사설을 통해 다음과 같이 주장했다. "국가 정책에서 반공주의를 절대 우선으로 하는 한국의 기본적인 입장은 모든 자유 애호국으로부터 이해와 지지를 얻고 있다. 구속과 인도라는 순수하게 기술적인 문제를 둘러싸고 서울과 유럽의 어느 정부 사이에 생긴 마찰은 실제로 우호적인 이해와 공통의 사태에 대한 헌신이 이루어지기만 하면 쉽게 해소될 수 있는 것일 것이다."

이는 명백히 독일 정부에 대해 자신의 이익을 위해, 즉 공산주의와의 싸움을 위해서 더 이상 개입하지 않도록, 그리고 피고들의 유죄 선고를 묵묵히 좌시하라고 호소한 것이었다. 그리고 그 배후에는 공산주의적인 북한에 대한 한국의 입장을 강화했다는 미국의 바람도 숨어 있었다.

12월 13일에 내려진 납치된 사람들에 대한 판결은 다음과 같다.

정규명 사형

윤이상 무기징역

최정길 징역 15년

임석훈 징역 10년

동베를린 사건으로 사형을
구형 받은 윤이상(1967년)

　그 밖에 다른 사람들은 3년에서 1년까지 징역형을 받았다. 윤이상에
게는 사형이 구형되었지만 무기형이 선고된 것이다. 정규명에 대한 사형
은 집행되지 않았다(한국에서 사형은 교수형이다). 판결을 받은 사람 중에는
그들의 부인도 두 명 있었다. 그중 한 사람은 윤이상의 부인 이수자였고,
그녀는 3년형을 받았는데 보호관찰이었다. 그녀는 남편보다 이틀 뒤에
납치되었다. 남편이 오라고 했다고 속여서 서울로 끌고 온 것이었다. 그
녀는 6개월간 투옥되어 있었다.

　형은 죄에 비해서 이상하게 무거웠다. 간첩 범죄 구성 사실은 입증되
지 않았다. 판결을 방청한 그륀발트 교수는, 중형 판결은 외국에 있는 한

국인 지식인들 모두에게 그들이 체재국의 법과 상관없이 자국법에 구속되어 있다는 것을 명시하는 것을 목적으로 한 거라고 말했다.

변호인측은 항소했다.

독일연방공화국 외무성의 각서에 의하면 독일 정부는 판결의 가혹함에 대한 여론의 깊은 동요를 전했다. 외무성은 독일연방공화국이 위법으로 납치된 사람들의 원상회복을 계속해서 주장한다고 한국에 통고했다. 이 요구는 계속 이어졌다.

1968년 3월 13일에 제2심이 열리고 현저한 감형이 이루어졌다. 윤이상에게 선고된 '무기형'은 15년 징역으로 바뀌었다. 그 사이 서독 내각은 재판 상황을 모두 검토하고 발전 원조 계획 중지로 한국에 경제적 압력을 행사함으로써 한국 정부에게 피연행자를 원상회복시키도록 유도했다. 그러나 분명 2심에서 감형이 이루어지기는 했지만 그 반면 몇몇 판결은 더욱 무거워졌고, 그 때문에 임석훈은 사형으로 바뀌었다는 사정을 고려하여 원조 계획 중지 조치는 취해지지 않았다. 2심에서의 형의 강화는 독일의 개입에 대한 시위성 반격이었기 때문이다. 물론 사형 판결을 받은 두 젊은 과학자는 1968년 10월 중순, 국경일에 특별 사면될 것이라는 소식이 비공식 정부 소식통으로부터 들려왔다. 한국 정부는 상황에 따라 모두 자국의 재량에 의해 처리하고 외국의 항의는 받아들이지 않겠다는 의사를 보여준 것이다.

불안에 떨고, 의심스러워하는 민중들은 재판 언도 때에도 별 반응이 없었다. 학생들 한 그룹이 재판소 건물 앞에서 데모를 했을 뿐이다.

그러나 독일연방공화국 안에서는 대중적인 항의가 일어났다. 항의는 이미 그 전부터 일어나고 있었다. 납치 후에 바로 항의가 일어나지 않은 데는 분명한 이유가 있었다. 납치된 사람들 리스트 안에 윤이상이 없었기 때문이다. 아니 윤이상을 욘이상이라고 잘못 쓴 것이다. 그러나 함께 납치된 사람이 윤이상이라는 것이 밝혀지자마자 그의 친구들은 바로 국내외에서 활동을 벌이기 시작했다. 그들은 여러 곳에 '행동위원회'를 결성하고 구체적인 정보를 입수해 잘못된 정보를 수정했고, 본에서, 워싱턴에서, 도쿄에서 정부에 항의했다. 음악가들은 유명무명을 불문하고 무상으로 연주회를 열었고, 많은 교회 단체가 기부금을 모았다. 1967년 10월에는 윤이상을 위원으로 뽑은 함부르크 예술아카데미의 회장 빌헬름 말러 Wilhelm Maler가 박정희 대통령에게 항의 서한을 썼는데, 거기에는 161명의 국제적인 문화인이 서명을 했다. 그중에는 볼프강 포르트너, 마우리치오 카겔, 롤프 리버만, 칼하인 슈토크하우젠, 한스 베르너 헨체, 죄르지 리게티, 에른스트 크레네크, 얼 브라운, 에드워드 스템플리, 헤르베르트 폰 카라얀, 오토 클렘페러가 포함되어 있었다. 항의 서한은 다음과 같이 적혀 있었다.

"……윤이상 씨는 유럽뿐 아니라 실제로 전 세계에서 뛰어난 작곡가로서 인정받고 있습니다. 그의 목적은 늘 한국 음악의 우수한 전통을 서양 음악의 경향과 결부시키는 것이었습니다. 따라서 그의 일과 인격은 한국 문화와 예술을 한국 바깥으로 알리는 귀중한 존재라고 생각됩니다. 그가 없었다면 우리는 귀국에 대해서 지극히 조금밖에 몰랐을 것입니다. 그만큼 우리들에게 예술적인 노력으로 한국의 사고 양식을 전해준 사람은 그 이전에는 한 사람도 없었습니다. (……) 따라서 대통령 각하, 귀하가 중병을 앓고 있는 윤이상 씨에게 좀더 자유를 주어 건강한 상태에서 다시 일을 할 수 있도록 수단과 방법을 찾아봐주시기를 이 서한에 서명한 우리 음악가들은 진심으로 바라마지 않습니다. 국제 음악계는 윤이상 씨를 필요로 합니다. 동양과 서양의 중개자로서 그의 역할은 우리들 모두에게 더없이 중요한 것입니다. 그는 한국의 음악 대사大使로서 둘도 없는 존재입니다……."

이 서한은 신문에 발표되었고, 모금을 호소하는 다음과 같은 말로 끝을 맺었다. "이 돈은 경우에 따라서는 필요한 병원비와 베를린에 있는 그의 두 아이들의 교육비로 사용될 것입니다."

서독일방송국의 프로듀서 클라우스 폰 비스마르크Klaus von Bismarck는 1968년에 윤이상에게 작품을 의뢰하고, 한국방송국 총재에게 윤이상에 대한 재판은 한국과 독일연방공화국 사이의 문화 관계를 심각하게 손상시키는 일이라고 지적했다.

1심에서 윤이상에게 무기형 판결이 내려졌다는 사실이 전해지자 항의는 더욱 빗발쳤다. 서독학장회의와 독일학생동맹 간부회는 피연행자의 원상회복에 힘쓸 것을 요구하는 서한을 뤼브케 대통령에게 직접 전달했다. 학장회의 대표는 이러한 상황하에서는 앞으로 한국과 독일연방공화국 사이의 학술 교류를 진행할 수 없다고 주장했다. 1967년 12월 11일에 본에서 루이지 달라피콜라Luigi Dallapiccola의 오페라 〈포박된 사람〉과 함께 오페라 〈류통의 꿈〉이 상연되었다. 서울에서의 판결 언도 직전이었다. 대학생들과 쾰른의 공화제 클럽은 시내를 통과해 한국 대사관까지 침묵시위를 했다. 오스나브뤼크에서는 윤이상의 친구인 귄터 프로이덴베르크Güter Freudenberg가 항의성명을 발표했다. 많은 도시에서 이와 비슷한 일이 일어났다.

위대한 피아니스트, 클라우디오 아라우Claudio Arrau는 항의 의지의 표시로서 서울에서의 연주회를 거절했다.

바이에른 방송국의 '무지카 비바' 예술국장인 볼프강 포르트너Wolfgang Fortner는 윤이상의 구명을 호소하는 전보를 서울 항소재판소 앞으로 보냈다. 뮌헨의 콘서트에서는 음악 전공 학생들이 연단을 점거하고 윤이상의 석방을 요구했다. 연주회를 찾아온 사람들은 전원 서명하여 그것을 서울로 보냈다.

베를린 시장인 클라우스 슈츠Klaus Schüz는 박정희에게 다음과 같은 전보를 쳤다. "분단된 나라의 분단된 수도에서 귀하에게 호소합니다. 베를린에서 살며 많은 친구를 사귀고, 그 가족도 베를린에 살고 있는 한 남자에게 사형선고가 내려지는 것을 허락하지 말아주십시오. 모쪼록 관용의 마음을 베풀어 윤이상에게 생명과 자유를 주십시오. 부디 한 예술가에게 앞으로도 동포의 번영과 명예를 위해 계속 일할 수 있는 가능성을 열어주십시오."

1968년 4월 15일에 윤이상의 오케스트라 작품 〈예악〉이 베를린 필하모니에 의해 연주되었을 때 작은 소동이 일어났다. 음악을 전공하는 한 학생이 연주회가 시작되기 전에 무대로 뛰어올라와 "작품의 작곡가가 연행되었는데 독일 정부도 베를린 시 당국도 그 작곡가를 자유롭게 하기 위해 필요한 일은 아무것도 하지 않은 채, 그 작곡가의 작품을 연주하는 것은 정신분열이다"라는 선언문을 낭독했다. 그러자 총지배인이 무대로 뛰어올라가 그 학생을 걷어찼다. 청중은 휘파람을 불고 야유를 했다. 한 편에서는 총지배인의 조치를 긍정했고 다른 쪽에서는 학생의 선언은 당연한 것이라면서도 때와 장소의 선택은 용납하기 힘들다고 했다.

6월 21일에 베를린 음악대학에서 윤이상의 작품 연주회가 열렸으나, 그때는 보리스 블라허가 그 학생에게 항의와 호소문 낭독을 허락했다. 이 연주회에서는 출연자 전원이 출연료를 기부했다.

　1968년 5월에 윤이상은 함부르크 아카데미 회원이 되었다.

　이러저러한 다소 소란스러운 사건이 일어나는 사이, 그리고 본의 외무성이 서울과 집요하고 진중한 교섭을 벌이고 있는 사이, 그 주인공은 서울 감옥에 있었다. 그의 감방은 사방 4미터의 넓이에 난방시설도 없었다. 서울의 겨울은 얼어붙을 듯 추운 날씨였다. 난방기는 제2차 세계대전 후 해체된 뒤로 교체되지 않고 그대로였다. 비닐종이로 막은 창은 찢겨지고 칼로 에는 듯한 바람이 들이쳤다. 윤은 책상도 의자도 없이 바닥에서 잤다. 한국 대사관은 윤이상이 난방이 들어오고 침대와 피아노가 있는 특별실에 있다고 발표했지만…….

　어느 날, 그는 아내도 감옥에 있다는 소식을 듣게 되었다.

루이제 린저 당신들은 서로 만날 수 있었습니까?

윤이상 검찰청 앞에서 보충 심문 때 우리는 어느 정도 서로 속삭일 수 있었습니다. 처음 만났을 때 아내는 칫솔, 치약도 비누도 없다고 했습니다. 두 번째 만나는 게 허락되었을 때 나는 한 절도범에게서 받은 작은 비누 조각과 남은 치약을 바지 허리춤에 숨겨두었다가 그것을 아내에게 건네주었습니다. 그것이 내가 아내에게 해줄 수 있는 전부였습니다. 아내가 나를 위해서 해준 일은 나중에 겨우 알게 되었습니다. 아내는 자기가 죄를 뒤집어씀으로써 나를 구할 수 있다는 얘기를 듣고 또 자기 스스로도 그렇게 생각했답니다. 그래서 그녀는 심문 때 이렇게 말했답니다. "남편은 전혀 죄가 없고, 그저 음악가일 뿐 정치와는 아무런 관계도 없습니다. 하지만 내가 공산주의 덫에 걸려서 베를린의 북한 대사관과 접촉을 취하도록 남편을 설득하여 북한으로 여행하도록 권했습니다." 이것은 그녀로서는 대단히 훌륭한 일이었지만 내 입장을 이롭게 하지는 않았습니다. 하지만 나를 구하기 위해서 자신을 희생하려고 했던 시도는 관계관이나 간수들을 감동시켜 공감을 불러일으켰습니다.

내가 투옥되고 초기에는 한국의 모든 신문이 대문짝만하게 내가 체포된 간첩 조직의 우두머리이고 국가 반역자라고 보도했다고 들었습니다. 원래 한국 국민들은 정부의 모든 발표에 대해서 강한 불신을 가지고 있었습니다. 이는 실제로 우리가 한국의 첫 정치범이었던 것도 아니고, 그리고 이미 전부터 본보기용 공개재판이 행해지고 있었기 때문입니다. 그러나 이번에는 KCIA가 대단히 교묘한 공작을 펼쳐 국민들 대부분이 우리들의 죄를 사실로 믿어버렸습니다. 그것을 알고 나는 충격을 받았습니다. 감옥에 갇혔다는 그 자체보다도 훨씬 충격적인 일이었습니다. 당초 행해진 학생들의 데모도 그치고, 신문은 아무것도 쓰지 않게 되었고, 모든 것들이 소리를 내지 않았습니다. 내 감방 문 위에는 여기에 극악 범죄인이 감금되어 있다는 뜻의 약자를 쓴 표찰이 걸려 있었습니다.

내가 투옥되고 나서 약 두 달이 지났을 때, 놀랄 만한 사건이 하나 일어났습니다. 「슈피겔Spiegel」지의 한 기자가 나와의 인터뷰를 허가받았던 것입니다. 그것은 내가 비교적 자유롭다는 것을 세상에 보여주기 위한 것이었습니다. 하지만 물론 나 혼자가 아니고 KCIA의 담당관이 함께 자리했습니다. 그러므로 KCIA가 들어서는 안 되는 일은 한마디도 말하지 못했습니다.

루이제 린저 당신은 납치에 대한 진상을 얼마간이라도, 하다못해 넌지시 암시해 주는 것조차 할 수 없었습니까?

윤이상 못했습니다. 만약 내가 무언가 말했다면 나는 분명 비밀스런 방법으로 살해되었을 것입니다. 한국에 자유의지로 갔느냐는 기자의 질문에 대해 나는 이렇게 대답했습니다. "네, 그러나 나는 금방 다시 돌아갈 수 있기 바랍니다. 납세 신고를 해야 할 날이 닥쳤거든요." 그것만으로 충분하다고 생각했습니다. 그 기자의 방문 이후, 오랫동안 침묵이 이어졌습니다. 당시 나는 사형선고를 받을 것으로 믿어 의심치 않았습니다. 그러나 수자에게는 그녀가 다시 한 번 나와 아주 짧은 시간 면회를 허가받았을 때 그녀를 위로하기 위해서였죠. 나는 독일 정부를 강하게 신뢰하고 있다고 말했습니다.

::: 재판

　서울에서 제1심 재판을 방청한 본 대학의 형법 교수 게랄트 그륀발트는 1968년 12월 9일자 「슈피겔」과의 인터뷰 기사에서 독일 정부는 해야 할 일을 전혀 하지 않았다고 말했다. 독일 정부가 너무 소극적이었다고 비난할 수는 없다. 왜냐하면 독일 정부는 소극적이지도 적극적이지도 않고, 전혀 갈피를 못 잡고 끊임없이 동요했기 때문이다. 어떤 때는 한국에 경제 원조금을 철회하겠다고 위협하는가 하면, 또 그것을 해제했다가, 다시 갑자기 원조 중지를 제기하고 다시 해제하는 식이었다. 1968년 3월 21일에 독일 정부가 연방의회 앞으로 제출한 보고 문서에는 다음과 같이 적혀 있다. "자국민에 대한 통치권에 근거하여 한국 정부는 자국 시민을 언제라도 외국에서 소환할 수 있다. 충성심 있는 시민은 일반적으로 이 요망에 따를 것이다." (이에 따르면 히틀러 치하의 독일에서 망명자들은 모두 히틀러가 명령하면 나라로, 요컨대 강제수용소로 돌아와야 했다는 논리가 된다. 또 마찬가지로 소비에트 러시아의 반체제파 인사들도 모두 자기가 '충성심 있는 시민'이라는 것을 증명하려 한다면 돌아가야 하는 식이다. (······) 이 문제는 1977년에 망명자 비호권 문제를 둘러싼 논의를 통해 새삼 지극히 절실하고 중요한 문제가 되었다.)

앞의 보고는 다시 이렇게 쓰고 있다. "독일 정부는 외국 시민에 대한 보호 의무를 갖고 있지 않고, 또한 어떤 사정에 의해서도 외국 시민에게 그 조국의 뜻에 반해 보호를 해줄 수는 없다." 결국 이는 독일 정부는 이 납치 사건에서는 중립적으로 행동하겠다는 것을, 요컨대 사태가 흘러가는 대로 맡기겠다는 의미였다. 그륀발트는 이를 보고 '분개'했다. 이것은 국제법적으로 보아도 잘못되었다, 왜냐하면 "그 외국인이 독일 영토 내에 있는 한, 독일의 모든 관계당국은 그 외국인을 설령 그 조국의 의사에 반한다 하더라도 독일 법에 의해 보호할 의무가 있기 때문이다"라고 했다. 또한 그의 의견에 따르면 독일 정부는 명백히 국제법적인 입장을 벗어났다. 독일 정부는 납치된 한국인의 귀환을 주장하였다. 이는 한국 첩보기관의 첩보원이 서독 영내에서의 행위에 의해 독일연방공화국의 국가주권을 침해한 데 따른 것이기 때문이다. 설령 납치 당시에 어떠한 폭력도 사용하지 않았다 하더라도 (물론 그때 폭력의 개념은 해석의 문제이다!) 국가주권의 침해는 이미 행해진 것이다. 당초, 독일 정부도 즉시 원상회복 요구를 명확하게 주장했지만, 그 뒤 한 걸음 한 걸음 입장을 후퇴했다. 그리고 마침내는 '납치'라고 말하지 않고 '한국 시민이 한국으로 송환' 되었고 또한 원상회복 요구는 '바람'이 되었던 것이다.

나는 1977년 1월에 그륀발트 교수에게 재판의 인상을 물었다. 그는 이 재판은 겉으로는 제대로 진행되었다고 답했다. 「벨트 암 존탁Welt am Sonntag」(일요세계)의 기자가 "여기서는 아무도 위협을 받지 않았다"고 쓸 수 있었을 정도로 제대로 진행되었다고 말했다. 당시 「슈피겔」기자는 이 표현을 비꼬아 '주일의 말씀'이라고 불렀다. 그리고 말 그대로였다. 그륀발트에 의하면 이 재판의 진행은 "공정한 재판을 행하라. 그리고 교수형에 처하라"는 격언의 견본처럼 여겨졌다고 했다.

우리는 오늘 이 재판이 보이기 위한 것이었고 본보기를 보여주기 위한 재판이었다는 것을 알고 있다. 판결은 처음부터 정해져 있었다. 독일연방공화국의 개입이 상황을 바꾸는 데 어느 정도 도움이 되었을지 우리는 알 수 없다. 1968년 12월 「슈피겔」의 보도는 "연방정부는 이 재판(제3심) 후에도 피랍자들을 구출할 가능성은 전무하다고 보고 있다. (……) 그동안 독일 외무성은 판결이 바뀌고, 한국 재판관들이 더욱 관대해지기를 바라는 것으로 충분하다고 해왔다"고 전했다. 그리고 그 사이 윤이상은 계속 옥중에 갇혀 있었다.

윤이상　9월에 나는 감옥 관리당국과 KCIA에 나의 50세 생일을 맞아, 9월 17일에 아내와의 면회 허가를 신청했습니다. 면회 허가가 약속되어 있었지만 그날 아침에 내 변호인 중 한 사람인 김이 왔습니다. 그는 내 옛날 학교 친구인데 물론 박정희와도 친구이기는 했지만(대구사범학교 동급생) 그러나 내 변호를 맡아 실제 대단히 잘해주었습니다. 그는 "안타깝게도 면회 허가는 받지 못했지만 부인이 보내는 선물을 가지고 왔네"라고 했습니다. 어떻게 아내가 옥중에서 나에게 선물을 할 수 있었을까? 그것은 대단히 멋진 선물이었습니다. 머리칼로 만든 검은 꽃으로, 그녀는 자신의 머리칼을 잘라 오랜 시간에 걸쳐 꽃을 만든 것이었습니다. 나는 오랫동안 그 꽃으로 위로를 받았습니다.

나는 그 전에 자살 미수 직후에도 다른 위로를 받은 적이 있었습니다. 나는 머리에 두껍게 붕대를 감고 감방 창가에 서서 바깥을 보고 있었습니다. 맞은편에 감옥의 다른 동이 보였습니다. 갑자기 나는 그 동의 작은 격자창 뒤에서 누군가 서서 신호를 보내는 것을 발견했습니다. 그가 살인범인지, 도둑인지 아니면 정치범인지 알 수 없었습니다. 우리들 사이의 거리는 20미터 정도였습니다. 서로 이야기를 나눌 수는 없었습니다. 그는 3일 동안 계속 나에게 신호를 보냈습니다. 그가 손으로 공중에다 한글로 무언가 쓰고 있다는 것을 알게 되었습니다. 그는 내가 누구이고 왜 여기에 있는지 물었습니다. 우리는 점차 신호를 통해 서로에게 의사를 전달할 수 있게 되었습니다. 그의 말로는 그도 나와 마찬가지로 사건에 연루되어 투옥되어 있다고 했습니다. 그는 자기를 현승일玄勝一이라 했고 그는 한일조약에 반대 활동을 한 학생 그룹의 지도자였습니다. 학생들은 매일 가두행진을 하고 일본과의 조약에 반대하는 의지를 표시했던 것입니다. 그 때문에 지도자들은 체포되었습니다. 그의 체포는 이미 두 번째 였습니다. 그와 함께 정치적인 학생 그룹을 조직했다고 하여 10명이 체 포되었습니다. 그 그룹의 지도자는 황성모라는 이전에 뮌스터에서 학위 를 받은 교수였습니다. 그 교수는 북한을 위해서 활동했다고 하여 기소 되어 있었고, 동료들과 옥중에 있었습니다. 10명의 젊은이들은 무고하게 투옥되었습니다.

신호로 이야기를 나눈 학생은 심문이나 고문을 받고 돌아올 때마다 언제 나 나에게 신호를 주었습니다. 그는 한 번도 낙심하거나 우울해하지 않 고 오히려 웃기까지 했습니다. 터무니없이 용감해서 나에게도 많은 용기 를 주었습니다. 우리는 수화로 하루에 다섯 시간이나 이야기를 나누기도 했습니다. 그는 또 어떻게 바깥 정보를 얻어가지고 그걸 나에게 계속 전 해 주었습니다. 우리는 예술과 문화에 대해서도 이야기했습니다. 4개월 동안 우리는 이런 방법으로 우정을 나누었습니다. 그는 한국 민중 중에 는 아직도 부패하지 않은 사람이 많고 그 사람들을 위해서라면 목숨을 걸고 싸울 가치가 있다는 것을 나에게 보여주었습니다. 내가 석방이 되 고 상당한 시간이 지난 어느 날 그도 석방되었습니다. 그 뒤 나는 그를 유 럽으로 데리고 가고 싶었지만, 그는 군대에 가야 했습니다. 물론 출국 허 가도 나오지 않았습니다. 그리고 그 뒤로 그와는 아무런 연락도 없습니 다. 나는 그에게 커다란 감사의 마음을 느낍니다.

루이제 린저 「슈테른Stern」 편집국의 독일인 기자 예네케Jaenecke가 12월 13일에 당신 재판에 대한 기사를 썼습니다. 알고 계신가요?

윤이상 네. 하지만 그 기자는 여러 가지에 대해 잘 모릅니다. 속사정에 대해서도요. 예를 들면 그 기자는 제1심 재판관들이 예측된 엄중한 판결에 반대했고, 나의 사형 판결에도 반대했던 것을 알지 못했습니다. KCIA 는 재판관을 3일 동안 호텔에 가둬놓고 재판관과 검사에게 압력을 넣어 나에게 씌워진 간첩 활동 죄가 입증된 것으로 하고, 판결을 내리도록 재판관들을 설득했습니다. 판결은 KCIA에 의해 만들어진 것이었습니다. 판결 언도 때에 거기에 있던 몇 명의 KCIA 부원이 뛰어나가 "우리가 바라던 대로 됐다!"면서 환성을 질렀던 것을 내가 들었기 때문에 나는 그렇게 결론을 지었습니다. 몇몇 KCIA 부원은 아마도 상사에게 바로 보고하기 위해서였겠지만, 법정에서 뛰쳐나갔습니다. 심리 중에는 아주 이례적인 일이 많이 일어났습니다.

재판장은 한국 펜클럽과 외국의 많은 조직과 개인들이 보내온 진정, 전보, 항의문을 모두 읽어주었습니다. 그 안에는 내가 공산주의자가 아니고 전 세계 음악계에서 아주 중요한 작곡가라고 씌어 있었습니다. 재판장은 나의 간첩 활동이 입증되었다고 하면서도 먼저 그것을 읽어주었던 것입니다. 그리고 생각지도 않은 한 친구가 증언대에 올라 정열적으로 나를 옹호해 주었을 때도 나는 정말 놀랐습니다. 그는 임원식이라는 서울의 음악고등학교 교장이었습니다. 그 학교는 정부 고관이나 KCIA 간부들의 자식이 다니는 학교였고, 그는 국내에서 가장 유명한 지휘자이기도 했습니다. 그는 정부 관계자와 절친했습니다. 이미 재판이 시작되기 전에 그는 나를 구해야겠다고 생각하여 음악가 동맹 모임에서 나와 나의 음악에 대해서 이야기하고 나의 무고함을 주장했습니다. 그는 음악가 동맹에서 서명을 받기 시작했고 그 때문에 많은 동료들로부터 적대시되었습니다. 공산주의자를 위해 그렇게 열심히 해야 하느냐는 소리를 들었다고 하더군요. 다른 사람들은 나와 연관되는 걸 무서워하여 침묵했습니다. 그는 그것에 실망하고 또 화도 냈고, 재판 때에는 자발적으로 증인석에 와서 간절히 호소했습니다. "나는 전부터 그를 잘 알고 있습니다. 그가 공산주의자가 아니란 걸 잘 알고 있습니다. 북한에서 그의 음악은 반동적인 것으로 여겨지고 아니 오히려 국가에 적대되는 것으로 여겨지고 있습니다. 그런데 어떻게 그가 북한과 좋은 관계를 가질 수가 있겠습니까. 그가 북한의 적인 동시에 친구라고 보는 건 불가능합니다"라고 말입니다. 그는 아주 감동적으로 말했기 때문에 몇 번이나 말을 끊어야 했습니다. 울고 있었기 때문이에요. 많은 방청객들이 그를 따라 울었습니다. 하지만 그의 증언은 아무런 도움이 되지 못했습니다. 나의 간첩 활동이라 칭해진 것에 대해서는 아무런 증거도 없었고, 그렇기는커녕 친공산주의적 선전의 증거조차 하나도 발견되지 않았음에도 불구하고 나는 판결을 받았습니다. 물론 구형대로 사형은 아니고 무기형이었지만요.

루이제 린저 미안합니다. 정확하게 하기 위해서 당신에게 질문 하나만 더 하겠습니다. 당신의 기소장에는 당신이 북한에서 돈을 받았다는 것과 재독 한국인을 자주 방문하여, 예를 들면 광부들과 그 당국, 간호사들과 의사들, 병원당국 사이에 어려운 문제가 일어났을 때 그것에 관여했다고 되어 있었습니다. 그들은 아마도 당신이 이러한 도움을 빙자하여 한국에 반대하고 북한을 이롭게 하는 선전을 한 거라고 상상한 것입니까?

윤이상 먼저 두 번째 질문부터 답하지요. 당연한 일이지만 나는 재독 한국인을 돕는 것이 나의 의무라고 생각하고 있었습니다. 나는 그 사람들 대부분보다 독일에 오래 살았고 독일어도 다소 능숙하게 말할 수 있었고, 동포들을 위해서 유리하게 힘을 쓸 수 있는 사회적인 지위에 있었습니다. 그 사람들과 정치적인 이야기를 나눌 기회는 전혀 없었습니다. 그들에게 중요한 문제는 오로지 경제적인 문제이고, 내가 그들에게 북한을 이롭게 하는 선전을 했다는 것은 KCIA가 만들어낸 조작입니다.

첫 질문, 요컨대 나의 북한 여행에 대해서 좀더 정확한 이야기를 해두어야겠습니다. 내가 북한을 다녀온 건 사실이지만 내가 그 여행에 어떤 정치적인 의도를 가지고 있었다는 것은 사실이 아닙니다. 여행을 가기 전에 나는 분명히 조건을 제시해 두었습니다. 조건은 내가 독일로 돌아오는 걸 보증한다는 것과 정치적인 의무를 강요하지 않는다는 것이었습니다. 여비는 실제로 북한에서 댔습니다. 그러나 적어도 동양에서는 초대하는 사람이 여비를 지불하는 것은 아주 당연한 일입니다.

루이제 린저 네. 저도 한국에서 초청받았을 때 여비와 체재비를 받았지만 그 전에도 그 뒤에도 그것 때문에 어떤 조건이 붙지는 않았습니다. 나는 그때 한국 정부에 반대했었고, 지금도 반대하고 있지만 한국에 갔습니다.

윤이상 내가 북한에서 보고 들은 것은 이미 다 말했습니다만, 거기에서 내가 받은 인상에 대해 지금 여기서 이야기해 두고 싶습니다. 수자와 내가 어떤 북한 사람의 도움을 받아 북한으로 날아간 것은 1963년 4월이었습니다. 그 사람은 사회학 교수라고 했고 내 청년 시절 친구 중 한 명의 친구라고 했습니다. 북한에서 나는 우선 어느 능묘의 벽화를 보겠다고 했습니다. 또 나는 북한 음악계를 알아보고 연주회도 가고 싶었습니다. 하지만 우리들은 먼저 사전에 정해진 여행 계획에 따라야 했습니다. 그래서 우리들은 새로 지은 공장, 새로 지은 박물관, 새로 세운 집단 주택을 둘러보았습니다. 나는 북한이 이룬 거대한 성과에 강한 인상을 받았습니다. 이 땅은 전쟁으로 파괴되었던 곳이었습니다. 그러나 그 흔적조차 없었습니다. 전쟁을 떠오르게 하는 유일한 것은 지하 공장이었습니다. 가는 곳마다 인적 없는 풍경 속에서 새로운 도시가 세워져 있었습니다. 실제 그것은 인상 깊었지만 그러나 또 불안감을 불러일으켰습니다. 왜냐하면 모든 새로운 것이 비인간적으로 차가웠기 때문입니다. 그곳은 이미 조선이 아니라 동유럽의 어느 나라 같았습니다. 사람도 완전히 달라져 있었습니다. 나쁜 쪽으로는 아니었지만 이질감이 느껴졌습니다. 예를 들어 나에게 인상 깊었던 것은 지도자나 공장 감독관의 사무실이 아주 간소하고 간단한 나무 책상과 책장 정도만이 갖추어져 있는 점이었습니다. 지도자인 사람들이 아주 자연스럽고 솔직하게 행동하고 있었습니다. 지금도 여전히 그런지 어떤지 모르겠습니다.

당시 북한의 상태는 그다지 좋지는 않았습니다. 가게 앞, 특히 정육점과 연탄을 파는 가게 앞에는 사람들이 길게 줄지어 서 있었습니다. 사람들은 매일 당 집회에 가는 것이 의무였고, 정치 교육을 받지 않으면 안 되었습니다. 모두 대단히 성실하고 조심스럽고 부지런해 보였습니다. 국민의 사상과 행동이 지도자에 집중되어 있었습니다. 내가 걱정스러웠던 것은 가는 곳마다 김일성 주석의 사진을 만나고, 어딜 가도 확성기를 통해 획일적인 프로그램이 흘러나오는 것이었습니다.

나는 메이데이를 그곳에서 체험했습니다. 그때 나는 나도 모르는 사이에 지도자들의 무대까지 이끌려 올라갔고, 마치 내가 그 일원이기라도 한 것 같은 사진을 찍힌 적이 있었습니다. 그것은 오해를 불러일으키기 쉬운 선전 사진입니다. 내가 동베를린의 북한 대사관에서 영화를 보았을 때에는 연출된 광경이라고 생각했던 어떤 광경을 이 축전 때 현장에서 보았습니다. 그 광경은 완전히 현실을 재현한 것이었는데, 김일성이 나와 말을 하자 거대한 광장에서 내려다보이는 범위 내의 모든 군중이 일제히 울었습니다. 그것을 어떻게 설명해야 할까. 나는 이해할 수 있었습니다. 이 민중들은 전후 오랫동안 굶주리고 가난하고 살 집도 없었습니다. 그런데 김일성이 기둥이 되어, 짧은 사이에 사람들은 이미 굶지도 추위에 떨지도 않게 되었습니다. 집이 세워졌는데 그것도 낡은 오두막이 아니라 정말로 기와를 얹은 집이 세워진 것입니다. 김일성은 사실 많은 성과를 올려 지도자의 자격을 증명했고, 또 개인적인 위엄도 보여주었습니다. 민중들은 그 밖의 정치는 알지 못했고, 북한 이외의 세계에 대해서는 아무것도 보고 들은 적이 없었기 때문에 이 새로운 생활에 완전히 만족해 버렸습니다.

'바깥세상'에 대한 무지와 내가 북한 사람들과 개인적인 대화를 나누는 것이 허락되지 않은 데는 관련이 있었던 것 같아요. 나는 북한 사람들 누구하고도 혼자서 이야기를 나눈 적이 없었습니다. 한번은 연주회에서 일본과 한국에서 이름을 알고 있던 몇몇 유명한 음악가들을 보았습니다. 나는 그 사람들에게 말을 걸었지만 그 사람들은 내가 그쪽으로 가기 전에 그 자리를 떠나버렸습니다. 연주회에서는 완전히 환멸을 느꼈습니다. 국립 심포니 오케스트라는 드보르작의 〈신세계 교향곡〉을 연주했는데, 너무나도 비장감이 넘치고 편중된 해석 방법이었고, 그마저도 아주 미숙했습니다. 나는 음악가들이 이렇게 어렵게 음악을 연주한다는 것은 연습부족 때문이라는 것을 금방 알 수 있었습니다. 그들은 정치적인 실용음악, '인민을 위한 음악'을 연주해야 했기 때문입니다.

이 기간 동안 내내 나는 청년 시절의 친구인 최와 만날 수 있기를 바랐습니다. 그와 만나는 것이 내 여행 목적의 하나였지만, 그것은 이루어질 것 같지 않았습니다. 출발 3일 전이 되어서야 겨우 그는 내가 묵고 있는 호텔로 왔습니다. 내가 알고 있는 예전의 그였다면 나와 눈물을 흘리며 포옹을 나누는 것이 너무나도 자연스러운 일이었을 것입니다. 나는 두 팔을 벌려 그를 맞았습니다. 하지만 그는 아주 조금 미소를 지었을 뿐, 나에게 손을 내밀었습니다. 나는 그가 이미 다른 사람이 되어버려 나를 서먹서먹해 한다는 것을 알 수 있었습니다. 그래도 나는 그를 포옹했습니다. 나는 남은 3일 동안 오로지 그하고만 보내고 싶다고 했고 그는 그것을 받아들여 주었습니다.

첫날에는 나는 정치적인 이야기는 일절 피하고 우리들 공통의 친구나 일본에서 함께 지냈던 과거, 그의 가족에 대해서 이야기했습니다. 나는 오랫동안 듣지 못했던 그의 가족 소식을 처음으로 그에게 알려주었습니다. 그는 그 이야기를 모두 듣고, 그간의 사정을 자세히 알게 되었지만, 조금도 마음의 동요가 없었습니다. 이틀째 우리는 정치에 대해서 이야기하기 시작했습니다. 그는 상당히 허물이 없어 보였지만 겉으로만 그랬고, 마음은 닫힌 채로 자신의 주장을 되풀이할 뿐이었습니다. 김일성의 정치에 대해 내가 제기한 이의 하나를 그는 구체적인 사실을 들어 반박했습니다. 그는 난공불락의 굳은 성이었습니다.

나는 우리 둘이 두 개의 서로 다른 세계에서 살아왔다는 것을 인정하지 않을 수 없었습니다. 한번은 그가 "왜 자네는 유럽에 머물고 있는 건가?"라고 나에게 물었습니다. 나는 "왜냐하면 나에게는 음악이 제일 중요한 일이고, 유럽에는 일하기에 아주 좋은 조건이 있기 때문이지"라고 대답했습니다. 그는 "하지만 자네 음악은 무조음악이고 자본주의적인 영향을 받은 지식인들에게 도움이 될 뿐 인민에게는 아무런 소용이 없어"라고 말했습니다. 이 말로 우리들의 대화는 본질적으로는 끝나버렸습니다. 나는 망명한 한국인이든, 국내 한국인이든 모두 갈라진 한국의 재통일을 바라고 그러기 위해서 일하고 있다고 덧붙여 말할 뿐이었습니다.

그 밖에 나는 높은 당 간부 몇몇의 집에 식사 초대를 받았습니다. 그 대부분은 일제 강점기부터 저항운동을 했던 투사들이었습니다. 이런 식사 때마다 사람들에게 외국에서의 생활에 대해 이런저런 이야기를 했습니다. 그러나 그 사람들에게는 그런 이야기가 전혀 소용이 없다는 것을 알았습니다. 한 번, 딱 한 번, 한 사람이 나에게 북한조선노동당의 당원이 될 생각은 없느냐고 물었습니다. 나는 그 질문을 받을까 두려워하고 있었습니다. 나는 분명하게 "없습니다. 나는 음악가이지 정치가는 아닙니다"라고 했습니다. 그 다음에는 아무도 나에게 그런 질문을 하지 않았습니다. 나의 여행은 건설의 성과에 대한 커다란 상찬과 풍경, 아니 그 이상으로 사람들의 변화에 대한 깊은 위화감이라는 이중 결과를 가져다준 채 끝났습니다. 북한 여행은 실제로 이런 식이었기 때문에 기소장에서 말하는 것처럼 공산주의 동조자, 간첩 두목으로 북한에 간 것은 아니었습니다.

루이제 린저 그 무렵 독일의 몇몇 사진 잡지에 공판 중, 그리고 1심 판결 언도 후에 찍은 당신과 수자의 사진이 실려 있습니다. 당신들은 둘 다 아주 차분해 보였습니다. 실제로는 어땠습니까?

윤이상 감정을 겉으로 드러내지 않은 것입니다. 나는 이미 죽음과 대결하여 마음속으로는 죽음을 받아들이고 있었습니다. '무기형'이라는 판결을 들었을 때 내 마음에 다시 살겠다는 의지가 눈떴습니다. 그리고 나는 같이 기소된 사람들과 함께 상고할 것을 승낙했습니다. 게다가 나에게 용기를 준 것이 몇 가지 있었습니다. 본에서 온 전보였는데 나의 오페라 〈류퉁의 꿈〉 상연 후에 나의 친구가 쳐준 것이었습니다. 오페라 상연은 판결이 언도되던 바로 그때였습니다.

루이제 린저 전문은 "오늘 본에서의 〈류퉁의 꿈〉은 대성공. 모두 새 오페라와 자네의 귀환을 기다리고 있다"는 것이었고, 서명은 지휘자인 첸더, 출판인 하랄트 쿤츠, 귄터 프로이덴베르크가 했군요. 그 순간에 도착한 이 소식은 깊은 어둠 속으로 비추어든 한 줄기 광명과 같았겠군요. 당신은 이미 죽음을 예감하고 있었어요. 그래도 당신은 스토아학파의 철학자가 아니고 상처받기 쉬운 한 인간이니, 1967년 7월 어느 날에는 깊은 절망에 빠진 적이 있었겠죠. 그 일에 대해서는 이미 조금 이야기하셨지만, 좀더 자세히 이야기해 주십시오.

윤이상 아닙니다. 그건 말로 하기에는 너무 큰일입니다.

루이제 린저 당시 「슈피겔」 기자가 머리를 붕대로 둘둘 말고 있는 당신과 만났을 때 당신은 무슨 말을 했습니까? 기자는 틀림없이 부상에 대해서 물었을 테지요.

윤이상 머리를 뾰족한 곳에 부딪혀 중상을 입었고 그래서 감옥 병동으로 옮겨져 치료를 받았지만, 기분은 좋다고 말했습니다. 병원에서 나는 몇 주일 동안 KCIA 세 남자에게 엄중하게 감시를 받으며 누워 있었습니다. 그들은 밤낮없이 내 옆에 앉아서 담배를 피우고 트럼프를 하고, 잡담을 나누었습니다. 마침내 나는 다시 감방으로 끌려갔습니다. 상처가 낫기까지 꽤 오래 걸렸습니다.

루이제 린저 그때 당신은 그럼 감옥 병원에 들어갔던 거로군요. 하지만 뒤에 당신은 일반 병원으로 옮겨졌지요? 왜 그렇게 된 것입니까?

윤이상 그건 수자 덕분입니다. 아내는 1967년 12월 13일 판결 언도로 징역 3년의 형을 받았으나 집행유예였습니다. KCIA는 그녀에게 가능한 빨리 베를린으로 돌아가라고 압력을 넣었습니다. 그들은 납치된 사람 하나가 다시 돌아가는 것을, 그것도 주범의 한 사람으로 기소된 사람의 처가 돌아가는 것을 선전하려고 했던 것입니다. 그러나 수자는 그 전에 나를 병원에 입원시키지 않으면 돌아가지 않겠다고 완강하게 주장했습니다. 독일 대사관의 외교관 슈미트 씨가 많이 힘을 써주었습니다. KCIA와 법무 당국과의 교섭은 시간과 인내를 필요로 했습니다. 그들은 계속해서 수자를 독일로 돌려보내려 했고, 수자는 계속해서 거부했습니다. 그녀는 현명하게도 당시 대단히 높아져 있던 한국과 독일연방공화국 사이의 긴장을 이용했습니다. 그래서 드디어 나는 병원으로 옮겨졌습니다.

내가 병원에 들어간 것을 알고 수자는 독일로 날아갔습니다. 하지만 그녀는 바로 다시 돌아왔습니다. 나의 건강 상태는 심각했습니다. 그래도 나는 매일 아침 눈을 뜰 때마다 행복했습니다. 감방 안에 있지 않았기 때문입니다. 물론 KCIA에게 계속 감시를 당하고 있기는 했지만 제대로 된 침대에, 식사도, 약도 좋았고 편지도 신문도 받을 수 있었고, 무엇보다 아무런 방해도 받지 않고 수자가 면회 오는 것이 허락되었습니다. 한번은 어느 독일 TV 사람들이 내가 어떤 좋은 대우를 받고 있는지를 촬영하기 위해 왔습니다. 물론 그것은 한국 정부에게는 아주 좋은 선전 기회였습니다. 병원비는 독일에서 한 모금으로 지불했습니다. 당시 도와주신 여러분들께 깊은 감사를 올립니다.

루이제 린저　그리고 제2심 재판이 있었군요.

윤이상　판결은 수정되어 무기형이 15년형이 되었고, 3심에서는 그것이 다시 10년형이 되었습니다.

루이제 린저　박정희는 당신 인생을 가지고 정말 집요하게 흥정했군요. 그 판결에는 대체 누가 진짜 결정권을 가지고 있는 겁니까? 법무당국입니까 아니면 KCIA입니까?

윤이상 그건 설명하자면 좀 깁니다. 한국에서는, 당시에는 어떤 경우에 든 그랬겠지만, 제1심 판결관은 원래 KCIA의 집행기관에 지나지 않습니다. 재판관은 KCIA의 의지대로 그 명령을 실행합니다. 물론 2심에서도 KCIA는 압력을 행사하지만 그래도 2심에는 정당한 사법 언어가 아직 어느 정도 남아 있었습니다. 그리고 3심, 즉 대법원은 비교적 자유로웠습니다. 최종적인 판결을 위한 서류가 대법원에 도착하자 대법원은 재심사 요구를 붙여 그것을 하급심으로 돌려보냈습니다. 피고에 대한 증거가 불충분하다는 이유로요. 무죄 판결이 나지는 않았지만, 형량은 아주 많이 경감되었습니다. 그런 것은 가능했던 것입니다.

소송 건이 이렇게 하급심으로 되돌려보내진 후에 서울시 전역에 기이한 일이 일어났습니다. 하룻밤 동안 시내 전역에 가는 곳마다 상급심 재판관을 욕하고 거짓으로 고발하는 삐라가 사방에 붙여진 것입니다. 그놈들도 역시 공산주의자고 체포된 놈들과 공모했으니 암살당할 것이라는 내용이었습니다. 그 다음날 이것이 신문에 실렸습니다. 그리고 협박을 받은 재판관들은 정부에 경찰 보호를 요청했고 보호받았습니다. 집에는 보초가 서고 출퇴근할 때는 경찰의 호위를 받았습니다. 물론 민중들은 누가 그런 삐라를 붙였는지 다 알고 있었습니다. 밤엔 통행금지가 있어서 아무도 밖에 나갈 수 없기 때문입니다. 길거리에는 KCIA말고는 아무도 없습니다. 한밤중에 삐라를 붙일 수 있는 것은 KCIA뿐입니다. 이 행동의 목적도 역시 분명했습니다. 재판관과 정부에 대한 위협입니다. 한국의 최고 권력은 KCIA인 것입니다.

루이제 린저 전세계 어디나 그렇듯이 CIA는 제4 인터내셔널이군요.

윤이상 나는 서울에서 이런 경험을 한 적이 있습니다. 종종 형무소에서 KCIA 본부로 심문받기 위해 연행되었습니다. 파란 불을 켜고 사이렌을 울리는 KCIA 지프로 연행되어 갑니다. 어느 날 다른 한 대의 커다란 차가, 분명 정부의 차가 틀림없는 차가 길을 비켜주지 못해서 하마터면 사고가 날 뻔했습니다. KCIA 운전사는 실로 단순한 남자였는데 차에서 내리더니 그 차의 운전사에게 욕을 했습니다. 그때 그는 이렇게 말했습니다. "안에 앉아 있는 놈은 누구야?" 운전사는 "차관인 모씨입니다"라고 했습니다. KCIA의 운전사는 "뭐 하는 놈인데, 너를 야단도 안 치고 그냥 앉아 있는 거야"라고 했습니다. 그 뒤 나는 KCIA 운전사가 다른 KCIA 운전사에게 씩씩거리면서 그 일을 이야기하는 것을 들었습니다. 다른 운전사는 "왜 그 자식을 두들겨 패주지 않았냐?"고 했습니다. 나는 종종 이와 비슷한 체험을 했습니다.

한번은 또 KCIA로 심문을 받으러 불려갔는데, 어느 신문의 편집장도 와 있었습니다. 그 편집장은 아주 유명한 사람이었는데, 논설 속에 정부에 대한 비판을 썼던 것입니다. 그는 KCIA 하급 직원인 아주 막돼먹은 젊은이한테 마치 범죄자처럼 욕을 먹으며 완전히 고개를 숙이고 서 있었고, 그 젊은이는 "야 이 자식아. 돼지 상자가 어떤 덴지 알고 싶어?"라고 소리치는 걸 잠자코 듣고 있어야 했습니다. 그가 '돼지 상자'라고 한 것은 고문실을 뜻합니다. 이렇게 해서 그들은 신문을 위축시키려는 목적이었는데 그럼에도 불구하고 신문은 큰 용기를 보여주었습니다. 어느 날, 내가 아직 독방에 있었을 때, 심문을 받으러 불려갔습니다. 책상 위에 신문이 있었고 내 이름이 실려 있는 것이 얼핏 보였습니다. 나는 그 기사를 얼른 훑어볼 수 있었습니다. 그것은 독일 정부의 한국 정부에 대한 위협을 보도한 것으로, 독일 국회는 한국과의 외교관계 단절과 박정희의 본 방문에 맞춰 뤼브케 대통령이 수여한 연방 공로십자훈장의 반납을 요구한 것이었습니다. 이 기사는 한국 신문에는 아주 조그맣게 실렸지만 그래도 실려는 있었습니다.

그 후 내가 병원에 있었을 때, 각 신문은 다투어 나에 관한 뉴스를 조금이라도 크게 실으려고 했습니다. 특히 나에게 명예로운 일을 말입니다. 예를 들면 하노버 음악대학이 나에게 교수 지위를 제안한 일이나 내가 함부르크 예술아카데미 회원으로 선정되었던 일이나, 킬 시가 나에게 문화상을 수여하기로 결정했다는 것 등을 다투어 전했습니다. 모든 신문들이 한국에서의 나의 신망을 높여주었고 그렇게 함으로써 유죄 판결을 더욱 힘들게 하기 위해서 온갖 힘을 다해주었습니다. 1969년에 독일에서 초연될 예정인 오페라를 내가 작곡했다는 것이 일반에 널리 알려졌을 때, 한 한국 신문기자가 인터뷰를 하러 나를 찾아왔습니다. 분명 한국 신문은 소리를 죽여가면서 끊임없이 정부에 압력을 가하고 있었습니다. 그렇지만 여전히 나는 재판 결과에 대해서는 전혀 확신을 가질 수 없었습니다. 박정희와 KCIA가 그들의 자유재량으로 나에게 최종 판결을 내릴 수 있었기 때문입니다. 물론 나는 자유 세계의 많은 나라에서 사람들이 나를 위해 활동하고 있다는 것을 알고 있었습니다.

나의 2심 재판에는 친구인 하랄트 쿤츠와 프로이덴베르크가 와주었고 나와 면회도 할 수 있었습니다. 그래서 나는 나를 위해 본에서 많은 일들이 행해지고 있다는 것을 알았습니다. 쿤츠와 프로이덴베르크 두 사람은 가장 어려울 때 진정한 친구임을 보여주었습니다. 내 작품이 출판된 보테 운트 보크의 쿤츠는 나의 보증인으로 아이들과, 나중에는 아내까지도 보살펴주었고 집을 제공해 주었습니다. 나의 부재중에 공연에서 얻어진 수입을 관리했고 공연에 신경을 썼으며, 내 아이들과 공연 하나하나에 대해 많은 편지를 보내주었습니다. 그가 프로이덴베르크와 함께 재판에 와서 스스로 증인이 되겠다고 신청했습니다. 그는 내가 공산주의자였던 적은 한 번도 없고 내가 북한을 여행한 동기를 잘 알고 있다고 했습니다. 즉 나에게 영감을 준 그 벽화를 어떻게든 보고 싶다는 바람 때문이었다는 것을 말해 주었습니다. 이 두 사람, 쿤츠와 프로이덴베르크는 그 뒤 독일에서도 언론 보도를 통해 나의 정치적인 입장에 대한 모든 의심을 풀어주었습니다. 당신도 아시겠지만, 독일에서도 나를 공산주의자라 하여 나 때문에 데모를 한 학생들을 좌익으로 몰았던 신문이 있었거든요.

루이제 린저　네. 내가 1967년 6월 21일자 「그리스도와 세계Christ und Welt」 기사를 가지고 있는데, 거기에는 이렇게 씌어 있습니다. "많은 대학가에서 학생들이 데모할 거리가 생겨서 좋아하며 가두로 나간다……." 납치된 사람들 자신이 북한의 앞잡이였지만, 독일의 편안한 생활에 진 것이라는 추측도 있습니다. "……완전한 진실은 한 번도 알려지지 않았다." 이 기사의 제목은 '한국의 연극'이었습니다. 당시 스트라빈스키도 당신을 위한 음악가의 호소에 서명하라고 하자 이렇게 말했다고 합니다. "서명은 하지만 그것은 사법에 의한 살인을 반대하기 때문이다. 하지만 그는 모택동파의 영향을 받은 작곡가일 수도 있다고 생각한다……."

윤이상　네. 그러나 그 말고는 아무도 그렇게 생각하지 않았죠.

루이제 린저　당신은 옥중에 있었던 몇 달 동안 작곡을 했죠. 오페라 〈나비의 미망인〉을 써냈고, 또 두 개의 작은 기악곡, 클라리넷과 피아노를 위한 〈율〉과, 플루트, 오보에, 바이올린, 첼로를 위한 〈이마주〉. 당신이 어떻게 옥중에서 작곡 허가를 얻어낼 수 있었는지, 또 작곡할 수 있었는지 이야기해 주겠어요?

윤이상 어느 날, 1967년 8월이었다고 생각하는데, 감방 안에서 일하는 것이 허용되었다는 것과, 독일 음악 출판사의 의뢰로 악보 용지와 연필, 지우개를 받을 수 있다는 것을 알게 되었습니다. 내가 그것들을 겨우 받은 것은 10월 6일의 일이었습니다. KCIA는 물론 백지인 악보 용지 한 장 한 장을 암호가 있는지 조사하기 위해 화학적으로 검사했습니다. 연필도 지우개도 했습니다. 그러나 나는 약속한 여섯 개의 지우개 중 하나밖에 받지 못했습니다.

루이제 린저 나는 그 이유를 알고 있습니다. 당시 한국에는 그런 지우개가 없었기 때문에 그 성질을 조사해 그런 걸 흉내내어 지우개를 만들었답니다. 나는 한국에서 그렇게 들었습니다. 당신의 지우개를 수입한 이래 한국에는 그 특수한 지우개 산업이 생겼다고요. 적어도 나는 그렇게 들었어요.

윤이상 그렇습니까? 그거 재미있는 얘기로군요. 어찌됐든 종이와 연필이 손에 들어왔기 때문에 나는 형무소 감방 안에서 바로 작업을 시작했습니다. 오페라는 1968년 2월 5일에 완성되었고, 수자가 그것을 독일로 가지고 갔습니다. 그리고 그 오페라는 1969년 봄에 뉘른베르크에서 초연되었습니다. 나는 그 자리에 없었죠. 여전히 투옥 중이었기 때문입니다.

루이제 린저 당신은 아프고, 투옥되어 있는 상태에서 그것도 사형이 구형될 것을 알면서 대체 어떻게 작업을 할 수 있었습니까?

윤이상 나는 그 전에 이미 오페라의 3분의 1을 쓴 상태였고, 그때는 기본적인 이미지를 가지고 있었기 때문에 그 뒤를 어떻게 이어 써야 하는지 잘 알고 있었습니다.

루이제 린저　그렇습니까? 벌써 그렇게까지요? 하지만 당신도 아시겠지만, 나도 옥중에 있었고 나치의 국민재판소 재판을 앞두고 사형을 각오해야 했습니다. 나는 이러한 조건하에서는 도저히 일을 할 수 없었습니다. 물론 나는 50세의 현명한 도교주의자가 아니었고, 독일에서 러시아군과 미군과의 경쟁과, 베를린에서 열릴 나의 재판을 긴장하고 지켜보던 젊은 반도였지요. 당신에게 정말 감동했어요. 자기 자신과 이렇게 거리를 둘 수 있다니……. 게다가 희곡 오페라를 쓰다니요.

그것은 도교의 승리입니다. 인생을 한낱 꿈이라고 보는 의식, 모든 존재와 일체화하고 그런 까닭에 더욱 힘든 시련도 견딜 수 있는 의식입니다. 그것은 또 당신의 일을 방해한 모든 불쾌한 것에 대한 당신 창조력의 승리이기도 합니다. 당신의 창조적인 잠재력이 다시 활동하기 시작하는 데는 고작 숨 한번 크게 쉬는 정도로 이미 충분했던 겁니다. 물론 그 오페라가 유럽에서 상연되고, 그곳에 있는 많은 친구들이 당신의 해방을 위해 싸우고 있다는 걸 알았던 것도 당신에게 힘이 되었겠지요. 당신은 그 사람들을 실망시키지 않기 위해서라도, 그 사람들의 노력이 보람 있는 일이라는 것을 보여주려고 했습니다. 게다가 또 당신 가족에 대한 강한 책임감도 있었습니다. 옥중에서도 돈을 벌지 않으면 안 되었지요. 그러나 이것들도 모두 2차적인 이유에 지나지 않는다는 것을 나는 알고 있습니다. 당신이 이 오페라, 〈나비의 미망인〉을 쓰도록 한 진정한 이유는 당신의 외적인 구속을 하나의 '꿈'으로 보고자 하는 노력이었습니다. 당신은 아주 정직하게도 당신의 오페라 부파 속의 장자와 똑같은 상황에 있었다고 말할 수 있습니다. 이 오페라를 씀으로써 당신은 자신의 정신적인 해방을 그리고 마침내는 진정한 해방을 가져왔습니다.

윤이상   그렇습니다. 나는 옥중에 있었지만, 마음까지 갇혀 있지는 않았습니다. 이것은 사실입니다. 그리고 가끔 나는 정말로 행복하기조차 했습니다. 나는 언제나 내 안에 떠오르는 음악을 듣고 있었습니다. 그 음악은 내 안에 있고 나에 대한 것이었습니다. 하지만 외적인 상황은 힘겨웠습니다. 감방에는 책상이 없고, 그래서 나는 악보 용지를 바닥 위에 놓고 무릎을 꿇거나 쪼그리고 앉아 작업을 했습니다. 그 후 나는 작은 앉은뱅이 책상을 하나 받았습니다. 늦가을과 겨울에는 날씨가 몹시 추워서 손은 시리고 곱았습니다. 두세 소절을 쓰고는 입김으로 손을 호호 불어 녹여가며 써야 했습니다. 몸 전체가 부어올랐고 움직이는 것도 서 있기도 힘들어졌습니다. 때로는 심한 현기증이 몰려와 쓰러지지 않으려고 벽에 기대 있어야 했습니다. 처음에는 작곡이 쉽지 않았습니다. 그러나 나는 이전에 썼던 음향을 떠올리고 그것에 의해 기초를 찾아내고 그 바탕 위에서 작업을 진행해 갈 수 있었습니다.

이렇게 해서 실제로 다시 음악적인 판타지 안에서 살 수 있게 되자 고통도 절망도 잊고 자유를 느끼게 되었습니다. 실제로 나는 하늘을 날고 내가 바라는 어디에서도 존재할 수 있었습니다. 사실 나는 이 기간 동안 가끔 행복했습니다. 내 총보가 후세에 남을 거라고는 생각지 않았습니다. 그것이 언젠가 상연될 날이 올 거라고는 한 번도 확신한 적이 없습니다. KCIA가 그것을 압수하여 파기해 버릴 거라고 거의 단정하고 있었습니다. 나를 작곡이라는 일로 몰입하게 한 것은 작곡이라는 일 자체였습니다. 나는 그렇게 함으로써, 자유로운 정신을 가두어둘 수는 있지만, 죽일 수는 없다는 것을 보여주려 한 것입니다.

그러나 내 건강은 정말로 심각한 상태여서 나의 아픈 심장은 가끔 발작을 일으켰고, 나는 얼마 지나지 않아 죽을 거라고 생각했습니다. 그래도 나는 일을 계속했습니다. 1968년 2월 3일에 총보가 완성되었습니다. 나는 그것을 아내 손에 건네줄 수 있었습니다. 그러나 그 총보가 바로 독일로 갔다는 의미는 아닙니다. 그것은 물론 먼저 KCIA로 갔고, 거기서 암호를 기록했는지 철저하게 조사받았고, 그 예술적인 가치까지도 조사받았습니다. 그들은 그것을 서울의 작곡하는 교수에게 보냈고 그 교수는 현대 기법에 대해서는 아무것도 몰랐기 때문에 이 작품이 하찮은 거라고 설명했습니다. KCIA의 한 남자가 나에게 그렇게 말해 주었습니다. 이 판단은 나에게는 아무렇지도 않았고, 대본 그 자체가 허무주의적인 오페라라는 말에도 개의치 않았습니다. 나는 기력이 다해 형무소 병원에서 의식을 잃었고 나도 모르는 사이에 주사를 맞고 치료를 받아야 했습니다. 결국 총보는 수자 손으로 넘어갔습니다. 그녀가 그것을 베를린으로 가지고 온 것입니다.

(이 책 원문에서는 우리가 석방된 뒷얘기에 대해서는 본의 아니게 삭제되어 있다. 여기서는 간단하게 그것에 대해서 덧붙여둔다. 세계와 서독의 여론에 밀려 마침내 독일 정부는 1968년 12월에 파울 프랑크 박사를 수석으로 하여 여섯 명으로 구성된 사절단을 한국으로 보내 일주일 내내 집요하게 교섭을 계속했고, 소식통에 의하면 막대한 경제원조금을 주어 나를 포함한 몇 명이 우선 서독으로 돌아갈 수 있었고, 그 후 다시 이 사건에 연관되어 있던 모든 피랍자들이 외국의 원래 거주지로 돌아가게 되었다. 이는 이른바 '대통령 특사' 형태로 이루어진 것이지, 어떤 법적 정의가 실현되었기 때문은 아니다._윤이상)

석방과 새 출발

윤이상 초연은 1969년 2월 중순에 뉘른베르크에서 열리기로 되어 있었습니다. 그때까지는 내가 자유로운 몸이 되어 참석할 수 있을 거라 생각했습니다. 그러나 나는 자유롭지 않았고 참석하지 못했습니다.

루이제 린저 초연은 1969년 2월 13일에 있었고, 대성공이었습니다. (이 초연은 유럽의 음악계에서 대단히 주목했던 모양이었는데, 나는 감옥의 병동에서 다시 감옥으로 옮겨져 삼엄한 감시를 받고 있었다. 하지만 감방 맞은편의 다른 정치범들 — 정확히는 현승일 — 이 사실을 알고 나에게 예의 손가락 글씨로 축하해 주었다._윤이상)

윤이상 나의 석방은 내가 바라던 방식은 아니었습니다. 나는 무죄 판결을 받아 완전하게 명예를 회복해서 나간 것이 아니고 이른바 대통령 특사 형태였습니다. 석방은 갑자기 이루어졌습니다. 어느 날 불려나가 보니, 거기에 KCIA 부원 세 명이 있었고 나의 석방 소식을 전해 주었습니다. 나는 그 소식을 믿을 수 없었지만 그들은 나에게 사복을 돌려주었고 그 길로 석방되었습니다. 형무소 문까지 나왔더니 거기에는 많은 사람들이 나를 기다리고 있었습니다. 내가 알기 전에 이미 석방 사실이 알려져 있었던 것입니다. 많은 신문기자들이 있었지만, 처형이 나를 자기 집으로 데리고 갔습니다. 사형 판결을 받기로 되어 있던 죄수가 석방되는 일은 전대미문의 일이었습니다. (이 비행기표 값은 독일 정부가 부담했다.)

나는 몸을 회복할 때까지 한 달 정도 서울에 머물렀습니다. 몸은 아주 쇠약해져 있었지만 유럽에서 11년, 형무소에서 2년을 지낸 뒤에 다시 고향을 볼 수 있어서 행복했습니다. 물론 KCIA에게 일거수일투족을 감시당했습니다. 유럽으로 돌아가기 얼마 전에 정부는 축하 모임을 열었고, 우리들을 한국 일주 여행에 초대했습니다. 석방된 사람은 일곱 명이었습니다. 우리는 KCIA에서 교육을 받은 뒤 마지막으로 다시 유럽으로 돌아가기는 하지만, 정기적으로 KCIA에 보고를 해야 한다는 말을 들었습니다. 그들은 우리에게 우편 사서함 번호가 붙은 정확한 주소를 주었습니다. 그들은 우리가 석방에 대한 감사로 앞으로 KCIA의 간첩이 될 거라고 정말로 생각했던 모양입니다. 우리들은 그 제의에 대해서는 농담이라도 들은 것처럼 그저 웃어주었습니다.

마지막으로 우리는 KCIA 부장, 김형욱에게 불려갔습니다. 한국 신문은 이미 나의 출국 허가를 보도했지만, 나는 아직 한국을 떠날 정식 허가를 받지 않았습니다. 김형욱은 자기 방에서 나와 둘이서 이야기를 했습니다. 그는 이렇게 말했습니다. "윤 선생. 당신은 우리 덕분에 국제적인 명성을 얻게 됐소. 당신이 독일로 돌아가는 것은 인정하겠소. 그러나 독일에서 조심하시오. 만약 당신이 우리를 반대하여 뭔가 일을 기도한다면, 당신을 전과 똑같은 방법으로 다시 한국으로 데려올 수는 없더라도 우리에게는 적을 처치하는 여러 가지 방법이 있으니까……" 그리고 김형욱이 내민 서류에 서명을 해야 했습니다. 나는 외국에서 납치와 재판에 대한 상세한 내용을 절대 공개적으로 발설하지 않고, 한국에 대해 부정적인 말도 결코 하지 않겠다는 것을 서약해야 했습니다. 만약 그것을 어기면 한국에 있는 나의 친척들도 체포될 거라고 했습니다. 일족一族의 연대 책임입니다. 나는 어쩔 수 없이 서명했습니다. 그리고 마침내 한국을 떠나는 것을 허락받았습니다.

택시를 타고 공항으로 가는 도중에 친구가 미국의 주간지 「타임」을 한 부 내게 건네주었습니다. 거기에는 나에 대한 긴 기사가 실려 있었는데, 내가 곧 석방된다는 것을 전했고, 또한 뉘른베르크에서 열린 내 오페라 초연에 대해서도 씌어 있었습니다. 그러나 검열 때문에 많은 부분이 읽을 수 없도록 검은 펜으로 칠해져 있었습니다.

공항에는 국내외의 많은 신문기자들이 기다리고 있었는데, 나의 석방을 진심으로 기뻐하는 뜨거운 분위기로 가득 차 있었습니다. 기내에서 나는 이등석 표를 가지고 있었는데 일등석으로 안내되었습니다. 나 외에는 아무도 없었습니다. 승무원조차도 오지 않았습니다. 한국 영공에 있는 동안은 아무도 나와 이야기하려고 하지 않았습니다. 도쿄에서는 몇 명의 독일 신문기자가 공항에서 기다리고 있었습니다. 그들은 나에게 인터뷰를 요청했습니다. 그러나 나는 아무 말도 할 수 없었습니다. 지금까지도 안타깝게 생각하는 것인데, 그 사람들은 몇 시간이나 나를 기다리고 있었지만 나는 한국에 대해서 부정적인 말은 한마디도 하지 않겠다는 문서에

서명을 한 난처한 상태였습니다. 그 뒤 같은 일이 함부르크 공항에서도 있었습니다. 거기에는 프로이덴베르크를 포함한 친구들이 기다리고 있었는데, 신문기자도 와 있었습니다.

나는 무엇을 말해야 하고 또 말해도 좋을지 친구들과 의논했습니다. 나는 외교적으로 행동하지 않을 수 없었습니다. 베를린의 템펠호프 공항에서는 마이크를 통해 아주 작은 목소리로 나는 이렇게 말했습니다. "다시 독일로 돌아오게 되어 기쁩니다. 이곳은 내가 인간으로서, 예술가로서 고향으로 생각하는 곳입니다. 나는 앞으로 이 땅에서 평화롭게 살면서 일할 수 있기를 바랍니다. 독일 정부가 내가 석방되도록 힘써준 것을 기뻐

전 세계적인 탄원과 압력의
결과로 1969년 3월 30일
윤이상은 마침내 공항에서
부인과 눈물의 재회를 했다

하는 동시에 또한 한국과 독일연방공화국 사이의 우호관계를 계속 유지할 수 있는 것도 기쁘게 생각합니다. 나를 위해서 있는 힘을 다해 주신 여러분들에게 깊이 감사드립니다."

나는 지금 이 기회에 덧붙여 좀더 상세히 이야기해 두어야 합니다. 진심으로 "나를 위해서 힘써주신 여러분께 감사드립니다."

「슈피겔」의 기자는 붕대로 머리를 싸맨 채 옥중에 있던 나와 만났습니다. 그 인터뷰 기사가 나가자 내 친구와 지인들에게는 나의 연행이 무엇을 의미하는지 잘 알았습니다. 나를 위해 힘써준 처음 몇 사람 중 하나는 라이너 폰 바르제비슈Rainer von Barsewisch였습니다. 그는 친구와 아는 사람들을 모아 '행동위원회'를 만들기 위해서 함부르크에서 이탈리아까지 폭스바겐을 몰고 다녔습니다. 지휘자인 프란시스 트라비스는 음악계와 일반 문화계의 중요 인물들과 지칠 줄 모르고 연락을 했습니다. 그 때문에 그의 머리칼은 얼마 사이에 하얗게 세어버렸을 정도입니다. 그는 본 정부로 갔고, 또 독일과 다른 유럽 여러 나라에서 내 작품의 연주회를 열었습니다.

하랄트 쿤츠, 귄터 프로이덴베르크, 스위스의 작곡가 에드워드 슈템플리, 칠레의 작곡가 후안 알렌데-블린, 오르간 주자 게르트 차허, 나의 독일 변호사 하인리히 하노버, 작곡가 볼프강 슈테펜, 서독 방송국의 드뤼크 박사, 몇 사람밖에 이름을 들지 못했지만, 이 사람들은 자주 회합을 갖고 나를 위해서 적극적으로 활동해 주었습니다. 미하엘 길렌, 조르지 리게티, 하인츠 홀리거, 오렐 니콜레, 에디트 피히트-악센펠트, 한스하인츠 슈네베르거, 한스 젠더, 베른하르트 콘트라스키와 같은 유명한 음악가에서부터 무명의 사람들에 이르기까지 많은 사람들이 음악회를 열고 나와 나의 아이들을 위해 막대한 기부를 해주었습니다. 이 기부에는 많은 교회 관계자들도 참가했습니다.

비슷한 일이 그 밖에 유럽 여러 나라들에서도, 미국에서도, 일본에서도 일어났습니다. 엘리어트 카터, 주문중周文中, 그 밖에 다른 사람들이 활동했고 루카스 포스와 게르하르트 사무엘이 가끔 내 오케스트라 음악을 지휘했습니다. 니콜라스 나보코프는 스트라빈스키, 카터와 함께 한국의 박 대통령에게 압력을 넣기 위해서 미국의 유명한 정치가들과의 관계를 활용했습니다. 일본에서는 많은 음악가들이 항의 행동에 참가했습니다. 재판에서는 재판장이 청원서를 읽어주었습니다.

참, 나의 독일 귀환에 대해서 이야기하던 중이었던가요? 이렇게 해서, 나는 겨우 가족과 재회했습니다. 그리고 바로 나는 이중 오페라 〈꿈들〉의 세 번째 공연을 위해 뉘른베르크로 갈 수 있었습니다.

루이제 린저 그 당시의 당신 편지 묶음 중에서 하랄트 쿤츠가 초연 전에 당신에게 쓴 편지를 한 통 찾아냈습니다. 당신은 아직 옥중에 있었을 때입니다. 그 편지는 이렇게 씌어 있습니다. "뉘른베르크에서는 지금 당신의 귀국 환영 공연으로 열릴 예정이었던 공연을 위해 가수들이 분장을 하고 있습니다……" 그런데 그 후에는 당신도 참석했죠. 공연은 어땠습니까?

윤이상 나는 연주가 계속되는 동안 작품의 연결에 조금도 어색한 구석이 느껴지지 않은 데에 놀랐습니다. 육체적으로 쇠약해지고, 정신적으로 절망하여 이 총보가 언젠가 상연될 거라고는 바랄 수도 없었던 때에 그나마 작품도 중간중간 중단할 수밖에 없었는데도, 그 중단의 흔적이 거의 느껴지지 않았습니다. 뉘른베르크의 오페라의 밤은 아주 근사했습니다. 연출, 무대장치, 특히 한스 기어스터Hans Gierster의 지휘, 그리고 가수들. 나는 더 이상 바랄 것이 없었습니다.

루이제 린저 그래요. 모든 의미에서 대성공이었지요. 몇몇 적의를 품은 소리가 있었는데, 당신의 성공은 정치적인 입장 덕분이고 정치적인 센세이션을 노려 예술작품을 팔고 있다고 했습니다. 그러나 「디 차이트」는 이 비난을 비판하고 그것은 논외라며 다음과 같이 논평했습니다. "이 오페라가 주목을 받은 것은 바로 '제1급 음악적 사건'이기 때문이었고, 이 오페라는 "한 창조적인 정신이 고통받는 육체를 극복할 수 있다는 하나의 증거"이다……. "윤이상은 두 개의 한 막짜리 작품에 환상적 음악을 듬뿍 쏟아 넣었다. 무대 위에서보다 훨씬 더 마술적인 것이 그의 음악의 다채롭고 화려한 마법 속에서 일어나고 있다. 서양적인 의미에서 전위적인 음악이 극동의 음색법에 의해 풍요롭게 나타나 있다. 요컨대, 고대 중국 및 고대 한국의 궁중음악과 불교음악의 여러 가지 요소가 12음 음악 구조와 일체를 이루고 있다. 윤이상의 음악이 독특한 음색법에 도달한 것은 유럽의 오케스트라를 목제의 다음향편(조선 정악기 '박'을 가리킴)과 명자鳴子(논밭에서 새를 쫓기 위해 소리가 나는 징 판자에 가는 대나무를 걸어 줄을 당겨 소리를 내는 것), 방울, 썰매 방울에 의해 이국적으로 만드는 고도로 세련된 악기 배치뿐 아니라, 무엇보다 악기 연주법에 변화를 줌으로써 개개의 단음을 부단히 변화시킴으로써 가능한 것이었다. 극단적인 음색의 변화, 대단히 미묘한 리듬 진행의 음률, 명상적인 편안함과 광연적狂宴的인 도취, 긴장된 조용함과 격렬한 극적 긴장의 대조는 매력적이다. 풍부하게 장식된 음악 성부가 그 활주하는 멜리스마melisma(성악곡에서 가사의 1음절에 많은 음표가 주어지는 선율법)와 함께 강렬한 분위기를 자아낸다. (……) 제

2의 오페라에서 음악은 전체로서 점차 풍부하게 영감을 받아 점점 빛을 더한 듯이 보인다. (……) 윤이상의 매혹적인 꿈의 음악은 성대한 갈채를 받았다."(볼프람 슈빙거)

「디 벨트」는 이렇게 썼지요. "윤이상의 신곡은 그의 음향언어의 활력과 극적인 악센트의 간결함이라는 점에서, 또 인간 목소리의 표현 능력을 다루는 방법의 유연성이라는 점에서 놀랄 만하다. 그만의 독특한 서창에 는 분명히 고대 중국의 전통이 녹아 있고, 그 영향을 느낄 수 있다. 성악 의 음색법에 특정한 음정의 독특한 장식음과 연주에, 대사의 악절과 노 래하는 악절의 혼합. 그것이 자아내는 모든 자연스러운 직접성 저편에 강렬하게 양식화된 많은 요소가 주어져 있다. …… 형식 구조의 기본적 인 담당은 오케스트라가 하고, 오케스트라는 단순히 기악적인 간주間奏 를 할 경우에도 교향곡처럼 분명하게 두드러지지는 않지만 그러나 조심 스럽다. 그래서 때로는 실내악적으로 다루는 경우에도, 소위 말하는 기본 주제를 세분화하여 대위법적으로 구성한 음향 그룹에 의해, 그러나 또 종종 강렬한 리듬의 힘과 조형적인 주제에 의해 늘 무대 위의 사건을 정 열적으로 해설하고, 긴장을 높여 응축시킨다. 이 음악의 매력은 이국적인 음향만은 아니다. 오히려 이 무지개 빛으로 빛나고 매혹적인 음색에 의 해 미광을 발하는 표면 뒤에 또 식물처럼 번지면서 장대하게 선회하는 선율의 커브 장식법의 그늘에 강렬한 내적 긴장이, 정열적인 극적 긴장 이 느껴지고, 그것은 때로 거의 놀랄 정도로 갑자기 악마적인 빛을 발하 는 악기의 피규레이션이 되어 폭발한다……. 이 음악은 서양의 예술 개 념으로는 도저히 파악하기 힘들다. 왜냐하면 이 음악은 서양 음악의 의 미로는 주제도, 동기 전개도, 하모니와 리듬의 구조도 가지지 않기 때문이다. 그러나 그럼에도 불구하고 늘 최신 서양 음악의 구성 원리와 놀랄 만한 유사성을 보여준다. 그것은 외면적인 동화라는 위장술이 아니라 내적인 양식의 유사성까지 포함한 종합이다."(하인츠 요아힘)

「프랑크푸르터 알게마이네 차이퉁」은 "뉘른베르크의 오페라 하우스에서 윤이상이 기대해 보지도 않았을 정도의 장대한 연주…… 31회의 커튼콜이 이어졌다"고 썼다.

한편 「코리아 타임스」는 3월 7일 인터뷰에서 이 초연을 상세하게 보도하고 31회의 커튼콜이 있었다고 적는 동시에 이렇게 썼다. "한편 아이러니컬하게도 작곡가인 윤이상은 서울 감옥의 나무 침대에 누워 있다. 그는 '작곡가로서 가장 명예로운 순간에 나는 수의를 입고 감방 천장을 바라보고 있어야 했다. 방은 춥고 난로도 없고, 내 옆에는 조그만 꿀단지(변기용 양동이)가 있을 뿐이었다'고 말했다. 그는 그의 오페라 〈나비의 미망인〉 아리아에서 '백 년의 세월은 한갓 나비의 꿈'이라 노래하고 있을 것이다. 더욱 아이러니컬한 것은 이 오페라 상연이 본에서 정식으로 결정된 1967년 12월 9일에 윤이상은 동베를린의 간첩 사건에 가담한 죄로 극형을 구형받았다……." 이 기사는 사실 관계만을 보도한 기사처럼 보이지만 실은 박정희 정권에 대한 고발입니다.

당시에는 아직 이런 게 가능했습니다. 그리고 악몽은 끝났습니다. 그런데 당신은 그때 일을 아직도 꿈으로 꾸십니까?

윤이상 네, 그야 물론이지요. 심문받고, 고문받고, 감시당하는 무서운 꿈을 꿉니다. 인생은 꿈이라고는 하지만 꿈도 역시 상처를 남기는 법이지요. 비록 꿈일지라도 고통스러운 것입니다.

루이제 린저 당신의 경우에는 어떻습니까? 저는 제 옥중 시절을 잊고 싶지 않습니다. 그것이 없었다면 결코 하지 못했을 몇 가지 중요한 경험을 했으니까요. 그런데 당신은 어때요?

윤이상 나는 그런 건 모두 경험하지 않았던 편이 좋았을 거라고 생각합니다.

루이제 린저 이처럼 더할나위없는 괴로운 경험이 당신의 예술을 더욱 넓은 차원으로 이끌었다고는 생각지 않으십니까?

윤이상 예술은 그런 경험이 있든 없든 그것과는 독립된 것입니다. 내가 무기형 판결을 받은 뒤에 검사가 나를 불러내 부끄러운 줄도 모르고 뻔뻔하게 이렇게 말했습니다. "윤 선생. 당신은 옥중에서 멋진 오페라를 쓸 것이요." 그러나 나는 토끼장 속의 토끼가 아니라고 말해 주었습니다.

루이제 린저 그건 어떤 의미지요?

윤이상 한국에서는 집마다 민간요법으로 만드는 약이 있어요. 그중에 토끼 오줌이 있습니다. 그 토끼 오줌을 어떻게 받느냐 하면, 토끼를 양철 뚜껑을 덮은 상자에 집어넣고 그 위에서 두드립니다. 그러면 토끼가 놀라서 오줌을 지립니다. 내가 음악을 뽑아내기 위해서 갇힌 토끼입니까?

루이제 린저 알겠습니다. 예술을 위한 고통은 실제로 아무 필요도 없다는 말이군요. 하지만 내 말은 당신이 여러 모로 작품을 쓸 때 지금처럼 쓰지는 않을 수도 있지 않았을까 하는 뜻이지요. 나는 첼로 협주곡을 생각하고 있습니다. 당신은 그 안에서 죽음과의 대결을 표현했습니다. 그리고 당신이 죽음과 맞선 것은 바로 옥중에서였고, 그 경험이 없었다면 당신은 이 첼로 협주곡을 쓰지 않았겠지요.

윤이상 그렇다면 나는 다른 걸 썼겠지요.

루이제 린저 네, 알겠습니다. 그래도 1976년 9월 베를린에서 이 첼로 협주곡이 초연되었을 때 당신이 내게 했던 말을 떠올려봅시다. 당신은 이렇게 말했어요. "지금 이 작품을 들으면서, 이것이 나를 많이 표현하고 있다는 것을 알아주었으면 좋겠습니다. 첼로는 제가 좋아하는 악기라는 것을 당신은 알고 있죠? 이 작품에는 내 목소리가, 내 혼의 소리가 있습니다. 상상해 보십시오. 긴 감옥 생활의 어느 날 저녁, 소등 신호를 울리는 수인이 마침내 뜰에서 소등 신호를 울립니다. 신호 나팔로 슬픈 멜로디를……."

윤이상 이 단순한 멜로디를 나는 내 합창곡 〈문턱에서〉에 이용했습니다.

루이제 린저 '소등 신호 아래서'라고 당신은 그 첼로 협주곡 중간의 긴 모놀로그 장면에 관해 말했습니다. "깊은 정적이 시작됩니다. 나는 혼자 감방 안에 있습니다. 나는 사형이 구형되었다는 것을 알고 있습니다. 나는 죽음을 기다리고 있습니다. 나는 죽고 싶지 않다. 살고 싶다. 살아서 일을 하고 싶다고 생각합니다. 나는 내 안에 쓰고 싶은 음악이 아주 많다는 것을 느낍니다. 나는 죽음에 반항하지만 결국 굴복해 버렸습니다. 탄식하면서 그러나 죽음을 받아들입니다. 그러던 밤에 나는 절에서 울리는 목어 소리를 들었습니다. 근처 절에서 스님들이 심야에 회향하며 독경을 하는 소리였습니다. 당신은 그 목어가 어떤 울림을 가지고 있는지 알고 계시지요? 그것을 불국사에서 들으셨을 테니까요. 마치 무거운 물방울이 한 방울 또 한 방울 반향판 위로 떨어지듯, 둔탁하면서도 음악적으로 울린다고 했습니다. 한밤의 정적 속에서 그 소리가 울립니다. 나는 이 울림을 듣고 승려들은 죄수가 죽을 때마다 절의 목어를 울리는 모양이라고 상상했습니다. 또 한 사람, 한 사람, 그리고 마침내 내 차례가 온다고 생각했습니다. 그것은 나에게 강박관념으로 다가왔습니다. 사실 나는 죽음에 대한 불안은 없었습니다. 그러나 두 번 다시 일을 할 수 없다는 것을 끊임없이 자신에게 이해시키지 않으면 안 되었습니다. 그래서 이러한 반항과 굴복, 고통과 편안함이 이 작품에 있는 것입니다." 연주회 전에 당신은 나에게 이렇게 말했습니다. 하지만 나는 그 이야기를 듣지 않았더라도 혼자서 그것을 이해할 수 있었을 겁니다. 작품에서는 그것이 분명하게 드러나기 때문입니다. 당신이 그런 식으로 그 작품을 설명하지 않아도 삶은 하나의 극, 죽음은 또 하나의 극이라는 음양의 이치에 따르는 것이라는 점을 이해할 수 있었겠지요. (그것은 결국 같은 것이지만…….)

윤이상 두 요소는 서로 다투는 것이 아니라 서로 구하고 보완하는 것입니다. 나는 좀 다르게 설명할 수도 있습니다. 그래도 결국 같아지겠지만요……. 첼로는 인간이고, 순수하게 태어났지만, 그러나 태어나자마자 바로 극복하지 않으면 안 되는 어떤 운명 속에 던져지는 것이라고요. 나는 그것을 협주곡 제1부에서 표현했습니다. 그래서 제1부는 대단히 격렬합니다.

루이제 린저 나의 이해가 올바르다면 첼로는 인간이고 오케스트라는 세계와 운명이 되는군요.

윤이상 네. 그리고 제2부에서는 인간이 그 운명 속에서 성장합니다. 힘이 생기고 인격이 형성되고, 하지만 거기서 또 위협, 혼돈과도 만나게 됩니다. 거기에는 끊임없이 되풀이되는 정적과 격동의 요소가 존재합니다. 그러나 그 후, 인간이 자기 의지를 버리도록 강요받고 궁지에 몰립니다. 그러자 인간은 나로 돌아가 내가 대체 누구이고 인생의, 세계의 어디에 있는가 자문합니다. 누구도 도와줄 사람이 없는 완전한 외톨이로 죽음을 직시하며 죽음과 친해지지 않으면 안 됩니다.

루이제 린저 그것은 옥중에서 당신 자신의 경우였군요.

윤이상 네, 그렇습니다. 그리고 나는 괴로워하고 번민하면서 죽는 것이 아니라, 완전한 편안함과 조화 속에서 죽고 싶다고 생각했습니다. 이 조화를 작품의 긴 첼로 독주에서 보실 수 있습니다. 거기서 조화가 단순한 음향이 된 것입니다.

루이제 린저 그러나 그 다음에 다시 분명하게 반항이 나타나는데요.

윤이상 네, 우리는 계속 살아 있으니까요. 그리고 인생에서 우리는 늘 궁지에, 구속 속에 있습니다. 우리는 언제나 모든 인간의 운명 속에 묶여 있고 늘 공동 책임의 관계에 있습니다. 우리는 혼자서 존재하는 것이 아니라 서로를 위해서 존재합니다. 우리는 늘 새롭게 자기 자신을 해방시키지 않으면 안 됩니다. 이제 점점 높아져가는 그 종말부를 생각해 보십시오. 첼로는 옥타브 도약을 합니다. 절대적인 해방을 추구하지만 그러나 거기에 도달하지 못합니다. 아주 가깝게는 가지만.

루이제 린저 옥중 시절의 고통은 당신이 음악으로 표현하신 것처럼 새롭고 커다란 인식을 갖는 데 도움이 되었다고 생각하십니까? 당신이 옥중에서 작곡한 〈이마주〉에도 극한적 경험이 표현되어 있지 않나요?

윤이상 네. 단념, 체념의 형식으로 나타납니다. 당시 나는 심한 우울증과 싸워야 했습니다. 그것은 내가 제2심에서는 사형 판결을 받을 거라고 생각하고 있을 때였습니다. 그때 나는 〈이마주〉를 썼습니다. 나는 본래, 나의 석방에 관해서는 전혀 희망이 없는 암울함 속에 살고 있었지만, 마음속에서는 다시 빛을 찾아내어 일을 할 수 있었습니다. 정말로 이 작품에서 내가 추구한 것은 조화에 도달하는 것, 삶과 죽음을 서로 보완 관계로 보는 것, 그리고 죽음을 완전한 편안함 속에서 기다리는 것이었습니다.

그렇지만 내가 이 작품을 구상한 것은 내가 아직 자유로웠을 때라고 생각할 수도 있습니다. 내가 1966년 포드재단의 초청을 받아 3개월간 미국에서 내 작품 상연을 위해 강의를 했습니다. 그때 나는 찰스 분Charles Boone을 알게 되었습니다. 그는 샌프란시스코 밀스 칼리지의 전자음악연구소 소장이었습니다. 그는 나에게 실내 음악풍의 작품을 의뢰했습니다. 그 후 내가 옥중에 있었을 때, 그는 거듭해서 미국 신문이 나에 대해 쓰도록 압력을 넣었고, 나를 위해 많이 애써주었습니다. 어느 날 한국 신문에 내가 미국에서 작곡 의뢰를 받았다는 기사가 실렸습니다. 거기에 응할 수 있는지 나에게 물었습니다. 나는 승낙했고 바로 쓰기 시작했습니다. 북한의 고분 벽화가 다시 나에게 강한 영감을 주었습니다.

루이제 린저 만약 당신 자신이 그 문턱에서, 즉 삶과 죽음 사이에 서지 않았다 해도 당신이 정치범 알브레히트 하우스호퍼의 시 「모아비트의 소네트」를 가지고 칸타타 〈사선에서〉를 썼을까요? 하우스호퍼도 사형선고를 받았습니다. 그는 특별사면을 받지 못했습니다. 당시 히틀러 치하에서는 최고재판소에 대한 국제적인 항의가 아무런 도움이 되지 못했고, 또 특사도 없었습니다. 외교적 배려도 없었고, 그리고 동정도 분별도 없이 처형되었습니다. 당신은 그 칸타타를 1975년에 썼고 카셀 교회음악제에서 초연되었습니다. 그 작품에 대한 비평은 별로 없군요. 내가 찾은 비평에서는 '고통의 예술'이라 하였고, 또 작곡가는 '어떤 심미적인 거리'도 바라지 않았다고 쓰고 있습니다. 악기 전체가 잔혹한 외부 세계를 받아들이고 한편 솔로 파트에서는 법열의 안도감이 생겨납니다. 이 시에 당신은 깊은 감동을 받으셨겠지요. 이 시가 씌어진 상황이 당신 경우와 아주 똑같았습니다.

이 존재로부터 도출되는 수단

나는 그것을 시도해 보았다.

재빨리 일격,

어떤 단단한 벽도

나의 영혼을 움직일 만큼 강하지 않다.

문 앞을 지키는 보초가

견고한 쇠빗장을 열기 전에

재빨리 일격

그리고 나의 영혼은 사방으로 흩어진다.

저편 빛 속으로…… 무엇이 아직도 나를 붙잡고 있는가.

문은 열려 있다.

살며시 떠나는 것은 우리에게 용납되지 않는다.

신이, 악마가, 우리를 괴롭힐 테니…….

시 한 행마다 당신은 「이사야서」에서 딴 희망의 말을 삽입했습니다.

두려워하지 말지어다.

나는 네 곁에 있나니

내 너의 신이라면

너를 버리지 않으리니.

하우스호퍼가 가진 외적인 부자유 속에서의 내면적인 자유 체험도 당신

동베를린 사건을 딛고 일어서 세계적 작곡가로
명성을 떨칠 무렵의 윤이상(1972년)

과 공통된 것이었습니다.

> 은총의 힘을 어지럽히는 족쇄
> 나는 그것 때문에 오히려 전보다 자유롭다.
> 그것을 나는 이 마지막 반년에 감사한다.

족쇄는 삶에 대한 그의 바람과 집착을 의미하고 있었습니다. 당신이 석방되고 나서 쓴 다음 작품은 무엇이었습니까?

윤이상 많은 일이 나를 기다리고 있었습니다. 이미 서울에서 옥중에 있을 때 하노버 음악대학으로부터 작곡과를 맡을 의사가 있느냐는 제안을 받았고 그 제안을 승낙한 상태였습니다. 객원 계약이었습니다. 그래서 나는 매주 베를린에서 하노버까지 비행기로 다녀야 했습니다. 그건 힘든 일이었습니다. 나는 뉘른베르크의 기어스터에게도 뒤러 500주년 축제에 무언가 쓰겠다고 했고, 서독 방송국에도 무언가 약속을 했습니다. 그리고 무엇보다 이미 납치되기 전에 킬 예술제에 오페라를 써달라는 의뢰를 받았었지요. 그리고 또 베를린 음악대학에서도 작곡과를 맡아달라고 했습니다. 대단히 힘든 일이기는 했지만 그래도 나는 모든 의무를 다했습니다.

루이제 린저 키일의 오페라는 〈요정의 사랑〉, 뉘른베르크를 위한 〈차원Dimensionen〉, 지크프리트 팔름을 위한 첼로 독주곡, 마지막으로 서독 방송국을 위한 〈나모〉로군요. 그리고 올림픽 경기를 위한 뮌헨 오페라라는 굵직한 의뢰가 있었지요. 당신은 몇 번이나 몸과 마음이 모두 망가진 채 감옥에서 돌아왔다고 했는데, 분명히 몸은 많이 망가졌지만 정신과 마음은 전혀 상처를 입지 않았습니다. 당신의 창조력은 높은 물결처럼 일어나기 시작하더니 그 이후 한 번도 약해지지 않았습니다. 그 후의 모든 작품에 대해서 말할 수는 없으니 그중에서 몇 작품만 이야기해 보지요. 먼저 키일의 오페라, 즉 1971년의 킬 예술제를 위해 의뢰받은 그 오페라부터 시작해 봅시다.

::: 요정의 사랑

역시 소재는 동양적인 것으로 〈꿈〉의 소재와 가깝지만, 그러나 유교나 도교의 영역이 아니라 샤머니즘의 영역에 속한다.

샤머니즘이란 영계靈界라는 독립된 세계의 존재를 믿는 것인데, 그 영계는 인간 세계와 관계를 맺을 수도 있다. 정령들은 선할 수도, 악할 수도 있고 협조적일 수도 파괴적일 수도 있다. 이 두 세계를 잇는 것은 어떤 특정한 인물, 즉 무녀들이다. 무녀는 사제의 역할과 의사의 역할을 한다. 무녀는 오랜 기간 엄격한 수업 끝에 비법을 전수받는데, 그 수업 때 반드시 죽음과 죽은 사람의 세계에서의 부활이라는 모든 비전秘傳의 전수가 포함된 경험을 한다. 비전을 전수받으면 영험한 능력을 지니게 된다. 무녀는 노래와 북, 그리고 때로는 약의 도움을 빌려 신들린 상태가 될 수 있다. 그러면 영혼은 육체를 벗어나 방랑하다 다른 육체로 들어간다. (영혼의 윤회) 영혼은 명계冥界(사람이 죽은 뒤에 간다는 영혼의 세계)로 내려가 거기에 묶여 있는 혼을 해방시키고 다시 그들의 육체로 돌아온다. 또한 악귀를 쫓고, 미래를 예언하여 풍요롭게 하고, 병든 사람이나 괴질에 걸린 동물을 치유할 수도 있지만, 커다란 재앙을 불러올 수도 있다. 무녀들 중에는 선한 주술사와 악한 주술사가 있다. 샤머니즘은 동아시아뿐 아니라 세계 어디에나 있다. 그 흔적은 조금씩 승화되어 세계의 모든 종교 속에 여전히 남아 있다. 동아시아의 샤머니즘에서는 특정한 동물, 특히 여우가 중요한 역할을 한다. 여우는 교활함의 화신인 동시에 참 지혜의 화신이기도 하고, 에로티시즘의 화신인 동시에 성적 광란의 화신이기도 하다. 여우에는 보통 여우와 성스러운 여우가 있다. 보통 여우는 아무런 재미도 없고 그저 산에서 살고 있다. 그러나 성스러운 여우는 인간 사회를 추구한다. 인간이 되기를 간절히 소망하기 때문이다.

거기에는 두 가지 길이 있다. 사람을 죽이거나 해치지 않고 고행을 하든지 아니면 일종의 수행을 통해서 자기의 동물로서의 영혼을 차례차례 좇아 정화하여 맑게 변형하든지 둘 중 하나다. 그러므로 성스러운 채로 죽음에 가까워진 여우는 홀로 오랫동안 엄격한 수업에 들어간다. 즉 한 호흡마다 투명한 물질(여우의 영혼)을 토해 내고, 또 한 숨에 그것을 들이마시고 다시 토해 내는 일을 반복하는 사이에 이 물질은 점차 투명도를 더해 마침내 뜨겁게 빛나는 구체球體가 된다. 그것은 인간의 영혼이다. 이렇게 여우는 죽고 자유로워진 영혼은 인간의 육체를 찾게 된다. 가장 간단한 것은 죽은 지 얼마 안 되는 사람의 몸에 들어가는 것이지만, 여우 정령에 따라서는 산 사람을 손에 넣고자 하기도 한다. 게다가 암여우는 여자의 몸을 원한다. 아주 젊고 에로틱한 여성(대부분의 문화에서 여우는 에로티시즘과 성의 상징이다)이나, 종교적인 열광에 빠진 여성, 심층심리학 용어로는 '성의 초월 대상'을 추구하는 여성이다. 아직 완전히 정화되지 않고, 덜 변형된 여우 인간의 영혼이 인간의 몸을 빼앗은 경우에는 그 사람을 여우 자신의 바람이나 의지에 반하여 타락시키고 죽여버리는 일도 있다.

윤이상은 자신의 세 번째 오페라에 이러한 여우와 영혼의 윤회를 소재로 골랐다. 처음에는 〈사랑했던 암여우〉라고 제목을 붙이려 했으나 그 뒤 〈요정의 사랑〉이라고 바꾸었다. 대본은 하랄트 쿤츠가 썼다. 대본의 기초가 된 이야기는 옛날 중국의 이야기집 『요재지이聊齋志異』 중의 하나다. 대본에 사용된 이야기의 제목은 '재생'이다. 그리고 이 이야기의 이해를 돕기 위해서 다음과 같은 구절이 제시되어 있다. "태어나는 것은 죽는 것이고, 죽는 것은 태어나는 것이다."

한 무미건조한 학자, 즉 지식인이 삶과 죽음을 지배하는 '위대한 어머니(삼신할머니)'의 의지에 따라 원시 정령과 본능의 정령이라는 두 마리 암여우의 사랑에 의해 '완전한 남자'로 변신하게 된다. 왜냐하면 단순한 본능이 인간적이지 않은 것과 마찬가지로 단순히 지적이기만 한 것은 인간적이지 않기 때문이다. 사랑은 지성과 본능을 균형 잡힌 전체로 융합할 수 있다. 정령과 인간 사이의 사랑은 위험했고 죽음을 초래할 수도 있다. 그러나 〈요정의 사랑〉의 암여우는 단순한 본능적 존재가 아니고 이미 인간적인 존재가 되었다. 따라서 그 사랑의 모험은 행복을 줄 수도 있다. 그러나 행복은 누가 가져다주는 것이 아니다. 남자는 이러한 일을 견디기에는 너무도 나약해서 죽어버린다. 마치 옛날에 여우가 인간의 사랑을 받기에는 너무도 약해서 죽어버린 것처럼. 그러나 환생의 법칙에 따라 암여우의 죽음은 최종적인 것이 아니어서 암여우는 다시 살아난다. 그와 동시에 남자의 죽음도 최종적인 것은 아닐 것이다. 그도 환생할 것이다. 이렇게 윤회의 수레바퀴는 돌고 돌아 이 세상에서 행복을 얻을 수 없었

〈요정의 사랑〉 유혹 장면

던 사람은 저 세상에서 행복을 얻을 수 있다.

독일의 비평가들은 이 작품 소재의 근원을 찾으려고 노력했다. 그들은 열심히 서양의 지적 해석을 시도했다. 이 작품은 교훈극이고 일종의 성장물이고, 꿈 이야기의 형식을 딴 구제극救濟劇(보다 사실적이고 때로 멜로 드라마적인 주제들을 가진 특징적인 형식의 오페라)이라고……. 어느 비평가는 "바그너적인 분위기의 '구제 모티브'가 이 작품에서는 꿈의 심리학에 의해 해석을 바꾸어 신생의 상징적인 체험이 되었고, 게다가 죽음과 생성의 가르침이라는 동양적인 의상을 걸치면서 도교와 신지론(접신론)이라는 동양과 서양의 혼합을 이루고 있다"고 썼다. 또 어떤 비평가는 〈요정의 사랑〉에서는 자각된 꿈의 연구라는 아직 비교적 새로운 서양의 전통이 가볍게 풍자되어 있으면서도 '신비적인 묵상에 의해 자기 형성'을 하는 이 극에는 육체의 혐오, 이성 숭배, 나아가 자기 확신의 위기라는 현대적인 문제가 또렷하게 인정된다고 썼다. 뭐니 뭐니 해도 해석은 다양할수록 좋은데, 소재가 내용이 풍부하고, 인간 존재의 신비적인 배경에 깊이 뿌리를 내리면 내릴수록 그만큼 한층 다양한 해석도 가능해진다. 따라서 비평가들이 이 정도로 진지하게 작품에 다가가려고 노력한 것만으로도 대단한 일이다. 물론 이 같은 지적인 해석에는 무리가 있다. 이런 소재는 있는 그대로 받아들이고 그 자체의 움직임에 맡겨야 하는 것이다.

대본 구성은 처음에는 훨씬 민속학적이고, 색채도 풍부해서 재미있었다. 그러나 킬 극장의 지배인은 구성을 바꾸든가 완전히 다르게 할 것을 요구했다. 윤이상은 동양의 소재가 아닌 프랑스의 극작가 클로델이나 그리스 비극에서 소재를 택하도록 권유받았다. 그러나 윤이상은 그런 소재에는 친숙하지 않았다. 그래서 그대로 하되 많은 부분에서 충고를 받아들였고, 그러는 사이 최초의 환상적이고 로맨틱한 대본은 상당히 간결하게 바뀌었다. 장대하면서도 줄거리의 핵심만 집약시켜 상당한 성공을 거두는 한 요인이 되었다.

윤이상에게 작업의 매력은 내용이 아니라 그 소재가 제공해 주는 형식의 가능성 문제이다. 그가 관심을 가진 것은 인간 세계와 정령 세계의 차이와 또 한편 세상의 살아 있는 것들이 또 다른 세상의 것으로 변신하는 것을 음악적으로 표현하는 것이었다. 그는 인간 영혼을 불어넣은 존재의 성장을 여우의 목소리로, 그리고 인간으로서 힘의 쇠퇴를 악마에게 몸을 빼앗겨가는 남자의 목소리로 표현했다. 게다가 그 무렵 유년 시절의 강렬한 기억을 현대음악의 언어로 불러낼 기회를 찾았다. 바로 무녀의 목소리가 그것이다. 이 오페라에서는 현세 차원에 무녀와 청중이 있고, 무녀의 목소리는 그녀를 둘러싼 채 그 소리에 귀를 기울이면서 오히려 해설하는 역할을 하는 여자들의 합창(반은 노래하고 반은 대사로 하는)과 교차하면서 때로는 서사적으로 말하는가 싶다가 동시에 극적인 법열 상태로의 상승을 보여준다.

윤이상은 또 삶의 '여러 차원'에서 영감을 얻었다. 악마적인 차원은 저음의 금관악기와 저음의 타악기로, 인간적인 차원은 밝은 타악기, 목관악기와 현악기에 의해 표현되고 이들 악기는 다양한 종류의 글리산도와 트레몰로에 의해 흔들리며, 망설임, 신음, 음산함으로 악마적인 음향 분위기를 만들어내고 있다. 윤이상 음악의 전형적인 특징을 이루는 색채의 융단은 이 〈요정의 사랑〉에서는 그 이전의 작품들보다 두 가지 차원(악마적이고, 인간적인)을 훨씬 극적으로, 역동적으로 보다 치밀하게 대조시키는 효과를 발휘하고 있다. 흥미롭고도 논리적인 것은 인물의 변신에 대응하여 그 인물의 '입지'를 그때마다 보여주는 음향 평면 자체가 변동하는 것이다. 즉 악마 세계의 음산한 어두운 평면(트롬본의 글리산도와 저음의 타악기)은 밝아지고 비중이 줄고 시간도 짧아지며 한편 밝게 흔들리는 평면이 안정성을 늘려간다. 음과 양의 평형을 유지하며 커다란 조화가 이루어지는 것이다.

::: 심청

  윤이상은 1969년 감옥에서 나온 지 얼마 되지 않아 1972년의 뮌헨 올림픽을 위한 축전 오페라를 써달라는 의뢰를 받았다. 뮌헨 올림픽은 모든 문화의 결합이라는 표어 아래 이루어졌다. 오페라를 윤이상에게 의뢰한 것은, 자신이 동양적인 분위기를 잘 표현할 것이라 생각했기 때문이라고 윤이상은 말한다. 이 제안은 그에게 큰 기쁨이었다. 그가 뮌헨 올림픽의 프로듀서에게 제시한 세 가지 소재 중에서 '심청'이 선택되자 1971년 4월에 작품에 착수한다. 완성은 거의 만 1년 뒤에 이루어졌다.

  소재는 한국의 것이고 아주 옛날부터 전승되어 내려온 이야기이다. 이야기 줄거리는 공부를 너무 많이 해서 장님이 된 한 선비에게 하늘에서 외동딸 심청을 내려준다. 심청의 어머니는 그녀를 낳다가 죽었다. 양반인 부친에게는 먹고 살 능력이 없다. 딸을 키우기 위해 그는 동냥을 나간다. 딸이 자라자 이번에는 그녀가 동냥을 해서 아버지를 부양하게 된다. 이렇게 친밀한 아버지와 딸 사이에 운명을 바꾸는 제삼자가 두 명 끼어든다. 하나는 탁발승인데 만약 아버지 심봉사가 절에 공양미 300석을 시주하면 눈을 뜨게 해줄 거라고 약속한다. 또 한 사람은 악녀 같은 나쁜 여자(뺑덕어멈)로 심봉사와 그 집을 노려 딸 청이를 팔아치워 뱃사람들 손에 넘겨버린다. 뱃사람들은 바다의 신을 달래기 위해 매년 순결한 처녀를 제물로 바쳐야 했기 때문이다. 눈을 뜨기 위해서는 공양미 300석을 시주해야 한다는 말에 아버지 심봉사는 선뜻 약속하지만 공양미를 구할 방법이 없다. 딸 청이는 그것을 알고 아버지의 눈을 다시 뜨게 하기 위해서 자신을 뱃사람의 제물로 판다. 그리고 그녀는 바다에 몸을 던진다. 그녀의 희생은 바다의 신과 하늘을 감동시켰지만 그러나 그것은 아버지에게는 도움이 되지 않고, 그녀 자신에게만 득이 된다. 그녀는 바다에 가라앉아 죽은 게 아니라 용궁에서 새로운 삶을 살게 된 것이다. 그녀가 용궁에서 사는 동안 아버지는 나쁜 여자의 계략에 말려들어 점점 몰락해 간다. 부처님에게 공양미 300석을 시주했지만 눈은 뜨지 못한다. 그녀의 희생은 헛된 것처럼 보인다. 그러나 하늘은 특별한 계획을 가지고 있었다. 어느 날 딸 청이는 연꽃 속에 숨겨져 바다 위로 떠오르게 된다. 그 연꽃은 엄청나게 크고, 빛을 발하며 바다에 떠 있었기 때문에 그것을 본 뱃사람들은 연꽃을 건져올려 왕에게 바친다. 왕 앞에서 연꽃이 벌어지고 그 안에서 소녀가 나타나자 왕은 그 소녀를 왕비로 삼는다. 소녀는 왕에게 자신의 비밀을 밝히고 아버지인 심봉사를 데려오게 한다. 딸이 아버지의 감긴 눈을 어루만지자 아버지는 눈을 뜬다.

이것이 이야기의 대강의 줄거리다. 순종적인 딸이 아버지를 위해서 자기를 희생하고 그 때문에 복을 받는다는 유교적이고 교훈적인 이야기이다. 그러나 이야기는 훨씬 풍부하고 다면적이고 깊은 의미를 지니고 있다. 본질적으로 도교적인 이러한 소재를 서양의 언어, 즉 논리로 파악하

1972년 오페라 〈심청〉 리허설 때. 왼쪽은 하랄트 쿤츠

는 언어로 설명하고자 하는 시도를 한 번이라도 해본 적이 있는 사람이라면, 그리고 그 사람이 지적인 방법 이외의 방법으로 이 이야기의 의미 심장함을 느끼고자 한다면, 이러한 당치도 않은 시도 앞에서 절망감을 느끼지 않을 수 없다. 노자의 말을 인용하면 "물고기는 물을 떠나선 살 수 없는" 것이다. 도의 진리는 분석이라는 메마른 방법으로는 파악할 수가 없다. 오로지 명상 속에서만 그 진정한 모습이 나타나는 것이다.

따라서 심청극에 대해 여기서 말하는 것은 서양 독자 또는 윤이상 오페라의 청중을 위한 일종의 징검다리에 지나지 않는다. 우리 서양인들에게는(종교적인 바탕이 있는) 심층심리학이 어느 정도 징검다리 역할을 한다. 여기서는 그 몇 가지를 짚어보는 데 지나지 않는다.

청淸은 인간의 혼, 아니마anima이다. 그것은 천상의 것이다. 그러므로 지상에서의 운명은 하늘에 의해 즉 영원의 법칙에 따라 정해진다.

밖으로 나타나는 것은 안에 있는 것이다. 법칙은 그녀 자신의 혼과 의지 한가운데를 관통하고 있다. 그녀의 운명은 잠시 지상에서 살며 자신의 뜻이 이루어지자 또 타인의 운명을 바꾸는 그러한 관계를 갖는다. 그녀가 이루어야 하는 것, 이루고자 하는 것을 이루면 그녀는 죽게 되어 있다. 그러나 죽음은 죽음이 아니다. 죽은 자의 세계는 재생의 세계이기도 하기 때문이다. 바다 밑바닥에 가라앉아 그녀는 새로운 삶에 눈뜬다. 왕 곁에서 중요한 역할을 하는 그녀 본래의 운명에 따르도록 불려간 것이다. 그러나 이야기에서는 거기까지 다루지 않지만 이 생활도 오래 지속되지 않을 것을 우리는 알고 있다. 모든 것은 변화하고 모든 것은 회귀한다.

청이 부친의 부양 의무를 성실하게 다하는 것은 유교적인 전통이다. 그녀가 자신의 생명을 희생하는 것은 자신의 의무의 범위를 넘어서는 것이다. 그녀는 그렇게 함으로써 영웅, 성자로 성장한다. 그것은 이미 유교적, 이성적인 것이 아니고 일부는 불교적이고 일부는 도교적이기도 하다. 불교적인 것은 고행과 사랑과 자기희생에 의한(자기 및 타자의) 구제라는 이념이다.

그러나 그것은 또한 도교적이기도 하다. 『노자』에는 다음과 같은 시사적인 말이 있다. "성인은 자기를 버림으로써 자기를 지킨다."(성인은 자신을 뒤에 머물게 함으로써 앞서고, 자신을 떠나 잊음으로써 존재한다. 그것은 사사로운 욕심이 없기 때문이다. 자신을 없앰으로써 능히 그 자신을 이룬다._『노자』 상편 제7장)

이것은 물론 (이미 지금까지 계속 이야기해 왔던 벽화의 통일성과도 아주 똑같은 의미이다) 기독교적이기도 하다. "자기 생명을 바치는 자가 그 생명을 얻으리라." 이것은 예수의 말이다.

주인공의 자기희생, 죽음, 부활, 그리고 주인공이 희생을 바친 모든 것들의 순화의 사명 ― 이것은 신화의 원형이 되는 일련의 모습들이다. 〈심청〉에서는 주인공이 여자라는 것이 또한 도교적이다. 여성적인 것은 부드럽고 유연하고 순종적이다. 그러나 "온 세상에서 물만큼 부드러운 것은 없지만 단단한 것을 공격하는 데 물을 이기는 것은 아무것도 없다. 약弱은 강強을 이기고, 유柔는 경硬을 이긴다." (세상에 물처럼 약하고 부드러운 것이 없다. 그리고 단단하고 억센 것을 공격하는 데 이보다 더 나은 것이 없다. 그 본성을 바꿀 것이 아무것도 없기 때문이다. 약한 것이 억센 것을 이기고 부드러운 것이 단단한 것을 이기는 것을 세상에 모르는 사람이 아무도 없건마는 누구도 능히 실행하는 사람이 없다. 『노자』 하편 37장) 심청은 (유교적 견지에서 보면) 여자아이일 뿐이고 그녀의 출생은 부모를 실망시킨다. 그것은 그녀가 계집애이기 때문이다. 그리고 바로 그 여성적인 것, 순수한 음陰의 모습으로 여주인공이 된다. 그것은 구제자가 되는 혼(여성성)이지, 지력animus(남성성)이 아니다.

심청의 아버지는 가난하고 장님이다. 그는 아내가 죽고 딸 청이 (죽기 위해서) 자기를 떠나버리자 자신의 아니마를 잃고 그와 동시에 자신이 천상에 속한다는 기억조차 잃어버리고 만다. 그 때문에 그는 자신의 그림자가 되고, 못된 뺑덕어멈의 그림자가 된다. 심청은 아버지를 위해서 자기를 희생하고 그럼으로써 자기 자신을 아버지에게서 즉 잘못된 권위에서 해방시키고 그와 동시에 아버지도 그 그림자에서 해방시켜 마침내 아버지를 천상으로 데리고 간다. 모든 인간이 그런 것처럼 아버지도 천상에 속하는 사람이기 때문이다. 왜냐하면 인간은 모두 '선'이고, 결국에는 타락하지 않는 존재이기 때문이다. 이것은 괴테가 천상적인 것을 노래한 한 구절을 떠오르게 한다. ─ "항상 고행하고 애쓰는 자는 구원받는다."

그러나 (아버지 심봉사의) 구제는 그가 자신의 그림자로서 온전하게 자기 운명을 살아내고 변신할 때가 도래했을 때에 비로소 일어난다. 도는 이렇게 실현되는 것이다.

앞에서도 말했듯이 이렇게 아무리 설명을 한다 해도 결코 〈심청〉의 진수를 다 밝혀낼 수는 없다. 역으로 이 소재가 얼마나 한없이 풍부하고, 존재하는 것 모두를 포함하고 있는지를 보여주게 될 것이다.

물론 그것과는 별도로 그다지 깊지 않은 해석을 해보는 것도 재미있다. 그래서 그러한 해석이 이루어지기도 했다.

대본은 1970년에 써졌다. 1967년부터 1972년에 걸쳐 극작가와 비평가들은 이 소재와 씨름했다. 이 사이에 쓰인 논문은 1968년, 즉 유럽에서 젊은이들의 반란 직후의 요소들을 업고 있다. 당시에는 누구나 사회학자의 눈으로 보았고, 사회학자의 언어로 말했다. 따라서 심청 이야기는 사회적 결함을 파헤치는 고발문학의 영역에 속하는 것이라는 견해가 나왔다. 이 견해에 따르면, 아버지 심봉사는 역사적·사회적인 명목을 유지한 사회계층, 즉 양반, 귀족계층의 대표였고, 가난하면서도 직업을 갖는 것도 거부하며 오히려 걸식하는 방법을 택했고 그럼에도 불구하고 자기를 여전히 엘리트라 생각하며 행동하고 그 때문에 일하는 인민이 봉기하게 된다.

실제 한국에는 그러한 양반들을 웃음거리로 만들고 따돌리던 일련의 오래된 가면극이 있다. 그러므로 그런 생각이라면 심청의 소재에서도 파격적인 요소를 뽑아낼 수 있다. 심봉사는 누구나 공감할 수 있는 인물이 아니다. 그는 몰락했고, 결혼해서도 오랫동안 아이가 없었다. 게다가 너무 책을 많이 읽어서 장님이 되었다고 한다. 즉 그는 혼자서 공부를 했기 때문에 현실에 대해서는 장님이 된 사람인 것이다. 그는 대단한 에고이스트여서 자기 눈의 광명을 되찾기 위해서 감당할 수 없는 일을 약속했고, 그 때문에 딸이 엄한 관습에 따라 아버지의 맹세를 지킬 수밖에 없는 운명을 초래하게 된다. 게다가 그는 악녀 뺑덕어멈의 꼬임에 빠져 그 말을 믿게 된다. 말하자면 그는 어리석고 음란하기도 하고 악녀인 뺑덕어멈에게 감쪽같이 속는다. 불교도 비판당한다. 탁발승이 나타나 공양미 300석으로 노인을 속인다. 신흥 종교의 수법이다.

그 다음부터는 읽어내고 싶은 것은 뭐든 읽을 수 있다. 따라서 이 오래된 전설에서 현대적인 사회 비판까지 읽어낼 수 있다. 실제로 1957년에 북한에서 심청의 설화를 가지고 발레 대본을 만든 적이 있는데, 거기서 심청은 성직자 계급(탁발승과 그 절)과 부르주아 계급(뺑덕어멈)과 자본가와 제국주의자(소녀를 희생시켜 자신의 장사를 번성시킨 뱃사람들)에 의해 착취당하는 인민을 구제하는 용감한 계급투쟁의 여전사로 나타났다. (부르주아 사회 말기의) 몰락한 양반 계급인 심봉사는 인민과의 결합을 새롭게 함으로써만 구제될 수 있고, 어머니가 없는 청은 우물가의 세 여인들 가운데 유모를 찾게 된다. 이런 생각과 의도를 이해하지 못하는 것은 아니지만 이처럼 인생을 단순화하는 데는 역시 놀라지 않을 수 없다. 눈앞의 중요한 목적을 위해서 아무리 단순화가 필요하다고 해도 말이다.

한국에서도 〈심청〉은 오래된 전통 가무극의 하나로서 공연되고 있다. 뮌헨의 프로듀서 귄터 레너트Günther Rennert는 한국의 공연을 보기 위해서 일부러 서울로 날아갔다.

리허설 휴식 시간에 주연 여배우인 릴리안 스키스, 하랄트 쿤츠와 함께(위)
〈심청〉의 리허설. 오른쪽은 프로듀서인 귄터 레너트(아래)

내가 한국을 방문했을 때 들은 바로는 학생들이 옛 문화를 보존하기 위해서 상연을 허락받은 레퍼토리 중에는 심청극도 있다고 했다. 학생들 사이에서는 은밀하게 다음과 같은 해석도 행해지고 있었다 ― 청은 한국 민중의 혼이고, 독재자의 명령에 의해 고문으로 죽는다. 그러나 그녀는 환생과 동시에 늙은 맹인 아버지 즉 독재자도 변화시켜 전 민중을 구해 낸다.

전 민중의 구제라는 모티프는 윤이상의 오페라 최종 대본에서도 볼 수 있다. 거기에는 연출상의 주의점으로 다음과 같이 작성되어 있다. "모든 방향에서 민중들이 무대로 올라온다. 그중에는 많은 환자, 맹인, 신체장애자나 기이한 모습을 한 사람도 있다. 심청의 연꽃이 열림과 동시에 환자들은 치유된다."

하지만 뮌헨 공연에서는 이 장면이 삭제되었다. 그 이유를 묻는 질문에 대한 답은 같은 시기에 바이로이트에서 상연된 〈탄호이저〉에서 익살스러울 정도로 정장한 순례자들 대신에 작업복을 입은 보통 민중을 등장시켰기 때문에, 뮌헨에서 그 흉내를 내는 것 같아서 하지 않았다고 했다. 그러나 그 진짜 이유는 다른 데 있었던 것으로 추측할 수 있다. 즉 뮌헨 시는 이 오페라를 상류사회의 '신사들'이 보러 오는 국제적이고 사회적인 이벤트로 생각하고 있었다. 신문기자들 말로는 그 "더할 나위 없이 우아한 분들로 이루어진 축하공연의 청중은 독특하고 마음 편한 것을 보고 싶어하지 가난한 사람들이나 신체장애자나 맹인 같은 인물들이 아니다……"라는 것이었다. 그러나 이 마지막 장면의 삭제는 이 극의 이념을 왜곡하는 것이다. 심청의 오페라는 그저 부친의 구제뿐 아니라 그 힘이 훨씬 넓어져 '민중 속으로' 미치기 때문이다.

심청 이야기를 사회 비판으로 비평하려고 한 진지한 시도로 당시, 즉 1972년에는 초연 프로그램의 팸플릿에 다음과 같은 해설이 실리기에 이르렀다. "심봉사는 딸에게 박복한 부모를 위해 아이가 희생한다는 규범적인 효자 이야기밖에 가르칠 수 없었다. 그래서 딸은 이를 따르는 것 외에 다른 좋은 방법이 있을 거라고 전혀 생각지 못했다. 이 맹목적인 순종은 아버지의 눈을 치유하지 못하고 그 어리석음을 조장한다. (……) 딸이 부친의 맹목적인 약속을 지키기 위해서 자기의 생명을 바치는 것은 광기의 행위이다. 마음 깊은 곳에 있는 무의식적·본능적인 절망에서 그녀는 양자택일을 강요받는다. 아이 같은 미숙한 의뢰심과 교육받은 비굴함에서 그녀는 자기가 희생함으로써 부친의 눈이 정말로 보이게 될 것이라고 생각하고 만다. …… 이 극은 이렇게 경직되고 골수에 박힌 유교적인 행동규범을 사회적인 관점에서 바로잡는 것이다."

윤이상은 그것을 넘어서서 이 옛날의 소재가 제공하는 순수한 예술적 가능성을 포착했다. 그것은 또다시 '여러 차원', 즉 삶이 전개되는 세 차원이었고, 그것은 세 가지 다른 종류의 음악에 의해 표현된다. 즉 그녀가 속한 천상적인 차원과, 그녀의 운명이 선악 각각의 현실 속에 전개되는 지상적인 차원, 그리고 마지막은 그녀가 변신하여 돌아오기 위해 몸을 가라앉힌 근원적인 물 밑의 세계이다. 오페라 속에서 각 인물은 이 세 가지 영역을 향한 각 귀속성에 따라 각각 독자적인 음향 세계를 가지고 있다. 주제(라이트모티프)라 할 것은 없고, 기본적인 악기가 각각의 특징을 나타낸다. 심청은 플루트와 하프와 첼로가, 악녀인 뺑덕어멈은 잉글리시 호른이, 용왕은 현악기 플래절렛(배음의 원리를 이용하여 관악기의 높고 투명한 음색과 유사한 소리를 이끌어내는 주법)이, 왕은 서양 악기의 특별한 연주법에 의해 동양적인 음향 효과를 내는 궁중음악이 표현한다. 노래 파트와 노래의 성격도 단계적으로 이어지는데, 각각의 인물이 있는 우주 속에서의 위치를 그때마다 정확하게 나타내고 있다. 노래와 대사 사이에는 서창이 있고, 노래와 대사가 교대로 이어진다. 대지에 묶인 악녀 뺑덕어멈은 대사만 하지 거의 노래는 하지 않는다. 역시 지상에 묶여 있기는 하지만 그러나 동시에 구제될 가능성이 있는 부친 심봉사도 대사가 대부분이고 노래는 적다. 지상에도 천상에도 속하는 청의 어머니는 대사보다는 노래가 많다. 지상에 화신으로 나타나 있으면서 천상의 존재인 심청만이 순수하게 노래를 한다.

존재의 세 가지 차원도 음향적으로 서로 나뉘어 있다. 초지상적인 영역은 트럼본과 튜바와 밝은 노래가 나타내고, 지상 영역과 지하 영역은 반짝거리는 물을 나타내는 것 같은 현악기 플래젤렛의 중간 영역에 의해 대조적으로 나뉘며 지하 세계는 저음 베이스와 희미하고 불명료한 대사와 노래로 표현된다.

이 구상은 대단히 정확하게 표현되어 있어 심청의 빛나는 듯한 소프라노도 그녀가 물의 세계에 있을 때에는 어두운 빛을 띤다. 그러나 그런 이유로 윤이상이 자기의 구상을 강하게 밀고나갔다고 생각하는 것은 잘못이다. 이것은 결코 지적인 장치가 아니라 열려 있다. 요컨대 모든 것은 흐르는 움직임 속에 놓여 있는 것이다.

1977년 현재, 1972년의 초연 후에 작성된 비평은 여러 가지를 일깨워준다. 이 소재에 관해서 몇몇 어리석은 의견이 있다. 예를 들면 "이 소재는 고결함이 결여되었다"라고 했다. 이 소재가 동양적인 것이고, 게다가 세계적으로 통용되는 원형이기도 하다는 것을 전혀 모르는 어떤 사람은

〈심청〉의 리허설. 헤르타 퇴퍼, 쿤츠, 레너트, 아내 수자와 함께

이렇게 썼다. "바이에른 사람이 축전의 오페라를 쓸 수 있는 바이에른 사람을 한 사람도 발견하지 못했다는 것은 도저히 이해하기 어려운 일이다. 적어도 카를 오르프와 베르너 엑그가 있지 않은가. 왜 하필이면 한국인이어야 하는가……"라고 안타까워하는 바이에른 사람도 있었다.

공연은 지휘자(볼프강 자발리슈), 연출가(귄터 레너트), 무대장치가(위르겐 로제), 합창 지휘자(볼프강 바움가르트), 오케스트라, 배우들 모두가 거의 이구동성으로 칭찬을 받았다. 특히 청의 역을 맡은 젊은 릴리안 스키스에게는 모두가 열광적인 칭찬을 보냈다. 그녀는 "요구되는 목소리의 곡예를 자유자재로 소화했다"는 평도 받았다.

윤이상의 성악부는 대개 지난하다고 할 정도로 어렵다. 그의 성악부는 서양 음악에서는 일반적이지 않다. 그것은 다이내믹한 자유분방함과 사분음, 글리산도, 포르타멘토로 한국 민요의 전통을 나타내고 있다. 크게 음정의 도약은 없지만, 서양 음악과에서는 가르치지 않는 성역의 빈번한 변화가 있다. 그러나 윤이상은 동양의 성악가들에게는 대단히 자연스러운 아주 높은 가성과 탁성을 서양 가수들에게까지 요구하려고 하지는 않았다.

그럼에도 불구하고 이런 종류의 음악을 현장에서 직접 들어본 적이 있는 사람들은 윤이상의 오페라에서 한국 민요(소리)를 들을 수가 있다. 뱃사람들의 합창은 윤이상이 어렸을 때 아버지와 밤바다에 나갔을 때 들은 어부들의 노래에 대한 추억이다. 우물가의 여자들 노래는 여자들이 밭일할 때 불렀던 노래를 떠오르게 한다. 심청이 동냥할 때 지르는 소리는 그가 고향 마을의 뒷골목에서 들었던 것이고, 용궁의 음악은 그가 어린 시절에 자기도 모르게 따라갔던 유랑극단이 연주하던 것이다. 그러나 그는 이들 동양적인 음악을 그대로 도입한 것이 아니라 현대 유럽의 음향 언어로 바꾸었다.

오케스트라 총보에도 한국 음악이 그대로 받아들여져 있는 부분은 볼 수 없다. 윤이상은 오보에 대신 피리를, 플루트 대신 대금을, 하프 대신 가야금이라는 식으로 한국 악기를 사용하지는 않았다. 그러나 그는 특별한 연주법으로 서양 악기의 음향을 이화異化시켰기 때문에 사람들은 동양의 음악을 듣고 있는 듯한 생각에 빠지곤 했다. 오케스트라가 성악부를 덮어버리는 일은 결코 없고, 거꾸로 대사나 노래 부분이 악기 부분을 침해하는 일도 없고, 상호 영역을 잘 지키고 있다. 오케스트라 부분과 성악 부분은 그 길이나 강도 면에서 균형이 잡혀 있고, 또한 서로 분명히 독립되어 있다고 할 수 있다. 이 점이 가수를 어렵게 한다. 즉 가수는 오케스트라 반주의 도움을 거의 받을 수 없기 때문이다. 그러나 결국 전위음악 가수들은 이러한 종류의 일에 익숙해진다.

1972년 비평가들을 당혹시킨 것은 윤이상의 선율에 대한 '양보'이다. 비평은 여기에서 나뉘는데, 어떤 사람이 적극적으로 평가한 것, 즉 멜로디의 복권이 다른 사람에게는 '옛날 좋은 오페라'로의 후퇴로 보였다. 어떤 사람은 이것을 "한국식 호프만스탈이다"라고 쓰고 (그는 아마도 슈트라우스 호프만스탈을 염두에 둔 것일 것이다), 다른 사람은 "후기 표현주의"나 "다소 고풍스러운 전위파"라든가 "사이비 한국 양식"이라고도 썼다.

음악가는 아니지만 그러나 비평적인 귀를 가진 청중의 하나로서 나에게도 몇 마디 할 기회를 준다면, 성악부가 오케스트라만큼 재미있다고는 생각지 않는다. 나는 그 점을 하랄트 쿤츠와 이야기했는데, 그의 의견에 따르면 그것은 대본 (그가 썼다)을 너무나 윤이상의 음악에 맞추어서, 너무나도 작곡하기 쉽도록, 지나치게 아름다운 매끄러움을 유도하려고 했기 때문이라고 했다. 그 이야기를 듣고 나는 대본이란 작곡가가 멜로디에서도, 리듬에서도, 기분 좋게 대사에 음악을 붙이는 식이어서는 안 된다고 생각했다.

물론 우리가 너무도 많은 전위음악을 듣고 그 강한 위화감이나 난해함에 익숙해져버렸기 때문에 아름다운 멜로디는 어느 것이든 모두 그대로 받아들이기 힘들고 시대에 뒤진 듯한 싸구려라고 느끼게 되어버렸다고 말할 수도 있다.

몇몇 비평가들에게 멜로디가 부족해서 허전하다고 생각한 곳이 다른 비평가들에게는 멜로디 과잉으로 들린 것이다.

몇몇 비평가는 "우리가 새삼스레 정경의 섬세함과 화려함을 보고 그것을 즐길 용의가 있었다니 얼마나 놀라운 일인가"라고 썼다. 이들 비평을 지금 읽어보면 당시 비평가들이 본의 아니게 모두 윤이상 오페라의 마력에 사로잡혀 비웃음이나 때로는 자조까지 함으로써 거기에서 탈출하려고 했다는 인상을 받는다.

이 오페라는 어떤 사람에게는 너무도 서양적인 것으로 여겨졌고, 다른 사람에게는 너무도 동양적이고 이국적인 것으로 느껴졌다. 어떤 사람에게는 아주 독특한 것이고 다른 사람에게는 친숙한 것이었다. 어떤 비평가는 "그만의 독특한 음계의 음색법에서 떠날 수 없는 것이 유감이고, 그것이 이 오페라의 결점"이라고 썼다. 다른 비평가는 서양의 영향을 지적하여 드뷔시Debussy, 알반 베르크Alban Berg, 슈레커Schreker, 메시앙을 예로 들었다. 사실 윤이상은 동양적이면서 서양적으로 썼던 것이다. 즉 그는 동양적인 것과 서양적인 것을 결부시키려고 했지만, 그러나 동양에서 온 무엇을, 그리고 서양에서 온 무엇을 각각 받아들여서 어떤 이국적인 효과를 내려고 한 것은 아니었다. 아마추어에게는 물론 먼저 이질적인 것이 귀에 들어온다. 아마추어는 오케스트라 소리에서 특별함을 듣지만 그러나 오케스트라의 편성을 보면 상상한 것처럼 특이한 악기는 하나도 볼 수가 없다. 편성은 몇몇 타악기를 제외하면 종래 그대로이고, 그 타악기도 유럽의 다른 현대 작곡가에게서도 흔히 볼 수 있는 조율이다. 따라서 동양적인 효과는 보통 악기의 특별하고 독특한 연주에서 생기는 것임에 틀림없다. 총보를 읽을 수 있는 사람은 종래의 총보와 비교하면 거기에 다른 데서는 볼 수 없는 주의사항이나 특별한 연주법이 적혀 있는 것을 알게 된다. 그리고 그것이 바로 이 독특한 음향효과를 만들어내는 것이다.

아마추어들에게 더욱 이상하게 생각되는 것은 '이거구나' 하고 알 수 있는 리듬의 구성이 전혀 없다는 점이다. 억양을 살려 읽어보면 어쨌든 사분의 사박자로 쓰여 있다는 것은 알겠지만 읽어보지 않으면 거의 악센트 없이 계속 평이하게 이어져가는 음의 흐름을 듣고 느끼게 된다. 이 음의 흐름은 갑자기 응축되어 농도를 더해가다가 마침내 한데 모여 장대하게 폭발하는데, 한참 있으면 다시 조용하게 흘러간다. 그러나 그 흐름의 평면은 높아졌다 낮아졌다 하고, 또 음색도 광도도 음량도 바뀐다. 조용히 받아들이는 청중이라면 끊임없이 반복되는 편안함 속에서 일어나는 이러한 변화의 움직임 속에서 자기 자신이 함께하고 있다고 느낄 것이다. 이렇게 하여 청중은 윤이상이 이 음악에서 무엇을 표현하고자 하는지를 들으면서 이해할 수 있다 — '부동 속의 동(정중동)'을.

슈투켄슈미트Stuckenschmidt는 이 이상함을 전문가답게 다음과 같이 설명하고 있다.

"총보 속에 이국적인 표징을, 그러니까 5음 음계의 선율, 단순 반복되는 악절, 원시적 리듬, 단음적인 선, 화성적인 요소의 배제를 기대하는 사람은 그 태도를 바꾸지 않으면 안 될 것이다. 이 작품은 목관의 3관 편성과 금관 4관 편성과 많은 타악기와 하프와 첼리스타celesta(피아노와 비슷한 모양의 소형 타악기)가 가세한 오케스트라에 의해 이행부를, 즉 다성음의 분기점을 요 몇 년 사이 오페라를 위해 구성된 것 중에서는 가장 정교하고 치밀하게 표현하였다. (……) 장대한 복합음이 반복 구성되어 거대한 화음이 되고, 음성의 조직을 짜낸다. 그러나 그것들은 아주 적은 음들로 이루어진 하나의 핵으로 되돌아간다. 30개의 음으로 이루어진 종말부의 화성이 9개의 음으로 수렴되는 형상으로……. 독창과 중요한 이중창과 합창 속의 멜로디 구성도 종종 5음에서 7음까지의 모임인데 이들 조합이나 그 위치의 질서 있는 자리 바꿈으로 거의 무한의 변주를 만들어내는 기초를 이루고 있다. (……) 피아노 악보의 발췌를 읽어보면 더없이 복잡한 음표가 이렇게 간단하게 음의 현실로 바뀌는가에 놀랄 정도이다."

윤이상의 음악 중에서 '서양적'인 효과를 불러오는 것은 '이국적인 표징'이나 이국적인 악기를 포기하는 동시에 서양적인 작곡 기법, 즉 윤이상이 배워온 무조음이나 여기저기서 볼 수 있는 12음 음악의 음렬주의적 기법이다.

어느 비평가는 이렇게 썼다. "이 음악이 유럽의 급진파와 다른 점은 정신적인 태도와 동양인의 예술적 사고방식이다."

이 '예술적 사고방식'이란 무엇인가에 대해서는 이미 지금까지 충분히 이야기했다. 그런데 '정신적인 태도'란 무엇을 의미하는 것일까?

슈투켄슈미트는 이렇게 말한다. "윤이상은 일본의 마유즈미 도시로黛敏郞와 함께 그 음악적 구성에 있어 서양적 악곡 작법 정신과 기법에서 배웠으면서도 동시에 불교에 대한 신앙을 가진 극동 음악가 중 한 사람이다."

윤이상 음악의 근원은 불교가 아니라, 돌아가는 수레바퀴의 중심은 조용하다는 것, 평형을, 우주적 대응을, 무한의 조화를, '정중동'을 아는 도교이다. 이러한 중심을 알고 이렇게 명석한 정신적인 태도를 갖는 것은 이미 서양의 예술가에게 일반적인 일도, 자명한 일도 아니다. 슈투켄슈미트는 이것을 염두에 두고 다음과 같이 쓰고 있는 것이다. "고도의 예술적 요구와 윤리적인 가치를 가진 오페라로서 〈심청〉은 도처에서 무정부주의에 위협받고 있는 현대에 하나의 역할을 하고 있다."

드물게도 윤이상의 경우에는 대부분의 비평가가 그의 인격과 음악의 윤리적 성격을 인정하고 있다. 그 때문에 〈심청〉에 의해 '도덕적인 모범을 만들고 윤리적인 호소를 하고자' 하는 의도를 지니고 있다는 결론을 도출해 내고 있다. 그가 분명 그러한 효과를 의도했다면 가사 자체가 깊은 뜻을 가지고 있는 합창을 그 가사가 이해되지 않도록 작곡했다는 점은 도무지 이해하기 어려워진다. 윤리적인 가치를 가진 표현이 그렇게 심미적인 가치에 의해 숨겨져 있다는 것이……

만약 윤이상에게 그럴 생각이 있었다면 합창이 이해될 수 있도록 할 수도 있었다. 그러나 그는 그렇게 하려고 하지는 않았다. 그에게는 격언의 교훈적인 효과가 주안점이 아니었기 때문이다. 〈심청〉은 세상의 시선과는 반대로 유교적인 교훈극이 아니고 세계의 근원에 있는 '현실'인 동시에 상징적·원형적이기도 한 모습을 도교적으로, 선입견 없이 표현한 것이다. 일면 그는 합창의 언어로 청중에게 전하고 싶은 것은 이해되지 않을 수 없을 정도로 부각시키고 강조했다. 윤이상의 작품에서는 언어가 주장을 전하지는 않는다. 그것은 음악 그 자체, 어느 누구라도 알아들을 수 있는, 그리고 알아들어온 윤리적인 힘을 지닌 음악 그 자체이다.

나는 대화의 상대가 어떤 언어를 특히 중시하여 사용하는가에 주의를 기울이는 습관이 있다. 그런 말은 언제나 키워드이기 때문이다. 윤이상의 경우에도 그의 길고 집중적인 대담 중에 키워드를 발견했다. '평안'과 '순수'가 그것이다. 먼저 나는 그것과 관련하여 토마스 만이 옛날에 '정신이란 무엇인가'라는 물음에 내린 정의 한 구절이 떠올랐다. "정신이란 순수와 평안을 찾는 힘이다." 따라서 우리는 윤이상의 '평안'과 '순수'라는 말을 '정신'과 동일시할 수 있다. 윤이상이 특히 '평안'이라는 말에서 의미하는 것은 도교적인 평형이다. 그렇다면 '순수'에서는 무엇을 생각하고 있을까? 그가 세 가지 순수를 생각하고 있다는 것을 나는 깨달았다. 윤리적인 태도의 순수, 사고의 순수, 예술적 방법의 순수다.

그의 태도는 유교적·도덕적이다. 그는 부부의 정절, 진리에 대한 사랑, 우정과 신의, 가족과 제자에 대한 절대적인 책임감, 일에 대한 전념 같은 것에 확고한 가치를 두고 있다.

언젠가 그가 나에게 해준 이야기다. 그는 어렸을 때 꽤 큰 금액의 부모님 돈을 훔쳤다. 도둑질은 발각되지 않았다. 그러나 그는 자신에게 그런 행위를 결코 허락하지 않았다. 젊은 날, 고아원 원장을 하다가 횡령이라는 무고죄를 뒤집어썼다. 그러나 그는 어쩌면 그런 행위가 가능할지도 모르겠다고 생각했을 때 유혹의 가능성이 있는 곳을 떠났고 그 지위를 버렸다. 옥중에 있었을 때, 고문이나 구류 이상으로 그를 괴롭힌 것은 한국 국민이 자기에 대해서 이중간첩이라는 배신 행위를 할 수 있는 남자(그런 일은 그에게는 도저히 불가능하지만)라고 생각하는 건 아닐까 하는 점이었다. 순수 역시 그의 사고 속에 있다. 그것은 진정으로 도를 구하고 유혹당하지 않는다.

이런 태도와 사고의 순수함에서 그의 성실성이 나온다. 그는 언젠가 나에게 의뢰받은 일을 할 때 본래 자기의 영역이 아닌 실험적인 방향으로 양보하든, 또는 인습적인 청중에 양보하든, 얼마간의 경솔함과 양보를 했다는 이유로 찜찜함, '양심의 가책'을 느낀다고 말한 적이 있다. 1965년에 박정희가 독일연방공화국을 방문했을 때 기념 연주회가 열렸다. 그 전에 마침 한 젊은 여성 첼리스트가 꼭 윤이상과 함께 일을 하고 싶다고 하여 첼로와 피아노를 위한 작품을 써달라고 간절히 원했다. 그는 마음이 내키지 않았지만 그녀를 위해서 그것을 써주었다. 그러나 그 후 그 작품은 그 첼리스트에게는 너무 어렵다는 걸 알게 되었고, 당시에는 연주되지 못한 채 끝났다. 윤이상이 옥중에 있었을 때, 하랄트 쿤츠가 윤이상의 집에서 서류를 정리하다가 그 초고를 발견했다. 그때 마침 보테 운트 보크 출판사에 첼리스트인 볼프강 뵈처Wolfgang Boettcher와 지휘자 한스 젠더Hans Zender가 와 있었다. 그들은 그 작품을 보고 브레멘의 '무지카 비바' 연주회에서 연구하겠다고 했다. 하랄트 쿤츠는 그것을 윤이상에게 편지로 알렸다. 거절한다는 답이 돌아왔다. 윤이상은 그 작품을 좋지 않다고 생각하고 있었던 것이다. 그럼에도 불구하고 모두들 그 작품을 나쁘지 않다고 생각했기 때문에 그 작품을 연주했다. 그리고 그 후에도 몇 번이나 연주했다. 윤이상이 감옥에서 나왔을 때에는 그 작품을 회수하기에는 이미 때가 늦었다. 그러나 그는 그 작품이 연주될 때마다 늘 부끄럽다고 했다. 예술적인 양심에서 그는 한국과 일본에서 쓴 작품 모두를 파기한 것이다.

윤이상에게 예술적으로 순수함이란 양식의 순수를 의미하는데, 그때의 '양식'이란 그저 단지 작품 구성상의 통일성이나 결벽성, 완벽주의와 관련된 것일 뿐 아니라 인격과 작품, '세계관'과 일 사이의 일치와도 관련이 있다. 만약 비종교적인 인간이 교회에서 의뢰를 받았다는 이유로 종교적인 찬미가를 쓴다면 그 불일치는 바로 내용이 없는 것, 허위로 느껴질 것이다. 예술에 종사하는 사람이라면 누구나 자기가 내용 없는 것을 만들고, 이미지의 결여를 헛된 이야기로 메울 때 그것을 금방 알 수 있다. 내가 윤이상의 음악에 대해 아는 한, 그러한 공허, 그러한 당혹이 그의 음

〈심청〉 공연에서 청이 바다에 뛰어들기 전 마지막 기도하는 장면(위)
딸이 자신을 위해 제물이 되기로 했다는 사실을 듣게 된 심봉사(아래)

옥좌에 앉은 신들의 세계 장면(위)
심봉사와의 재회 장면(아래)

악에서는 전혀 볼 수 없다고 단언할 수 있다. 모두 알차고 충실하다.

그러나 윤이상이 윤리적·교육적인 의도를 가지고 있다는 것은 착각이다. 어떤 비평가는 〈심청〉에 대해서, 만약 윤이상이 일본의 가부키가 서양에서 공연될 때처럼 "서양적인 사고방식으로 타협하지 않고 분리하여 떨어져서" 〈심청〉을 원어와 본래의 동양 의식의 형식으로 상연했다면 동양적인 윤리를 서양에 근접시킬 수 있었을지 모른다고 했다.

그러나 윤이상은 동양의 윤리를 위해서 일을 하고 있는 것이 아니라 예술을 위해서, 그것도 그의 독자적 예술을 위해서 일을 하는 것이다. 그런데 심청의 소재가 순수하게 동양의 것이라고 생각하는 사람은 잘못 이해한 것이다. 다시 말해 두건대, 〈심청〉은 원형적인 소재이고, 모든 문화권에 존재하는 것이다. 왠지 이국적인 것이고 심미적인 것으로서만 우리들에게 의미가 있다는 선입견에 사로잡히지 않는다면 그것은 금방 이해될 것이다. 이 오페라의 핵을 이루는 주제인 하나의 이념, 한 인간, 한 공동체를 위한 자기희생과 그것과 밀접하게 결부되어 희생의 근거를 이루는 도의에 대한 신앙은 보편성을 지닌 것이고, 모든 것의 마음에 내재하는 것이다. 당연한 일이지만 어느 비평가는 푸치니의 〈나비부인〉과 비교했다. 나비부인의 정절을 위한 자살과 심청의 자기희생을 찬찬히 비교해 보는 것은 대단히 계몽적인 일이다. 나비부인은 서양의 눈으로 본 동양의 부인이다. 그녀는 개별적인 운명을 짊어진 개인으로서의 여성이고, 따라서 운명은 그 개인, 그 우연에서 일어나지 않는다 하더라도 되풀이되는 것이다. 나비부인은 개인적, 감상적인 사랑의 감정에 의해 살아간다. 푸치니의 오페라는 감동적인 갈등에는 차이가 없지만 시민사회적인 차원에 머물러 있다. 〈심청〉은 전혀 감상적이지 않다. 그녀는 이념과 현실에 속박되어 있다. 그녀의 태도는 견고한 유교적 전통에 의해 규정되고 있다. 그녀의 운명은 설령 오페라 속에서 아주 개인적인 모습으로 그려져 있다고 해도 초개인적인 것이고, 그 의미는 도의道義, 즉 도에서 주어진 것이다. 그 모습 그대로 되풀이되지는 않지만 그러나 늘 어디서나 일어날 수 있다.

그런데 청중들이 이해했는지 여부는 별도로 하고 뮌헨의 축전 초연은 국제적으로 대성공을 거두었다. 그러나 이 공연을 관람한 비평가들이 청중의 감격을 직접 쓴 글을 읽으면 재미있다. 대체 비평가라는 사람들이 단순한 사실을 정확하게 기록하는 능력을 갖고 있는 존재인가 하는 의문이 생겼다. 요컨대 어떤 비평가는 "떠나갈 듯한 박수"라고 썼고, 다른 비평가는 "정중하고 공손한 박수"라고 쓰고, 또 어떤 비평가는 "친근함이 깃든 박수"라고 쓰고, 그리고 또 어떤 비평가는 청중은 "릴리안 스키스의 연기에 열광하여 격렬한 박수를 보냈을 뿐"이라고 쓰고, 다른 비평가는 "만장일치의 큰 박수"라고 썼다. 그리고 슈투켄슈미트는 이렇게 썼다. "길게 이어진 우레와 같은 박수가 있었고, 작곡가도 그 때문에 몇 번이나 올라와 감사의 뜻을 표할 수 있었다." (감사의 뜻이란 즉 연출자 전원의 뛰어난 연기와 연주에 대해서이다.)

위르겐 로제Jügen Rose의 무대장치는 대단히 호평을 받았다. 그것은 축전 공연에 어울리게 화려하면서도 도를 넘지 않았으며 섬세하고 매혹적이었다. 무대 중앙의 앞쪽 끝을 둥그스름하게 만들고, 약간 높은 무대를 설치했다. 그 좌우에는 암석과 구름을 양식화해서 중국식, 바로크식으로 그린 풍경을 배치했고 다시 그 위에는 천상적인 사람(합창단)이 위치하고, 무대 위의 움직임과는 전혀 대조적으로 부동을 상징하여 연주 내내

연꽃 속에서 나타나는 청

조각상과 같은 편안함을 유지하고, 그렇게 함으로써 청중은 청각적으로 느낄 수 있는 것, 즉 '정중동'을 눈으로 보게 되는 것이다. 암석과 구름의 풍경 위에 위치한 합창단과 연단 사이에는 각 장면의 특징을 나타내기 위한 좁은 막이 내려져 있는데, 거기에는 천상의 바로크적이고 이상한 호화로움과 의식적으로 대조시킨 간결한 그림이, 동양의 두루마리 그림을 본떠 먹그림으로 그려져 있다.

칭찬만 받았던 건 아니고 비판적인 소리도 있었다. "옛날이야기의 소박한 순수함이 세련된 음색법과 다양한 장식과 비취색으로 빛나는 이국의 정서에 의해 희생되었다"는 것이었다.

이 오페라는 원칙적으로는 두 가지 상연 방법이 있었다. 축제용으로 가능한 한 화려하게 상연하든가 아니면 반대로 붓 한두 자루로 그린 것처럼 아주 간소화하여 중간 정도나 연구용 무대에서 당연히 배역도 최대한 축소하여 상연하는 것이다. 후자 쪽이 윤이상의 철학적·사회적·예술적 원칙에 합치된다. 윤이상의 원칙은 부분 속에 전체가 있고, 간결함 속에 충실함이 있어 작품의 어느 부분이든 전체와 같은 구조를 지니고, 어느 악기도 어느 성악부도 각각 독립하여 연주하고 노래하면서 오케스트라 전체와 같은 표현을 하기 때문이다. 따라서 〈심청〉의 극단적으로 간소화된 공연도 그 내용 전체를 포함하지 않으면 안 된다. 그리고 그것이 가능하다는 것을 윤이상은 〈나모〉의 두 가지 대본으로 보여주었다.

〈나모〉는 한국의 무당들이 부르는 노래에서 영감을 얻은 것이다. 무녀가 혼자서 여성의 목소리로 부르는 것을 윤이상은 동일한 성역과 음색의 세 소리로 나누었다. 이것은 '주요음' 기법을 성악에 적용한 것이었고, 세 가지 닮은 소리가 스스로 나뉘는데, 그 때문에 언제나 밀접하게 하나의 소리를 이어가는 또 하나의 소리처럼 구성되어 있다. 이것은 재미있는 작곡 기법일 뿐 아니라 생물학적, 청각적으로도 올바른 현상의 표현이다. 인간의 목소리는 결코 연필 선과 같이 명료하고 정확한 것이 아니고 평면적인 폭을 지니고 있기 때문이다. 인간의 목소리는 이른바 살아 있는 것이고, 물론 그 자체는 하나지만, 그러나 성대의 자연스러운 진동에 의해 그 자체가 끊임없이 스스로 변화하고 그럼으로써 하나의 음이 동시에 많은 소리를 위한 여지를 계속 만들어낸다. 이러한 청각적인 현상은 또한 심리적인 현상이기도 하다. 존재하는 것은 결코 혼자서는 존재할 수 없고, 모든 것은 다른 것을 포함하고 있어 분명한 건 아무것도 없다. 인간의 목소리는 결코 단 하나의 소리로 나타낼 수는 없고 늘 존재하는, 말로는 표현할 수 없는 움직임과 함께 흔들리고 있기 때문이다. 요컨대 모든 목소리는 소리의 다발이다. 그런 까닭에 세 가지 소리는 작곡 기법적으로는 또다시 단 하나의 소리로 묶일 수 있다. 실제, 윤이상은 세 가지 목소리의 칸타타에서 하나의 독창을 위한 총보를 만드는 데 성공했다. 그리고 이 대본은 세 가지 목소리의 총보와 아주 똑같이 강렬한 인상을 주는 것이다.

물론 오페라 〈심청〉의 '축소판'은 아주 곤란한 기획이겠지만, 그러나 불가능하지는 않다.

기묘하게도 서양의 비평가들 귀에는 윤이상의 음악이 다양하게 들린다. 서양의 기질은 그의 음악극에 서로 다른 반응을 보여준다. 어떤 비평가가 그 극적인 밀도와 음색, 리듬의 풍부함을 칭찬한 데 반해, 다른 비평가는 그것을 단조롭다고 한다. 어떤 비평가는 이렇게 썼다. "윤이상의 음악은 이 오페라 〈심청〉에서도 음향의 융단이었고, 이른바 주요음이 반복되고 겹치며, 또한 악기는 어느 연주가에게도 대단히 복잡할 정도로까지 분화되어 간다. 그럼에도 불구하고 이 총보는 우리 서양인의 귀에는 처음 듣는 것이라는 인상을 준다."

이렇게 서양 비평가들을 당혹시키고 있다는 것이 바로 윤이상이 '정중동'의 이미지를 훌륭하게 실현하고 있다는 반증이다.

즉 〈심청〉은 근본적인 문제를 둘러싸고 격한 논쟁을 불러일으켰다는 점에서도 대성공이었다. 어떤 사람은 너무 서양적이라고 하고, 어떤 사람은 너무도 동양적, 이국적이라고 했으니 이렇게나 정반대의 비난에 대해 윤이상 자신은 무엇이라고 답했을까?

윤이상 청중들은 동양과 서양 사이에 있는 나의 위치를 각양각색으로 보고 있습니다. 그건 아무래도 좋습니다. 나의 음악은 동양적이라고 들을 수도, 아니면 서양적이라고 들을 수도 있습니다. 그렇게 할 수 있다는 것이 바로 나의 위치를 보여주는 것입니다. 나는 전형적인 동양인이기도 하지만 유럽화된 사람이기도 합니다. 나는 두 가지 문화의 영향을 모두 받았습니다. 내 경우에는 드뷔시, 불레즈, 메시앙 등과 같은 서구 문화 속에서 자라고 그 견고한 기반에 서서 동양 음악을 접하여, 동양 음악과 깊게 융합하지 않은 채 동양 음악의 무언가를 서양 음악에 도입하려고 하는 유럽 현대 작곡가들과는 완전히 다릅니다. 이들 작곡가들은 모두 육체적으로도 정신적으로도 자기 자신의 문화권에 머물러 있고, 이질적인 문화권과는 가끔 접하는 데 지나지 않습니다. 내 경우는 완전히 다릅니다. 내 몸은 고향을 떠나 서구 세계로 들어와 거기에 정착해 살고 있습니다. 그리고 서양에서 처음부터 다시 작곡 공부를 시작했습니다.

나는 일본과 한국에서 서양 음악을 후기 낭만파까지 배웠지만, 그때에는 아직 내가 찾던 것을 찾아내지 못했습니다. 기초부터 배우기 위해서 나는 파리와 베를린으로 갔습니다. 그리고 서구 세계에 머물렀습니다. 나는 모든 서양 문화 및 서양 음악에 나의 예술적 생사를 걸고 대결했습니다. 서양의 작곡 기법을 배우기만 하면 서양의 작곡가가 된다는 식으로 생각하지는 않습니다. 대부분의 경우 먼저 자기 자신의 출신을 잊고 새로운 것이나 극히 이질적인 것에 대해 백지가 되어야 합니다. 나의 경우에는 서양 음악을 배우면서 그것과 싸워야 했습니다. 그리고 나는 내가 동양 출신이라는 것을 다시 떠올려야만 했습니다. 그래서 마침내 나는 내 속에 있는 동양적인 것, 즉 흐르는 것을 서양의 음악 언어로 표현하는 방법을 배울 수 있게 되었습니다. 요컨대 흐르는 채로 맡겨두는 것이 아니라 새롭게 구성하고, 조립하여 내가 말하고자 하는 것을 나만의 독창적인 음악 언어로 표현하는 방법을 배운 거지요. 당신도 알다시피 내 음악이 서양 음악인지, 아니면 동양 음악인지 하는 질문에 나는 전혀 관심이 없습니다. 나는 내가 써야 할 음악을 쓰고 있습니다. 왜냐하면 나는 나이니까요. 물론 음악 학자들이 그것을 가지고 오래 분석을 할 수야 있겠지요.

루이제 린저　그럼 이번에는 당신에게 전형적인 저널리스트 같은 질문을 하나 하지요. 당신은 서양의 음악가들 중에서 누구의 영향을 많이 받았습니까?

윤이상　만약 당신이 내 입장이라면 이 질문에 어떻게 답하겠어요?

루이제 린저　나라면 이렇게 말하겠지요. "서양 음악 전체에서 영향을 받았지만 특히 쇤베르크와 빈 악파한테 영향을 받았고, 서양의 전위음악과 싸워야 했습니다. 그래서 나는 유럽으로 온 것입니다." 그렇지만 다시 한 번 질문을 반복하면 당신에게 특별한 방법으로 또 특별하게 영향을 준 서양 작곡가가 있습니까? 스트라빈스키는 어떻습니까?

윤이상　물론 나는 그의 힘 있고 도발적이고 명쾌한 음악에 매료되었습니다. 그러나 뭔가 결부시키거나 아니면 각인되기에는 그의 음악 세계와 나의 음악 세계가 너무나도 다릅니다.

루이제 린저　그렇다면 쇤베르크는요?

윤이상　네. 나는 그를 철저하게 공부했고 〈피아노를 위한 다섯 개의 소품〉 〈일곱 악기를 위한 음악〉과 현악사중주곡 제3번 같은 여기 와서 쓴 나의 몇몇 초기 작품을 12음 기법으로 썼습니다. 물론 1959년 당시부터 나는 이미 엄격한 음렬 기법을 약간씩 수정해 오고 있었습니다. 그 뒤로도 나는 여전히 음렬표의 단편을 이용했습니다.

루이제 린저 그렇다면 블라허는 어떻습니까?

윤이상 그는 내게 대단히 흥미로운 존재입니다. 그렇지 않다면 그의 제자가 되지 않았겠지요. 그러나 우리에게 공통점은 별로 없습니다. 내가 높게 평가하고 있는 현대 작곡가들이 몇 명 있습니다. 루토슬라프스키Lutoslawski, 슈토크하우젠, 노노, 리게티, 펜데레츠키, 베른트 알로이스 침머만Bernd Alois Zimmermann입니다. 그러나 내가 이 사람들과 함께 걸어갈 수 있었던 길은 언제나 조금밖에 없습니다. 그 뒤 나는 나의 방식으로 혼자서 작곡을 계속해온 것입니다.

루이제 린저 전혀 다른 질문인데요, 〈심청〉의 뮌헨 공연은 국제적인 성공을 거두었습니다. 대체 한국은 여기에 어떤 반응을 보였습니까? 물론 이 사실은 한국에도 알려졌습니다. 한국의 「중앙일보」는 오페라와 무대장치에 대해서도 특별하게 긴 기사를 실었습니다.

윤이상 본의 한국 대사관에서는 김 대사를 포함한 전원이 뮌헨으로 왔습니다. 그리고 나를 서울로 초대하겠다고 했습니다. 새로운 국립극장의 개관 공연에 〈심청〉을 상연하고 거기에 나도 참석해 달라고 했습니다.

루이제 린저 당신이 감옥에서 석방되고 4년 후의 일이로군요. 그 초대는 정식 명예회복을 의미하는 것이었나요?

윤이상 나의 내한과 공연을 희망한 것은 정부가 아니고 민중이었습니다. 그것을 강하게 요구한 것은 신문이었습니다. 신문에는 장대한 논설이 실렸습니다. 정부에 대해 이러한 관계 개선 행위를 촉구하고 그리고 사실 정부는 그 압력에 양보했습니다.

루이제 린저 서울의 오페라 극장은 이 서양적인 기법으로 씌어진 대단히 어려운 작품을 상연할 수 있었나요?

윤이상　뮌헨 공연을 그대로 가지고 가려고 했습니다. 즉 뮌헨의 관계자 전원과 무대의 소품까지 모두 옮기려고 했습니다. 그러나 그 교섭은 결국 재정적인 문제 때문에 무산되었습니다. 그 후 뉘른베르크의 〈꿈〉 공연과 〈요정의 사랑〉을 포함하여 한국으로 가지고 갈 계획이 세워졌습니다. 그 교섭은 이미 관계자 전원의 비행기 표와 소품을 위한 컨테이너를 발주하는 데까지 진행되었습니다.

루이제 린저　대체 누가 그 기획을 재정적으로 지원했나요?

윤이상　한국입니다. 그러나 독일 정부도 상당한 액수의 조성금을 내놓았습니다. 한국 정부가 나를 개인적으로 초대하여 내 경비를 대겠다고 했습니다. 나는 서울에서는 정부의 손님이 될 터였지요.

루이제 린저　그때 당신은 이미 독일 시민이 되어 있었겠군요. 그렇지만 당신은 그 초대 역시 받아들이지 않았겠지요?

윤이상　그렇다고도 아니라고 할 수도 있습니다. 나는 그 초대는 받아들였지만 이렇게 말했습니다. "공연하러 가지만, 한국 정부의 비용이 아니라 내 돈으로 간다"고요. 그래서 나는 본의 한국 대사관으로 갔습니다.

루이제 린저　몇 년 전 당신이 지붕 밑 다락방에 감금되어 고문을 받았던 그곳으로요?

윤이상　네. 나는 그 일이 생각나서 이렇게 말했습니다. "내가 다시 체포되고 고문받고 감시당하지 않는다는 보증을 누가 할 것인가? 다시 그런 일이 있을 수는 없다 하더라도 내가 잘 조작된 교통사고로 자연스럽게 살해되지 않는다는 보증을 누가 하느냐?"라고 말입니다. 대사관은 모든 예방조치를 강구한다고 확약했습니다.

루이제 린저 1976년에 당신이 일본에서 열린 한국 문제를 위한 국제회의에 참석했을 때 일어난 일을 생각하면 당신의 우려는 아주 당연한 것입니다. 도쿄에서 KCIA 패거리가 당신을 납치하기 위해서 호텔로 몰려왔으니까요. 만약 일본 경찰이 없었더라면 지금쯤 당신은 또 감옥 안에 있거나, 아니면 살해되었을 테지요. 왜 당신이 공연 초대에 대해 그렇게 적극적인 반응을 보였는지 나는 이해가 가지 않습니다. 그것은 박정희 정권과는 교섭을 하지 않겠다는 당신의 기본적인 원칙에 벗어난 것이지 않습니까.

윤이상 그것이 그렇게 이해하기 힘든 일입니까? 나는 내 나라를 다시 한 번 보고 싶다는 생각을 합니다. 그것도 자유로운 인간으로서 말이죠. 게다가 나를 감금하고 고문하고 유죄 판결을 내린 것은 실제 우리나라 민중들이 아니었습니다. 아니, 민중 자신도 군사독재 정권 아래서 갇혀 있는 것입니다. 설령 내가 독일 시민이 되었다고 해도 나 역시 한국 민중이며 한국 민중을 사랑해 왔고, 사랑하고 있습니다. 게다가 한국 신문은 나에 대해 아주 많은 기사를 써서 나를 위해 힘을 써주었습니다. 만약 내가 가지 않으면 그 사람들이 실망할 거라고 생각했습니다. 물론 나는 내 작품이 서울에서 공연되는 것을 보고 싶다는 생각도 있었습니다.

더욱이 이것은 설명이 좀 필요한 문제인데, 우리의 조상 숭배라 불리는 것과도 관계가 있습니다. 우리나라에서는 죽은 사람들을 커다란 묘지 하나에 같이 묻지 않고 지관(풍수지리에 따라 묏자리를 찾는 일을 하는 사람)이 고른 장소에, 즉 주술적인 이유나 그 밖의 이유 때문에 죽은 자에게 좋고, 따라서 자손에게도 좋은 곳에 매장을 합니다. 죽은 이는 각각 따로 묘를 갖고, 그리고 때로는 그 묘들이 서로 멀리 떨어져 있기도 합니다. 가족 중

누군가 그 장소를 정확하게 알아야 합니다. 그렇지 않으면 잊혀지기 때문입니다. 그런데 집안 남자들만이 묘를 지킬 수 있고 따라서 그 장소를 알고 있어야만 합니다. 우리 가족 중에서는 우리 조상들의 묘를 알고 있던 분이 아버지였습니다. 그리고 장남인 나에게 아버지가 그 위치를 가르쳐주셨습니다. 아버지는 그것을 묘를 지키는 일과 더불어 맡긴 것입니다. 아버지가 아직 살아 계셨을 때는 동생은 너무 어려서 아버지로부터 그것을 배우지 못했습니다. 그러니까 나만 그 위치를 알고 있었던 것이죠. 나는 조상의 묘를 돌보아야 하는 입장에 있습니다. 그러나 나는 멀리 떨어져 있어서 아무것도 할 수 없었습니다. 그게 내 탓만은 아니라 할지라도 나는 그 의무를 태만히 한 채 지낸 데 대해 양심의 가책을 느껴왔습니다. 묘가 무너지지나 않았는지, 비석이 흩어져 있지 않을지 누가 알겠습니까? 우리들에게 유골은 단지 물질의 한 조각이 아니고 여전히 혼이 살아 있는 존귀한 무엇입니다. 그래서 나는 조상들의 묘를 보기 위해서 한국에 가고 싶다고 생각했습니다. 그것은 나에게는 대단히 중요한 일이었습니다. 물론 나는 친척이나 옛 친구들과도 다시 만나고 싶었습니다.

루이제 린저 그러나 그 계획은 왜 실행되지 못했습니까?

윤이상 이유는 교섭을 하던 중에 김대중 사건이 일어났기 때문입니다. 기억하고 계시지요?

루이제 린저 그는 일본에서 납치되었지요. 그는 박정희의 강력한 경쟁자이고 대통령 선거에서는 박정희의 조직적인 부정행위에도 불구하고 박정희와 거의 비슷한 표를 득표하여 박정희에게는 가장 큰 위협이었습니다. 그래서 그는 제거한 것입니다. 그것도 아주 비밀스러운 방법으로, 말도 안 되는 잔혹한 방법으로요. 그는 산 채로 상자 속에 담겨 한국 배에

김대중 납치사건과 관련해 일본에서 기자회견을 하는
윤이상·이수자 부부(1974년)

실려 갔습니다. 배에서 바다로 집어던지려 했던 거지요. 그러나 미국이
그 사실을 알게 되었고 그래서 미국 헬리콥터가 그 한국 배 위를 선회하
며 지령을 전달해 이 계획이 중단되었습니다. 그래서 KCIA 패거리들은
김대중을 산 채로 한국으로 옮기지 않을 수 없었습니다.

윤이상   당시, 1973년 8월에 나는 마침 미국의 콜로라도에 있었습니다.
그곳으로 박정희가 다시 탄압을 강화하는 이 위험한 시기에 한국에 가지
말라고 경고하는 전보가 여러 나라의 친구들로부터 도착했습니다. 그래
서 나는 여행도 공연도 그만두었습니다.

루이제 린저   나는 당신이 고향을 그리는 마음과 만년을 한국의 바닷가에
앉아 물고기를 낚으며 작곡도 하면서 지내고 싶다는 커다란 동경과 바람

을 충분히 이해할 수 있습니다.

윤이상 그러나 음악은 쓰지 않을 거예요. 그저 마음속으로 들을 뿐입니다. 나는 언제나 음악을 듣고 있을 겁니다. 그렇게 있고 싶어요.

루이제 린저 당신은 진심으로 언젠가 영원히 머물기 위해 한국으로 갈 거라고 생각하고 계십니까? 다시 한 번 심각하게 생각해 보세요.

윤이상 사실은 잘 모르겠습니다. 나는 유럽에서 20년을 지냈습니다. 나는 한국인인 동시에 유럽인입니다. 게다가 나는 유럽 음악계의 중심에 있습니다. 당장은 정치적인 이유 때문만이 아니라 한국에서 지낼 수가 없을 겁니다. 그러나 나중에 나이를 먹으면……

루이제 린저 그렇지만, 정치적인 상황이 바뀐다는 전제하에서이겠지만, 한국에 새로운 음악 활동을 일으키기 위해 간다는 것도 생각해본 적이 있으십니까?

윤이상 아니, 아니오. 그것은 나의 한국 제자들이 할 겁니다. 나에게는 몇몇 대단히 뛰어난 재능을 가진 제자가 있었고, 지금도 있습니다. 그 사람들이 한국 음악의 장래를 일구어가겠지요.

루이제 린저 당신의 제자들 말인데요. 이번에는 음악대학 교수로서의 당신에 대해서 한번 이야기해 보지요. 당신은 이렇게 말해 왔습니다. "괜찮겠어요? 1, 2년 내 밑에서 공부하고 싶다는 건 안 돼요. 처음부터 4, 5년 내 밑에 있을 각오가 아니라면 안 돼요. 그것도 우리는 서로 개인적으로 잘 알아야 하고 서로 인간적으로 조화할 수 있을지 봐야 해요. 그렇지 않으면 나는 가르칠 수 없고, 당신도 배울 수 없을 거예요. 음악을 배운다는 것은 중요하고 가치 있는 일이에요. 전력을 기울일 필요가 있습니다." 당신은 마치 스님이 되기 위해 과정을 밟는 행자를 시험하는 절의 주지승

같이 말했습니다. 스승의 권위를 가지고 당신은 이야기했지요. 당신은 권위주의적인 선생입니까?

윤이상 만약 내가 그렇다면 나는 제자와의 인간적인 접촉 같은 건 구하지 않을 겁니다. 선생은 본래의 수업 말고도 제자를 돌보아주어야 합니다. 제자들은 각기 예술적인 문제를 가지고 선생에게 찾아갈 수 있습니다. 선생은 제자에게 엄격한 공부를 요구해야 하지만, 그러나 또 제자들에게는 아주 인내심을 가지고 대해야 합니다. 입시 시험에서 학생을 떨어뜨릴 때 가끔 나는 그 나이 때의 나를 떠올립니다. 할 수 있는 일이 정말 조금밖에 없었으니 얼마만큼의 재능이 내 안에 감추어져 있었는지 잘 몰랐을 텐데 하고 생각합니다. 그럴 때, 대체 우리들에게 감추어져 있는 재능을 밟아버릴 권리가 있을까 하고 자문합니다. 그러면 나는 슬퍼지는데, 그러나 나는 시험관 중 한 사람일 뿐이고 모든 걸 결정할 수 없습니다.

루이제 린저 나는 선생으로서의 당신에 대해서 쓴 일련의 논문을 찾아냈습니다. 어떤 사람은 당신이 자신의 작곡 클래스를 진짜 작곡 유파로까지 쌓아올리는 데 성공했고, 이것은 과거에는 없었던 일이라고 쓰고 있습니다.

윤이상 그것은 지나친 과대평가입니다.

루이제 린저 그래도 사실 당신은 당신의 작곡 클래스와 기악 클래스의 긴밀한 협력이라는 새로운 시도를 하지 않았습니까? 그것에 대해 뭔가 하고 싶은 말씀이 없으십니까?

윤이상 그건 그렇습니다. 작곡하는 학생은 자기가 쓴 곡을 연주하는 악기를 잘 알아야 합니다. 무엇이 연주 가능하고, 무엇이 불가능한지, 또는 연주 기술이 끊임없이 발전되어 미래에는 무엇이 가능해질지를 알아야

베를린 대학에서 학생들을 가르치고 있는 모습.
그는 동양의 도제와 같이 긴밀하고 엄격하게 학생들을 지도했다

합니다.

루이제 린저 당신은 작곡가들이 악기 연주가들에게 점차 고도의 요구를 해야 한다고 생각합니까?

윤이상 명인의 '예藝'를 완성시키기 위해서가 아니라, 늘 표현과 음향의 새로운 가능성을 발견하기 위해서입니다.

루이제 린저 그러나 당신 자신은 실제로 연주가들에게 상당한 요구를 하는 작품을 쓰고 있습니다. 예를 들면 〈피리〉에서는 오보에가, 그리고 〈글리세Glissees〉에서는 첼로가 기적을 이루어내야 합니다. 게다가 새로운 첼로 협주곡을 정말로 완전하게 연주할 수 있는 사람은 지금까지는 아마 지크프리트 팔름뿐일 겁니다.

윤이상 그러나 반대의 경우도 중요합니다. 즉 작곡가와 협력함으로써 연주가들이 작곡을 점점 잘 이해하고 연주가들이 기술적인 능력을 점차 높여 작곡가에게 새로운 요구를 할 수도 있지 않겠습니까?

루이제 린저 그렇다면 예를 들어 어느 플루트 주자가 한 작곡가에게 이렇게 말할 수도 있겠군요. "저— 제가 새로운 기법을 발견했습니다. 이런 연주가 가능하지요. 그것을 위해 뭔가 써줄 수 있으세요?" 이런 식으로요.

윤이상 제가 문제로 삼는 것은 단지 새로운 기법의 시도뿐 아니라 새로운 표현 방법을 찾아내기 위한 일치된 노력입니다.

루이제 린저 당신이 그런 혼성 그룹으로 이미 시도해 보았다는 것을 나는 읽었습니다. 신문에는 당신은 이 연주를 '아주 겸손하게' '공방工房의 시연試演'이라고 불렀다고 했습니다. "여섯 곡의 시연을 들었지만 기질이나 교육 상태의 차이에도 불구하고 놀랄 정도로 일치를 보였다", "작곡가와 연주가가 서로 점점 높은 요구를 하는 공통의 노력을 볼 수 있다"고 씌어 있었습니다. 그리고 당신은 장래에 대해서 — 내가 말하는 것은 예술의 장래입니다 — 무엇을 기대하고 있는지, 또 다양한 예술 영역에서 다른 많은 사람들이 생각하는 것처럼 오늘날은 모든 양식 수단이 다 이용되고 쓰이고 있다고 생각하지 않는지 궁금합니다.

윤이상　실제로 지금은 우리들이 모든 창조 가능성의 종말에 있는 것 같은 인상을 받습니다. 수십 년 전에 연구와 실험이 거듭되어 지금은 모든 것이 정체되고, 어떤 체념으로 생명의 비약élan vital(프랑스 철학자 베르그송의 '생의 철학'을 구성하는 기본 개념으로, 끊임없이 유동하는 생명의 연속적인 분출을 뜻한다. 모든 생명의 다양한 진화나 변화의 밑바닥에 존재하여, 그 비약적 발전을 추진하는 근원적 힘)이 결여된 상태에 이른 것처럼 보입니다. 그러나 그럼에도 불구하고 음악이 없어지는 일은 없을 거라고 확신합니다. 인류는 음악과 함께 살지 않으면 안 됩니다. 그렇지만 사회 구조의 전환은 새로운 음악적 표현 능력과 수용 능력을 만들어내 다른 종류의 음악, 아니 일반적으로 다른 종류의 예술을 만들어낼 것입니다.

루이제 린저　또, 저널리스트 같은 질문 하나 해도 되겠습니까? 당신은 인류에게 미래가 있다고 생각합니까?

윤이상　당신 자신이 그 질문은 저널리스트 같은 질문이라고 하셨으니 그것은 그 질문이 당신 자신의 것이 아니라는 뜻이겠지요. 그 질문은 내 생활 속에서는 전혀 아무런 역할도 하지 않습니다. 세계는 영원의 법칙이 정해진 대로 나아가겠지요. 나는 우주 속의 한 입자에 지나지 않습니다. 무엇이 나를 바꿀 수 있을까요? 그것보다 더 중요한 것은 인간 하나하나가 위대한 우주의 법칙을 자각하고, 그것과 분별 있게 타협하는 것입니다.

루이제 린저 유교 이론의 수동성과 불교적인 소극적 실천에 따르는 것처럼 들립니다. 그렇지만 당신은 예정된, 법칙적으로 자연스럽고 변증법적인 역사의 발자취와 타협하고 있지는 않잖아요? 당신은 젊었을 때부터 적극적으로 관여해 왔습니다. 다른 말로 말하면 늘 정치적·사회적으로 생각하고 행동도 해왔습니다. (상황에 몰려서 그랬는지 아닌지의 문제는 별도로 하더라도.)

윤이상 기본적으로 내 경우에는 예술과 정치가 분리되어 있습니다. 나는 그저 음악가이고 그 이외의 아무것도 아니며, 그리고 음악가에게 정치란 직접적으로는 아무런 관계도 없습니다. 음악가인 나에게는 단 하나의 목표밖에 없습니다. 즉 내 예술적 양심에 따라서 의식의 순수성과 광대한 차원을 향한 고도의 요구를 추구하는 것입니다. 그러나 내가 아버지에 대해 당신에게 말했던 걸 다시 떠올려보세요. 그는 단지 학자 외에 아무것도 아니었습니다. 그는 앉아서 책을 읽고 시를 지었습니다. 그러나 어느 때 홍수가 나 집이 잠겼을 때는 그 자신이 몸소 제방을 쌓는 일을 도왔습니다. 위기가 닥치면 예술가도 다른 모든 사람과 마찬가지로 인간이므로, 만인을 위해 무슨 일인가를 해야만 하고, 따라서 정치에 도움이 되기도 해야 합니다. 그러나 그것은 아주 단기간의 임무일 수밖에 없습니다. 역사의 광대한 발걸음에 영향을 줄 수는 없고, 아주 일부만을 바꿀 수 있을 뿐입니다.

루이제 린저 그러나 당신은 언젠가 자신의 예술로써 어떤 영향을 미치고 싶다, 즉 자신의 예술은 — 당신 말에 따르면 — 자기 마음속 깊은 곳의 인간적인 양심에 의해 도출된 것으로, 그 양심이 자신에게 결코 사회 밖에 몸을 두어서는 안 된다고 스스로를 다그친다고 나에게 말한 적이 있습니다. 게다가 당신은 어떤 때는 정치적인 노래를 쓰고 싶다고도 했습니다. 예술가들을 자극하기 위해서 오늘날 자주 예술가들에게 하는 질문을 하나 해봅시다. 당신은 누구를 위해서 쓰고 있습니까?

윤이상 나는 한 사람의 청중을 위해, 나의 너를 위해 쓰고 있습니다. 그러나 그것은 결코 구체적인 청중도, 민중이라는 특정 계층도 아닙니다. 그것은 나의 다른 자아입니다. 너, 즉 나의 다른 자아는 나에게 기준을 들이댑니다. 그건 아주 엄중합니다.

루이제 린저 그것은 결국 당신이 전문가를 위한 예술을 한다는 의미겠군요.

윤이상 그렇기도 하고 아니기도 합니다. 나는 나의 예술을 만들고 있습니다. 그럼에도 불구하고 내 예술이 일반에게 이해되기를 바라고, 그렇기에 나는 실제로 서양과 동양 양쪽의 관용어로 쓰고 있습니다. 내 음악은 본래 일반에게 이해될 수 있는 것입니다.

루이제 린저 당신은 그렇게 생각하고 계시는군요. 이해 방법도 여러 가지 있으니까요. 당신의 음악 일부를 직접 듣고 그것을 아름답다고 그것도 처음부터 아름답다고 생각할 수도 있습니다. 내가 처음 당신 음악을 들었을 때 어떻게 반응했는지를 기억해 보세요. 베를린 아카데미 회의가 끝나고 당신은 나를 당신 집으로 데리고 가서 〈차원〉의 녹음테이프를 들려주었습니다. 물론 당신은 나에게 곡목을 말했어요. 그러나 나는 곡목에는 귀를 기울이지 않았습니다. 현대 작곡가들은 자기 작품에 적당한 이름을 붙이고 그 작품이 이상하고 내용이 없으면 없을수록 좋은 이름을 붙이는 데 익숙해져 있었기 때문이죠. 당신은 제 반응을 기억하고 있습니까?

윤이상 물론이지요. 당신은 이렇게 말했지요. "윤 선생. 당신 음악은 나를 감동시켜 눈물이 납니다."

루이제 린저 그렇습니다. 그리고 내가 몇 가지 분명하고 감정적인 말을 해도 당신은 조금도 놀라지 않았어요. 그러나 나를 그렇게 감동시킨 것은 대체 당신 음악의 어떤 점이었을까요? 내가 눈물을 흘릴 정도로 나를 감동시킨 음악이 몇 가지 있었습니다. 베토벤의 만년의 사중주곡들이나 모차르트의 몇 개의 사중주곡과 오중주곡에서 나를 감동시키는 것은 늘 천상의 소리가 들리는 부분, 즉 영원의 질서인, 4차원이 들리는 부분입니다. 그때 나는 당신에게 만약 내가 이 작품을 들으면서 어떤 일을 떠올렸다면 현대 작곡가 중 한 사람으로서 당신은 쇼크를 받겠냐고 물었습니다. 당신은 내가 무엇을 떠올렸는지 알고 싶다고 했습니다. 나는 많이 주저하면서도 분명하게 서로 떨어져 있는 세 차원, 즉 격렬한 투쟁이 벌어지는 인간 차원과, 어두운 충동이 피어오르는 원시적·명계적 차원, 높은 조화를 유지하는 초현세적·천상적 차원을 체험했다고 말했습니다. 나는 이 작품에서 중세 유럽의 기적극을 떠올린다고 했습니다. 당신은 바로 그렇다고 했습니다. 그 다음부터 이미 우리들은 서로 말이 필요 없었고 서로 이해할 수 있었습니다.

그러나 내가 〈차원〉의 이미지에 신비주의나 동양철학과의 관계를 통해 친숙해져 있지 않았다면 당신 음악을 그렇게 간단히 이해하지 못했을 것입니다. 내가 말하고 싶은 것은 당신 음악을 완전하게 이해하기 위해서는 듣는 사람이 교양에 의해서건 직감적, 종교적인 것에 의해서건 어떤 전제를 필요로 한다는 것입니다. 그 양극의 대응이라는 학설을 전혀 모르는 사람이 개개의 단음이 독립된 특질과, 소란스러움과 조용함, 높음과 낮음, 딱딱함과 부드러움, 동과 부동을 동반한 구조를 단순한 음향적 효과로서만이 아니라 그 깊은 의미까지 포함하여 어떻게 이해하면 좋을까요? 아니 당신의 음악을 이해하는 건 그리 간단치 않았을 겁니다. 그것은 선택된 전문가를 위한 음악입니다. 그러나 모든 위대한 전문가용 음악은 또 많은 사람들에게도 이해된다고 나는 생각합니다.

그 전체는 아니라고 해도 당신의 음악 세계에 끌려든다는 것이 이미 중요합니다. 최근 내가 자유 베를린 방송국에서 당신의 녹음 테이프 몇 개 〈유동〉, 〈나모〉, 〈바라〉 그리고 다시 〈차원〉을 들었는데 그때 옆에 녹음 테이프를 틀어준 방송국 여직원 한 명이 있었습니다. 나는 테이프를 각각 두 번씩 들었습니다. 한 번은 총보를 보면서, 또 한 번은 총보를 보지 않고요. 그녀는 음악 같은 건 안중에 없다는 듯이 긴 뜨개바늘로 뜨개질을 하고 있었습니다.

마침내 나는 그녀에게 이 음악에 전혀 관심이 가지 않느냐고 물었습니다. 그녀는 관심 없다고 했습니다. 나는 이렇게 말했습니다. "만약 당신이 뭔가를 들으려고 한다면 그 듣는 방법이 잘못되어 있는 거라고 생각해요. 만약 괜찮으시면 이 음악에 대해서 조금 설명해 드릴까요?" 그녀는 설명해 달라고 했습니다. 그래서 나는 이렇게 설명했습니다. "당신은 이 음악을 때로 즐겁고 때로 슬픈 음향의 흐름 그대로 받아들여서는 안 됩니다. 한번 그 음악을 묘사된 형상이나 그림이라고 상상해 보십시오. 알겠습니까? 먼저 다양한 색채로 이루어진 그러면서도 파동하는 음향의 융단이 나타납니다. 그 융단은 날카롭고 밝은 끝에서 갑자기 끊어집니다. 그리고 거기서 실 한 가닥이 풀려나와 그 실이 생물처럼 때로는 굵고 때로는 가늘어지면서 운동하다가 갑자기 세 가닥으로 나뉘고, 이번에는 그

세 가닥의 실이 위로 아래로 서로 엉킵니다. 그러나 갑자기 그 놀이가 끝나고 한꺼번에 어두운 색채로 짜여져, 다시 깊게 드리워진 거대한 음향 덩어리가 나타납니다." 등등.

그녀는 흥미를 보였고 그래서 우리는 다시 한 번 들었습니다. 그러자 그녀는 "아, 음악이라는 건 이렇게 이해하는 거군요"라고 했습니다.

그 경험은 당신의 음악을 듣고 이해하는 데는 한편 어려운 일이기도 하지만 그렇더라도 또 한편 이해한다는 것이 큰 어려움이 없다는 것을 나에게 가르쳐주었습니다.

윤이상 실제도 그러니까요. 연주회나 오페라에서는 프로그램 팸플릿으로 청중에게 이해시키고자 이런저런 노력을 하고 방송 때에도 끊임없이 좋은 작품 해설을 붙이기도 합니다. 나 스스로도 그런 방송을 여러 차례 했습니다. 실제로 하랄트 쿤츠는 내 음악의 좋은 이해자이고, 단순한 악보 출판업자가 아니라 내 작품에 대해서는 아마추어라도 이해할 수 있는 뛰어난 해설을 써왔습니다.

루이제 린저 해설은 완성된 작품을 만들어냅니다. 이번에는 미완의 그러니까 아직 총보로서 존재하지 않는 작품에 대해 이야기해 봅시다. 당신은 어떤 식으로 일을 합니까? 그러나 이 질문에 대해서는 부디 폴 클레가 했던 식으로는 답하지 말아주세요.

윤이상 클레는 뭐라고 했는데요?

루이제 린저 그는 이렇게 말했습니다. "나는 앉아서 종이 한 장과 연필, 아니면 붓을 가지고 그리기 시작합니다"라고요.

윤이상 으음, 저하고 똑같군요. (……) 저는 이런 식입니다. 어느 날, 어느 순간, 나는 어떤 음향의 이어짐을 듣습니다. 나는 그것을 마음의 귀로, 음향의 환상 속에서 듣습니다. 그것은 새로운 것입니다. 형식적으로 내용적으로 보아도 새로운 문제를 품고 있습니다. 하나 어려운 점은 그것이 들리기는 하는데, 아직 형태를 이루고 있지 않아서 잡을 수도 없고 써둘 수도 없습니다. 그러나 그것은 거기에 계속 존재합니다. 그것은 내 마음속에서 계속 작용하고 나도 그것과 다툽니다. 나는 아침부터 밤까지 그것과 마주하여 거기에서 성립된 것이 내 안에서 조용히 성숙하기까지 몇 년이라도 붙잡고 계속 싸웁니다.

그러나 대부분의 경우에는 내가 바라는 만큼 충분한 시간이 없습니다. 왜냐하면 일정 시기까지 완성하지 않으면 안 되는 주문이 있기 때문입니다. 그러나 나는 서두르지 않습니다. 가능한 나는 좀더 많은 시간을 갖고 싶어합니다. 내 머릿속에서, 마음속에서 작품에 착수합니다. 그때 나는 전혀 자유롭지 않습니다. 왜냐하면 주문을 받은 경우에는 ― 그리고 우리 작곡가는 바로 주문에 의해 생활하고 있습니다. 길이나, 크기, 오케스트라의 종류나 독주자의 수, 합창의 규모 등등 많은 조건에 묶여 있기 때문입니다. 나는 정해진 틀 안에서 작품 전체가 완전한 이미지를 가졌을 때 비로소 총보를 쓰기 시작합니다. 따라서 작품은 종이 위의 악보로 나타내기 전에 이미 대부분 완성되어 있습니다.

루이제 린저　나는 한번 당신이 일하는 책상 위에 있던 일종의 스케치를 보았습니다. 그것은 건축 설계도와 비슷했습니다. 개개 부분의 크기와 그 상호 관계를 나타내고 있는 것처럼 보였습니다. 그것은 플루트 협주곡이었던 것 같은데요…….

윤이상　네, 가끔 나는 그런 비슷한 것을 만듭니다. 가끔 나는 또 음악적인 스케치, 일종의 이미지의 速記를 만들고 그리고 그것을 넓혀갑니다. 그러나 대부분의 경우에는 나는 작품이 머릿속에서 완성되었다고 생각했을 때 앉아서 쓰기 시작합니다. 쓰기 시작하면 처음엔 늘 난삽합니다. 30이나 40소절이 완성될 무렵에 비로소 안정됩니다. 그 다음부터는 하루에 여섯 시간, 오전이나 오후, 때로는 하루 종일 계속해서 일을 합니다. 일이 순조롭게 진행될 때는 나는 행복하고 날아갈 것 같습니다. 막히면 절망적으로 됩니다. 그러나 이것은 모든 예술가가 마찬가지일 겁니다. 일을 할 때는 그냥 책상에 붙어 앉아 있지 않고 걷고 돌아다니며 깊이 생각합니다. 피아노와 다른 악기로 작곡하는 일은 없습니다. 가끔 첼로나 바이올린으로 기술적으로 연주가 가능한지 시험해 봅니다. 그러나 그것은 전부 2차적인 것입니다. 중요한 것은 처음의 40소절이 잘 되는 것입니다. 이 첫 소절 속에 작품 전체의 모든 구성요소가 포함되어 있기 때문입니다. 만약 처음이 잘 되면 저절로 마무리가 잘 되어가겠지요.

루이제 린저 당신은 음렬주의 작곡가가 아니고 수학자의 확실성에 의해서도 아니고, 오로지 직감의 확실함을 가지고 일을 하는군요.

윤이상 물론 그 경우에는 수작업에 숙련되어 있다는 것이 전제입니다. 나 같은 연배에 수련을 쌓아온 작곡가라면 그것은 당연한 일입니다. 그러나 이 처음의 40소절은 모든 점에서 잘 맞지 않으면 안 됩니다. 나는 정신을 집중하고 그것을 몇 번이고 반복해서 시험해 봅니다. 그 조사, 진리의 검사에 합격했을 때 비로소 나는 그 다음을 쓰고 그리고 대단히 빨리 진행합니다. 소곡, 예를 들면 10분짜리 오케스트라 작품인 경우에는 거의 3개월이 필요하고 오페라 〈심청〉의 경우에는 1년이 걸렸습니다.

루이제 린저 당신은 고치거나 지우지 않습니까?

윤이상 리허설 때 가끔 바꾸기도 합니다. 첼로 협주곡의 경우 오케스트

베를린에서 가족과 함께(1977년)

라의 다이내믹한 부분을 조금 억제하도록 바꾸었습니다. 키일의 오페라의 경우에는 물론 일 진행 중에 대본 수정에 따라서 많은 것이 새롭게 추가되었습니다. 그러나 보통은 내 머릿속에서 완성된 것을 한꺼번에 써내려갑니다.

루이제 린저 그리고 작품이 완성되었을 때, 당신은 어떤 기분이 듭니까?

윤이상 나는 어떤 작품에도 내 가능성을 전부 다 발휘한 적이 없습니다. 언제든 형식에 해소되지 않은 무언가가 남습니다. 그것을 나는 다음 작품의 단서로 삼습니다. 나는 늘 새로운 무언가에 도전하지 않으면 안 됩니다. 만약 어느 날, 새로운 것이 아무것도 떠오르지 않는다면 나는 작곡을 그만둘 겁니다. 같은 것을 반복하고 싶지는 않거든요.

루이제 린저 당신은 독일의 연주에 만족합니까?

윤이상 네. 여기서는 여러분이 아주 애써주고 계십니다. 나는 그것에 감사 인사를 하지 않을 수 없습니다. 그러나 그래서 내가 행복한가 하면 나는 내 작품에 만족한 적이 결코 없습니다. 나는 나를 위대한 작곡가라고 단 한 번도 생각한 적이 없고, 그러기는커녕 아주 형편없다고 생각하고 있습니다.

루이제 린저 당신이 얼마나 위대한지, 위대하지 않은지는 당신이 알 바가 아닙니다. 훌륭한 도사는 원래 그런 의문을 갖지 않는 법입니다! 지금은 웃어야 되는 거예요. 아시겠어요? 하지만 나는 이미 당신을 알 것 같습니다. 당신은 진실로 어머니 꿈속의 상처 입은 용이고, 그 A음을 추구하는 첼로의 G#음인 것입니다 — 당신의 의견에 따르면 말이지요. 그런데 좀 다른 이야기를 물어보겠는데요, 당신은 건강하지도 않은데 어떻게 이렇게 많은 일을 할 수 있습니까? 당신에게는 학교 일이 있고, 작곡을 해야 하고, 다른 대학으로 세미나도 가야 하고, 학생들과 연주를 하고 시험이나 공연에 나가고, 게다가 '한국 민주화를 위한 포럼'에서 정치활동을 하고, 손님을 맞고 사람을 방문하고, 여행을 하고…….

윤이상 나는 오히려 조용히 앉아서 너무 작곡에만 몰두하고 싶지는 않습니다. 가능하다면 이젠 전혀 아무것도 쓰지 않는 게 가장 좋겠지요. 그저 마음속에서 음악을 듣는 것이죠.

루이제 린저 지금 당장, 당신의 생활을 바꿀 수는 없겠지요?

윤이상 네, 그건 불가능합니다. 그러나 좀더 뒤에 인생의 만년에는 한국에서 살고 싶어요. 한국은 내 고향이고, 언제까지나 그럴 겁니다. 그리고 만약 내 아이들도 한국에 있게 된다면 나는 그 땅에 묻히고 싶어요.

루이제 린저 당신은 역시 동양 사람이군요. 아직 당신 안에는 조상 숭배가 살아 있어요. 그러나 아마도 그것은 동양에서만은 아닐 겁니다. (……) 그래도 당신 아이들이 유럽에 계속 머물지 않는다는 보증은 아무것도 없잖아요.

윤이상 가끔 생각하는 건데, 작년에는 40년 전에 서울에서 그랬던 것처럼 다시 한 번 문학을 해보고 싶다는 생각을 했습니다. 일본 지배하의 통영에 있었을 때 나는 한국의 오래된 애국문학을 많이 읽었습니다. 나에게 대단히 큰 영향을 준 반일 소설도 있었습니다. 나에게는 작가가 되겠다고 생각했던 한 시기가 있었습니다. 서울에서 세 편의 소설을 썼습니다. 아니 정치적·사회적으로 비판적인 내용의 약간 긴 세 편의 이야기라고 해야 할지도 모릅니다. 그것이 어디로 가버렸는지 지금은 모르겠습니다. 아마도 어느 날인가 나는 또 그런 이야기를 쓸 일이 있을지도 모르겠어요.

루이제 린저 그렇지만 우리는 지금 당신의 좀더 중요한 작업의 하나로, 지금까지 거의 이야기를 나눈 적이 없는 것에 대해서 이야기해야 합니다. 내가 말하는 것은 〈차원〉입니다.

윤이상 그러나 그것에 대해서 본질적인 것은 이미 말했습니다. 세 가지 차원이 각각 고유한 음향 세계를 가지고 있습니다. 그때 파이프오르간은 초현세적인 세계를 표현하는 역할을 맡고 있습니다. 파이프오르간의 음향이 신적인 것, 초현세적인 절대성, 신의 연민을 상징합니다. 인간은 하늘에 닿기를 바랍니다. 파이프오르간의 음향은 이 작품 속에서는 언제나 아주 가까이에 손에 닿을 정도에 있으면서도 그러나 끊임없이 몸을 돌려 멀어집니다. 그것은 늘 인간의 손이 닿을 정도보다 약간 높습니다. 파이프오르간의 음향은 인간적인 동시에 또한 그렇지 않습니다. 그것은 영원히 계속 존재하는 것입니다.

루이제 린저 즉 그것은 도를 표현하는 것이군요.

윤이상 네, 도입니다. 그게 바로 도입니다.

루이제 린저 이 작품 끝부분에서는 오보에가 사라진 뒤에 파이프오르간만이 남아 계속되는군요. 모든 것이 정화되었습니다. 싸움도 끝났습니다. 그러나 아무리 파이프오르간이 '모렌도(점점 약해짐)'로 끝나도 작품 그 자체는 처음부터 다시 시작될 것이 틀림없습니다. 영원은 죽을 수가 없기 때문입니다. 다만 인간이 죽을 뿐이지요. 오케스트라의 울림은 멈출 수 있지만, 파이프오르간은 멈추지 않습니다.

윤이상 파이프오르간의 울림은 귀에는 들리지 않아도 계속되겠지요.

내가 만난 윤이상과
루이제 린저

●

윤이상과 루이제 린저의 대담 『윤이상, 상처 입은 용』은 내가 독일 유학 시절 윤이상의 작품에 관한 논문을 쓰면서 늘 옆에 두고 사전처럼 들춰 보던 책이다. 린저의 언어는 독자에게 윤이상이라는 작곡가와 그의 음악을 알아보는 것으로 그치게 하지 않고 인간의 보편적 존엄성과 그들이 빚어내는 예술 가치 전반에 관해 생각하게 만든다. 더하여 음악적 전문성에 있어서도 손색이 없다.

서가에서 처음 『상처 입은 용 : 작곡가 윤이상의 삶과 작품에 관한 다이얼로그』(1977)를 발견했을 때, 역량 있는 음악학자들이 많은 나라에서 왜 한 작곡가의 전기를 문학인의 손에 맡겼을까 하는 의구심이 잠시 스쳤다. 하지만 다 읽을 때까지 손에서 내려놓을 수 없을 정도로 이어지는 감동과 나를 각성케 하는 힘에 이끌려 급기야 전공과 관계없는 린저의 책들을 읽기 시작했다. 그리고 그녀에 대해 조금씩 알아갈수록 이 대담을 집필할 수 있는 사람은 그녀밖에 없었다는 확신이 들었다.

루이제 린저의 아버지는 초등학교 교사이면서 오르가니스트였다. 더욱이 1944년 러시아 전선에서 전사한 첫 남편 호르스트 귄터 슈넬이나 1953년 재혼한 남편 카를 오르프가 모두 유명한 작곡가였다. 그녀는 교육학과 심리학을 전공했고, 작품 속에서 항상 인간 내면과의 만남이나 인간적 존엄과 자유에 대한 호소를 이어갔다. 게다가 그녀의 문장은 간결하고, 이해하기 쉬우며, 아름답기로 유명하니, 윤이상이라는 거인을 그녀 외에 누가 더 잘 들여다볼 수 있었으랴.

그녀는 1965년부터 2002년 사망할 때까지 이탈리아 로마 근교의 로카디 파파에 거주했으나 베를린이나 하노버 등지에서 윤이상의 음악회가 있거나 한국에 관한 행사가 있으면 심심찮게 눈에 띄곤 했다. 나는 그녀의 전반기(1949년까지) 자서전 『늑대를 끌어안다Den Wolf umarmen』를 읽고 그녀에 대해 일방적 친밀감이 있어 늘 인사를 건넸다. 하지만 그녀의 예술관에 대해 궁금한 점이 많았는데도 그녀의 문장력에 압도된 나는 항상 나의 아들에게 보여주는 친절에만 감사할 뿐 별다른 말을 건네지 못했다. 그러다가 훨씬 후에 운 좋게도 헌책방에서 1985년 9월 베를린 필하모니가 주관한 '베를린 주간'의 개막에 그녀가 부친 강연 원고를 발견했는데 그 안에 마치 나의 질문을 들었다는 듯 많은 대답들이 들어 있었다. 「현 사회에서 음악이 풀어야 할 과제Die Aufgabe der Musik in der Gesellschaft von heute」라는 제목의 그 글은 음악과 문학의 경계를 넘나들며 이 시대의 문화적 현상에 대해 낱낱이 해부하는 한편 창작자와 수용자 간의 괴리를 좁히는 미학적 이상향에 대해 호소하고 있다. 그 내용 중 지금 되새기고 싶은 대목이 있다.

"음악은 국민 정서와 새로운 사고를 대변해야 한다지만 실은 그보다 한 발 앞서가는 것이어야 한다. 그러므로 현대적인 예술이 항상 처음엔 낯설게 마련이다. 반 고흐의 예를 보라. 예술이란 자고로 시대의 기호를 뒤따라선 안 된다……. 국민의 개혁적 요구에 부응하려면 보다 깊은 원류를 탐색해야 한다. 가장 순수한 것은 민속적인 것인데 왜냐하면 그것은 곧 창의적 국민의 기저의식의 발현이기 때문이다. 최신 작품에 인용된 민속적인 것은 다시금 연속성과 전통을 창출할 뿐만 아니라 나아가 국민의 자의적 요구로서 합당하게 받아들여지게 된다는 명제를 스트라빈스키, 바르토크, 오르프, 라벨, 프로코피에프, 윤이상이 입증하고 있다."

그녀는 또한 "아름다움이란 온갖 불협화의 공세에 맞선 후 비로소 '우주의 하모니harmonia mundi'가 가능하다는 믿음을 고백할 때 찾아진다"면서 그녀가 이렇듯 음악에 있어서 아름다움이란 것에 대해 그 근본을 알게 된 시점을 회고하고 있다. 그 시점은 바로 윤이상으로부터 그의 고문 애기와 함께 감옥에서 사형선고를 기다리는 동안 절대 정적 속에서도 음악을 들었으며 그 음악은 너무나도 아름다웠다는 이야기를 들었을 때라면서 "그는 깊은 나락 속에서 '우주의 하모니harmonia mundi'를 경험한 것이다"라고 덧붙였다. 그녀 자신도 1944년 BBC 방송을 몰래 듣고 전쟁에 대한 비판적 시각을 말한 탓에 군사교란과 반역죄목으로 체포 구금된 적이 있고 사형선고의 위협 속에 있다가 미군에 의해 해방을 맞이한 경험이 있기에 같은 예술인으로서 일체적 공감이 가능했을 것이다.

이 대목에서 나는 그녀의 저서 『어둠 속에서 노래하다Im Dunkeln singen』(1982~1985)를 떠올리게 되는데 이는 윤이상의 교향곡 제4번의 제목으로 인용되기도 했다. 이렇게 그들은 서로에게 인간적·예술적으로 영향을 주고받으며 오랜 세월 우정을 다져왔다. 그녀나 윤이상이나 문학을 하고 음악을 한다기보다는 작품을 통해 자신들의 성찰을 하고 있다는 점에서 일맥상통할 것이다. 그들의 작품은 반항의 문학, 반항의 음악이 아니라 극복의 문학, 극복의 음악인 것이다.

개인적인 고백으로, 나는 이 두 인물을 통하여 어떠한 어려움 속에서도 희망의 빛을 찾을 수 있는 사람이 되었다. 또한 극단적으로 다르게 보이는 문화라 할지라도 그 중심에 '인간'이 놓여 있다면 균형과 조화를 꾀할 수 있음을 배웠다.

그러나 윤이상 선생의 국제적 명성은 자랑스러워하면서도 그의 인간적 고뇌와 음악철학은 외면하는 현실은 항상 안타깝다. 이 점, 그의 제자로서 늘 편치 않다. 대학에서 강의를 하면서 후배들에게 간간이 들려주는 이야기로 위안을 삼던 차에, 이러한 명저가 완역 출간된다니 내 짐이 조금은 덜어지는 느낌이 들어 반갑기 그지없다.

이 책을 감히 '명저'라 부르는 이유는 이 책이 한 예술가의 일대기이면서 동시에 그 어느 현대음악사에서도 아우를 수 없는 살아 있는 현장을 생생하게 표현하고 있기 때문이다. 또한 윤이상 선생이 일본어판 서문에서 지적했다시피, 윤이상이 주역이기는 하나 개인의 가치를 부각시키는 데 그치지 않았기 때문이다. 이 책을 통해 독자들은 냉전의 기류가 지배했던 20세기에 민족, 역사, 정치, 예술이 서로 얽혀 빚어낸 또 하나의 정신 세계를 느끼게 될 것이다. 윤이상의 음악은 그 속에 단순히 20세기의 역사만 녹아 있는 것이 아니라, 그야말로 동서고금의 문화유산이 스며 있는 명품으로서 또 하나의 새로운 문화를 일구는 데 초석이 될 것이다. 이 훌륭한 지침서를 통해 그의 음악을 한층 더 깊이 이해하며 인류의 문화 유산을 재발견하는 안목을 키우게 되리라 믿는다.

홍은미

윤이상 연보

1917년   9월 17일 경상남도 산청군 덕산면에서 선비 출신의 부친 윤기현과 농민 출신
             의 모친 김순달 사이에서 장남으로 출생
1920년   통영으로 이주
1933년   통영에서 서당과 보통학교를 마치고 서울에 있는 상업학교에 입학. 서울로 가
             서 독일 음악가 프란츠 에케르트의 제자의 제자인 한 바이올린 주자로부터
             2년 동안 화성악 교육을 받음
1935년   일본 오사카 음악학교에 입학하여 2년간 작곡과 음악이론, 첼로 등 수학
1937년   일본에서 귀국하여 화양학원(보통학교 과정)에서 교사 생활을 시작함
1939년   도쿄에서 작곡가 이케노우치 도모지로에게 작곡을 사사함
1941년   태평양전쟁 발발. 윤이상은 전쟁 직전 귀국함
1944년   징용 중 반일활동의 혐의로 체포되어 두 달 간 옥고를 치름
1948~52년   통영여자고등학교, 부산사범학교, 부산고등학교에서 음악교사로 재직
1950년   1월 30일 부산사범학교 국어교사 이수자와 결혼
             6월 25일 한국전쟁 발발. 11월 첫딸 정 출생. 부산대학에서 서양음악사를 강

의하는 한편 '전시작곡가협회'를 조직한 후 '한국작곡가협회' 회원으로 활동함.
부산에서 가곡집 『달무리』(〈고풍의상〉〈달무리〉〈그네〉〈편지〉〈나그네〉 등 5곡)
를 출판

1953년   종전 후 가족과 함께 서울로 이주하여 여러 대학에서 작곡을 가르치며 가곡,
실내악곡 등을 발표함

1954년   1월 아들 우경 출생. '한국작곡가연맹' 상임위원에 선임됨

1955년   4월 11일 작곡가로서 최초로 〈현악 4중주 1번〉과 〈피아노 3중주〉 곡으로
1955년 제5회 서울시 문화상 수상

1956년   6월 프랑스로 유학해서 파리 국립고등음악원에서 토니 오뱅에게서 작곡을, 피
에르 르벨에게 음악이론을 배움

1957년   7월 독일 베를린에 가서 서베를린 음악대학에서 음악이론은 슈바르츠-쉴링에
게, 12음기법은 요제프 루퍼에게, 그리고 작곡은 보리스 블라허에게 배움

1958년   9월 서독 다름슈타트에서 열린 국제현대음악 하기강습회에 처음으로 참가하
여 슈토크하우젠, 노노, 불레즈, 마데르나, 케이지 등과 교분을 가짐

1959년   7월 서베를린 음악대학 졸업
9월에 네덜란드의 빌트호벤에서 〈피아노를 위한 다섯 개의 소품〉을, 다름슈타
트에서 〈일곱 악기를 위한 음악〉을 프란시스 트라비스의 지휘로 초연했고, 여
기서 큰 성공을 거두어 유럽 현대음악계의 주목을 받기 시작함

1961년   9월 부인이 독일로 옴

1962년   1월 29일 관현악곡 〈바라〉를 베를린 자유방송교향악단의 연주로 초연

1963년   쾰른으로 이주. 북한 방문, 바이올린과 피아노를 위한 〈가사〉와 플루트와 피아
노를 위한 〈가락〉을 발표

1964년   포드재단의 예술가 프로그램에 초청되어 베를린 슈마르겐도르프로 이주. 한국
에 남아 있던 자녀들이 독일로 와서 합류

1965년   오라토리오 〈오, 연꽃 속의 진주여!〉를 하노버에서 초연

1966년   10월 서독 도나우에싱겐에서 에르네스트 부어의 지휘로 〈예악〉이 초연됨

1967년   6월 17일 한국 중앙정보부원들에 의해 베를린에서 서울로 납치됨. 이른바 '동
베를린 간첩단 사건'에 연루된 윤이상은 부인과 함께 기소되어 12월 13일 제
1심에서 무기형을 선고받음. 부인 이수자는 5년형을 받았으나 집행유예로 석
방되고, 윤이상은 1968년 3월 13일 제2심에서 15년형 감형 처분, 이어

1968년 12월 5일에는 제3심에서 10년형으로 다시 감형

1968년   1967년 10월 교도소에서 작곡활동을 허락받은 윤이상은 오페라 〈나비의 미
망인〉(1967~68)을 2월 5일 완성시킴. 건강이 악화되어 병원으로 이송된 그
는 거기서 클라리넷과 피아노를 위한 〈율〉과 플루트, 오보에, 바이올린, 첼로를
위한 〈영상〉을 창작함. 서울에서 석방되기 전인 1968년 5월에 서독 함부르크
예술아카데미 회원이 됨

1969년   2월 23일 서독 뉘른베르크 오페라 극장에서 그의 이중오페라 〈꿈〉(〈류퉁의 꿈〉
〈나비의 미망인〉)이 공연됨

3월 30일 동료 작곡가, 교수, 음악가들의 국제적인 항의와 독일 정부의 조력
등에 힘입어 석방되어 서베를린으로 돌아옴

6월 23일 킬 문화상 수상

1972년   서베를린 음악대학의 명예교수가 됨

8월 1일 뮌헨올림픽 문화행사의 일환으로 위촉받은 오페라 〈심청〉이 볼프강
자발리슈의 지휘, 귄터 레너트의 연출로 초연됨

1973년   7~8월 미국 콜로라도 주 애스펀 음악제에 참가, 여기서 그의 많은 작품들이
연주됨

1974년   해외 민주화운동에 투신함. 서베를린 예술회원으로 추대됨

1977년   8월 한국민주민족통일해외연합(한민련) 유럽본부 의장으로 추대

1977~87년 베를린 예술대학의 정교수로 재직함. 루이제 린저와의 대담 『윤이상, 상처 입
은 용』 출판

1981년   5월 8일 쾰른에서 교향시 〈광주여 영원히!〉가 서부독일 라디오방송교향악단
의 연주로 초연됨

1982년   8월 북한에서 〈광주여 영원히!〉가 연주됨. 그 후 북한에서는 해마다 정기적으
로 윤이상음악제가 개최됨

9월 제7회 대한민국음악제에서 이틀간 '윤이상 작곡의 밤' 개최

9월 24일 세종문화회관에서 열린 관현악의 밤에서는 프란시스 트라비스의 지
휘와 KBS교향악단과의 협연으로 〈서주와 추상〉〈무악〉〈예악〉〈오보에와 하프,
소관현악을 위한 이중협주곡 : 견우와 직녀 이야기〉 등을 우어줄라 홀리거와
하인츠 홀리거가 연주

9월 25일 국립극장에서 열린 실내악의 밤에서는 하인츠 홀리거와 우어줄라

홀리거 등이 〈낙양〉〈피리〉〈오보에와 하프, 비올라를 위한 소나타〉를 연주함. 이후 남한에서 윤이상의 작품이 비정기적으로 연주됨

1983~87년 매년 교향곡을 한 곡씩 발표함(총 5곡)

1984년 5월 15일 〈교향곡1번〉(1982~83)이 베를린 필하모니 창단 100주년 기념으로 동악단(지휘:라인하르트 페터스)에 의해 초연됨

12월 5일 평양에서 윤이상음악연구소 개관. 한민련 유럽본부 의장 반납

1985년 1월 15일 서독 튀빙겐 대학이 명예 철학박사 학위를 수여함

1987년 그의 70세 생일 기념으로 뮌헨의 '텍스트와 크리틱' 사가 『작곡가 윤이상』이란 제목으로 윤이상의 작품에 대한 논문집을 발간

9월 17일 베를린 탄생 750주년 기념행사의 일환으로 위촉받은 작품 〈교향곡 5번〉을 작곡, 디트리히 피셔-디스카우의 독창과 베를린 필하모니 교향악단(지휘:한스 젠더)의 연주로 윤이상의 70세 생일에 초연

9월 24~25일 일본 오사카에서 열린 국제 심포지엄 '민족문화와 세계 공개성' 토론자로 참석

9월 26일 일본 「마이니치 신문」과의 인터뷰에서 38선상에서의 민족합동대축전을 제의함

1988년 5월 21일 '독일연방공화국 대공로훈장'을 리하르트 폰 바이츠제커 대통령으로부터 받음

7월 1일 도쿄에서 휴전선상의 '민족합동음악축전'을 남북한 정부에 정식으로 제안함

10월 서베를린이 '유럽의 문화도시'로 지정되어 베를린 축제주간 중 윤이상 음악회가 열림

1990년 분단 45년 만에 남북통일음악제를 주관하여 10월에는 서울전통음악연주단이 처음으로 평양에서 열린 제1회 범민족통일음악회에 참가하고, 12월에는 평양 음악단이 서울송년음악회에 참가함

12월 16일 베를린에서 발족한 조국통일범민족연합 해외본부 의장에 당선됨

1991년 최성만, 홍은미 편역으로 『윤이상의 음악세계』 간행. 국제현대음악협회 명예회원으로 추대됨

1992년 75세 생일 기념으로 뮌헨의 텍스트와 크리틱 사에서 『윤이상, 시대의 작곡가』라는 논문집 발간. 전 세계적으로 윤이상 탄생 75주년 축하음악회 개최. 일본

에서도 11월 5일부터 16일까지 약 10일에 걸쳐 실내악, 관현악 연주 및 강연회 등으로 '윤이상 탄생 75주년 기념 페스티벌' 개최

11월 9일 일본에서 『윤이상, 나의 조국 나의 음악』 출간

12월 7일 함부르크자유예술원의 공로상 수상

1993년　10월 22일 서울에서 열린 '20세기 음악축제' 기간 중 한국 페스티벌 앙상블이 윤이상의 작품을 집중적으로 연주함

1994년　범민련 의장직을 반납. 9월 예음문화재단 주최로 서울, 부산, 광주 등지에서 '윤이상음악축제' 개최

도서출판 HICE에서 『윤이상의 음악, 미학과 철학』 출간

1995년　5월 9일 분신 자살한 학생들을 위해 지은 교향시곡 〈화염 속의 천사〉 및 〈에필로그〉를 일본에서 발표

독일 바이마르에서 괴테상 수상

11월 3일 베를린에서 영면

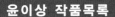

윤이상 작품목록

1958년   ⟨피아노를 위한 다섯 개의 소품⟩   1959년 9월 6일, 네덜란드 빌토벤 가우데
            아무스음악제에서 헤르만 크뢰이트의 피아노 연주로 초연됨

1959년   ⟨일곱 악기를 위한 음악⟩(플루트, 오보에, 클라리넷, 파곳, 호른, 바이올린, 첼로)
            1959년 9월 4일, 서독 다름슈타트 현대음악제에서 함부르크실내악단 독주자
            들의 연주로 초연됨

1960년   관현악곡 ⟨바라⟩   1962년 1월 29일, 베를린에서 베를린자유방송교향악단의
            연주로 초연됨
            대관현악을 위한 ⟨교향악적 정경⟩   1961년 9월 7일, 다름슈타트에서 미하엘
            길렌 지휘, 헤센방송교향악단의 연주로 초연됨

1961년   현악 오케스트라를 위한 ⟨교착적 음향⟩   1961년 12월 12일, 함부르크에서
            식스텐 에얼링 지휘, 북부독일방송교향악단의 연 주로 초연됨

1962년   실내 앙상블을 위한 ⟨낙양⟩   1964년 1월 23일, 하노버에서 클라우스 베른바
            흐의 지휘로 초연됨

1963년   바이올린과 피아노를 위한 ⟨가사⟩   1963년 10월 2일, 프라하에서 두산 판둘

라, 알레스 빌레크의 연주로 초연됨

플루트와 피아노를 위한 〈가락〉 1964년 9월 11일, 베를린에서 카를-베른하르트 제본, 호르스트 괴벨의 연주로 초 연됨

1964년	관현악을 위한 〈유동〉 1965년 2월 10일, 베를린에서 베를린라디오방송교향악단의 연주로 초연됨

독창, 합창, 관현악을 위한 〈오, 연꽃 속의 진주여!〉 1965년 1월 30일, 하노버에서 프란시스 트라비스, 지크프리트 슈미트, 로타 오스텐부르크, 북부독일방송합창단에 의해 초연됨

첼로와 피아노를 위한 〈노래〉 1968년 5월 3일, 브레멘에서 지크프리트 팔름, 한스 오테의 연주로 초연됨

1965년 오페라 〈류퉁의 꿈〉 1966년 9월 25일, 베를린에서 울리히 베더, 빈프리트 바우에른파인트, 프란시스테스턴에 의해 초연됨

1966년 대관현악을 위한 〈예악〉 1966년 10월 23일, 도나우에싱겐음악제에서 남서독일방송교향악단의 연주로 초연됨

쳄발로를 위한 〈소양음〉 1968년 1월 12일, 프라이부르크에서 에디트 피히트-악센펠트의 연주로 초연됨

1967년 오르간을 위한 〈음관들〉 1967년 3월 11일, 함부르크-벨링스뷔텔에서 게르트 자허의 연주로 초연됨

1967~68년 오페라 〈나비의 미망인〉 1969년 2월 23일, 뉘른베르크에서 한스 기어스터의 지휘로 초연됨

1968년 혼성합창과 타악기를 위한 〈나비의 꿈〉 1969년 5월 8일, 함부르크에서 북부독일방송합창단에 의해 초연됨

클라리넷과 피아노를 위한 〈율〉 1968년 7월 26일, 에를랑겐에서 하인츠 다인처, 베르너 하이더의 연주로 초연됨

플루트, 오보에, 바이올린, 첼로를 위한 〈영상〉 1969년 3월 24일, 오클랜드 · 캘리포니아에서 밀스 칼리지 신음악 앙상블의 연주로 초연됨

1969~70년 오페라 〈요정의 사랑〉 1971년 6월 20일, 서독 킬 예술제에 한스 젠더의 지휘로 초연됨

알토 독창과 실내 관현악을 위한 〈무당의 노래〉 1977년 12월 16일, 베를린에서 가브리엘레 슈레켄바흐에 의해 초연됨

1970년	첼로 독주를 위한 〈활주〉 1971년 5월 8일, 자그레브에서 지크프리트 팔름의 연주로 초연됨
1971년	세 명의 소프라노와 관현악을 위한 〈나모〉 1971년 5월 4일, 베를린방송국 대연주홀에서 베를린라디오방송교향악단의 연주로 초연됨
	대관현악을 위한 〈차원〉 1971년 10월 22일, 뉘른베르크 필하모니의 연주로 초연됨
	오보에 독주를 위한 〈피리〉 1971년 10월 25일, 밤베르크에서 게오르크 메르바인의 연주로 초연됨
1971~72년	오페라 〈심청〉 1972년 8월 1일, 뮌헨에서 볼프강 자발리슈의 지휘, 귄터 레너트의 연출, 위르겐 로제의 무대장치로 초연됨
1972년	소관현악을 위한 〈협주적 음형들〉 1973년 11월 30일, 함부르크에서 북부독일방송교향악단의 연주로 초연됨
	기타, 타악기, 목소리를 위한 〈가곡〉 1972년 10월 25일, 바르셀로나에서 클라우디아 베렌트, 지크프리트 베렌트, 지크프리트 핑크에 의해 초연됨
1972~73년	플루트, 오보에, 바이올린을 위한 3중주 1973년 10월 18일, 만하임에서 헤르만 피스터, 게오르크 메르바인, 발터 포르헤르트의 연주로 초연됨
1972~75년	바이올린, 첼로, 피아노를 위한 3중주 1973년 2월 23일, 베를린에서 괴벨트리오의 연주로 초연됨
1972~82년	혼성합창곡 〈도에서〉 1976년 5월 21일, 함부르크에서 북부독일방송합창단에 의해 초연됨
1973년	대관현악을 위한 〈서곡〉 1973년 10월 4일, 베를린에서 베를린 필하모니 교향악단의 연주로 초연됨
1974년	세 성부와 타악기를 위한 〈추억〉 1974년 5월 3일, 로마에서 카를라 헤니우스, 기젤라 콘타르스키, 윌리엄 피어슨에 의해 초연됨
	플루트 독주를 위한 〈연습곡〉 1974년 7월 18일, 교토에서 김창국의 연주로 초연됨
	관악기, 하프, 타악기를 위한 〈조화〉 1975년 1월 22일, 서독 헤어포트에서 지게를란트관현악단의 연주로 초연됨
1975년	〈사선에서〉: 바리톤, 여성합창, 오르간, 기타 악기들을 위한 칸타타 1975년 4월 5일, 카셀에서 클라우스 마르틴 지글러, 윌리엄 피어슨, 페터 슈바르츠에

의해 초연됨

오르간을 위한 〈단편〉　1975년 5월 17일, 함부르크-벨링스뷔텔에서 게르트 자허의 연주로 초연됨

오보에, 클라리넷, 파곳을 위한 〈론델〉　1975년 9월 30일, 바이로이트에서 베를린관악 3중주단의 연주로 초연됨

1975~76년 첼로와 관현악을 위한 협주곡　1976년 3월 25일, 프랑스 루아양에서 루아르 주립 필하모니 관현악단과의 협연으로 지크프리트 팔름에 의해 초연됨

1976년 실내 소관현악을 위한 〈협주적 단편〉　1976년 6월 15일, 함부르크에서 디터 치체비츠, 페터 로젠캄프의 연주로 초연됨

비올라와 피아노를 위한 2중주　1977년 5월 3일, 로마에서 울리히 브로헴, 요한 브로헴의 연주로 초연됨

바이올린 독주를 위한 〈대왕의 주제〉　1977년 4월 1일, 뒤셀도르프-벤라트에서 클라우스 페터 딜러의 연주로 초연됨

1977년 플루트와 소관현악을 위한 협주곡　1977년 7월 30일, 서독 히차커에서 카를 하인츠 죌러(플루트), 귄터 바이센보른의 지휘로 초연됨

오보에, 하프, 소관현악을 위한 2중협주곡 〈견우와 직녀 이야기〉　1977년 9월 26일, 베를린 필하모니와의 협연으로 하인츠 홀리거, 우어줄라 홀리거에 의해 초연됨

바리톤, 혼성합창, 소관현악을 위한 칸타타 〈현자〉　1977년 6월 9일, 베를린에서 페터 슈바르츠, 카를-하인츠 뮐러, 에른스트 젠프 실내합창단에 의해 초연됨

1977~78년 알토 플루트를 위한 〈솔로몬〉　1979년 4월 30일, 서독 키일에서 베아테-가브리엘라 슈미트의 연주로 초연됨

1978년 클라리넷, 파곳, 호른, 현악 5중주를 위한 8중주　1978년 4월 10일, 파리에서 앙상블 2E2H의 연주로 초연됨

대관현악을 위한 무용적 환상 〈무악〉　1978년 11월 9일, 뮌헨글라트바흐에서 니더라인교향악단의 연주로 초연됨

1979년 오보에, 하프, 비올라를 위한 소나타　1979년 7월 6일, 자르브뤼켄에서 하인츠 홀리거, 우어줄라 홀리거의 연주로 초연됨

관현악을 위한 〈서주와 추상〉　1979년 9월 18일, 뮌스터에서 뮌스터시립교

향악단의 연주로 초연됨

1980년　플루트와 하프를 위한 〈노벨레테〉　1981년 2월 5일, 브레멘에서 베아테-가브리엘라 슈미트, 우르줄라 홀리거, 타츠미아키코에 의해 초연됨

소프라노와 실내 앙상블을 위한 〈밤이여 나뉘어라〉　1981년 4월 26일, 비텐에서 도러시 도로우의 독창, 한스 젠더의 지휘로 초연됨

1981년　교향시 〈광주여 영원히!〉　1981년 5월 8일, 쾰른에서 서부독일라디오방송교향악단의 연주로 초연됨

혼성합창과 타악기를 위한 〈오 빛이여……〉　1981년 6월 21일, 국제 오르간 주간에 뉘른베르크에서 초연됨

클라리넷과 소관현악을 위한 협주곡　1982년 1월 29일, 뮌헨에서 바이에른 방송교향악단과의 협연으로 에두아르트 브루너에 의해 초연됨

바이올린협주곡 1번　1982년 11월 25일, 프랑크푸르트에서 프랑크푸르트 라디오방송교향악단과의 협연으로 타츠미 아키코에 의해 초연됨

혼성합창곡 〈주는 나의 목자시니〉　1982년 11월 14일, 슈투트가르트에서 뷔르템베르크실내합창단에 의해 초연됨

1982년　피아노를 위한 〈간주곡 A〉　1982년 5월 6일, 도쿄에서 타카하시 아키의 연주로 초연됨

1983년　베이스 클라리넷을 위한 〈독백〉　1983년 4월 9일, 멜보른에서 하리스파르나이의 연주로 초연됨

아코디언과 현악 4중주를 위한 〈소협주곡〉　1983년 11월 6일, 트로싱엔에서 후고 노트, 요아힘 4중주단의 연주로 초연됨

두 대의 바이올린을 위한 〈소나티나〉　1983년 12월 15일, 도쿄에서 타츠미 아키코, 자슈코 가브릴로프의 연주로 초연됨

두 대의 오보에를 위한 〈인벤션〉　1984년 4월 29일, 비텐에서 부르크하르트 글레츠너, 잉고 고리츠키의 연주로 초연됨

1983~84년　교향곡 1번(전 4악장)　1984년 5월 15일, 베를린에서 베를린필하모니교향악단의 연주로 초연됨

파곳 독주를 위한 〈독백〉

두 대의 플루트를 위한 〈인벤션〉

1983~86년　바이올린협주곡 2번　1987년 1월 20일, 슈투트가르트에서 슈투트가르트 필

하모니와의 협연으로 타츠미 아키코에 의해 초연됨

1984년 첼로와 하프를 위한 2중주　1984년 5월 27일, 잉겔하임에서 울리히 하이넨, 게르다 오커스의 연주로 초연됨

클라리넷과 현악 4중주를 위한 5중주　1984년 8월 24일, 일본 쿠사츠에서 에두아르트 브루너, 타츠미4중주단의 연주로 초연됨

교향곡 2번(전 3악장)　1984년 12월 9일, 베를린에서 베를린라디오방송교향악단의 연주로 초연됨

하프와 현악 합주를 위한 〈공후〉　1985년 8월 22일, 스위스 루체른에서 우르줄라 홀리거, 카메라타 베른 합주단의 연주로 초연됨

1985년 교향곡 3번(단악장)　1985년 9월 26일, 베를린에서 정명훈 지휘, 자르브뤼켄라디오방송교향악단의 연주로 초연됨

바이올린을 위한 다섯 개의 소품 〈리나가 정원에서〉　1986년 11월 28일, 베를린에서 리나 첸의 연주로 초연됨

1986년 관악기, 타악기, 콘트라베이스를 위한 〈무궁동〉　1986년 6월 22일, 함부르크에서 앙상블 모데른의 연주로 초연됨

클라리넷, 하프, 첼로를 위한 〈재회〉　1986년 8월 2일, 서독 히차커에서 에두아르트 브루너, 마리온 호프만, 발터 그리머의 연주로 초연됨

교향곡 4번 〈암흑 속에서 노래하다〉(전 2악장)　1986년 11월 13일, 도쿄 산토리 홀에서 도쿄 메트로폴리탄 관현악단의 연주로 초연됨

플루트 4중주　1986년 8월 27일, 베를린에서 베를린 축제주간 때 연주됨

플루트와 현악 4중주를 위한 5중주　1987년 1월 17일, 파리에서 피에르-이브 아르도, 아르디티4중주단의 연주로 초연됨

소관현악을 위한 〈인상〉　1987년 2월 9일, 프랑크푸르트에서 앙상블 모데른의 연주로 초연됨

1986~87년 칸타타 〈나의 땅, 나의 민족이여!〉　1987년 10월 5일, 평양에서 북한국립교향악단의 연주로 초연됨

1987년 하프 독주를 위한 〈균형을 위하여〉　1987년 4월 8일, 함부르크에서 우르줄라 홀리거의 연주로 초연됨

바이올린 독주를 위한 두 개의 소품 〈대비〉　1987년 4월 10일, 함부르크에서 빈프리트 뤼스만의 연주로 초연됨

대관현악과 바리톤 독창을 위한 교향곡 5번　1987년 9월 17일, 베를린에서 베를린 필하모니 교향악단의 연주로 초연됨

현악기를 위한 〈융단〉　1987년 11월 20일, 만하임에서 노이베르크 앙상블의 연주로 초연됨

오보에, 첼로, 현악기를 위한 〈2중적 협주곡〉　1987년 11월 8일, 로트바일에서 독일 실내악 아카데미, 잉고 고리츠키, 요하네스고리츠키의 연주로 초연됨

실내교향곡 1번　1988년 2월 18일, 서독 귀터슬로에서 독일 실내악 필하모니의 연주로 초연됨

1988년　플루트와 바이올린을 위한 〈환상적 단편〉　1988년 7월 10일, 이탈리아 키우지에서 엘리자 코치니, 리나 첸의 연주로 초연됨

첼로와 아코디온을 위한 〈간주곡〉　1989년 5월 26일, 뮌스터에서 초연됨

플루트, 바이올린, 첼로, 피아노를 위한 4중주　1989년 5월 26일, 뮌스터에서 초연됨

열 개의 악기를 위한 〈거리〉　1988년 10월 9일, 베를린에서 샤로운 앙상블의 연주로 초연됨

현악 4중주 4번　1988년 10월, 오스나브뤼크에서 요아힘4중주단의 연주로 초연됨

두 대의 비올라를 위한 〈내성〉　1988년 10월 9일, 베를린에서 에크하르트 슬로이퍼, 브레트 딘의 연주로 초연됨

목관 5중주를 위한 〈축제무곡〉　1989년 4월 22일, 비텐에서 아울로스 목관 4중주단의 연주로 초연됨

플루트 독주를 위한 〈소리〉　1988년 9월 7일, 뉴욕 카네기홀에서 로베르토 파브리치아니의 연주로 초연됨

1989년　실내교향곡 2번 〈자유에의 헌정〉

오보에와 하프를 위한 〈외침〉

1989~90년　대관현악을 위한 〈윤곽〉　1990년 3월 18일, 브라운슈바이크에서 브라운슈바이크시립관현악단의 연주로 초연됨

1990년　바이올린과 콘트라베이스를 위한 〈투게더〉

실내협주곡 1번

실내협주곡 2번

오보에와 관현악을 위한 협주곡　1991년 9월 16일, 하인츠 홀리거의 독주와 다비트 라셀의 지휘로 초연됨

현악 4중주 5번

1991년　목관 5중주

바이올린과 피아노를 위한 소나타

1992년　현악 4중주 6번　1992년 4월 7일, 스위스 바젤에서 아마티4중주단에 의해 초연됨

바이올린과 소관현악을 위한 협주곡 3번　1992년 6월 22일, 네덜란드 암스테르담 페스티벌에서 베라 베스의 연주로 초연됨

관현악을 위한 전설 〈신라〉　1992년 10월 5일, 하노버에서 열린 윤이상 페스티벌에서 초연됨

호른, 트럼펫, 트롬본, 피아노를 위한 4중주　1992년 9월 16일, 베를린에서 초연됨

클라리넷, 파곳과 호른을 위한 3중주　1992년 10월 3일, 하노버에서 열린 윤이상 페스티벌에서 초연됨

첼로와 피아노를 위한 〈공간 1〉　1992년 12월 7일, 함부르크에서 초연됨

1993년　첼로를 위한 7개의 〈연습곡〉

블록 플루트(또는 리코더) 독주를 위한 〈중국의 그림〉　1993년 8월 14일, 노르웨이의 국제실내악축제에서 월터 하우베에 의해 초연됨

첼로, 하프 그리고 오보에를 위한 〈공간 2〉

1994년　두 대의 오보에, 두 대의 클라리넷, 두 대의 호른 그리고 두 대의 파곳을 위한 목관 8중주

오보에와 첼로를 위한 〈동서의 단편〉 1, 2

클라리넷과 현악 4중주를 위한 5중주 2　1995년 9월 26일, 베를린에서 에두아르트 브루너, 시벨리우스 현악4중주단에 의해 초연됨

오보에와 현악 3중주를 위한 5중주

교향시 〈화염 속의 천사〉와 〈에필로그〉　1995년 5월 9일, 도쿄 산토리 홀에서 도쿄 필하모니 교향악단에 의해 초연됨

윤이상
상처 입은 용

1판 1쇄 인쇄 2017년 9월 4일
1판 1쇄 발행 2017년 9월 17일

지은이 윤이상

발행인 양원석
본부장 김순미
편집장 최두은
디자인 RHK 디자인팀 지현정, 김미선
해외저작권 황지현
제작 문태일
영업마케팅 최창규, 김용환, 이영인, 정주호, 양정길, 이선미,
　　　　　　 신우섭, 이규진, 김보영, 임도진

펴낸 곳 ㈜알에이치코리아
주소 서울시 금천구 가산디지털2로 53, 20층 (가산동, 한라시그마밸리)
편집문의 02-6443-8844　　**구입문의** 02-6443-8838
홈페이지 http://rhk.co.kr
등록 2004년 1월 15일 제2-3726호

ISBN 978-89-255-6231-5 (03800)

윤이상

Ie-Sang, YUN